LICHTENBERG

ASHLEY CARRINGTON

VALERIE – ERBIN VON COTTON FIELDS

Ashley Carrington

VALERIE

Erbin von Cotton Fields

Roman

Lichtenberg

Eine Lichtenberg-Produktion
für die GLB Gesellschaft für Literatur und Bildung mbH,
Schönhauser Straße 25, 5000 Köln 51

Umschlaggestaltung: Adolf Bachmann
Satzarbeiten: Compusatz GmbH, München
Druck und Bindearbeiten: Spiegel, Ulm
Printed in Germany

3-426-19222-5

2 4 5 3 1

Für
R. M. S.,
der mich lehrte, daß
der schwächste und zugleich
auch stärkste Teil des Körpers
die Seele ist.

ENGLAND 1860

1.

Der Wind heulte um das einzelnstehende Wirtshaus an der Landstraße nach Bristol, rüttelte an den Fensterläden und tobte durch die ausladenden Kronen der drei Eichen, die das gedrungene Fachwerkhaus umstanden und der Taverne ihren Namen gegeben hatten: THREE OAK TAVERN. Wild schlug das Tavernenschild, dessen Aufschrift von Wind und Wetter verblichen war, an der Stange über der Eingangstür hin und her. Das Quietschen und Scheppern vermischte sich mit dem Toben des Märzunwetters, das sich am Abend über der Westküste Englands zusammengeballt hatte. Heftige Böen schleuderten die Regenfluten wie Peitschenhiebe gegen Dach und Mauerwerk. Der gelbliche Lichtschein, der durch die Türritze und einige Fensterläden in die Nacht hinausdrang, wurde schon nach wenigen Yards von der regendurchtränkten Dunkelheit verschluckt.

»Wir müssen es ihr sagen, Ruth!« sagte Charles Fulham mit matter Stimme und richtete sich im Bett auf, das den größten Teil des oberen Eckzimmers der Taverne einnahm. Obwohl Charles Fulham ein massiger Mann von fünfundsechzig Jahren war, wirkte er in dem großen Bett mit seinen hohen geschnitzten Pfosten aus dunklem Holz wie verloren. Und die Blässe seines Gesichtes hob sich kaum von den blütenweißen Bezügen ab. Er fühlte sich sichtlich elend, und daran war nicht allein der plötzliche Schwächeanfall schuld, der sie knapp zwanzig Meilen vor Bristol gezwungen hatte, ihre Reise mit der Kutsche zu unterbrechen und sich in dieser Taverne einzuquartieren, bis er wieder bei Kräften war. »Es bleibt nicht mehr viel Zeit!«

»Der Herrgott wird *dir* nicht mehr viel Zeit lassen, wenn du nicht ruhig liegenbleibst, Charles!« erwiderte seine Frau energisch und reichte ihm den Tee, den die Tochter des Wirtes vor wenigen Augenblicken aufs Zimmer gebracht hatte. »Hier, trink das. Heißer Tee wird dir guttun. Er ist mit viel Zitrone. Das bringt die Farbe in dein Gesicht zurück. Du siehst schrecklich bleich aus.«

»Ein guter Brandy brächte mich schneller auf die Beine«, seufzte er, setzte die Tasse jedoch an die Lippen, weil er wußte, daß seine Frau nicht eher Ruhe geben würde, bis er getan hatte, was sie für richtig hielt. Nachdem er getrunken hatte, kam er wieder auf das zu sprechen, was ihm die letzten Stunden keine Ruhe gelassen und möglicherweise dazu beigetragen hatte, daß er in der Kutsche von Herzbeschwerden und einer drohenden Ohnmacht befallen worden war. »Es ist nicht richtig, daß wir Valerie so ahnungslos auf die Reise schicken. Sie ist neunzehn und längst kein Kind mehr. Noch haben wir die Chance, sie sanft darauf vorzubereiten. Sie wird es verkraften, wenn wir nur behutsam vorgehen. Ich habe lange darüber nachgedacht und . . .«

»Ich auch, Charles«, unterbrach sie ihn ohne Schärfe und griff nach seiner Hand. »Und ich wünschte, wir könnten es Valerie zusammen sagen. Aber wir haben auf die heilige Bibel geschworen, nie ein Wort darüber zu verlieren. Das war die Voraussetzung gewesen, sonst hätten wir nie das Glück gehabt, sie wie unser eigenes leibliches Kind aufziehen zu dürfen.«

»Aber sie weiß doch schon längst, daß wir nicht ihre leiblichen Eltern sind!«

»Ja, aber mehr auch nicht. Und mehr ist uns auch nicht zu sagen erlaubt. Wir haben stets gewußt, daß dieser Tag einst kommen würde, und wir haben dies von Anfang an in Kauf genommen. Jetzt müssen wir dazu stehen und stark sein – wie auch Valerie stark sein muß, wenn sich für sie die Schleier ihrer Vergangenheit lüften. Doch wir haben nicht das Recht dazu, wie du sehr wohl weißt. Wenn auch vieles, was im Brief stand, vage formuliert war, in diesem Punkt war er klar und nachdrücklich«, erinnerte sie ihn.

»Ich weiß«, sagte Charles bedrückt. »Aber es erfüllt mich mit Sorge, daß wir sie so gehen lassen müssen. Wir mögen sie nicht gezeugt haben, aber dennoch bleibt sie stets unser Kind. Wie können wir sie da unvorbereitet auf eine so lange Reise ins Ungewisse schicken?«

Ruth atmete tief durch. »Gerade weil sie unser Kind ist, müssen wir sie jetzt gehen lassen, Charles. Es ist ja nicht für immer. Valerie kehrt in ein paar Monaten wieder nach England zurück. Sie liebt uns, wie wir sie lieben, aber sie hat ein Recht darauf, alles über ihre Herkunft zu erfahren – doch nicht von uns.«

Charles sah Tränen in den Augen seiner Frau schimmern, und ihm wurde noch elender ums Herz. »Jetzt ist es uns noch nicht einmal vergönnt, sie bis aufs Schiff zu bringen.«

»Es ist egal, wo man Abschied voneinander nimmt. Wichtig ist nur, mit welchen Gefühlen man das tut – und da ist dieser Ort so gut wie jeder andere«, versuchte sie ihren Mannn und sich zu trösten.

Es klopfte.

Charles vergewisserte sich, daß sein grauseidener Morgenmantel geschlossen war. Dann ging seine Frau zur Tür und öffnete.

Es war Valerie. Sie hatte sich in der Zwischenzeit darum gekümmert, daß Isaac, ihr in treuen Diensten ergrauter Kutscher, auch die richtigen Gepäckstücke abgeladen hatte. Eigentlich wäre das Fannys Aufgabe gewesen. Doch da es sich um eine sehr weite Reise handelte, hatte sie das lieber selber in die Hand genommen. Als Zofe war die mollige Fanny eine Perle, doch manchmal fehlte es ihr am Überblick, wenn es zu viele Dinge auf einmal zu bedenken gab.

»Wie geht es ihm, Mama?« fragte Valerie leise, und tiefe Sorge sprach aus ihrer angespannten Stimme. Es war ihr nie in den Sinn gekommen, ihre Pflegeeltern anders als Mama und Papa zu bezeichnen, auch nicht, als sie ihr vor Jahren eröffnet hatten, daß sie nicht ihre richtigen Eltern waren. Und daran würde sich für sie auch nie etwas ändern. Niemand auf der Welt hätte ihr mehr Liebe schenken können als Ruth und Charles Fulham, davon war sie so felsenfest überzeugt wie von der Schönheit des herrschaftlichen Hauses in Bath, das immer ihr geliebtes Zuhause sein würde.

»Ich glaube, es geht ihm schon ein bißchen besser, mein Kind«, beruhigte Ruth sie und zwang sich zu einem Lächeln. Es war keinem damit gedient, wenn sie sich anmerken ließ, wie es in ihr aussah.

Ein schmerzlicher Stich durchfuhr Charles, als er Valerie an sein Bett eilen sah. Stolz und Liebe erfüllten ihn, und er schaute sie an, als wollte er ihr Bild für immer bis auf das kleinste Detail genau in seiner Erinnerung bewahren.

Valerie war eine Schönheit, bei Gott, das war sie! Schlank und doch nicht zu zierlich, um wie ein zerbrechliches Wesen zu wirken, entsprach sie dem europäischen Schönheitsideal auf fast perfekte Weise – auch was ihre fraulichen Formen betraf, wie er sich mit

einiger Verlegenheit eingestehen mußte. Zwar trug sie ein hochgeschlossenes Reisekostüm aus currybraunem Gabardine, das dem unfreundlichen Märzwetter angemessen war, doch ihre schlanke Taille und ihre volle, hohe Brust waren nicht zu übersehen.
Valerie gehörte überhaupt in keiner Hinsicht zu denjenigen, die leicht übersehen wurden. Dafür sorgte schon ihr üppiges, schwarzes Haar, das je nach Lichteinfall einen warmen Blauschimmer zeigte. Ihre Haarpracht wurde von einem elfenbeinernen Kamm mit Schließe im Nacken zusammengehalten und fiel ihr von dort wie eine schwarze Flut bis auf die Schultern.
Ihre Augen, die unter sanft geschwungenen Brauen und dichten Wimpern lagen, waren von einem ungewöhnlichen Grau, in dem winzige Goldflocken zu glitzern schienen. Eine wohlgeformte Nase und ein hübscher Mund vervollständigten ihr Gesicht, das kein Mann so schnell vergaß – und das traf auch auf ihre Haut zu, die von leicht cremefarbener Tönung war, wie Milch mit einem Tropfen heißer Schokolade vermischt. Sie sah nicht wie eine typische Engländerin aus, sondern eher wie eine exotische Schönheit aus dem südländischen Raum.
Valerie setzte sich zu ihrem Vater ans Bett. »Aber blaß bist du immer noch, Papa«, sagte sie voller Sorge. »Du hättest gar nicht erst die Reise antreten dürfen. Es war leichtsinnig von dir.«
»Ach was! Unkraut vergeht nicht, schon gar nicht so ein gewichtiges«, gab sich Charles betont munter und verschloß seine quälenden Gedanken vor ihr. Nichts sollte die letzte halbe Stunde vor ihrem Abschied trüben. »Es war der Wetterumschwung, sonst nichts. Es wird Zeit, daß der Frühling kommt. Mach dir also wegen mir keine Sorgen. Ich bin schnell wieder auf den Beinen. Eigentlich gibt es gar keinen Grund, weshalb ich im Bett liege wie ein kranker Mann. Aber du kennst ja deine Mutter. Ein leichtes Hüsteln, und schon wähnt sie eine Lungenentzündung im Anmarsch.«
Ein schwaches Lächeln huschte über Valeries Gesicht. »Einer muß ja auf dich aufpassen.«
Charles Fulham machte eine ungeduldige Handbewegung. »Sprechen wir nicht von mir und meinem leichten Unwohlsein. Krankheiten kann man auch herbeireden. Also Schluß jetzt mit dem Thema.«
»Hast du all dein Gepäck zusammen?« fragte Ruth, immer auf das Praktische bedacht. »Daß du bloß nichts vergißt.«
»Fanny hatte schon den Koffer mit meinen Hutschachteln zu euren

Sachen gestellt. Wenn ich nicht dabeigewesen wäre, wäre es sicherlich nicht bei dieser einen Verwechslung geblieben. Statt meiner Kleider hätte ich auf dem Schiff dann Papas Anzüge vorgefunden«, berichtete Valerie mit einem Kopfschütteln und fügte nachsichtig hinzu: »Die ganze Aufregung der Reise und dein plötzlicher Schwächeanfall haben sie wohl ein bißchen überfordert. Ihr wißt, Fanny liebt mehr das ruhige Gleichmaß.«

»Du läßt ihr zuviel durchgehen, mein Kind. Es täte Fanny ganz gut, wenn du ihr gegenüber manchmal etwas mehr Strenge an den Tag legen würdest«, mahnte Ruth. »Du mußt dich auf sie verlassen können, ganz besonders jetzt, wo wir nicht bei dir sein können.«

Ein Schatten fiel über Valeries Gesicht. »Manchmal wünschte ich, der Brief aus Amerika wäre nie bei uns eingetroffen«, seufzte sie. »Dann bräuchte ich jetzt nicht von euch zu gehen, und alles würde so sein, wie es immer war.«

»Das Leben geht nun mal nicht immer den Weg, den man sich selbst am meisten wünscht«, erwiderte Charles.

»Was würde denn passieren, wenn ich das Schiff nach Amerika nicht bestiege?« wandte Valerie ein.

»Laß uns nicht wieder davon anfangen, mein Kind«, bat Ruth. »Du weißt, es führt zu nichts.«

»Ich werde dir sagen, was dann passieren wird«, antwortete Charles ihr. »Erst einmal wird gar nichts passieren, Valerie. Du wirst vielleicht erleichtert sein, daß du diese lange Reise nicht antreten mußt und dein Leben in Bath wie gewöhnlich gestalten kannst. Doch diese trügerische Erleichterung wird nicht ewig dauern. Früher oder später wirst du es bitter bereuen, daß du die Reise nicht angetreten hast. Du wirst dir den Kopf zermartern und dich fragen, was geschehen wäre, wenn du es getan hättest. Du wirst uns Vorwürfe machen, daß wir dich nicht stärker gedrängt haben...«

»Das werde ich nie!« versicherte Valerie.

Er lächelte milde, doch in seinen Augen lag Schmerz. »O doch, das würdest du, und du hättest auch ein gutes Recht, es zu tun. Nein, mein Kind, du mußt diese Sache hinter dich bringen, sonst würdest du bis an dein Lebensende niemals das quälende Gefühl loswerden, etwas ganz Entscheidendes leichtfertig verspielt zu haben.«

Ruth nickte bekräftigend. »Es ist, wie Charles sagt. Du mußt es tun, Valerie, schon um deines Seelenfriedens willen.«

Valerie spielte gedankenverloren mit einer Haarsträhne, die sie um

ihren Zeigefinger wickelte. »Es ist alles nur so merkwürdig, ja fast geheimnisvoll«, begann sie zögernd und bemerkte nicht den beunruhigten Blick, den Ruth und Charles sich zuwarfen. »Warum erfahre ich erst jetzt, daß mein... mein leiblicher Vater nicht vor neunzehn Jahren an Gelbfieber gestorben ist, sondern all die Jahre gelebt hat?«
Charles räusperte sich umständlich, um seine innere Unruhe zu verbergen, die der Zwang zur Lüge in ihm auslöste. »Das wissen wir auch nicht. Auch wir waren bisher der festen Überzeugung, daß dein Vater unter den zahlreichen Opfern war, die im Jahr deiner Geburt in New Orleans zu beklagen waren. Es ist in der Tat ein Geheimnis.«
»Warum hat er in seinem Brief an mich darüber kein Wort verloren?« wollte Valerie wissen, einen gequälten Ausdruck auf dem Gesicht.
Ruth legte ihr beruhigend eine Hand auf den Arm. »Das hat Mister Duvall, wie du sehr wohl weißt. Er hat geschrieben, daß er dir auf all deine Fragen Antworten wird geben können, die alles erklären und dich überzeugen werden, daß er nicht anders hatte handeln können, als er es getan hat. Und daß du ihm vertrauen sollst.«
»Wie soll ich ihm vertrauen, wo ich ihn doch gar nicht kenne?« begehrte Valerie auf, und ihr hitziges Temperament, das manchmal mit ihr durchging, kam zum Vorschein. »Er ist ein Fremder für mich, nicht weniger fremd als Millionen anderer Amerikaner. Ich weiß nichts über ihn bis auf seinen Namen – Henry Duvall. Er kann tausendmal darauf pochen, daß er mein Vater sei. Ich werde ihn nie als solchen akzeptieren. Ihr seid meine Eltern und niemand sonst!«
»Zügle dein Temperament! Das geziemt sich nicht für eine junge Dame!« tadelte Ruth sie, doch ein weicher Zug voll Zärtlichkeit lag um Mund und Augen. »Mister Duvall wird seine Gründe haben, und du bist zumindest dazu verpflichtet, sie dir anzuhören. Welche Schlüsse du aus seinen Erklärungen ziehst, das ist dann ganz dir überlassen.«
»Willst du denn nicht wissen, wer du wirklich bist und woher du kommst?« fragte Charles forschend und wünschte im selben Moment, er hätte diese Frage nicht gestellt.
Valerie zögerte und biß sich auf die Unterlippe. Wie oft hatte sie in den Nächten der letzten Woche seit Ankunft der beiden Briefe, von denen einer an sie gerichtet gewesen war, wach gelegen und sich gefragt, wer ihre wirklichen Eltern waren und was für ein Geheimnis sich um ihre Herkunft rankte. O ja, diese Frage beschäftigte sie sehr. Doch aus irgendeinem Grund hatte sie auch Angst, hinter dieses

Geheimnis zu kommen. Und sie hatte in letzter Zeit den verwirrenden Eindruck bekommen, als gäbe es da etwas, was Charles und Ruth wußten, ihr aber vorenthielten. Gewiß, solch ein Gedanke war eigentlich absurd, aber dennoch konnte sie sich dessen nicht erwehren.

»Ich werde immer die bleiben, die ich bin«, erklärte Valerie, und aus ihrer Antwort sprachen Stolz, Trotz und die Naivität einer jungen Frau, die bisher eine wohlbehütete, sorgenfreie Jugend in der Sicherheit eines begüterten Elternhauses genossen hatte und noch nicht mit den vielfältigen Widrigkeiten und Schattenseiten des Lebens in Berührung gekommen war.

»Das hoffen wir auch«, sagte Ruth.

Valerie sah sie eindringlich an. »Gibt es vielleicht noch irgend etwas, das ich wissen sollte, Mama?«

Ruth Fulham spürte, wie sich ihr Magen zusammenzog, hatte sich jedoch ausgezeichnet in der Gewalt. Ihrer Miene war nicht das geringste anzusehen, bestenfalls perfekt gespielte Verwunderung über diese Frage. »Ich wüßte nichts, mein Kind.«

Charles girff nach seiner goldenen Taschenuhr, um dem Blick seiner Tochter nicht begegnen zu müssen. Er ließ den Deckel aufklappen und hielt die Uhr mit gefurchter Stirn an sein Ohr, als traute er dem gleichmäßigen Ticken nicht. »Es wird allerhöchste Zeit für dich«, sagte er dann und erstickte Abschiedsschmerz und Gewissensbisse in einer Flut von Worten. »Spätestens um Mitternacht mußt du an Bord der *Alabama* sein, Valerie. So steht es in der Nachricht von Captain Melville. Mitternacht und keine halbe Stunde später. Ein Segelschiff wartet mit dem Auslaufen nicht auf einen verspäteten Passagier, wenn die Gezeiten günstig stehen. Du mußt dich mit Fanny geschwind auf den Weg machen. Wer weiß, wie lange ihr bei diesem Wetter für den Rest der Strecke bis nach Bristol braucht. Und Isaacs Augen sind auch nicht mehr die besten.«

»Ja, du mußt aufbrechen«, drängte nun auch Ruth und erhob sich.

Valerie blickte zögernd von einem zum andern, dann fiel sie Charles mit Tränen in den Augen um den Hals und drückte ihn ganz fest. »Ich bin so schnell es geht wieder zurück, das verspreche ich euch«, sagte sie mit erstickter Stimme.

»Wir erwarten auch nichts anderes, Valerie. Aber jetzt laß mir noch etwas Luft, sonst bin ich gleich wirklich krank«, brummte Charles und schneuzte in ein Tuch, um seine Rührung zu verbergen.

Auch Ruth war um Haltung bemüht. Sie umarmte Valerie und schloß die Augen, als diese es nicht sehen konnte. Als sie ihr Kind wieder freigab, war ihr Gesicht so beherrscht wie eh und je. »Ich wünsche dir eine gute Reise, und vergiß nicht, dich auf dem Schiff immer warm anzuziehen, damit du dir nichts holst! Und schreibe uns sofort, sowie du in New Orleans angekommen bist.«

»Ich werde euch schon vom Schiff schreiben«, versicherte Valerie.

Es klopfte ungeduldig an die Tür.

»Ja?« rief Ruth Fulham schroff, ungehalten über die Störung gerade in diesem Moment. Wer wußte, wie viele Monate vergehen würden, bis sie sich wiedersahen.

Frances Marsh, von allen nur Fanny genannt, steckte ihren rotblonden Kopf zur Tür herein. Sie war sechs Jahre älter als ihre Mistress und hatte mit Valerie auch sonst nicht viel gemein. Sie war von eher kleiner, untersetzter Figur und so mollig, wie Valerie schlank war. Gebäck und Süßigkeiten aller Art waren neben Klatsch und hübschen Kleidern ihre Leidenschaft. Sie besaß ein sehr fröhliches, ansprechendes Gesicht, das jedoch jetzt ernste Besorgnis zeigte.

»Bitte vielmals um Entschuldigung, aber Isaac läßt fragen, wann es denn nun weitergehe«, sagte Fanny und warf schnell einen Blick auf Charles Fulham, der mit vor der Brust verschränkten Armen aufrecht im Bett saß und sich ein grimmiges Aussehen gab, als verstünde er den Rummel, der seinetwegen gemacht wurde, überhaupt nicht. Fanny war auch gleich erleichtert, als sie sah, daß er noch weit davon entfernt war, einem Leichenbestatter Freude zu machen – wie Isaac vorhin im Stall voller Kummer befürchtet hatte.

»Sag ihm, daß er sich bereithalten soll«, trug Ruth ihr auf. »Valerie kommt sofort.«

Valerie nickt ihrer Zofe zu, und Fanny eilte davon, nachdem sie einen kurzen Abschiedsgruß an ihre Herrschaft gerichtet hatte.

»Alle Segnungen des Lebens – und möge Gott stets seine schützende Hand über dir halten«, sagte Ruth leise zu Valerie und drückte ihr dann ihren Umhang in die Hand. »So, und nun mußt du gehen.«

Unschlüssig stand Valerie einen Augenblick in der Tür, dann gab sie sich einen Ruck und warf sich den warmen Umhang um.

»Ich komme so schnell es geht zurück«, sagte sie noch einmal, bevor sie den Gang hinunterlief, als hätte sie Angst, es sich doch noch anders zu überlegen. Hätte sie auch nur im geringsten geahnt, was sie erwartete, hätte sie sicher keine Macht der Welt dazu bringen können, die THREE OAK TAVERN in dieser stürmischen Nacht zu verlassen.

2.

Isaac Holbrook erwartete Valerie mit einem großen Regenschirm an der Tür zum Hof, wo die Kutsche stand. Mit gesenkten Köpfen ließen die beiden Grauschimmel die Regenfluten über sich ergehen. Regendurchtränkt war auch der lange schwarze Mantel des Kutschers, und von der breiten Krempe seines Hutes rann das Wasser wie in kleinen Bächen herab.

»Es geht ihm wieder besser, ja?« fragte er, begierig darauf, auch von ihr noch einmal die Bestätigung zu erhalten, daß er sich keine Sorgen mehr um Mister Fulhams Zustand zu machen brauchte.

»Ja, Isaac, es war nur die Aufregung. Seien Sie unbesorgt. Er braucht nur etwas Ruhe«, versicherte sie.

»Gott sei's gedankt!« murmelte er erleichtert und führte sie unter dem Schutz des Regenschirms zur Kutsche. Fanny öffnete ihr von innen den Schlag, und schnell nahm sie neben ihr auf der Rückbank Platz.

Die Zofe griff zu den Decken, die sie schon bereitliegen hatte, damit sie sich darin einwickeln konnten. Indessen hatte sich Isaac auf den Kutschbock geschwungen. Er löste die Bremse, ließ die Peitsche knallen, und die Grauschimmel legten sich ins Geschirr. Rumpelnd rollte die Kutsche aus dem Hof auf die Landstraße.

Valerie warf einen Blick durch das Rückfenster auf die Taverne, die hinter dem dichten Regenschleier verschwamm und bald von der Schwärze der Nacht verschluckt wurde.

Fanny gab einen Stoßseufzer von sich. »Fast möchte man meinen, die Reise stünde unter einem unguten Stern«, sagte sie bedrückt, was sonst gar nicht ihre Art war.

»Red keinen Unsinn, Fanny! Papa muß sich nur etwas schonen, und ein solches Unwetter im März ist ja nun wahrlich keine Seltenheit.«

»Wie wohl die Überfahrt wird«, sinnierte Fanny, die nun schon seit sieben Jahren Valeries Zofe war und nicht eine Sekunde gezögert hatte, als sie gefragt worden war, ob sie bereit sei, mit ihr nach

Amerika zu segeln. Valerie allein ziehen zu lassen und in einem anderen Haushalt eine neue Stellung anzutreten wäre ihr nie in den Sinn gekommen, auch wenn sie der langen Seereise über den Ozean mit einer Mischung aus Bangen und Aufregung entgegensah. »Ich habe noch nie einen Fuß auf ein Segelschiff gesetzt.«

Valerie lachte unwillkürlich. »Da bist du nicht die einzige, Fanny. Aber Papa sagt, daß die *Alabama* ein großer Dreimaster ist und uns sicher nach Amerika bringen wird. Täglich segeln Tausende Schiffe über die Meere. Es ist also nichts, wovor wir Angst zu haben bräuchten.«

»Solange wir nicht in einen Sturm geraten«, gab Fanny zu bedenken.

»Nun hör endlich auf zu unken. Du bist doch sonst nicht so leicht zu ängstigen!«

»Na, auf diese Weise werden Sie endlich James Colburn los, diesen affigen Langweiler«, wechselte die Zofe sprunghaft das Thema, als wollte sie sich auf andere Gedanken bringen.

»Aber, Fanny!« gab sich Valerie empört, doch ein Lächeln teilte ihre Lippen. »So spricht man doch nicht von dem glühendsten Verehrer seiner Mistress!«

»Ich bitte vielmals um Vergebung, Mistress Valerie. Es steht mir in der Tat nicht zu, wortwörtlich wiederzugeben, was Sie mir mehr als einmal geklagt haben«, spielte Fanny die Zerknirschte, doch in ihrer Stimme schwang ein fröhlicher Unterton mit. »Auch wenn es nichts als die pure Wahrheit ist. Mir soll auf der Stelle die rechte Hand abfallen, wenn mir jemals ein Mann begegnet ist, der mit seinem pathetischen Gerede einen schneller einschläfern konnte als der hochwohlgeborene James Colburn! Aber nach Ihrer Zurechtweisung werde ich mich natürlich hüten, so etwas auszusprechen.«

Valerie mußte lachen. »James ist wirklich ein aufgeblasener Langweiler, und wenn diese Reise etwas Gutes hat, dann wohl die Tatsache, daß ich ihn nun endlich los bin.«

»Sie wären zu beglückwünschen. Nur hat er hoch und heilig geschworen, auf Sie zu warten, wie lange es auch dauern möge, bis Sie ihn wieder mit Ihrer Gegenwart verzücken und zu seinen blumigen Floskeln inspirieren können, in denen er sich doch mit schöner Regelmäßigkeit verheddert wie ein zappelnder Fisch im Netz.«

Valerie dachte ohne Bedauern an James, der ihr in den letzten Monaten wirklich bis an die Grenze ihrer Geduld zugesetzt hatte. In einer allgemeinen Unterhaltung machte er gar keine schlechte Figur und verstand sich auch auszudrücken. Doch wenn er mit ihr allein außer Hörweite der anderen war, verstieg er sich, so wie Fanny es gesagt hatte, zu den überspanntesten Formulierungen. Ein bißchen Zucker war ja auch bekömmlich, aber wenn die ganze Speise aus purem Zuckerguß bestand, bedurfte es nicht viel, um ihre Abneigung zu erregen. Unter normalen Umständen hätte sie James schon längst eindeutig zu verstehen gegeben, daß sie die absolut falsche Adresse für sein zuckersüßes Werben war. Doch unglücklicherweise war James der einzige Sohn eines Textilfabrikanten, zu dem Charles wichtige Geschäftsbeziehungen unterhielt, und darauf hatte sie Rücksicht zu nehmen gehabt. Viel zu lange. Sie konnte jetzt nur hoffen, daß James sein Interesse im Laufe der Monate verlieren und sich einem anderen Opfer zuwenden würde, das mehr Geschmack an Honig pur und in Mengen hatte.

»Heilige Schwüre aus dem Munde eines James Colburn haben vermutlich eine kaum längere Lebensdauer als Seifenblasen in der Sonne«, mutmaßte Valerie nüchtern und atmete tief durch. »Was für eine Erleichterung, sich sein Geschwätz nicht mehr anhören und dazu auch noch lächeln zu müssen, als hätte er etwas Geistreiches gesagt.«

Fanny horchte auf das Trommeln des Regens und der Hufe. »Aber was ist, wenn wir zu spät am Hafen eintreffen?« sorgte sie sich.

»Wir haben noch Zeit genug. Es sind ja nur noch zwanzig Meilen bis nach Bristol. Isaac wird uns schon rechtzeitig zum Schiff bringen.«

»Amerika.« Fanny lauschte dem Klang des Wortes nach. »Ich hätte nie gedacht, daß ich einmal eine so große Reise machen würde. Und ausgerechnet nach Amerika.«

»Ich auch nicht«, erwiderte Valerie nachdenklich.

Fanny sah sie im Dunkel der Kutsche an und versuchte in Valeries Gesicht zu lesen, doch sie vermochte nur die vage Silhouette ihrer Mistress auszumachen. »Es muß schlimm für Sie sein«, sagte sie mitfühlend. Valerie hatte vor ihr keine Geheimnisse; was sie bedrückte oder mit Freude erfüllte, teilte sie mit ihr, seit sie in ihren Diensten stand. Zwar war sie ihre Zofe, doch ihre Beziehung war mehr von gegenseitigem Vertrauen und Freundschaft geprägt, auch wenn sie darüber nie vergaß, wer von ihnen die Herrin und wer die Bedienstete war.

»Es ist nicht schlimm, Fanny«, antwortete Valerie nach einer guten Weile des Schweigens. »Es ist nur so... verwirrend und scheinbar ohne jeden Grund. Warum ist es diesem Henry Duvall«, sie vermied das Wort »Vater« ganz bewußt, als könnte sie das vor etwas schützen, was sie nicht wahrhaben wollte, »auf einmal so wichtig, mich zu sehen und mit mir zu sprechen? Hat er nicht neunzehn Jahre lang die Täuschung aufrechterhalten, er sei kurz nach meiner Geburt gestorben? Neunzehn Jahre hat er geschwiegen und sein eigenes Leben geführt, in dem ich keinen Platz hatte. Doch nun auf einmal kann es ihm nicht schnell genug gehen, mich in New Orleans zu sehen. Warum ist er denn nicht nach England gekommen? Bin ich ihm etwas schuldig oder er mir?«

»Stand im Brief nicht, daß er krank ist und der Arzt ihm verboten hat, sich der Strapaze einer so langen Reise zu unterziehen?« wandte Fanny ein.

»Papier ist geduldig«, erwiderte Valerie argwöhnisch. »Warum soll ich ihm jetzt glauben, nachdem auch alles andere eine Lüge war?«

»Aber möglich ist es schon, daß er wirklich sehr krank ist und nicht mehr lange zu leben hat.«

»Möglich ist wohl fast alles.«

»Und wenn man den Tod so nahe weiß«, fuhr Fanny verständnisvoll fort, »bereut man doch oft Dinge, die man getan hat, und versucht, etwas gutzumachen.«

»Er braucht an mir nichts gutzumachen!« entgegnete Valerie heftig. »Mir hat es nie an etwas gefehlt. Ich habe die besten Eltern, die man sich nur wünschen kann!«

»Aber dennoch sind Sie jetzt auf dem Weg zu ihm«, machte Fanny sie auf ihre scheinbare Inkonsequenz aufmerksam.

»Ja, das bin ich, und ich weiß selbst nicht, warum ich es tue«, gestand Valerie ein. »Es ist wie ein innerer Zwang, als müßte ich Antworten auf Fragen finden, die ich jetzt noch gar nicht zu formulieren vermag. Als gäbe es ein Geheimnis, das es zu enträtseln gilt...« Ihre Stimme verlor sich in einem Flüstern, während ihre Gedanken sich von ihrem Gespräch mit Fanny entfernten.

Die Zofe spürte, daß Valerie die Unterhaltung nicht mehr fortsetzen, sondern mit ihren Gedanken allein sein wollte, und versank auch in Schweigen. Sie lehnte den Kopf gegen die weichgepolsterte Seitenwand der Kutsche und schloß die Augen. Es dauerte nicht lange, und das monotone Rattern der Räder hatte sie in den Schlaf gelullt.

Valerie zog die Decke höher. Von irgendwoher drang kühle Luft

durch eine Ritze ins Innere der Kutsche. Sie wünschte, sie hätten zwei im Ofen aufgeheizte und in Tücher gewickelte Bettsteine zur Hand, um sich die Füße zu wärmen. Doch dann dachte sie an Isaac, der wohl zusammengekauert auf dem Kutschbock saß und dem strömenden Regen schutzlos ausgeliefert war. Dagegen hatte sie es hier drinnen noch ausgesprochen behaglich.
Sie legte ihre Beine auf die gegenüberliegende Sitzbank und lauschte dem Heulen des Windes und dem eiligen Hufschlag der Grauschimmel. Dann und wann hörte sie Isaacs Stimme, Wortfetzen, die der Wind zu ihr trug. Er sprach mal wieder mit sich selbst, wohl um sich wachzuhalten.
Henry Duvall.
Was mochte er für ein Mensch sein, ihr leiblicher Vater, der sie weggegeben hatte, als wäre sie nichts weiter als ein Stück Möbel oder ein Haustier? Was verbarg sich hinter diesem Namen, der gewiß französischen Ursprungs war. Hatte sie die getönte Haut von ihm oder ihrer Mutter geerbt, die im Kindbett gestorben war, wie es hieß. Aber was konnte sie davon glauben? Lebte ihre Mutter vielleicht auch noch? Aber wie war das dann mit der Geschichte zu vereinbaren, die Charles und Ruth ihr erzählt hatten? Mußte sie auch an ihrer Aufrichtigkeit zweifeln? Und warum hatte Henry Duvall seinen Brief an sie so knapp gehalten, statt ihr schon schriftlich eine erste Erklärung für sein unverständliches Verhalten zu geben? Aber vermutlich vermochte er auch keine einsichtige Begründung anzuführen, die sein Handeln rechtfertigen konnte, obwohl er genau das behauptete. Was hatte in dem Brief gestanden, der an ihre Eltern gerichtet war? Wirklich nur die flehentliche Bitte, Valerie nach New Orleans reisen zu lassen, und die Darlegung der Reisearrangements, die er schon im voraus bezahlt hatte? War es nur ein Zufall gewesen, daß Ruth den Brief nicht mehr hatte finden können, als sie sie darum gebeten hatte, sie dieses Schreiben lesen zu lassen?
Die zahllosen Ungereimtheiten und Fragen bedrängten sie und machten sie ganz wirr im Kopf. Schließlich zwang sie sich, nicht weiter darüber nachzugrübeln, wußte sie doch, daß sie die Antworten erst jenseits des weiten Atlantik finden würde – wenn überhaupt.
Sie machte es sich so gemütlich, wie es die Umstände zuließen, schloß die Augen und versuchte ein wenig Schlaf zu finden. Isaac würde sie schon wecken, wenn sie Bristol erreicht hatten.
Der Wind ließ an Heftigkeit nach, und das wütende Prasseln des

Regens auf das Dach der Kutsche verwandelte sich in ein ruhiges, gleichmäßiges Pochen. Sie döste eine Weile vor sich hin, bis die Müdigkeit sie sanft in den Schlaf und in eine Welt wirrer Träume zog.

Ein helles, durchdringendes Geräusch ließ sie zwei Stunden später aufwachen. Sie brauchte einen Moment, um sich zu erinnern, wo sie sich befand und um was es sich bei diesem Geräusch handelte.

Kopfsteinpflaster!

Die Räder ratterten über Kopfsteinpflaster! Sie mußten Bristol also erreicht haben. Sie fuhr sich über die Augen und schob den Vorhang vom Türfenster zurück. Dunkle Häuserfronten huschten zu beiden Seiten der Kutsche vorbei.

Valerie beugte sich vor und öffnete das winzige Schiebefenster zum Kutschbock hin, während Fanny jetzt auch aufwachte und schläfrig gähnte.

»Sind wir in Bristol, Isaac?« rief sie zu ihm hinaus.

»Ja, Miß Valerie«, kam die Antwort vom Kutschbock. »Wir haben's geschafft, dem Herrn sei's gedankt. Wenn er mich jetzt nur noch geradewegs zum Hafen leitet, will ich mich nicht beklagen.«

»Ich denke, Sie kennen den Weg?«

»Nach Bristol schon, aber in einer so großen Stadt kann man leicht den falschen Weg einschlagen«, rief er.

»Wie spät haben wir es denn?«

»Die Turmuhr zeigte gerade zwanzig vor zwölf.«

»Dann sehen Sie bloß zu, daß Sie nicht in die Irre fahren, Isaac!«

»Ich werde versuchen, Sie nicht zu enttäuschen, Miß Valerie!«

Sie schloß den Schieber wieder. »Das fehlte uns gerade noch, daß Isaac mit uns durch dieses Gewirr von engen Gassen und Straßen irrte«, sagte sie beunruhigt.

»So genau auf die Minute wird es der Captain schon nicht nehmen«, versuchte Fanny sie zu beruhigen.

»Verlassen würde ich mich darauf jedoch nicht!«

Sie wurden hin und her geworfen, als Isaac Holbrook die Kutsche mit kaum vermindertem Tempo in die Kurven riß und die Pferde fast im Galopp durch die menschenleeren Straßen trieb. Das Trommeln der Hufe schallte durch die Nacht.

»Gütiger Gott! Er will doch wohl nicht, daß die Reise für uns schon beendet ist, bevor wir auch nur das Schiff zu sehen bekommen haben!« stieß Fanny erschrocken hervor, als die Kutsche erneut mit rasender Geschwindigkeit um eine Straßenecke bog und dabei bedenklich ins Schwanken geriet. Sie hätte Stein und Bein geschworen, daß die Räder auf der rechten Seite für einen Augenblick in der Luft hingen.

Valerie wollte etwas erwidern, kam jedoch nicht mehr dazu. Denn im selben Augenblick hörten sie, wie der Kutscher einen lästerlichen Fluch ausstieß. Und während er mit der linken zur Bremse griff und sie mit aller Kraft anzog, zerrte er mit der rechten Hand an den Zügeln, um die Pferde zum Stehen zu bringen.

Valerie und Fanny wurden bei diesem abrupten Bremsmanöver unsanft von der Sitzbank gerissen und nach vorn geschleudert. Valerie konnte sich gerade noch an der vorderen Wand abstützen.

»Bist du noch bei Sinnen?« rief Valerie wütend und riß den Schieber auf. »Isaac! Willst du, daß wir uns die Knochen brechen? Was hat das zu bedeuten?«

»Entschuldigen Sie, Miß. Mir blieb keine andere Wahl. Ich mußte so abrupt bremsen. Die Gasse ist blockiert«, antwortete er mit heiserer Stimme.

»Mein Gott, dann rasen Sie nicht so wie der Teufel! Wenden Sie!«

»Das geht nicht. Dazu ist die Gasse zu eng!«

»Wieso kann die Gasse blockiert sein, Isaac? Sind Sie vielleicht doch falsch gefahren?«

»Nein, Miß, wir sind hier schon richtig. Nur haben ein paar Männer Fässer mitten auf die Straße gestellt und machen sich nun irgendeinen Spaß, mag der Teufel wissen, was für einen!« Und mit erhobener Stimme rief er: »He, Mister! ... Ja, Sie da! Weg mit den Fässern! Sie blockieren die Durchfahrt!«

Derbe Männerstimmen antworteten ihm, doch was sie dem Kutscher zuriefen, konnten Valerie und Fanny nicht hören, denn die Antwort ging in fröhlichem Gelächter unter.

»Was mag da bloß los sein?« fragte Fanny beunruhigt. »Man wird uns doch wohl nicht ausrauben wollen, oder?«

»Das werde ich ja gleich sehen!«

»Miß Valerie! Um Gottes willen, Sie wollen doch nicht etwa zu den Männern da hinaus?« Fanny war entsetzt. »Das können Sie unmöglich tun!«

»Und warum nicht?«

»Wer weiß, was das für rauhe Gesellen sind und was Sie Ihnen antun werden! Das hier ist die Hafengegend!«

»Ich bin nicht auf den Mund gefallen und weiß mich schon meiner Haut zu wehren«, erwiderte Valerie ungeduldig. »Und jetzt laß mich vorbei. Ich bleib ja bei der Kutsche!«
»Ich dürfte es ja nicht gestatten! Ihre Eltern haben mir tausendmal eingetrichtert, daß ich gut auf Sie achtgeben soll!« protestierte ihre Zofe.
»Dann tu das mal«, sagte Valerie unbekümmert und stieg über sie hinweg. Mit einer energischen Bewegung stieß sie die Tür auf, raffte ihre Röcke zusammen und sprang aus der Kutsche. Zum Glück hatte sie sich am Griff neben der Tür festgehalten, denn das Kopfsteinpflaster war nach den Regengüssen der letzten Stunden glatt wie mit Schmierseife eingerieben. Bis auf einen feinen Nieselregen hatte sich das Unwetter gelegt, und die Luft war von einem frischen, herzhaften Duft erfüllt, den sie im ersten Augenblick nicht zu deuten vermochte. Doch dann wußte sie, daß das der Geruch des nahen Meeres sein mußte, den der Wind von der offenen See in die Stadt getragen hatte.
Valerie blickte sich um. Es war, wie Isaac gesagt hatte. Die Gasse war gerade breit genug, daß zwei Fuhrwerke aneinander vorbeikommen konnten, wenn die Kutscher ihr Handwerk verstanden. Doch jetzt versperrten vier dicke Fässer, die in einem Quadrat vor einer Taverne aufgestellt waren, die Fahrbahn. Über die Fässer waren Vierkanthölzer gelegt, die kaum breiter als zwei Finger waren. Und während ein gutes Dutzend Zecher sich an der Tür zur Taverne drängte, balancierte ein Mann über diese schmalen Balken, auf dessen plattem Ende ein gefülltes Glas stand. Der Mann schwankte auf dem Balken bedenklich hin und her, ruderte mit den Armen durch die Luft und gab erstickte Laute von sich. Ein Teil der Zuschauer feuerte ihn lauthals an, während die anderen ihm nicht weniger lautstark ein schnelles Abrutschen wünschten.
Etwas vor der Gruppe der Zuschauer, näher bei der Kutsche, stand ein zweiter Mann in schwarzen Hosen und einem weiten weißen Hemd, der sich kurz zu ihr umgedreht hatte und den Balanceakt des Mannes auf den Balken nun mit gutmütigem Spott kommentierte.
»Nur nicht so zaghaft, Danny!« rief er. »Du wirst dich doch nicht vor einer jungen Lady blamieren wollen. Komm schon, zeig, daß du noch nichts verlernt hast!«
»Du kommst auch noch dran, Matt!« rief jemand von der Tavernentür.

Zorn stieg in Valerie auf. Sie trat zum Kutschbock und streckte die Hand aus. »Geben Sie mir die Peitsche, Isaac!« verlangte sie.
Bestürzt sah der Kutscher sie an. »Miß Valerie! Steigen Sie, um Gottes willen, wieder in die Kutsche! Mit Betrunkenen wie diesen da ist nicht zu spaßen!«
»Die Peitsche, habe ich gesagt!«
»Das kann ich nicht!«
»Wollen Sie, daß ich Sie mir holen komme?«
Zögernd zog Isaac Holbrook die Peitsche aus dem Metallschaft neben sich. »Lassen Sie mich das besser machen, Miß! Das ist wirklich nichts für eine junge Lady wie Sie!« beschwor er sie.
»Nun geben Sie schon her!«
Resigniert den Kopf schüttelnd, reichte er sie ihr. »Wenn das Mister Fulham erfährt...«, begann er.
»Wenn Sie es ihm nicht erzählen, wird er es nie erfahren«, erwiderte Valerie, packte die Peitsche mit festem Griff und ging auf den Mann zu, den einer der Zuschauer mit Matt angesprochen hatte.
»Hören Sie sofort mit dieser lächerlichen Vorstellung auf und geben Sie die Gasse frei!« sprach sie ihn mit schneidender Stimme an.
Der Mann drehte sich ohne Hast zu ihr um. Er war groß und schlank, und unter dem offenen Hemd zeichnete sich eine muskulöse Brust ab. Um den Hals trug er eine Goldkette mit einem ebenfalls goldenen Anhänger, der eine merkwürdige Form hatte und wie der verschrumpelte Kern einer Nuß aussah. Er musterte sie mit einem spöttischen Lächeln auf dem markanten Gesicht, das Valerie unter anderen Umständen gewiß sympathisch gefunden hätte. »Sie scheinen wenig Sinn für harmlose Vergnügungen zu haben«, sagte er dann gelassen, während der Mann das Ende des letzten Balkens erreicht hatte. Er nahm das Glas vom Löffelende und hielt es in die Höhe. »Noch halb voll! Das mach mir erst einmal nach, Matt!« rief er und sprang hinunter.
»Das habe ich auch nicht!« erwiderte Valerie scharf. »Sehen Sie nicht, daß Sie die Gasse blockieren? Die Kutsche kommt hier nicht durch, und zum Wenden ist die Gasse zu eng. Ich habe es eilig!«
»So?« fragte der Mann mit hochgezogenen Augenbrauen. »Eine so schöne Frau wie Sie sollte sich für alles im Leben viel Zeit lassen.«
»Sparen Sie sich Ihre billigen Schmeicheleien für Ihre Tavernenfreunde! Bei mir verfangen sie nicht!« herrschte sie ihn zornig an.
»Ich denke nicht daran, wegen Ihnen mein Schiff zu versäumen!«

»Schau an, Sie wollen sich aufs Meer hinauswagen, ja? Mit was für einem Schiff denn?« fragte er, als hätte er alle Zeit der Welt.
»Mit der *Alabama*, die um Mitternacht ausläuft, aber was geht Sie das an?«
»So, die *Alabama*«, sagte er gemächlich und spielte mit dem merkwürdigen Anhänger. »Kein übler Kahn. Gibt wahrlich schlimmere Seelenverkäufer. Glaube jedoch nicht, daß der Captain es so genau nimmt. Soll ein wenig zuverlässiger Bursche mit einem fragwürdigen Charakter sein.«
»Lassen Sie Ihre einfältigen Scherze, und räumen Sie gefälligst die Fässer aus dem Weg!«
»Nur mit der Ruhe, Lady. Sie kommen bestimmt noch rechtzeitig auf Ihr Schiff, bevor der Anker hochgeht«, sagte er und quittierte das zornige Funkeln ihrer Augen mit einem unbeschwerten Lächeln. »Aber wer hat Ihnen denn erzählt, daß Sie an Bord eines Schiffes eine Peitsche brauchen? Wenn es mal Hiebe setzt, dann mit dem Tauende und von der Hand des Bootsmanns, habe ich mir sagen lassen.«
»He, Matt! Wie lange willst du denn noch da rumstehen und Sonntagsreden halten? Jetzt bist du an der Reihe!« rief der Mann, der soeben über das Balkenquadrat geturnt war.
»Sie sehen, man verlangt nach mir«, sagte Matt zu Valerie mit einem breiten Lächeln und zuckte mit den Achseln. »Warten Sie einen Augenblick, es dauert nur ein paar Minuten. Und wenn Sie noch eine Wette abschließen wollen, ob ich weniger verschütte als Danny, der dicke Bursche da mit der Tätowierung auf dem Arm nimmt Ihre Wette gern an.« Er zwinkerte ihr zu. »Riskieren Sie ruhig ein paar Shilling. Sie haben gute Aussichten, einen hübschen Gewinn zu machen!« Damit ließ er sie einfach stehen, sprang auf das erste Faß und nahm den Löffel und das volle Wasserglas, das ihm einer der Männer hochreichte.
Einen Augenblick stand sie sprachlos über die Unverschämtheit dieses Mannes da. Es kümmerte diesen Kerl überhaupt nicht, ob sie wegen seiner lächerlichen Wette ihr Schiff verpaßte!
Der Zorn in ihr wurde übermächtig. Und bevor sie sich bewußt wurde, was sie tat, schwang sie auch schon die Peitsche. Das dünne Leder schnitt durch die Luft und traf die Hand des Mannes.
Schmerzhaft schrie er auf, verlor das Gleichgewicht, stolperte vom Faß und wäre fast aufs Kopfsteinpflaster gestürzt. Der Löffel polter-

te auf die Steine, während das Glas zersplitterte. Sich die Hand haltend, fuhr er zu ihr herum, starrte sie mehr fassungslos als wütend an.
Valerie hörte, wie Isaac hinter ihr einen erstickten Schrei des Erschreckens ausstieß, und ihr selbst fuhr nun der Schreck über ihre unbeherrschte Tat in die Glieder.
Einer der Männer löste sich aus der Gruppe und kam mit wutverzerrtem Gesicht auf sie zu, riß ihr die Peitsche auf der Hand. »Sind Sie noch ganz bei Trost?« fuhr er sie an.
Isaac Holbrook kletterte nun mit steifen Gliedern vom Kutschbock, leise vor sich hin fluchend, weil er glaubte, jetzt zwangsläufig in eine handgreifliche Auseinandersetzung eingreifen zu müssen. Er mußte Valerie zu Hilfe eilen, ob er nun eine faire Chance gegen diese rauhen Burschen hatte oder nicht. »Wagen Sie es ja nicht, ihr etwas anzutun!« rief er drohend und war sich selbst nur zu bewußt, wie lächerlich seine Drohung angesichts der Übermacht war.
»Laß sie in Ruhe, Pete!« rief Matt nun scharf. »Und Sie steigen wieder auf Ihren Bock zurück, Kutscher! Es wird ihr nichts geschehen, Mann. Oder glauben Sie, wir vergreifen uns an einer Frau?«
Isaac blieb abwartend stehen.
»Verdammt, dieses Weibsstück hat mit der Peitsche nach dir geschlagen! Sie hätte dich am Kopf treffen können! Du hast Glück gehabt, daß sie dir kein Auge ausgeschlagen hat!« begehrte Pete auf.
Matt trat zu ihnen und nahm seinem Zechkumpanen die Peitsche ab. »Das ist meine Angelegenheit, Pete, also misch du dich nicht ein!« sagte er mit befehlsgewohnter Stimme.
»Wie du meinst«, brummte Pete.
»Sag den anderen, sie sollen die Fässer wegrollen und die Gasse freimachen«, trug Matt ihm auf.
»Aber dann hast du die Wette verloren!«
»Ihr werdet schon auf eure Kosten kommen, und nun tu, was ich gesagt habe!« verlangte Matt.
»Aye, aye!« Valerie einen erbosten Blick zuwerfend, zog er sich zurück.
Matt wandte sich nun Valerie zu, fixierte sie scharf. »Ist das Ihre Art, sich durchzusetzen?« fragte er. »Bei aller Großzügigkeit, aber ausgesprochen damenhaft ist es wohl nicht, was Sie da getan haben! Ich hab' zwar schon eine Menge erlebt, aber daß eine Frau mit der

Peitsche auf mich losgegangen wäre, diese zweifelhafte Ehre ist mir bisher noch nicht zuteil geworden.«

Valerie versuchte, ihre Betroffenheit hinter einer trotzigen Miene zu verbergen. »Erwarten Sie nicht, daß ich mich bei Ihnen entschuldige! Sie haben es herausgefordert! Warum haben Sie die Gasse nicht gleich freigegeben?«

»Ich bin nicht gewohnt, sofort zu springen, wenn jemand mit den Fingern schnippt!«

»Und ich lasse mich nicht von rücksichtslosen Männern wie Ihnen zum Narren halten! Ich wollte Sie nicht verletzen, aber offenbar verstehen Sie keine andere Sprache!«

»Sie scheinen zu wissen, was Sie wollen, und stets Ihren Willen zu bekommen«, bemerkte Matt spöttisch und drückte ihr die Peitsche in die Hand. »Doch Sie könnten mit Ihrem Temperament auch mal an den Falschen geraten, und das könnte dann bittere Folgen für Sie haben.«

»Ich werde mir Ihre Worte zu Herzen nehmen!« gab sie sarkastisch zurück und wandte sich abrupt ab, um wieder in die Kutsche zu steigen. Die Fässer waren inzwischen an die Hauswand der Taverne gerollt, so daß sie endlich weiterfahren konnten.

»Gute Reise, Miß!« rief Matt ihr spöttisch nach.

»Himmelherrgott, was haben Sie bloß getan?« stieß Isaac gedämpft hervor, während er ihr den Schlag aufhielt. Er war ganz blaß im Gesicht. »Das hätte ins Auge gehen können, Miß Valerie! Ich hatte entsetzliche Angst, die Männer könnten Ihnen etwas tun.«

»Machen Sie nicht so ein Gesicht, Isaac! Ich kann schon selbst auf mich aufpassen«, erwiderte Valerie, doch es klang mehr verteidigend als zurechtweisend. In Wirklichkeit war ihr nämlich reichlich mulmig zumute, weil auch ihr inzwischen klargeworden war, daß der Zwischenfall einen weniger guten Ausgang hätte nehmen können. Sie hatte mit dem Feuer gespielt, und daß sie sich nicht die Finger verbrannt hatte, verdankte sie nicht ihrer gedankenlosen Unerschrockenheit, sondern der Beherrschung dieses Mannes. Aber das vor Isaac und ihrer Zofe einzugestehen, brachte sie nicht fertig.

»Machen wir, daß wir weiterkommen! Wir haben schon viel zuviel Zeit verloren!« drängte sie und ließ sich neben Fanny auf die Sitzbank fallen.

»Tausend Tode wäre ich an Ihrer Stelle gestorben!« sagte Fanny halb bewundernd, halb schaudernd, als die Kutsche sich wieder in

Bewegung setzte. »Nicht mal aus der Kutsche hätte ich mich gewagt, geschweige denn mit der Peitsche auf diese brutalen Kerle loszugehen.«

»Nun übertreib mal nicht«, sagte Valerie, und ihre innere Anspannung löste sich, als die Taverne hinter ihnen zurückblieb. »Das waren ja keine Straßenräuber.«

»Aber so haben Sie sie behandelt.«

»Es war reine Glückssache, daß ich ihn getroffen habe«, gestand Valerie und mußte nun unwillkürlich lachen. »Du hättest ihre verdutzten Gesichter sehen sollen. Ich glaube, das werden sie so schnell nicht vergessen. Aber geschieht ihm auch ganz recht. Mich wie ein dummes Kind zu behandeln, das man ungestraft auf später vertrösten kann, wo ich ihm doch klar gesagt habe, daß wir in Eile sind und womöglich unser Schiff verpassen, wenn er uns nicht durchläßt! Das war schon eine Frechheit. Na ja, er hat seine Quittung bekommen.«

»Aber daß er Ihnen nichts getan hat, war doch anständig von diesem Mann«, meinte Fanny. »Jeder hätte sich das bestimmt nicht bieten lassen, ohne aus der Haut zu fahren. Denn bei allem, was recht ist, unvernünftig war es schon, was Sie da getan haben!«

»Anständig wäre es geweseen, wenn er die Gasse sofort geräumt hätte. Und jetzt laß uns nicht mehr davon reden. Es war ein unerfreulicher Zwischenfall, und ich mag ein wenig die Beherrschung verloren haben...«, räumte Valerie schuldbewußt ein.

»Ein wenig?«

»...aber es ist ja alles gut ausgegangen, und allein das zählt jetzt«, fuhr Valerie unbeirrt fort.

Wenige Minuten später hatten sie den Hafen erreicht. Isaac brachte die Kutsche vor dem Schuppen eines Schiffsausrüsters zum Stehen, der noch geöffnet hatte. Mehrere Männer luden im hellen Schein großer Laternen dicke Taurollen auf ein Fuhrwerk. Er fragte nach dem Liegeplatz der *Alabama*.

»Die liegt drüben an der Westindien-Pier! Ganz am Ende. Können Sie gar nicht verfehlen. 'n schlanker Baltimore-Clipper, wie er im Buche steht«, lautete die Antwort, gefolgt von einer knappen Wegbeschreibung.

Kurz darauf bog die Kutsche auf die Pier ein.

»Da ist es!« rief Fanny aufgeregt, die den Vorhang weggeschoben hatte. »Sie liegt noch da, und es sieht nicht so aus, als würden sie

sofort lossegeln wollen. Wir haben es also doch noch rechtzeitig geschafft!«
Valerie gab einen Stoßseufzer der Erleichterung von sich. »Ich glaube, diese Nacht werde ich so schnell nicht vergessen, Fanny.«
Isaac brachte die Kutsche direkt vor der breiten Gangway, die auf das Schiff führte, zum Halten und ließ die Bremse einrasten. Er sandte ein stummes Dankgebet gen Himmel, daß er seine kostbare Fracht doch noch pünktlich und vor allem wohlbehalten zum Schiff gebracht hatte.
»Von wegen kein übler Kahn«, murmelte Valerie, als sie ausstieg und die *Alabama* einer kritischen Musterung unterzog. Sie war ein schlanker, geradezu schnittiger Dreimaster und unterschied sich von vielen anderen Schiffen, die im Hafen von Bristol lagen, wie ein rassiges Rennpferd von einem groben Ackergaul. Die hohen Masten schienen fast endlos in den Himmel aufzuragen, über den noch immer dunkle Wolken zogen. Leinen, Taue, Takelage, Taljen, Blöcke und tausend andere Dinge verbanden die Masten und Rahen miteinander und ergaben ein faszinierendes Gewirr, so daß Valerie sich fragte, wie ein Mensch all das bloß auseinanderhalten, geschweige denn zu seinem Nutzen einsetzen konnte.
»Ich verstehe ja nichts von Segelschiffen, aber die *Alabama* gefällt mir«, meinte Fanny neben ihr beeindruckt von den Ausmaßen des Seglers und seinen eleganten Linien. Der Bug hob sich mit seinen nach innen fallenden Rumpfwänden wie ein scharfes V aus dem dunklen, modrig riechenden Wasser des Hafenbeckens. »Und sie sieht schnell aus.«
Valerie nickte zustimmend. »Ja, und dieser Herumtreiber vorhin wollte mir doch wahrlich weismachen, daß wir die Überfahrt auf einem Seelenverkäufer antreten!«
»Soll ich das Gepäck schon an Bord bringen, Miß Valerie?« erkundigte sich der Kutscher.
»Nein, Isaac, die Koffer und Kisten sind zu schwer für Sie. Auf der *Alabama* gibt es gewiß genug kräftige Männer, die sich um das Gepäck kümmern können«, sagte sie. »Warten Sie nur hier, und du auch, Fanny. Ich suche den Captain.«
»Sehr wohl, Miß«, sagte Isaac dankbar, sich nicht auch noch mit dem zahlreichen Gepäck der beiden Frauen abquälen zu müssen.
Valerie hob ihre Röcke etwas an und schritt die Gangway hoch. An Bord der *Alabama* brannten Schiffslaternen. Auf dem Achterdeck

standen drei Männer am Ruder und sprachen miteinander. Und vorn am Bug machten sich vier weitere Männer, ganz offensichtlich Matrosen, an der Ankerwinde zu schaffen. Sie nahm an, daß es sich bei den Männern um die Deckswache handelte, war sich jedoch nicht sicher. Einen Mann in einer Art Uniform, die ihn als Offizier ausgewiesen hätte, konnte sie jedoch nirgends entdecken.

Als sie das Deck betrat, bemerkte sie die Gestalt eines Mannes, der im Schatten des Großmastes stand. Sie ging auf ihn zu, und er trat nach kurzem Zögern aus dem Schlagschatten des mächtigen Mastes, den sie mit beiden Armen nicht hätte umfassen können.

Er war ein mittelgroßer Mann von eher hagerer als schlanker Figur. Über einem dunklen Anzug trug er einen schwarzen, weiten Umhang aus festem, mit Leinöl getränktem Stoff, der im Licht der Laterne feucht vom Regen glänzte. Valerie erinnerte sich daran, gelesen zu haben, daß die Seeleute diese Schlechtwetterbekleidung Ölzeug nannten, und nahm an, daß er zur Schiffsbesatzung gehören und einen höheren Posten bekleiden mußte, da er unter dem Ölzeug einen Anzug trug – auch wenn dieser helle Panamahut, den er tief in die Stirn gezogen hatte, schlecht zu dem Regenumhang paßte. Aber wie es hieß, war der Geschmack der Amerikaner ja in fast jeder Hinsicht äußerst fragwürdig.

»Entschuldigen Sie, sind Sie vielleicht Captain Melville?« sprach sie den Mann an.

Er hob den Kopf, und sie erschrak unwillkürlich, als der Lichtschein der nahen Laterne auf sein Gesicht fiel. Es war das Gesicht eines etwa vierzigjährigen Mannes, das man fast als hübsch hätte bezeichnen können, wenn – ja, wenn nicht diese häßlichen Brandflecken auf seiner rechten Gesichtshälfte gewesen wären.

Er sah sie nur an, als hätte er ihre Frage nicht verstanden. Und seine dunklen Augen schienen sich in sie bohren zu wollen, als suchten sie dort die Antwort auf eine lebenswichtige Frage.

Valerie wurde unter seinem Blick unruhig. »Mein Name ist Valerie Fulham, und ich bin mit meiner Zofe für eine Passage nach New Orleans auf der *Alabama* angemeldet. Dies ist doch die *Alabama*, nicht wahr?«

Ein kaum merklicher Ruck ging durch den Körper des Mannes, und ein dünnes Lächeln zeigte sich auf seinem bisher ausdruckslosen Gesicht. Er machte eine steife Verbeugung und lüftete dabei seinen Hut, der für englische Wetterverhältnisse reichlich unpassend in

Farbe und Form war. »Das ist sie in der Tat, Miß Fulham«, antwortete er, und seine Stimme klang so sanft und schleppend, als hätte ihn eine schwere Krankheit aller Kräfte beraubt, so daß ihm sogar das Sprechen große Anstrengung bereitete.
»Sie sind Amerikaner, nicht wahr?« Sein Akzent war unverkennbar.
»Ich bestreite es nicht, Miß Fulham.«
»Aber der Captain sind Sie nicht«, stellte sie fest.
»Sehe nicht aus wie der Captain eines solch rassigen Schiffes, nicht wahr?« Er lächelte, doch in seiner kraftlosen Stimme schwang bitterer Sarkasmus mit.
»Nein«, gab Valerie nach kurzem Zögern zu. Warum sollte sie lügen, wenn etwas ganz offensichtlich war.
»Bruce French«, stellte er sich vor. »Aus Baton Rouge, Louisiana.«
»Dann reisen Sie auch nach New Orleans?«
»So ist es«, bestätigte Bruce French und deutete auf einen stämmigen, breitschultrigen Mann, der gerade den Niedergang hochstiefelte und an Deck trat. »Das ist Mister Lewis Gray, der Erste Offizier der *Alabama*. Ich bin sicher, er wird sich Ihrer gern annehmen.«
»Besten Dank, Mister French.«
Wieder lüftete er seinen Hut. »Ist mir ein aufrichtiges Vergnügen, Ihre Bekanntschaft gemacht zu haben und Sie als Passagier an Bord zu wissen, Miß Fulham.«
Valerie ging auf den Ersten Offizier zu, der sofort mit einem freundlichen Lächeln sagte: »Sie müssen Miß Fulham sein! Wir haben schon früher mit Ihrem Eintreffen gerechnet. Willkommen an Bord der *Alabama*.« Es lag kein Vorwurf in seiner Stimme, sondern eher Erleichterung. Und sein Blick war von unverhohlener Bewunderung.
»Mein Vater erlitt auf der Reise einen Schwächeanfall, der ihn zwang, in einem Gasthaus zu pausieren. Es tut mir leid, wenn Sie und der Captain wegen unserer Verspätung Unannehmlichkeiten hatten«, entschuldigte sie sich. »Ich weiß, daß die *Alabama* schon um Mitternacht auslaufen sollte.«
»Von Unannehmlichkeiten kann bei einem Passagier wie Ihnen doch ganz und gar nicht die Rede sein«, versicherte er charmant. »Es wird noch etwas dauern, bis wir Bristol verlassen. Ich hoffe, der Gesundheitszustand Ihres Vaters ist nicht besorgniserregend.«
»Nein, es geht ihm schon wieder besser. Doch danke für die Nachfrage, Mister Gray.«

Er hob die Brauen. »Oh, Sie kennen meinen Namen?«
»Mister Bruce war so freundlich, mich an Sie zu verweisen.«
Der Erste blickte zu seinem Landsmann hinüber. »So, Mister French«, brummte er, als wäre er auf ihn nicht gut zu sprechen, sagte dann aber wieder lebhaft: »Sie werden müde sein. Die Kabinen für Sie und Ihre Zofe sind schon vorbereitet. Wenn Sie mir bitte folgen würden?«
»Wenn Sie gestatten, möchte ich mich noch von Isaac verabschieden, das ist unser Kutscher«, bat Valerie, die den Ersten Offizier auf Anhieb sympathisch fand. »Meine Zofe wartet auch noch bei unserem Gepäck...«
»Darum werde ich mich kümmern, Miß Fulham.« Er wandte sich um und rief zwei Männer zu sich, denen er den Auftrag erteilte, das Gepäck an Bord zu bringen.
Valerie kehrte zu Isaac zurück und verabschiedete sich herzlich von ihm. »Sie werden mir fehlen, Isaac.«
»Sie mir auch, Miß Valerie«, sagte er bewegt.
»Und bewahren Sie bitte Stillschweigen über das, was da in der Gasse vorgefallen ist«, bat sie ihn und drückte ihm ein Goldstück in die Hand. »Wir wollen meine Eltern doch nicht unnötig beunruhigen, nicht wahr?«
»Sie haben mein Wort, Miß Valerie«, versicherte er und bedachte sie mit einem sorgenvollen Blick. »Doch ich wünschte, Sie würden sich in Zukunft bei solchen Gelegenheiten Ihrer Herkunft erinnern und sich mehr zurückhalten, wenn Sie mir diese Bemerkung erlauben.«
»Ich werde mich bemühen«, versprach sie. »Machen Sie es gut, Isaac.«
»Möge Gott Sie beschützen! Eine gute Überfahrt, und kommen Sie schnell zurück.«
Valerie kehrte mit Fanny an Bord der *Alabama* zurück, wo Lewis Gray nun auch die Zofe willkommen hieß und sie dann zu ihren Kabinen führte, die ich Achterschiff lagen. Sie stiegen den Niedergang hinunter. Auf der Mitte des Ganges deutete der Erste Offizier auf zwei gegenüberliegende Türen.
»Hier rechts an Steuerbord liegt Ihre Kabine, Miß Fulham«, sagte er und öffnete ihr die Tür. »Und drüben an Backbord ist Ihre Zofe untergebracht. Ich hoffe, die Unterkunft entspricht in etwa Ihren Erwartungen. Wir sind zwar kein Hotel, doch wir bemühen uns, unseren Passagieren die Überfahrt so angenehm wie möglich zu

gestalten.« Er ging vor und entzündete eine Lampe mit einem Porzellanschirm.
Valerie trat ein und war verwundert, wie geräumig die Kabine doch war. Sie hatte sich eine winzige Kammer vorgestellt und war nun angenehm überrascht. Neben einem recht breiten Bett, das man auf einem Schiff wohl Koje nannte, bestand die Einrichtung aus einem kleinen Sekretär, einer Waschkommode, über der sich ein mit Messing eingefaßtes Bullauge befand, einem Schrank und einem bequemen Polstersessel. Bis auf den Sessel waren alle Möbelstücke fest verschraubt, so daß sie sich auch bei hohem Seegang nicht losreißen konnten. Die Wände, die vier kolorierte Stiche mit Schiffsmotiven zierten, waren mit dunklem, glänzendem Mahagoni getäfelt. Über dem Kopfende des Bettes gab es noch ein schmales Bücherbord.
»Die Kabine macht einen sehr gemütlichen Eindruck«, lobte sie.
Der Erste lächelte zufrieden. »Das freut mich zu hören. Haben Sie noch irgendwelche Wünsche, bevor Sie zu Bett gehen?« erkundigte er sich.
»Nicht, daß ich wüßte.«
»Gut, dann werde ich Sie morgen mit dem Steward, Mister Milligan, bekannt machen. Er kümmert sich bei uns um die Belange der Passagiere.«
»Sind außer uns und Mister French noch mehr Passagiere an Bord?« fragte Valerie und trat aus der Kabine, damit die Matrosen das Gepäck hineintragen konnten.
»Ja, noch zwei Gentlemen. Geschäftsleute, soviel ich informiert bin. Ein Mister Fairfield und ein Mister Laurent.«
»Wann segeln wir denn nun los?« wollte Fanny wissen, die schnell einen Blick in ihre Kabine geworfen und festgestellt hatte, daß diese zwar etwas kleiner als die ihrer Mistress war, aber doch nicht weniger ansprechend.
»Das dürfte noch etwas dauern, spätestens jedoch kurz vor Tagesanbruch«, antwortete der Erste Offizier. »Es lohnt sich also nicht, aufzubleiben und darauf zu warten.«
»Dann war die ganze Hatz ja für die Katz«, meinte Fanny.
»Wenn Sie mich jetzt bitte entschuldigen würden?« Lewis Gray verbeugte sich knapp vor Valerie, wünschte ihnen eine angenehme Nachtruhe und begab sich dann wieder an Deck.
»Ich geh gleich zu Bett. Wir packen morgen aus«, sagte Valerie zu ihrer Zofe, denn jetzt spürte sie doch die Strapazen der anstrengen-

den Reise, und es verlangte sie danach, sich im Bett auszustrecken und ihren müden Gliedern Ruhe zu schenken. »Schlaf gut, Fanny.«
»Ich schlaf schon, wenn ich nur aufs Bett sehe«, gähnte Fanny hinter vorgehaltener Hand. »Gute Nacht, Miß Valerie.«
Valerie schloß ihre Kabinentür und zog sich schnell aus. Aus ihrer Reisetasche holte sie ein langes Nachtgewand aus weichem, warmem Flanell und streifte es über. Nachdem sie den Haarkamm gelöst hatte, löschte sie das Licht und schlüpfte unter die Decken.
Mit einem wohligen Seufzer kuschelte sie sich in das Kissen, schloß die Augen, lauschte noch für ein paar Minuten auf das leise Plätschern des Wassers gegen die Bordwand und war bald eingeschlafen.

3.

Eine unvertraute, rollende Bewegung holte Valerie früh am Morgen aus einem tiefen, fast traumlosen Schlaf. Sie räkelte sich im Bett und schlug die Augen auf. Fremdartige Geräusche umgaben sie. Sie hörte das Knarren und Ächzen von Holz, das helle Klatschen nackter Füße, die über das Deck eilten, klare Stimmen, die Kommandos erteilten, und einen Augenblick das Schlagen eines Segels, das wie ein gedämpfter Pistolenschuß klang.
Die *Alabama* lief aus dem Hafen von Bristol aus!
Augenblicklich war Valerie wach und saß aufrecht im Bett. Sie blickte zum Bullauge hinüber, doch hinter dem dicken Glas war es noch dunkel.
Sie überlegte, ob es sinnvoll war, aufzustehen und an Deck zu gehen, um das Auslaufen mitzuerleben. Es war gewiß ein bedeutungsvolles Ereignis, zu sehen, wie sie Bristol verließen und auf dem Avon dem offenen Meer zusegelten. Immerhin war es für sie das erste Mal, daß sie so etwas erlebte. Und sie wollte auf dieser Reise nichts verpassen, was in ihrem jungen und an Aufregungen bisher armen Leben einmalig war.
Kurz entschlossen schlug sie die Decken zurück und schwang sich aus dem Bett. Sie schlüpfte aus dem Flanellhemd und stand einen Moment fröstelnd da, während sie überlegte, ob sie Fanny wecken sollte, damit sie ihr das zerzauste Haar zurechtmachte, entschied sich

jedoch dagegen. Bis ihre Zofe auf war und sie gekämmt hatte, würde eine Weile vergehen, und in der Zeit konnte sie schon Wichtiges an Deck verpaßt haben.

Sie war in Eile und verzichtete deshalb darauf, in ihre langen Beinkleider, Unterröcke und Mieder zu schlüpfen, weil sie das zu lange aufgehalten hätte. Wer konnte denn schon wissen, daß sie sich keinen Deut um die Schicklichkeit geschert hatte und so gut wie nackt unter dem Kostüm war. Außerdem: Irgendwie war es ein erregendes Gefühl, einmal nicht diesem Kleiderzwang nachgeben zu müssen. Sie zog nur ihr Kostüm an und warf sich ihren warmen Umhang um, den sie vorn verschloß. Dann eilte sie aus der Kabine.

Ein frischer Wind ließ ihre Haare flattern und vertrieb den letzten Rest Schläfrigkeit, als sie auf das Achterdeck trat. Es war die graue Stunde zwischen Nacht und Tag. Der Himmel war noch immer dunkel, und als sie zur Stadt hinüberblickte, hing die Schwärze der Nacht noch zwischen den Häuserfronten wie schwarze Tinte, die ein Labyrinth von Furchen und Spalten ausfüllt. Doch im Osten dämmerte der Tag schon mit grauem Licht herauf, das von Minute zu Minute heller wurde. Sie hatten den Hafen von Bristol schon fast verlassen und passierten nun Dutzende von Segelschiffen aller Größe und Nationalitäten, die weiter draußen auf dem Avon auf Reede lagen.

»So früh schon auf, Miß Fulham? Ein letzter Abschied von heimatlichen Gestaden?« sprach sie eine bekannte Stimme an.

Valerie drehte sich um. Vor ihr stand der Erste Offizier. Sie lachte ihn ausgelassen an. »Ja, ich habe so etwas noch nie erlebt, Mister Gray.«

»Na, dann lassen Sie sich nichts entgehen. Wir haben eine hübsche Brise erwischt, die uns schnell auf die See hinaustragen wird!«

»Es ist aufregend!« rief sie begeistert.

Er schmunzelte verständnisvoll. »Das ist noch gar nichts. Wir schleichen uns doch förmlich aus dem Hafen und den Fluß hinunter.«

»Na, wie schleichen kommt mir das aber gar nicht vor.«

Er lachte. »Ja, weil Sie eine Landratte sind. Warten Sie erst einmal ab, bis wir alle Segel gesetzt haben und vor einer wirklich steifen Brise laufen. Dann lernenn Sie die *Alabama* erst von ihrer wahren Seite kennen. Ich sage Ihnen, der Captain hätte sie besser *Pfeil* statt nach seinem Heimatstaat taufen sollen, denn einen so schnellen

Clipper wie diesen finden Sie nicht alle Tage auf den Meeren!« sagte er stolz.
Staunend beobachtete Valerie die Seeleute, die mit geradezu affenartiger Schnelligkeit und Sicherheit die Wanten aufenterten und in schwindelerregender Höhe die Segel losmachten, während die scharfen Befehle des Bootsmanns durch den jungen Morgen schallten. Der Wind blähte das Segeltuch, und Valerie spürte förmlich, wie ein Ruck durch das Schiff ging und es Fahrt aufnahm. Mit gischtender Bugwelle schnitt der Clipper durch die dunklen Fluten des breiten Stromes Avon, strebte wie ungeduldig der Mündung des Flusses entgegen. Erneut fühlte sich Valerie an ein rassiges Pferd erinnert, das nach langem Stallaufenthalt erstmals wieder hinaus auf die weite Koppel darf und vor nervöser Energie fast überschäumt.
»Wie lange werden wir bis nach New Orleans brauchen?« wollte Valerie wissen und genoß die frische Seeluft, die sie umwehte.
»Drei, vier Wochen, kommt ganz darauf an.«
»Vier Wochen?« Valerie war sichtlich enttäuscht. »Ich dachte, die *Alabama* wäre ein schnelles Schiff?«
»Das ist sie auch, aber wir steuern New Orleans ja nicht auf direktem Kurs an, sondern laufen erst noch Funchal an.«
Sie runzelte die Stirn. »Funchal? Das klingt spanisch.«
»Nein, portugiesisch. Es ist der Hafen von Madeira, einer kleinen Inselgruppe vor der Nordwestküste Afrikas. Wir nehmen dort eine Ladung Madeiraweine an Bord, und wie lange wir dort vor Anker liegen, läßt sich jetzt noch nicht sagen. In südlichen Häfen werden Geschäfte nun mal anders abgewickelt als in englischen oder amerikanischen«, erklärte er achselzuckend, »und andere Uhren scheint es dort auch zu geben. Sie gehen meist erheblich nach, wenn man sie mit den unsrigen vergleicht.«
»Madeira – das klingt irgendwie romantisch.«
»Es ist eine zauberhafte Insel, Miß Fulham. Sie wird Ihnen bestimmt gefallen. Eine Insel der Blumen und der Lebensfreude.«
»Sie machen mich ja richtig neugierig.«
»Das können Sie auch sein. Sie werden sehen, daß ich Ihnen nicht zuviel versprochen habe.«
Valerie blickte sich auf dem Achterdeck um. »Ist Captain Melville noch nicht an Deck?« fragte sie.
»O doch!«
»So? Wo denn?«

»Dort!« Der Erste Offizier deutete auf einen Mann, der ein gutes Dutzend Schritte von ihr entfernt neben dem Rudergänger stand. Er war von großer Gestalt und hatte dunkelblondes, von Salz und Sonne gebleichtes Haar, das ihm bis auf den Kragen seiner höchst merkwürdigen Jacke reichte. Sie war aus dunkelbraunem Wildleder gearbeitet und hatte auf dem Rücken und an den Ärmeln Reihen mit dünnen Lederfransen, mit denen jetzt der Wind spielte. Zu enganliegenden Hosen aus beigem Tuch trug er Stiefel aus weichem rehbraunem Leder.

»*Das* ist Captain Melville?« fragte Valerie ungläubig.

Der Erste lachte leise und verständnisvoll. »Sind Sie überrascht?«

»Nun, ein bißchen schon«, gab sie zu. »Den Captain eines Schiffes habe ich mir anders vorgestellt, in einem dunkelblauen Seemannsrock etwa, nicht jedoch in so einer komischen Lederjacke mit Fransen.«

»Das geht jedem so, der Captain Melville zum erstenmal zu sehen bekommt. Er ist schon ein merkwürdiger Bursche. Nicht, daß Sie mich falsch verstehen«, sagte er eilig. »Captain Melville ist ein ausgezeichneter Seemann und Captain. Bin stolz, bei ihm Erster zu sein. Aber ein paar... Merkwürdigkeiten muß man bei ihm schon in Kauf nehmen. So zum Beispiel seine Kleidung. Man erzählt sich, er habe ein paar Jahre irgendwo im Wilden Westen verbracht, Arizona und Kalifornien, und sich die Jacke selber angefertigt.«

»Sie meinen, er war bei den Indianern?«

»Bei Captain Melville ist alles möglich«, meinte Gray achselzuckend.

»Aber wie kommt ein Seemann in den Wilden Westen?«

»Fragen Sie mich das nicht. Ich weiß ja noch nicht einmal, ob es stimmt, was man sich da so über ihn erzählt. Er spricht nämlich selber nicht darüber, und ich gebe Ihnen den guten Rat, ihn auch besser nicht daraufhin anzusprechen. Er kann dann nämlich ganz schön ungemütlich werden, wenn man ihn damit nicht in Ruhe läßt.«

Valerie starrte auf Captain Melvilles Rücken. Ruhig stand er da und suchte den Strom mit dem Fernrohr ab. Vereinzelt trieben Nebelfelder wie riesige Rauchwolken niedrig über dem Avon und hüllten Teile des Ufers ein. Wie Geisterhände ragten hier und da kahle Masten aus den milchigen Schwaden.

»Zwei Strich steuerbord!« wies er den Rudergänger an und setzte das Fernrohr ab.

»Aye, aye, Captain!« Der Rudergänger griff in die Speichen des großen Rades und legte die *Alabama* mehr auf Steuerbord.

Valerie stutzte. Irgend etwas an dem Captain kam ihr bekannt vor, doch sie wußte nicht zu sagen, was es war. War es die aufrechte, selbstbewußte Haltung oder die klare, ruhige Stimme?
Sie zuckte die Achseln und sagte zu Lewis Gray: »Ich hoffe, das Wetter auf der Überfahrt wird...« Jäh brach sie ab, denn Captain Melville hatte sich umgedreht.
Sie glaubte im ersten Moment, ihren Augen nicht trauen zu können und einer optischen Täuschung zu unterliegen. Das konnte unmöglich wahr sein!
Doch sie täuschte sich nicht. Captain Melville und der Mann, dem sie in der Nacht die Peitsche über den Handrücken geschlagen hatte, waren ein und dieselbe Person! Das Blut wich ihr aus dem Gesicht.
Matthew Melville zeigte im Gegensatz zu ihr nicht die Spur von Überraschung, als er auf sie zukam. Ganz im Gegenteil. Ein spöttisches Lächeln lag auf seinem Gesicht.
»Captain, darf ich Sie mit Miß Fulham bekannt machen?« sagte der Erste, der es für seine Aufgabe hielt, die Vorstellung zu übernehmen.
»Danke, Gray, aber wir hatten schon das Vergnügen«, antwortete Matthew Melville.
Verdutzt blickte der Erste sie an. »Sie kennen sich schon? Ja, aber ich dachte...« Er brach ab, als er den verstörten Ausdruck auf Valeries Gesicht bemerkte.
»Es war eine sehr flüchtige Begegnung, die jedoch nicht eines nachhaltigen Eindrucks entbehrte. Würden Sie das nicht auch sagen, Miß Fulham?« fragte der Captain ironisch und fuhr sich über den linken Handrücken, über den sich ein breiter, blutiger Striemen zog.
Valerie war zu keiner Erwiderung fähig, so stark war ihr der Schreck in die Glieder gefahren. Sprachlos starrte sie ihn an.
»Die Anreise nach Bristol scheint ein wenig über Ihre Kräfte gegangen zu sein«, fuhr Matthew Melville im lockeren Plauderton fort. »Als ich Sie das letzte Mal sah, hatte Ihr Gesicht eine bedeutend frischere Farbe. Sie schienen geradezu erhitzt zu sein, wenn Sie mir diese Bemerkung gestatten. Aber ich bin sicher, daß Ihnen die frische Luft bestimmt guttun wird und Sie die Blässe schnell verlieren. Ein kräftiges Frühstück soll ebenfalls wahre Wunder wirken, Miß Fulham.«

Valerie war noch immer wie gelähmt.
»Nun, wir werden auf dieser Reise ja noch reichlich Gelegenheit haben, unsere flüchtige Bekanntschaft zu vertiefen«, sagte Captain Melville nach einem Moment peinlichen Schweigens ihrerseits. »Und bei Gelegenheit würde ich gern mehr darüber erfahren, wo Sie es gelernt haben, so geschickt mit der Peitsche umzugehen. Miß Fulham, wir sehen uns ja gleich noch beim Frühstück.« Er nickte ihr kurz zu und entfernte sich dann, eine fröhliche Melodie vor sich hin pfeifend.
Lewis Gray wartete ab, bis der Captain im Niedergang verschwunden war, dann räusperte er sich. »Bitte entschuldigen Sie meine Neugier, aber können Sie mir vielleicht verraten, was das eben zu bedeuten hatte? Ich dachte, Sie kennen unseren Captain gar nicht?«
Valerie riß sich zusammen. »Ich wünschte, es wäre so«, brachte sie mühsam hervor und begab sich fast fluchtartig unter Deck, bevor er noch weitere Fragen an sie richten konnte.
Ungeduldig hämmerte sie gegen Fannys Kabinentür. »Fanny! Hörst du mich? Mach auf! Ich bin es, Valerie!« rief sie mit gedämpfter Stimme.
Es dauerte etwas, bevor sich ihre Zofe, die mit einem beneidenswert tiefen Schlaf gesegnet war, rührte und öffnete. Ihr molliges, verschlafenes Gesicht, das unter einer weißen Nachthaube hervorblickte, erschien in der Tür. »Miß Valerie? Ist etwas passiert?« fragte sie verstört.
»Und ob etwas passiert ist!« Valerie schob sich an ihr vorbei in die Kabine und sank wie ermattet in den Sessel. »Mein Gott, du wirst es nie erraten!«
»Nun sagen Sie es schon!« drängte Fanny und rieb sich die Augen, während sie sich auf die Bettkante setzte.
»Ich bin mit Captain Melville zusammengetroffen...«
»Und was ist daran so bedeutsam, Miß Valerie? Ist er vielleicht ein einäugiger Seeräuber mit einem steifen Bein?« scherzte sie.
Valerie verzog das Gesicht. »Nein, aber er hat einen blutigen Striemen auf seiner Hand.«
Fanny sah sie verständnislos an. »Ja und?«
»Einen Striemen, der von einem *Peitschenschlag* herrührt!« betonte Valerie. »Begreifst du jetzt?«
Die Zofe merkte gar nicht, wie ihr der Unterkiefer herunterklappte, so groß war ihre Bestürzung. »Der Mann von gestern nacht ist

Captain Melville?« stieß sie leise hervor, und sie blickte nicht weniger fassungslos drein wie ihre Mistress vor wenigen Augenblicken an Deck.

Valerie nickte mit grimmiger Miene. »So ist es!«

»Jesus! Der Mann, den Sie für einen Herumtreiber gehalten und gezüchtigt haben, ist der Captain der *Alabama*! Das ist natürlich eine höchst peinliche und verzwickte Situation.«

»Du sagst es!«

»War er unfreundlich zu Ihnen?«

»Überhaupt nicht. Das hätte ich ertragen, Fanny. Aber er war die Freundlichkeit in Person und fast so zuckersüß wie James, nur daß James nie in der Lage sein würde, seinen Spott so geschickt zu verpacken, wie Captain Melville es getan hat. Am liebsten wäre ich im Boden versunken, so peinlich war es mir, wo doch Mister Gray, der Erste Offizier, auch noch dabei war«, gestand Valerie und kämpfte vor Wut und Scham mit den Tränen.

Die Zofe sah sie voller Mitgefühl an, konnte sich jedoch nicht verkneifen zu sagen: »Sie hätten eben doch auf mich hören und Isaac die Angelegenheit regeln lassen sollen, dann wäre Ihnen diese Blamage jetzt erspart geblieben.«

Valerie quittierte das mit einem zornigen Blick aus ihren grauen Augen, die jedesmal, wenn ihr leicht überschäumendes Temperament in Wallung geriet, ganz dunkel wurden und so einen noch faszinierenderen Kontrast zu den winzigen goldenen Sprenkeln bildeten. »Verschon mich bloß mit deinen altklugen Reden, Fanny! Ich bin kein kleines Mädchen, und du bist nicht meine Gouvernante! Sag mir lieber, was ich jetzt tun soll.«

Die Zofe kaute auf ihrem Daumen, während sie nachdachte. Schließlich zuckte sie mit den Achseln. »Also, so, wie ich das sehe, haben Sie nur zwei Möglichkeiten.«

»Und die wären?« fragte Valerie voll Hoffnung, daß ihre Zofe ihr einen Ausweg zeigte, der es ihr gestattete, ihr Gesicht und ihren Stolz zu wahren.

»Sie können sich bei Captain Melville entschuldigen...«, begann sie.

Valerie fiel ihr sofort in die Rede. »Ich soll mich bei ihm entschuldigen? Nie! Das sehe ich überhaupt nicht ein!« rief sie aufgebracht und sprang auf, weil es sie nicht länger im Sessel hielt. »Er hat mich doch herausgefordert! Wenn du gehört hättest, wie er mich da in der Gasse behandelt hat! Du hast ja davon gar nichts mitbekommen! Wie eine dumme Rotznase hat er mich behandelt und jeglichen Respekt vermissen lassen! Er mag zwar ein tüchtiger Captain sein, aber ein Gentleman ist er nicht! Er hat sich regelrecht über mich lustig gemacht!«

»Etwas, was Mister Colburn natürlich nie tun würde«, bemerkte Fanny trocken. »Zumindest er ist also ein wahrer Gentleman, nicht wahr?«

»Laß James aus dem Spiel! Ich denke einfach nicht daran, vor Captain Melville zu Kreuze zu kriechen!« beharrte Valerie trotzig.

»Na schön«, seufzte Fanny. »Aber dann bleibt Ihnen gar nichts anderes übrig, als ihn die nächsten Wochen zu ignorieren, als existiere er gar nicht!«

»Genau das werde ich tun!« beschloß Valerie impulsiv. Die Vorstellung, diesem arroganten Captain die kalte Schulter zu zeigen und ihn wie Luft zu behandeln, gefiel ihr. Genau das hatte er verdient!

»Nur wird das auf einem Schiff nicht leicht durchzuhalten sein«, gab Fanny mit ernüchternder Sachlichkeit zu bedenken. »Sie können ihm schlecht aus dem Weg gehen, und da wir als Passagiere die Mahlzeiten in der Offiziersmesse einnehmen, werden Sie stets mit Captain Melville an einem Tisch sitzen. Sie können ihn zwar mit Mißachtung strafen. Doch ich frage mich, wer dabei auf die Dauer den längeren Atem hat – Sie oder der Captain, der ja Ihren Worten nach ein sehr wortgewandter, schlagfertiger Mann ist.«

Valerie nickte bedrückt. »Ja, das ist er leider. Aber ich kann mich doch nicht wochenlang in meine Kabine einschließen!«

Darauf wußte Fanny auch keine Antwort, und sie flüchtete sich nun in einen Zweckoptimismus. »Machen Sie doch nicht so ein Gesicht, Miß Valerie! Nichts wird so heiß gegessen, wie es gekocht wird. Vielleicht haben Sie in Ihrem ersten Schrecken die Worte des Captains allzu sehr auf die Goldwaage gelegt. Bestimmt renkt sich das alles wieder von selbst ein.«

»Meinst du?« fragte Valerie zweifelnd und hoffend zugleich.

»Hier unter Deck verkriechen können Sie sich auf jeden Fall nicht!« stellte Fanny energisch fest. »Ob Sie sich nun ausstehen können oder nicht, Sie sind immerhin zahlender Passagier auf diesem Schiff und haben damit einen Anspruch auf Höflichkeit. Daß der Captain Ihnen gegenüber eine besondere Herzlichkeit an den Tag legt, können Sie nach dem, was gestern vorgefallen ist, weder erwarten noch verlangen. Doch daß er Sie mit dem nötigen Respekt und der Ihnen zustehenden Höflichkeit behandelt, das können Sie sehr wohl verlangen. Und jetzt gehen Sie hinüber in Ihre Kabine. Ich mache mich schnell fertig und komme dann zu Ihnen. Wir werden Sie so herausputzen, daß Captain Melville es beim Frühstück nicht wagen wird, auch nur ein unfreundliches Wort zu sagen, ohne sich alle anderen Männer am Tisch zum Feind zu machen!«

Valerie lachte unsicher. Die Worte ihrer Zofe hatten ihr wieder etwas Mut gemacht. »Was würde ich ohne dich bloß tun, Fanny?«

»Darüber will ich besser erst gar nicht nachdenken«, antwortete die Zofe trocken.

4.

Das lebhafte Gespräch in der Offiziersmesse verstummte schlagartig, als Valerie den Raum betrat. Die sechs Männer, die um den Tisch saßen, ließen sinken, was sie gerade in der Hand hielten, und starrten in offenkundiger Überraschung und dann Bewunderung zu ihr herüber. Niemand hatte mehr mit ihr und ihrer Zofe gerechnet, denn es war schon vor über einer halben Stunde zu Tisch gebeten worden.

Fanny nahm das verblüffte Schweigen wie ein besonders großes Kompliment auf. Sie hatte sich aber auch wirklich angestrengt, die exotische Schönheit ihrer Mistress zu voller Wirkung kommen zu lassen. Sie hatte ihr Haar gebürstet, bis sie geglaubt hatte, ihr würden gleich die Arme abfallen, und es so gekämmt, daß es ihr feingeschnittenes Gesicht nun umschloß wie ein vergoldeter Rahmen ein besonders kostbares Gemälde. Zwei Haarspangen aus filigranem Silber und in der Form von Schmetterlingen gearbeitet hielten die Haarpracht knapp hinter den Ohren und verhinderten, daß sich Strähnen aus der blauschwarzen Flut lösten und ihr ins Gesicht fielen. »Sie wollen doch nicht, daß die eleganten Linien Ihres Nackens völlig verborgen bleiben«, hatte Fanny gesagt, als sie ihr die Spangen angebracht hatte. Die Flügel dieser zarten Schmetterlinge bestanden aus winzig dünnen Plättchen grüner Jade.

Grün war auch das wunderbare Kleid, und zwar aus smaragdgrüner Seide. Es betonte ihre schlanke Taille, und wenn der Ausschnitt, der wie ihre gerafften Ärmel von zarter schwarzer Spitze eingefaßt war, auch nicht gerade als gewagt zu bezeichnen war, sondern der Schicklichkeit Rechnung trug, so war er doch tief genug, um ihre makellosen Brüste auf raffinierte Weise zu unterstreichen und die Phantasie des Betrachters anzuregen.

Valeries Herz klopfte wie wild, als sie alle Blicke auf sich gerichtet sah. Sie hoffte, daß ihr Lächeln natürlich genug ausfiel, und fragte sich beklommen, ob man es ihr ansehen konnte, wieviel Unsicherheit und Verlegenheit sich hinter ihrer blendenden Aufmachung verbargen.

Es war der Erste Offizier, der seine Verblüffung am schnellsten überwand und den Anfang machte, sich zu erheben. Nun folgten auch die anderen Männer fast hastig seinem Beispiel.

Auch Captain Melville erhob sich, doch hatten seine Bewegungen nichts Überstürztes an sich. Sie waren eher von ruhiger Geschmeidigkeit. Er legte seine Serviette aus der Hand und trat einen Schritt auf sie zu. »Welch ein Vergnügen, daß Sie uns doch noch die Freude Ihrer Gegenwart machen, Miß Fulham«, sagte er mit ausgesuchter Höflichkeit, doch der spöttische Blick seiner dunkelbraunen Augen blieb ihr nicht verborgen. »Ich fürchtete schon, Ihnen sei der Appetit vergangen.«

»Warum sollte er?« fragte Valerie mit fast herausfordernd erhobenem Kinn.

Matthew Melville lächelte sie an. »Nun, die Seekrankheit hat schon so manches Opfer gefordert«, sagte er unschuldig, meinte aber etwas ganz anderes, was sie auch sehr wohl verstand.

»Ich beabsichtige nicht, Opfer von *irgend etwas* zu werden, Captain Melville!« erwiderte sie nachdrücklich und wich seinem Blick diesmal nicht aus.

»Richtig, ich vergaß, daß Ihnen die entgegengesetzte Rolle auf den Leib geschrieben ist«, sagte er leise, so daß nur sie ihn verstehen konnte, während er dann mit lauter Stimme sagte: »Darf ich Sie jetzt mit meinen anderen Passagieren und Offizieren bekannt machen?«

»Ich bitte darum, Captain!«

Er führte sie zu den wartenden Männern und begann die Vorstellung bei Richard Laurent, einem überaus elegant gekleideten und attraktiven Mann Anfang Vierzig. Er kam aus Charleston, South Carolina.

»Ich bin entzückt, Ihre Bekanntschaft zu machen und Sie für die Dauer der Überfahrt an Bord zu wissen, Miß Fulham. Es ist mir doch hoffentlich erlaubt zu sagen, wie zauberhaft Sie aussehen. Sie werden die duftende Rose in einem Garten kümmerlicher Schattengewächse sein«, sagte er galant und gab ihr einen formvollendeten Handkuß.

Valerie bezweifelte sehr, daß sich Mister Laurent wirklich für ein kümmerliches Schattengewächs hielt, und fühlte sich an James erinnert. »Sie schmeicheln mir, Mister Laurent.«

»O nein, keineswegs«, versicherte Richard Laurent überschwenglich, und sein Blick glitt für einen kurzen Moment über ihren Ausschnitt. »Ihre Anmut angemessen mit Worten zu würdigen wäre auch für einen begnadeten Dichter eine große Herausforderung.«

»Da Sie aber wohl mehr von der Führung einer Baumwollplantage verstehen als von der Kunst des Dichtens, wird Miß Fulham das ja wohl erspart bleiben«, bemerkte der Mann neben Richard Laurent sarkastisch und schenkte Valerie ein freundliches Lächeln.

»Mister John Fairfield aus Boston«, stellte der Captain ihn mit einem Schmunzeln vor.

Der Südstaatler schoß ihm einen ärgerlichen Blick zu. »Es verwundert mich nicht, daß ein Bostoner Kaufmann wenig Sinn für Schönheit und Poesie besitzt. Mir scheint, Schönheit existiert für Sie nur in Gestalt von Gewinnzahlen im Hauptbuch und in Dollarscheinen, Mister Fairfield!«

»Der Irrglaube sei Ihnen verziehen«, erwiderte John Fairfield. Er war etwa gleich alt wie Richard Laurent, unterschied sich jedoch sonst in fast jeder Beziehung von seinem eleganten Mitpassagier. Er war von stämmiger, irgendwie kantiger Statur und von der Natur nicht mit halb so ansprechenden Gesichtszügen versehen worden. Es war das Gesicht eines Mannes, der hart hatte arbeiten müssen und den Dingen des Lebens klar und scharf ins Auge schaute. Seine Kleidung war solide und aus gutem Material, jedoch ohne die modische Eleganz seines Nebenmannes.

»Mister Bruce French kennen Sie ja schon... ebenso Mister Gray«, führte Matthew Melville die Vorstellung lässig weiter und beendete sie damit, daß er ihr den Zweiten und Dritten Offizier der *Alabama* vorstellte sowie Milligan, den Steward. Es waren junge, sympathisch aussehende Männer, die jedoch nichts an sich hatten, was sich der Erinnerung für lange Zeit hätte einprägen können.

Valerie hatte gehofft, mit ihrer Zofe am Ende der Tafel sitzen zu

können, um möglichst weit weg vom Captain zu sein. Doch diese Hoffnung machte er zunichte, als hätte er ihre Gedanken erraten.
»Sie werden mir doch hoffentlich das Vergnügen machen, an meiner Seite Platz zu nehmen, nicht wahr?« fragte er und deutete auf den freien Stuhl zu seiner Rechten. »Oder entspricht das nicht Ihren Vorstellungen?« Spott funkelte in seinen Augen.
Valerie zwang sich zu einem Lächeln, obwohl sie ihm am liebsten die kalte Schulter gezeigt hätte. Er wußte doch ganz genau, daß sie gegen diese angebliche »Ehre« keine Einwände erheben konnte, ohne von geradezu beleidigender Unhöflichkeit zu sein. »Wirklich zu liebenswürdig von Ihnen, Captain«, murmelte sie und setzte sich.
»Oh, das ist reine Berechnung, Miß Fulham«, versicherte er, was die anderen Männer für ein geistreiches Kompliment hielten und mit leisem Gelächter bedachten.
Allein Valerie wußte, daß seine Worte eine völlig andere Bedeutung hatten und er beabsichtigte, sich auf seine Art für das zu revanchieren, was sie ihm in der Nacht zuvor angetan hatte. Sie blickte hilfesuchend zu Fanny hinüber, die am anderen Ende des Tisches zwischen dem Zweiten und Dritten Offizier saß. Die ungeteilte Aufmerksamkeit der beiden Männer gefiel ihr offensichtlich, denn nach einem bedauernden Achselzucken für die unerquickliche Situation ihrer Mistress schaute sie weg und begann eine rege Unterhaltung.
Valerie fühlte sich so nahe bei Captain Melville wie unter den Augen eines Adlers, der sein Opfer schon ausgespäht hatte, aber noch damit wartete, sich auf seine Beute zu stürzen. Sie wagte nicht, ihn anzusehen, spürte jedoch seinen Blick mit beinahe physischer Intensität auf sich ruhen. Und als der Steward Rührei, frische Biskuits und Scheiben gebratenen Schinkens servierte, wurde ihr vom Geruch schon fast übel. Keinen Bissen würde sie hinunterbekommen! Deshalb war sie ganz froh, daß Mister Fairfield, der ihr gegenübersaß, sie ansprach. »Sie sind Engländerin, nicht wahr? Zumindest sprechen Sie so, Miß Fulham.«
Sie zögerte. Genau betrachtet war sie eigentlich Amerikanerin, aber das ging hier niemanden etwas an. »Ja, das ist richtig.«
»Erlauben Sie mir dann die Frage, was Sie ausgerechnet in dieser unsicheren Zeit nach New Orleans führt?«
»Private... familiäre Angelegenheiten«, antwortete Valerie unbestimmt. »Aber wieso sind die Zeiten unsicher?«

»Weil die Nordstaaten mit dem Säbel rasseln und uns Südstaatler provozieren!« erklärte Richard Laurent. »Dabei wäre es besser, sie würden sich um ihre eigenen Angelegenheiten kümmern und sich nicht in Dinge mischen, von denen sie nichts verstehen.«
»Von der Sklaverei braucht man nicht viel zu verstehen, um sie als ein Verbrechen zu verabscheuen«, erwiderte John Fairfield schlagfertig.
Ein geringschätziges Lächeln trat auf das Gesicht des Plantagenbesitzers aus South Carolina. »Verbrechen! Sie wissen in der Tat nicht, wovon Sie reden, Mister Fairfield. Das ist typisch für einen Yankee: Schlagworte und nichts dahinter. Bevor Sie uns Südstaatlern mit solchen moralischen Verurteilungen kommen, sollten Sie erst einmal vor Ihrer eigenen Haustür kehren!«
»Wie darf ich das verstehen?«
»Ich habe einige dieser Fabriken, deren sich der Norden so sehr rühmt, mit eigenen Augen gesehen, um mich von Ihrem Fortschritt zu überzeugen. Wirklich sehr beeindruckend, was ich da zu sehen bekommen habe, Mister Fairfield. Die Leute, denen diese Fabriken gehören, haben es trefflich verstanden, technischen Fortschritt und ein Höchstmaß an Profit zu vereinigen. Doch ich sage Ihnen, nicht einer von hundert Feldsklaven aus dem Süden würde mit einem dieser Arbeiter in den Fabriken im Norden freiwillig tauschen wollen!«
Bruce French, der bisher geschwiegen hatte, pflichtete ihm nun bei. »Das würde ich auch unterschreiben«, sagte er mit seiner matten Stimme.
Der Bostoner Kaufmann lachte freudlos auf. »Sie sprechen natürlich im Namen der Schwarzen, nicht wahr?«
»Ich kenne sie wohl besser als Sie!« gab Richard Laurent zurück.
»Und weil Sie sie so gut kennen, verwehren Sie ihnen die Freiheit!«
Captain Melville griff in die hitzige Diskussion ein. »Im Zusammenhang mit Sklaven von Freiheit zu sprechen erscheint mir absurd, Gentlemen.«
John Fairfield sah ihn verblüfft an. »Wieso, Captain? Sagten Sie vorhin nicht selbst, daß sich einiges im Süden ändern müsse?«
»Richtig, aber laut dem Gesetz sind Sklaven keine Personen wie Sie und ich, sondern Besitztümer«, erklärte Melville sarkastisch. »Wie ein Möbelstück oder ein hübsches Kleid. Und wer käme auf den Gedanken, Freiheit für Miß Fulhams hübsches Kleid zu fordern?«

Valerie konnte nicht umhin, ihn anzusehen, und das Blut schoß ihr ins Gesicht. »Ein recht unpassender Vergleich, wie mir scheint«, murmelte sie und stocherte lustlos in ihrem Rührei herum.
»Ganz und gar nicht«, widersprach der Captain. »Sklaven sind Besitztümer wie Schmuck, Möbel, Kleider und Zaumzeug, nicht war, Mister Laurent?«
»Nun, rein juristisch gesehen schon«, räumte der Plantagenbesitzer widerstrebend ein.
»Das ist es doch!« empörte sich Fairfield. »Die Schwarzen sind nun mal keine toten, seelenlosen Gegenstände, sondern Menschen mit dem Recht auf Freiheit! Die Unterdrückung und Ausbeutung muß endlich ein Ende haben!«
»Sie vergessen aber, daß dieses Gesetz und viele andere, die das Besitzrecht an Sklaven regeln, nicht nur im Süden Anwendung finden, sondern auch von den Nordstaaten angewendet werden«, sagte Matthew Melville. »Denken Sie doch nur an entlaufene Sklaven, die von professionellen Sklavenjägern in den angeblich freien Nordstaaten gejagt und von den Behörden auch ausgeliefert werden.«
»Das wird sich ändern, wenn Abraham Lincoln erst Präsident ist«, versicherte John Fairfield.
»Einen Mann wie Lincoln werden wir Südstaatler nie akzeptieren!« sagte Richard Laurent voller Abneigung. »Wir werden die Union verlassen und einen eigenen Staat gründen, der unsere Interessen besser vertritt! Wir sind es leid, die höchste Steuerlast zu tragen und doch in jeder Beziehung benachteiligt zu werden.«
»Dann wird es zum Krieg kommen!« warnte Fairfield.
»Wir suchen keinen Krieg, doch wenn man uns angreift, werden wir unsere Ehre verteidigen!« erklärte der Plantagenbesitzer pathetisch.
»Und natürlich Ihre Sklaven, nicht wahr?« bemerkte Captain Melville süffisant.
»Wir lassen uns von keinem vorschreiben, wie wir unser Leben einzurichten haben!« erwiderte Laurent heftig, fügte dann aber mit beherrschter Stimme hinzu: »Doch mir scheint, daß dieses Thema in Gegenwart von Miß Fulham kaum als Tischgespräch geeignet ist. Derlei Dinge dürften nicht auf ihr Interesse stoßen.«
Der Captain wandte sich Valerie zu. Es blitzte in seinen Augen. »Da bin ich mir nicht so sicher. Es gibt bestimmt das eine oder andere aus Ihrem Plantagenleben, an dem Miß Fulham größtes Interesse haben könnte.«

»Wie darf ich das verstehen?« fragte Laurent mit hochgezogenen Augenbrauen.
Valerie warf dem Captain einen schnellen Blick zu und Unruhe erfüllte sie, als sie sah, wie es um seine Mundwinkel zuckte. Sie ahnte, daß er etwas im Sinn hatte, das in irgendeiner Beziehung mit dem gestrigen Zwischenfall zu tun hatte.
»Mir ist zu Ohren gekommen, daß unser reizender Passagier einem Hobby frönt, das sich beim zarten weiblichen Geschlecht gewöhnlich so gut wie keiner Beliebtheit erfreut, dafür aber unter den Sklavenaufsehern um so mehr Anhänger findet.«
»Sie sprechen in Rätseln, Captain«, sagte nun auch Fairfield verwundert und gespannt, wie wohl die Antwort lautete.
Valerie spürte, wie ihr das Blut heiß ins Gesicht schoß. Die Peitsche! Das war die Antwort, auf die Matthew Melville hinauswollte. Er wollte sie mit einem Sklavenaufseher gleichsetzen, weil sie einmal in ihrem Leben zur Peitsche gegriffen und der Zufall es so gewollt hatte, daß sie auch noch getroffen hatte! Das war der Gipfel der Demütigung. Er wagte es doch wirklich, sie vor allen anderen derart zu beleidigen. Aber das würde sie nicht hinnehmen!
Bevor der Captain etwas sagen konnte, wandte sich Valerie ihm zu. Ein gewinnendes Lächeln, das auch ein wenig Schüchternheit ausstrahlte, verzauberte für alle erkennbar ihr Gesicht. Doch was nur er sehen konnte, war das mörderische Feuer, das in ihren Augen brannte.
»Aber, Captain Melville!« sagte sie mit scheinbar liebevollem Vorwurf. »Sie werden doch nicht so ungalant sein, mein kleines Geheimnis in aller Öffentlichkeit auszuplaudern. Zumal Sie ganz maßlos übertrieben haben, um mich in ein besseres Licht zu stellen, als es mir eigentlich zusteht.«
Matthew Melville war sichtlich verblüfft, daß sie ihn auf so geschickte Weise zum Schweigen gebracht hatte.
»Himmel, Sie machen es aber richtig spannend!« rief John Fairfield.
»In der Tat«, sagte auch Richard Laurent. »Jetzt haben Sie uns wohl alle an diesem Tisch höchst neugierig gemacht.«
Der Captain zögerte und sagte dann, sich genüßlich zurücklehnend: »Nun, ich finde es ganz und gar nicht ungalant, Miß Fulham. Sie sind einfach nur zu bescheiden, was Ihre außerordentlichen Fähigkeiten betrifft. Aber vielleicht ist es Ihnen lieber, Sie geben den Gentlemen selbst des Rätsels Lösung.«

Damit hatte er ihr den Schwarzen Peter zugeschoben, und sie mußte nun sehen, wie sie sich aus dieser verzwickten Lage am besten herauswand. Die Männer erwarteten von ihr eine Antwort, und sie überlegte fieberhaft, was sie sagen sollte.

»Bitte, spannen Sie uns nicht so auf die Folter, Miß Fulham«, drängte Richard Laurent.

Valerie hatte das Gefühl zu glühen. Doch plötzlich hatte sie einen Einfall. »Nun gut, ich will es Ihnen sagen, Gentlemen, obwohl die Antwort Sie nach den Erwartungen, die der Captain in Ihnen geweckt hat, sicherlich enttäuschen wird.« Sie machte eine Pause, und der spöttisch-erwartungsvolle Ausdruck auf Matthew Melvilles Gesicht entging ihr nicht. »Ich bin eine leidenschaftliche Reiterin, ziehe es jedoch vor, im Herrensattel zu reiten, was sich wohl nicht so sehr schickt. Ich bitte Sie, mir diese Schwäche nachzusehen.«

Richard Laurent lachte belustigt auf. »Ich gebe zu, daß Sie sich damit bei uns im Süden zweifellos einiger Kritik aussetzen würden, doch ich persönlich würde einer so hübschen Frau wie Ihnen noch ganz andere Schwächen verzeihen.«

»Dem kann ich mich nur anschließen«, sagte John Fairfield. »Nur verstehe ich nicht ganz, wieso Captain Melville die Leidenschaft des Ausreitens insbesondere Sklavenaufsehern zuspricht.«

»Ich nehme an«, sagte Valerie schnell, bevor der Captain die Frage selber beantworten konnte, »daß er in seiner Wortwahl ein wenig ungenau war, nicht wahr?« Sie sah ihn an.

Matthew Melville deutete eine Verbeugung an. »Wie könnte ich einer jungen Lady wie Ihnen widersprechen? So muß es wohl gewesen sein.«

Valerie schob ihren Stuhl zurück. »Wenn Sie uns jetzt bitte entschuldigen wollen«, sagte sie und warf Fanny einen auffordernden Blick zu. »Wir haben die Koffer nicht ausgepackt, und das möchte ich nicht länger aufschieben.«

Fanny sprang schnell auf.

Valerie zwang sich, die Offiziersmesse ohne Eile und mit einem Lächeln zu verlassen, das im krassen Widerspruch zu dem stand, wie sie sich fühlte.

In ihrer Kabine sank sie auf das Bett und ließ ihren Tränen freien Lauf. Matthew Melville hatte das Spiel mitgemacht, und doch fühlte sie sich von ihm zutiefst gedemütigt.

5.

Sie blieb den ganzen Vormittag in ihrer Kabine und wagte sich zum Mittag nicht in die Offiziersmesse. Fanny redete ihr gut zu, doch sie ließ sich nicht umstimmen. Sie wollte so etwas nicht noch einmal durchmachen.

»Geh nur, ich brächte sowieso nichts runter«, sagte sie niedergeschlagen.

Am Nachmittag zeigte sie sich an Deck, weil sie es nicht länger aushielt, eingeschlossen zu sein. Doch erst, nachdem sich ihre Zofe überzeugt hatte, daß sich nicht auch Captain Melville dort aufhielt.

»So kann das aber nicht weitergehen, Miß Valerie!« sagte Fanny energisch, als sie bei klarem Himmel an Deck auf und ab gingen.

»Nein, das kann es nicht«, stimmte Valerie ihr bedrückt zu. »Aber ich weiß nicht, was ich tun soll, Fanny. Du hast ja jetzt selbst gesehen, wie er ist – ein Scheusal, das mich doch wahrhaftig mit einem peitschenschwingenden Sklavenaufseher gleichsetzen wollte.«

»Ja, aber ein sehr attraktives Scheusal«, sagte die Zofe versonnen.

»Und wenn er wie Apollo persönlich aussähe – ich verabscheue ihn!« stieß Valerie in ohnmächtigem Zorn hervor, und wieder stiegen ihr Tränen in die Augen. Sie bereute schon längst, daß sie diese Reise angetreten hatte. Was interessierte es sie, wer ihr leiblicher Vater war und was ihn auf einmal dazu bewogen hatte, in ihre bisher so harmonische Welt einzudringen. Er konnte ihretwegen tot sein. Es gab nichts, was er ihr geben konnte. Im Gegenteil, er brachte ihr nichts als Kummer.

»Vielleicht sollten Sie ihn um ein Gespräch unter vier Augen bitten«, schlug Fanny nach einer Weile vor.

»Ich hab' dir doch gesagt, daß ich nicht daran denke, mich bei ihm zu entschuldigen. Nach seinem unverzeihlichen Benehmen beim Frühstück schon gar nicht!«

»Ich meine ja auch nicht, daß Sie das tun sollen«, erklärte die Zofe und warf Mister Edwards, dem Dritten Offizier, einen koketten Blick zu. Sie wartete einen Augenblick, bis sie wieder außer Hörweite waren. »Machen Sie ihm doch unmißverständlich deutlich, daß Sie sich sein unmögliches Verhalten nicht bieten lassen. Stellen Sie ihn zur Rede! Sie sind doch nicht auf den Mund gefallen. Wie Sie das

mit dem Rätsel bei Tisch gemeistert haben, war einfach phantastisch. Sie haben ihm glatt den Wind aus den Segeln genommen. Richtig verdutzt hat er dreingeschaut!«
Valerie lächelte schwach. »Ich hab' einfach Glück gehabt, daß mir das in dem Moment eingefallen ist. Aber wenn das von nun an immer so geht...«
»Gerade um das zu verhindern, müssen Sie mit ihm sprechen!« drängte Fanny. »Aber wenn Sie sich das nicht zutrauen, übernehme ich das gern für Sie, Miß Valerie. Ich werde ihm den Kopf waschen, daß er nicht mehr weiß, wo Backbord und Steuerbord ist! Wäre doch gelacht, wenn wir diesem Fransen-Amerikaner nicht beibrächten, daß er so mit Ihnen nicht umspringen kann!«
Valerie war gerührt von der Entschlossenheit ihrer Zofe, und sie fühlte sich gleich ein wenig besser. Fanny hatte das Talent, sie stets aufzuheitern, wenn sie irgend etwas bedrückte. »Das ist sehr lieb von dir, aber das werde ich schon selber in die Hand nehmen müssen.«
»Gut, aber schieben Sie es nicht auf die lange Bank! Gehen Sie jetzt gleich zu ihm!«
»Jetzt?«
»Ja! Dann haben Sie es hinter sich. Sie werden sich hinterher wie neugeboren fühlen«, versicherte Fanny.
Valerie zögerte. »Vielleicht sollte ich es wirklich tun«, überlegte sie und gab sich dann einen Ruck. »Also gut, ich gehe zu ihm. Drück mir beide Daumen, Fanny.«
»Heizen Sie ihm ordentlich ein! Er hat es mehr als verdient!«
»Genau das werde ich tun!« versicherte Valerie entschlossen und begab sich unter Deck. Sie legte sich in Gedanken schon zurecht, wie sie Matthew Melville zur Rede stellen würde. Wütend genug war sie wahrhaftig! Fanny hatte vollkommen recht! Er sollte sie kennenlernen. Wenn er glaubte, mit ihr spielen und sie gar demütigen zu können, dann täuschte er sich gewaltig!
Sie hatte sich gedanklich regelrecht in Rage gebracht, als sie schließlich vor seiner Kabinentür stand, und ihr Klopfen war alles andere als zaghaft.
Auf sein »Herein!« stieß sie die Tür auf. Mit einem flüchtigen Blick erfaßte sie die geräumige Kabine mit dem großen Heckfenster und der geschmackvollen Einrichtung. Doch für Details fehlte ihr jetzt die innere Ruhe. Ihr Herz jagte vor Aufregung, und sie wollte die

unerfreuliche Begegnung mit ihm so schnell wie möglich hinter sich bringen.
»Oh, Miß Valerie!« rief Matthew Melville überrascht und erhob sich von seinem Kartentisch. »So schnell habe ich nicht mit Ihnen gerechnet.«
»Mir scheint, Sie haben mit manch anderem auch nicht gerechnet!« sagte sie angriffslustig. »Es ist wohl an der Zeit, daß wir miteinander reden, Captain!«
»Bitte, treten Sie ein!« forderte er sie auf und machte eine einladende Handbewegung. »Ich stehe Ihnen jederzeit zur Verfügung. Setzen Sie sich doch.«
»Danke, das wird nicht nötig sein!« sagte sie schroff. »Was ich Ihnen zu sagen habe, kann ich auch ebensogut im Stehen sagen!«
»Gütiger Gott, Sie machen ja einen geradezu aufgelösten Eindruck. Hat Sie mein...«
Valerie fuhr ihm barsch ins Wort, um ihm erst gar keine Gelegenheit zu geben, den Verlauf des Gesprächs zu bestimmen. »Ich möchte Ihnen ein für allemal klarmachen, daß ich mir Ihr... unmögliches Benehmen verbitte!« fuhr sie ihn an.
»Aber, Miß Fulham...«
»Lassen Sie mich ausreden!« Sie funkelte ihn an. »Was gestern nacht passiert ist, haben Sie sich selbst zuzuschreiben, Captain Melville! Erwarten Sie nicht, daß ich gekommen bin, um mich dafür zu entschuldigen.«
»Dieser Gedanke ist mir gar nicht gekommen«, erwiderte er gelassen, ging zu einem Wandschrank und goß sich ein Glas Brandy ein. »Mögen Sie vielleicht ein Glas Sherry? Er ist sehr mild und von bester Qualität.«
»Versuchen Sie nicht, vom Thema abzulenken! Statt mir zu sagen, daß Sie der Captain der *Alabama* sind und ich mich nicht zu sorgen bräuchte, das Schiff zu verpassen, haben Sie sich über mich lustig gemacht!«
»Ich gebe zu, daß ich Sie hätte beruhigen können, was das Auslaufen der *Alabama* betraf«, räumte er ein, zeigte sich von ihren Vorwürfen sonst aber gänzlich unbeeindruckt. »Doch Sie müssen mir schon zugute halten, daß ich in einer etwas... nun, sagen wir mal beschwingten Stimmung war. Und Sie waren in Ihrem Zorn so reizend, daß ich der Versuchung einfach nicht widerstehen konnte.«
»Wenn Sie meinen Zorn als so reizend empfinden, werde ich Ihnen

gern noch einmal Gelegenheit dazu geben!« fauchte sie erbost. »Was Sie sich beim Frühstück mir gegenüber herausgenommen haben, ist einfach empörend, Captain! Wie können Sie es wagen, mich mit einem Sklavenaufseher vergleichen zu wollen? Offenbar haben Sie keine Erziehung genossen und nicht einen Funken Ehre im Leib, wenn Sie sich zu so einer Ungeheuerlichkeit versteigen! Sie wissen offenbar nicht, wie Sie sich einer Frau gegenüber, die nicht im Hafenviertel zu Hause ist, zu benehmen haben!«

Er nickte gelassen. »Das war wohl wirklich nicht angemessen. Und ich bin Ihnen sehr zu Dank verpflichtet, daß Sie es ausgezeichnet verstanden haben, mich vor diesem wirklich unverzeihlichen Fehler zu bewahren. Das war wirklich sehr geistesgegenwärtig von Ihnen. Ich fürchtete schon, Sie wüßten keine einigermaßen plausible Erklärung.«

»Machen Sie sich nicht noch über mich lustig!« Valerie zitterte vor Zorn. »Ich reise als Passagier an Bord Ihres Schiffes und erwarte, daß Sie ein Minimum an Höflichkeit an den Tag legen – auch wenn das gegen Ihre Natur sein sollte. Ich werde mir auf jeden Fall weitere Unverschämtheiten von Ihnen nicht bieten lassen, haben Sie mich verstanden, *Captain Melville*?«

»Nun, laut genug sind Sie ja«, antwortete er ruhig.

»Wenn es sein muß, kann ich noch lauter werden!« ließ sie sich von ihrem Temperament fortreißen. »Mir ist es gleichgültig, was Sie von mir denken, aber ich werde nicht länger zulassen, daß Sie sich über mich lustig machen oder mich zu demütigen versuchen! Und ich werde Ihnen auch nicht den Gefallen tun, mich in meiner Kabine einzuschließen und Ihnen aus dem Weg zu gehen! Wenn Sie das zu erreichen gehofft haben, muß ich Sie enttäuschen!«

»Das ist endlich einmal etwas Erfreuliches«, sagte der Captain leichthin und lächelte sie unverforen an, während er an seinem Brandy nippte. »Ich fürchtete nach meiner Entgleisung schon, Sie würden mich des Vergnügens Ihrer Gegenwart berauben wollen.«

Der Zorn in ihr entglitt fast ihrer Kontrolle. Er machte sich noch immer über sie lustig! »Also gut, wenn Ihnen so sehr an einer Feindschaft mit mir gelegen ist, dann können Sie sie haben. Doch geben Sie sich keinen falschen Hoffnungen hin. Bei Ihrer nächsten respektlosen oder spöttischen Bemerkung bei Tisch werde ich anders reagieren als heute morgen, darauf können Sie sich verlassen. Wenn Sie eine vergiftete Atmosphäre wünschen – Sie können sie

haben!« Ohne eine Antwort abzuwarten, stürzte sie aus der Achterkajüte.
Ihr vehementer Gefühlsausbruch hatte sie selber so mitgenommen, daß sie sich ganz schwach auf den Beinen fühlte. Sie wankte zu ihrer Kabine, hatte mit ihrer zitternden Hand Mühe, sie aufzuschließen, und sank dann mit einem Laut der Erschöpfung in den Sessel.
Sie schloß einen Moment die Augen, und ganz langsam ebbte der Sturm der Gefühle in ihr ab. Ihr Herzschlag war noch immer beschleunigt, doch zumindest wich die Schwäche von ihr. Und dann wurde ihr bewußt, daß sie wirklich getan hatte, was Fanny ihr so eindringlich ans Herz gelegt hatte: Sie hatte diesem überheblichen Captain Melville so gehörig den Kopf zurechtgerückt, daß er noch nicht einmal Gelegenheit gefunden hatte, ihren Wortschwall zu unterbrechen.
Grimmige Genugtuung erfüllte sie, und ein schwaches Lächeln huschte über ihr Gesicht. Ihre Worte würden ihm zweifellos zu denken geben, hatte sie sich doch unmißverständlich ausgedrückt. Sie war in der Wahl ihrer Worte wahrhaftig nicht zimperlich gewesen.
Mama hätte sich vor Entsetzen nicht mehr eingekriegt, wenn sie mich gehört hätte, dachte sie unwillkürlich und vermochte sich eines Schmunzelns nicht zu erwehren. Die Hände hätte sie über dem Kopf zusammengeschlagen. Aber Papa hätte mich verstanden, wenn er Mama um des lieben Friedens willen auch zugestimmt hätte, daß es sich für eine junge Lady nicht gehört, so streitbar zu sein.
Nun, sie war auf sich gestellt und mußte mit diesen Widrigkeiten selbst zurechtkommen. Auf jeden Fall würde er es sich nach ihrem Auftritt bestimmt zehnmal überlegen, ob er sie noch einmal so geringschätzig behandelte. Falls doch, würde sie ihre Drohung wahrmachen und ihm jede Unhöflichkeit noch schärfer zurückzahlen – ohne Rücksicht darauf, wer sich gerade in Hörweite befand. Sie war doch keine hergelaufene Tavernenmagd, die sich so ein dreistes Benehmen gefallen ließ, nur weil er der Captain eines stolzen Clippers war! Matthew Melville würde sich bei ihr mehr als nur einen blutigen Striemen über den Handrücken holen, wenn er nicht endlich einlenkte! Das schwor sie sich.
Valerie atmete tief durch, erleichtert darüber, daß sie den Mut gehabt hatte, dem Captain gehörig die Meinung zu sagen. Es war nie gut, wenn man den Zorn in sich hineinfraß und sich zum ohnmächti-

gen Spielball anderer machen ließ. Es war gar nicht mal so falsch, was Fanny prophezeit hatte: Sie fühlte sich zwar nicht gerade wie neugeboren, aber doch befreit und voller Zuversicht, daß sie stark genug war, ihn auch in Zukunft in seine Schranken zu weisen, sollte dies notwendig werden.

Fanny!

Valerie fuhr aus dem Sessel hoch. Fanny zerbarst bestimmt schon voller Ungeduld, endlich zu erfahren, was sich zwischen ihr und Matthew Melville abgespielt hatte. Es war nicht fair, sie so lange auf die Folter zu spannen, wo sie ihr doch den Rücken gestärkt hatte.

Sie wollte aus der Kabine eilen, und sie war schon bei der Tür, als sie aus den Augenwinkeln auf der Schreibplatte des Sekretärs etwas bemerkte, was vorher dort nicht gelegen hatte und nicht dort hingehörte. Sie schaute genauer hin und stutzte.

Auf der blankpolierten Platte aus Eibenholz, die mit Messingecken und -scharnieren versehen war, lag eine Blume, eine Orchidee, auf einem gefalteten Bogen Papier. Die Orchidee sah so frisch und echt aus, daß es eines zweiten Blicks von ihr bedurfte, um festzustellen, daß es sich um eine künstliche Blume aus Seidenstoff handelte.

Verwundert nahm Valerie die Stofforchidee auf, fuhr mit den Fingerspitzen über die zarten Blätter, die so täuschend natürlich aussahen, und fragte sich verwundert, was das zu bedeuten hatte. Und wie war diese Blume in ihre Kabine gekommen?

Spontan dachte sie an den Ersten Offizier, der nicht nur gestern nacht so zuvorkommend zu ihr gewesen war. Er schien sie zu verehren. Die bewundernden Blicke, die er ihr zugeworfen hatte, waren ihr nicht entgangen. Beim Frühstück hatte er kaum ein Wort herausgebracht, und das hatte wohl eher an ihrem Aussehen gelegen als an höflicher Zurückhaltung. Und daß er nicht unter Schüchternheit litt oder sich nicht auszudrücken verstand, hatte er schon bei ihrer Ankunft bewiesen.

Sie lächelte amüsiert. »Ich habe also einen ernsthaften Verehrer an Bord«, murmelte sie und war sich nun sicher, daß es Lewis Gray war. Als Erster Offizier hatte er sicherlich Zugang zu Zweitschlüsseln für ihre Kabine. »Wer weiß, wozu das nützlich sein kann.«

Valerie griff nun nach dem Bogen, faltete ihn auseinander und begann mit einem fröhlichen Lächeln zu lesen – doch dann sah sie die schwungvolle Unterschrift, und das Lächeln wurde zu einem Ausdruck fassungsloser Überraschung.

Captain Matthew Melville stand unter den wenigen Zeilen, die den Bogen mit kraftvoller, selbstsicherer Handschrift bedeckten.
Sie wankte, Orchidee und Brief in der Hand, zum Sessel zurück und fiel hinein, als hätte sie der Schlag getroffen. Mit wachsender Bestürzung las sie die Zeilen wieder und wieder, als könnte sie nicht fassen, daß Blume und Brief Wirklichkeit waren. Doch wie oft sie sein Schreiben auch las, es änderte sich nichts am Text, der da lautete:

Verehrte Miß Fulham,
nehmen Sie diese Seidenblume in Ermangelung echter Blumen als Zeichen meines Bedauerns, daß ich mich dazu habe hinreißen lassen, Ihren Stolz und Ihr Ehrgefühl zu verletzen. Ich möchte Ihnen versichern, daß dies nie in meiner Absicht lag, auch wenn Sie diesen Eindruck bekommen haben mögen. Ich bitte um Entschuldigung, mir gestern mit Ihnen einen Spaß erlaubt, der für Sie wohl jeden Scherzes entbehrte, und Sie heute morgen bei Tisch in eine so peinliche Situation gebracht zu haben. Ich hoffe sehr, Sie nehmen diese erste schriftliche Entschuldigung an und geben mir die Gelegenheit, sie mündlich zu wiederholen. In diesem Fall möchte ich Sie heute abend zu mir in meine Kajüte zu einem Versöhnungsessen bitten und hoffe, Sie sind großherzig genug, meine Entschuldigung anzunehmen und mir die Freude zu machen, mein Gast zu sein.

Mit aufrichtigem Bedauern
und in Erwartung Ihrer Antwort
Captain Matthew Melville

Valerie hockte noch immer im Sessel, als es eine halbe Stunde später an der Kabinentür klopfte. Es war ihre Zofe. Ihr vom Wind gerötetes, rundes Gesicht verriet, wie aufgeregt und gespannt sie war.
»Nun, wie ist es gelaufen, Miß Valerie?« stieß sie mit gedämpfter Stimme hervor, kaum daß sie die Tür hinter sich geschlossen hatte. »Haben Sie ihm gehörig die Meinung gesagt?«
»Ich habe alles getan, was du gesagt hast«, antwortete Valerie mit matter Stimme. »Ich habe ihn angefaucht, als wollte ich ihn gleich in Stücke reißen. Der Captain war völlig sprachlos, so bin ich auf ihn losgegangen.«

»Wunderbar!« rief Fanny begeistert. »Sie haben ihn also runtergeputzt, wie er es verdient hat!«
»O ja, runtergeputzt habe ich ihn, und wie, doch ob er es auch verdient hat... dessen bin ich mir nun nicht mehr so sicher, Fanny«, seufzte Valerie.
Ihre Zofe furchte verständnislos die Stirn. »Sie sind sich nicht mehr sicher, ob er das auch verdient hat?« echote sie.
»Richtig, ich glaube jetzt vielmehr, daß ich mich zum Narren gemacht und bis auf die Knochen blamiert habe«, sagte Valerie.
»Also das verstehe, wer will!«
Valerie reichte ihr Orchidee und Brief. »Da! Das fand ich hier auf dem Sekretär, als ich aus seiner Kabine stürzte und hier einen Augenblick Atem holen wollte, bevor ich wieder an Deck käme. Lies es nur, Fanny. Dann wirst du es bestimmt verstehen...«

6.

»Es wird Zeit, daß Sie gehen, Miß Valerie«, drängte Fanny sanft und legte die Bürste aus der Hand. Für sie gab es nichts mehr zu tun.
Valerie rührte sich nicht. Sie blickte in den Drehspiegel, ohne ihr eigenes Abbild jedoch richtig wahrzunehmen. »Fanny, ich kann nicht«, sagte sie schließlich.
»Natürlich können Sie!« erwiderte die Zofe. »Außerdem haben Sie seine Einladung angenommen. Er wird jetzt schon warten.«
Valerie bereute jetzt, daß sie ihre Zofe am Nachmittag nach langem Hin und Her zu Captain Melville geschickt hatte, um ihm mitzuteilen, daß sie seine Einladung annahm. Warum hatte sie das bloß getan?
»Geh und sag ihm, daß ich es mir anders überlegt habe.«
»Aber das geht doch nicht! Das wäre sehr unhöflich!«
»Dann sind wir eben quitt!«
»Er hat sich aber bei Ihnen enntschuldigt, Miß Valerie. Und zwar bevor Sie ihm all diese Dinge an den Kopf geworfen haben, wie Sie mir erzählt haben«, wandte Fanny ein.
»Ja, und gerade deshalb kann ich ihm doch nicht unter die Augen treten!« sagte Valerie ratlos.

»Wie oft habe ich Ihnen denn jetzt schon gesagt, daß Sie nicht den geringsten Grund haben, sich etwas vorzuwerfen«, sagte Fanny fast ungehalten. »Daß er Ihnen diese Blume und den Brief in die Kabine geschmuggelt hatte, konnten Sie ja nicht wissen. Es war Ihr gutes Recht, ihm Ihre Meinung zu sagen. Außerdem: Warum hat er die Gelegenheit nicht beim Schopf gepackt und sich in aller Form bei Ihnen entschuldigt, wie er es im Brief getan hat?«

Valerie verzog das Gesicht. »Weil ich ihn überhaupt nicht habe zu Wort kommen lassen.«

Fanny schmunzelte. »Das ist sein Problem, nicht wahr? Nein, nein, Sie müssen jetzt zu ihm gehen. Vergessen Sie, daß Sie heute nachmittag aus der Haut gefahren sind, und genießen Sie Ihren Triumph. Denn das bedeutet diese Einladung doch: *Sie* haben sich durchgesetzt. Halten Sie sich einfach nur vor Augen, daß Sie sich nicht in seine Kajüte begeben, um selber etwas zu erklären oder zu entschuldigen, sondern um seine Entschuldigung entgegenzunehmen. Sie tun ihm einen Gefallen und nicht umgekehrt.«

Valerie seufzte. »Aus deinem Mund klingt alles stets so einfach und einsichtig, aber ich weiß nicht, ob das nachher auch so sein wird.«

»Sie werden es mir schon erzählen... und nun haben Sie ihn lange genug warten lassen. Gehen Sie. Oder wollen Sie, daß er wirklich Grund hat, sich über Sie lustig zu machen?« reizte Fanny sie.

»Schon gut, schon gut, du brauchst mich nicht weiter anzustacheln«, winkte Valerie ab und erhob sich, wenn auch äußerst widerwillig. »Wie sehe ich aus?«

Ein vorbehaltloses Lächeln ließ Fannys Gesicht erstrahlen. »So hübsch, wie die meisten jungen Ladies nur im Traum sind. Captain Melville wird Mühe haben, Sie nicht ständig bewundernd anzuschauen, oder er ist kein richtiger Mann.«

»Fanny, du bist unbezahlbar!« sagte Valerie belustigt.

Als sie die Kabine verließ, stieß sie im Gang beinahe mit Bruce French zusammen. Sie schreckte zusammen.

»Ich bitte vielmals um Verzeihung, Miß Fulham«, sagte er und starrte sie einen Augenblick mit unverhohlener Begierde an. »Ich muß in Gedanken gewesen sein, daß ich Sie nicht bemerkt habe.«

Er stand so nahe, daß sie keine Armlänge trennte und sie seinen Atem spürte. Sie trat schnell einen Schritt zurück und zwang sich, nicht auf seine entstellte Gesichtshälfte zu schauen.

»Oh, es ist ja weiter nichts geschehen, Mister French«, erwiderte sie

mit einem erzwungenen, höflichen Lächeln. Dieser Mann war ihr irgendwie unheimlich.
»Es beruhigt mich zu sehen, daß es Ihnen schon wieder bessergeht«, sagte er, während seine Augen sie musterten, wie ein Pferdehändler ein gewinnträchtiges Pferd taxiert.
»Ja, danke...«, sagte sie und wartete, daß er sich endlich entfernte.
»Einen angenehmen Abend noch, Miß Fulham«, wünschte er mit matter Stimme, verbeugte sich und ging dann in Richtung Niedergang. Sie wartete, bis sie seine Schritte auf der Treppe hörte, dann wandte sie sich um und ging den Gang hinunter zu Captain Melvilles Kabine. Einen Augenblick beschäftigten sich ihre Gedanken noch mit Bruce French. Er war ein höchst seltsamer Zeitgenosse. Gestern hatte sie das Gefühl gehabt, als hätte er dort im Schatten des Großmastes auf sie gewartet, was natürlich ausgesprochen lächerlich war, denn sie kannten sich ja überhaupt nicht. Und diese Begegnung gerade im Gang hatte auch etwas irgendwie Befremdliches an sich gehabt. Allein wie er sie angeschaut hatte.
Valerie schob die unangenehmen Gedanken über Bruce French beiseite, als sie das Ende des Ganges erreicht hatte. Diesmal fiel ihr Klopfen bedeutend höflicher aus.
Matthew Melville öffnete ihr und begrüßte sie mit einem herzlichen Lächeln. »Miß Fulham, ich freue mich, daß Sie gekommen sind.«
»Ob die Freude beidseitig ist, wird sich erst noch herausstellen, Captain Melville«, gab sich Valerie kühl, um ihre eigene Unsicherheit zu verbergen. Denn trotz Fannys aufmunternden Worten konnte sie sich nicht von dem Gefühl freimachen, sich schrecklich blamiert zu haben. Es tat ihr jetzt leid, daß sie ihn so beschimpft hatte. Es gehörte einiges an Überwindung und vor allem an Charakterstärke dazu, sich zu entschuldigen, wie er es getan hatte.
Er verlor sein Lächeln nicht. »Für Ihre Skepsis habe ich vollstes Verständnis. Ich werde mir die größte Mühe gehen, Ihren unvorteilhaften ersten Eindruck von mir zu revidieren. Nur müssen Sie mir auch eine faire Chance geben.«
Sie sah ihn mit hochgezogenen Brauen an. »Wie darf ich das verstehen, Captain?«
»Sie sehen bezaubernd aus, Miß Fulhamm«, sagte er und meinte damit ganz offensichtlich nicht allein ihr Kleid aus perlgrauem Satin, das von schlichtem Schnitt war, aber gerade dadurch ihre natürliche Schönheit unterstrich. »Doch dieser verkniffene Zug steht Ihnen gar

nicht zu Gesicht. Es ist, als wollte sich eine süße Orange als Zitrone ausgeben. Ich habe nichts gegen Zitronen, geben sie manchen Dingen doch erst die richtige Würze, aber süße Orangen sind ein Geschenk der Götter, das man nicht mit Saurem trüben sollte.«
Valerie war einen Augenblick verblüfft, daß er sie auf Anhieb durchschaut hatte. Schon hatte sie eine zurückweisende Antwort auf den Lippen, als sie sein erwartungsvolles Lächeln bemerkte, mit dem er sie ansah. Ihr war, als sprächen seine dunklen Augen zu ihr. *Nur zu! Zeig, ob auch du über deinen eigenen Schatten springen kannst!* schienen sie ihr sagen zu wollen. *Zeig, ob Schönheit und Temperament alles sind, was du zu bieten hast!*
Plötzlich wich die Anspannung und Beklemmung von ihr, und ein amüsiertes Lächeln verdrängte den Ausdruck kühler Höflichkeit von ihrem Gesicht. »Also gut, keine Zitrone, Captain Melville!« sagte sie lachend.
»Das wäre auch zu schade gewesen.«
»Es tut mir leid...«
»Halt! Jetzt vertauschen Sie die Rollen!« unterbrach er sie nun scheinbar bestürzt. »Ich bin derjenige, der sich zu entschuldigen hat, Miß Fulham, und ich bin Ihnen dankbar, daß Sie meine Einladung angenommen haben. Und bevor ich Sie zu Tisch bitte, möchte ich mich hiermit noch einmal in aller Form für mein respektloses Verhalten bei Ihnen entschuldigen. Ich hoffe, Sie erteilen mir Absolution, sonst bekomme ich nicht einen Bissen hinunter.«
»Ich glaube, Sie wissen ganz genau, daß ich sie Ihnen gar nicht verwehren kann, Captain Melville«, erwiderte sie, verwundert über seinen entwaffnenden Charme. »Schon gar nicht nach dem, was Sie mir da auf meinen Sekretär gelegt haben.«
Er lächelte. »Gefällt Ihnen die Orchidee?«
»Sie ist wunderbar. Wo haben Sie sie hergezaubert? Oder haben Sie für derartige Situationen immer etwas Passendes parat?« fragte sie mit gutmütigem Spott.
»Sicher, es ist die letzte von tausend«, ging er auf ihren Scherz ein, um dann erst hinzuzufügen: »Ich habe sie von einer Reise nach China mitgebracht. Sie schien mir das einzig adäquate Geschenk für Sie zu sein. Bitte, nehmen Sie doch Platz. Die See ist ruhig, so daß wir das Essen, wie ich hoffe, ungestört genießen können.«
Er führte sie zum Tisch, der festlich gedeckt war. Das kostbare Porzellan, das Silberbesteck und die Weingläser aus Kristallglas

funkelten im Licht der ruhig brennenden Kerzen, die auf zwei herrlichen fünfarmigen Kerzenleuchtern steckten.

»Gar kein so übler Kahn, in der Tat«, bemerkte Valerie und erinnerte ihn an seine eigenen Worte in der Nacht zuvor.

Er lachte. »Ich muß gestehen, daß ich ein wenig untertrieben habe, Miß Fulham. Der Teufel muß mich geritten haben, als ich Sie so zum Narren hielt. Aber Sie sahen in Ihrem Zorn wirklich so hinreißend aus, daß ich der Versuchung einfach nicht widerstehen konnte.«

»Fangen Sie jetzt wieder damit an?«

»Gott bewahre! Ich mag zwar meine Fehler haben, doch gewöhnlich bin ich nicht so dumm, einen Fehler zu wiederholen«, versicherte er. »Wie wäre es nun mit einem Sherry, bis Milligan kommt, um zu servieren?«

Valerie zögerte. Im Haus ihrer Eltern hatte sie nie Alkohol trinken dürfen. »Warum nicht? Danke.«

Er füllte ein zierliches Glas, während er sich einen Brandy eingoß, und reichte es ihr. »Auf eine angenehme Überfahrt ohne vergiftete Atmosphäre!« sagte er dann augenzwinkernd und stieß mit ihr an.

»Sie sind ein merkwürdiger Mann, Captain Melville«, sagte Valerie unwillkürlich und nippte an dem Sherry, der ihr ausgezeichnet schmeckte.

»Der Ansicht müssen meine Eltern wohl auch gewesen sein, denn sonst hätten sie mich wohl kaum in ein Heim gesteckt«, erwiderte er leichthin, doch in seine Augen trat für einen Augenblick ein bitterer Blick, der jedoch genauso schnell wieder verschwand.

Valerie fand keine Gelegenheit, darauf etwas zu erwidern, denn in diesem Moment klopfte der Steward und trug das Essen auf, herrliches Roastbeef und frisches Gemüse. Dazu gab es einen ausgezeichneten Bordeaux, der ihr den letzten Rest der Unsicherheit nahm.

Der Steward zog sich schnell wieder zurück, und ihre Unterhaltung floß leicht und unbeschwert dahin. Captain Melville war ein ausgezeichneter Unterhalter, der interessant und vergnüglich von seinen Reisen um die Welt berichten konnte. Valerie genoß das Essen und seine Gesellschaft, und es kam ihr bald wie ein schlechter Traum vor, daß sie ihn noch vor Stunden für ein unausstehliches Ekel gehalten hatte. Erst jetzt kam ihr richtig zum Bewußtsein, daß er nicht nur sehr attraktiv aussah, sondern auch eine ungewöhnliche Ausstrahlung besaß.

»Werden Sie lange in New Orleans bleiben?« fragte er dann, als sie beim Dessert waren.
Valerie zögerte. »Das kann ich noch nicht sagen...«
»Ich kann Ihnen nur raten, Ihren Aufenthalt dort so kurz wie möglich zu gestalten«, riet er ihr. »Die Situation im Süden ist im Augenblick alles andere als einladend. Sie sind zwar englischer Nationalität, aber man kann nie wissen, was passiert.«
»Stimmt es wirklich, daß es zum Krieg kommen kann?« fragte sie besorgt.
»Ich fürchte, daß es dazu kommen wird, wenn die Südstaaten weiterhin auf Sezession bestehen«, sagte Matthew Melville mit einem schweren Seufzer. »Der Norden wird nicht tatenlos zusehen, wenn sich der Süden aus dem Staatenbund der Union einseitig löst. Das hat Abraham Lincoln eindeutig erklärt.«
»Das klingt ja so, als wären Sie nicht für diese Loslösung, dabei kommen Sie doch auch aus dem Süden.«
»Richtig, aber das bedeutet ja noch nicht, daß ich mit allem, was diese Hitzköpfe in South Carolina und anderswo auf ihre Fahnen geschrieben haben, einverstanden bin. Ich halte eine Sezession nicht für die Lösung all unserer Probleme.«
»Das Problem ist die Sklavenfrage, nicht wahr?«
»Ja, vordergründig. Dabei geht es eigentlich gar nicht darum, ob die Haltung von Sklaven im Süden aufgehoben werden soll oder nicht. Noch nicht einmal Lincolns Republikanische Partei vertritt diese Forderung, auch wenn in der Öffentlichkeit dieser Eindruck erweckt wird. Die Rechte der Südstaaten bleiben in dieser Beziehung völlig unangetastet. Nur in den neuen Territorien im Westen, also in Kansas, New Mexico, Utah und Nebraska etwa, soll die Haltung von Sklaven per Gesetz verboten sein.«
Valerie sah ihn prüfend an. »Verteidigen Sie die Sklaverei, Captain?«
Er sah sie verdutzt an. »Habe ich diesen Eindruck erweckt?«
»Sie haben beim Frühstück jedenfalls nicht für Mister Fairfield Partei ergriffen.«
Ein spöttisches Lächeln zeigte sich auf seinem Gesicht. »Ich beteilige mich ungern an Diskussionen, die von gegenseitiger Intoleranz geprägt sind und deren Ausgang schon von vornherein feststehen.«
»Womit Sie meine Frage aber noch nicht beantwortet haben«, ließ sie nicht locker.

»Ich will mich nicht davor drücken, Miß Fulham«, sagte er ernst. »Ich verabscheue Sklaverei und alles, was damit zusammenhängt. Niemand auf der Welt hat das Recht, Menschen zu versklaven und in Unfreiheit zu halten. Und da können Männer wie Mister Laurent zehnmal darauf verweisen, daß es den Sklaven auf ihren Plantagen besser ergeht als den Arbeitern in den Fabriken oder Bergwerken im Norden. Auch wenn es sich wirklich so verhalten sollte, wäre das kein stichhaltiges Argument. Die Freiheit ist das höchste Gut, und meine Vorfahren haben für diese Freiheit und Unabhängigkeit in der amerikanischen Revolution gekämpft.«

»Und jetzt kommt das große Aber«, ahnte Valerie voraus.

Er nickte. »Richtig. Es geht bei dieser Auseinandersetzung vielmehr um politische und wirtschaftliche Macht. Im Norden wird immer so getan, als wäre der Süden ein Land, das ausschließlich von den Sklaven am Leben gehalten wird. In Wirklichkeit ist die Zahl derjenigen Plantagen, auf denen Hunderte von Sklaven gehalten werden, vergleichsweise minimal. In South Carolina und auch in der Gegend um New Orleans und Baton Rouge gibt es einige Dutzend, aber was sind ein paar Dutzend Plantagen im Vergleich zu den Zehntausenden von kleinen Farmen, deren Besitzer gar nicht das Geld haben, sich Sklaven zu leisten?«

»Sie scheinen aber das Bild vom Süden zu bestimmen.«

»Leider«, pflichtete er ihr grimmig bei. »Dabei machen die Nicht-Sklavenhalter eigentlich die Mehrzahl der Bevölkerung aus, und es ist eine Ironie des Schicksals, daß ausgerechnet sie sich vor den Karren der einflußreichen Plantagenbesitzer spannen lassen und eine unmenschliche Einrichtung verteidigen, deren natürliches Ende schon jetzt abzusehen ist. Sklaverei ist letztlich ein Hemmschuh auf dem Weg zu wirtschaftlichem Fortschritt und teurer, als wenn man Arbeiter anstellt und bezahlt. Das ist in Untersuchungen schon nachgewiesen worden. Nein, was der rückständige Süden wirklich fürchtet, ist die Übermacht des industriellen Nordens. In den letzten Jahren hat der Norden auch auf politischer Ebene den Ton angegeben – und zwar eindeutig zu seinen Gunsten, da muß ich Mister Laurent wirklich recht geben. Es würde zu weit führen, um das in allen Einzelheiten auszuführen, aber der Süden ist in Washington einfach nicht mehr stark genug, um eigene Interessen durchzusetzen, von der Sklaverei einmal völlig abgesehen. Es geht da um die Verteilung der Steuern, Zollbestimmungen und andere Abgaben.

Kaum einer weiß, daß der Süden nur ein Drittel der Landfläche der Union einnimmt, jedoch mehr als die Hälfte der Kornernte in den USA erzeugt. Es gibt da im Süden ein fast schon geflügeltes Wort: ›Was der Süden erarbeitet, landet in den Taschen der Yankees.‹ Darin liegt leider mehr als nur ein Körnchen Wahrheit.«

»Aber das ist doch noch längst kein ausreichender Grund für eine Spaltung, geschweige denn für einen Bruderkrieg, denn darauf würde es doch wohl hinauslaufen, nicht wahr?«

»Sie kennen noch nicht den übersteigerten Stolz und das fast schon pathetische Ehrgefühl der Südstaatler«, sagte Matthew Melville düster. »Manchmal habe ich das bedrückende Gefühl, meinen Landsleuten im Süden fehlt der Blick für die Realität. Doch wenn es wirklich zur Sezession kommt, gibt es für viele ein schreckliches, ja blutiges Erwachen.« Er runzelte die Stirn, sah sie an und schüttelte dann den Kopf. »Was rede ich da bloß? Entschuldigen Sie, wenn ich mich habe hinreißen lassen, Sie mit meinen weitschweifigen Ausführungen zu langweilen.«

»Sie haben mich ganz und gar nicht gelangweilt, ganz im Gegenteil. Ich fand es äußerst interessant. Ich habe mich bisher wenig für Politik und Wirtschaft interessiert, aber wenn ich Sie so höre, bedaure ich es jetzt, daß ich so wenig über all das weiß«, gestand Valerie. »Ich höre Ihnen gern zu.«

»Ja?«

Sie schenkte ihm ein herzliches Lächeln. »Ja, wirklich. Sie besitzen das ungewöhnliche Talent, derartige Zusammenhänge gut verständlich darzulegen.«

»Sie sind zu freundlich.«

»Nein, nur ehrlich, Captain Melville.«

»Sagen Sie, würde es Ihnen etwas ausmachen, auf das ›Captain Melville‹ zu verzichten und sich womöglich mit einem schlichten Matthew anzufreunden?« fragte er und sah ihr in die Augen.

Sie errötete unter seinem intensiven Blick, der ihr durch Mark und Bein ging. »Ich... ich... könnte es versuchen«, antwortete sie stockend vor Verlegenheit.

»Wie wäre es, wenn Sie gleich damit anfingen?«

»Gut, aber dann bestehe ich auf einem ebenso schlichten Valerie, Cap... oh... Matthew.«

Er hob sein Weinglas. »Mit Vergnügen,... Valerie!« Und sein Blick war wie ein Versprechen.

Es war schon spät in der Nacht, als Valerie sich für den wunderbaren Abend mit ihm bedankte und seine Kajüte verließ. Es wäre höchste Zeit gewesen, sich geradewegs ins Bett zu begeben, doch sie war viel zu aufgewühlt, um jetzt schon an Schlaf denken zu können.

So holte sie nur schnell ihren Umhang und ging an Deck. Die *Alabama* pflügte mit prallen Segeln durch die ruhige See, die sich unter einem sternenklaren Himmel wie ein endloses Meer flüssiger Kohle erstreckte, so weit das Auge blicken konnte. Über ihr knarrten die Rahen und das straff gespannte Tauwerk, und sie hörte die leisen Stimmen der Matrosen, die Wache hatten.

Die Luft war kalt, doch Valerie begrüßte die schneidende Frische, denn sie hatte das Gefühl, zu glühen. Hatte sie zuviel Wein getrunken, der ihr zu Kopf gestiegen war und sie sich so beschwingt fühlen ließ? Nein, diese beiden Gläser und der kleine Sherry zuvor konnten über diese vielen Stunden hinweg, die sie bei Matthew verbracht hatte, nicht diese Wirkung haben. Aber was war es dann, was sie so leicht machte und sie geradezu überschwenglich empfinden ließ?

Matthew Melville?

Verwirrt trat sie an die Reling und blickte auf die nächtliche See hinaus, auf der hier und da kleine weiße Schaumkämme in der Dunkelheit aufleuchteten. Was war nur mit ihr geschehen? Konnten sich die Gefühle zu einem Menschen in so kurzer Zeit so grundlegend wandeln?

Sie erinnerte sich wieder, wie er sie angeschaut hatte, und sie ertappte sich dabei, daß sie still vor sich hin lächelte. Kein Zweifel, er hatte ihre Abneigung in Sympathie verwandelt, ja vielleicht sogar in mehr als nur Sympathie.

Als sie am nächsten Morgen erwachte, verblaßten die Bilder des Traumes, doch es blieb ein Gefühl unbestimmter Freude zurück, und sie wußte, daß sie von ihm geträumt hatte, von Matthew Melville.

Sie schlug die Augen auf. Strahlendes Sonnenlicht fiel durch das Bullauge in ihre Kabine und entlockte dem Holz einen warmen Glanz. Ihre Gedanken kreisten um Matthew, und als ihr bewußt wurde, daß sie es nicht erwarten konnte, ihn wiederzusehen, traf sie die Erkenntnis, daß es wirklich wahr war und sie sich tatsächlich in ihn verliebt hatte.

7.

»Liebe kann wie eine Krankheit sein!« Diesen Satz hatte Valerie einmal auf einer Teeparty aufgeschnappt. Und sie erinnerte sich noch daran, daß eine recht selbstbewußte und hübsche Frau diesen Ausspruch getan hatte. Damals hatte sie insgeheim darüber gelacht und diese Bemerkung für eine allzu durchsichtige Übertreibung gehalten. Es hatte sie an jenem Nachmittag nur verwundert, daß die älteren Frauen überhaupt nicht darüber gelacht hatten, sondern sich mit verständnisvollen Seufzern angeblickt hatten, als wüßten sie etwas, was für die jüngeren in ihrer Runde noch Neuland war, das sie erst noch entdecken mußten.

Sie hatte es mit einem Achselzucken abgetan, war doch Liebe für sie immer ein amüsantes und leicht zu kontrollierendes Spiel gewesen, wie etwa Marionettentheater, bei dem sie die Fäden in der Hand hielt und bestimmte, wer wann wohin sprang. Sogar James hatte da keine Ausnahme gemacht. Ein Schmollmund hatte genügt, um ihn wie Eis in der Sonne zerfließen zu lassen und sich mit Selbstvorwürfen zu quälen, was er denn bloß falsch gemacht hatte. Und ein koketter Augenaufschlag mit einem zögernden Lächeln hatte ihn im nächsten Moment in den siebten Himmel versetzt.

Doch nun erkannte sie, daß all das, was sie bisher erlebt hatte, wirklich nichts anderes als ein Spiel gewesen war und sowenig mit der wirklichen Liebe gemein hatte wie kindliches Räuber-und-Gendarm-Spielen im heimischen Garten mit der echten Jagd auf Verbrecher.

Obwohl sie sich anfangs dagegen wehrte und versuchte, einen klaren Kopf zu bewahren, half es doch nichts: Ihr ganzes Denken und Fühlen hatte ein neues, strahlendes Zentrum gefunden, um das es nun kreiste wie die Erde um die Sonne. Und dieser Mittelpunkt ihres neuen Kosmos war Matthew.

Fanny bemerkte als erste die Verwandlung, die mit ihrer Mistress geschehen war, und sie war darüber fast so aufgeregt, als hätte sie sich selber unsterblich verliebt. Daß sie mit Fanny alles bereden konnte, machte es Valerie ein wenig leichter, doch wirklich helfen konnte sie ihr natürlich nicht.

Am liebsten hätte sie den ganzen Tag an Matthews Seite verbracht, doch die vielfältigen Aufgaben, die seine Stellung als Captain der

Alabama mit sich brachte, machte es unmöglich, auch wenn er es gewollt hätte – und genau das war die Frage, die sie am meisten beschäftigte, ja regelrecht quälte.

Zwar zeigte sich Matthew ihr gegenüber seit ihrem wunderbaren Versöhnungsessen von seiner liebenswerten Seite und behandelte sie so zuvorkommend, daß sie sich sicher sein konnte, seine Sympathie zweifellos errungen zu haben. Doch mit Sympathie allein wollte sie sich jetzt nicht mehr zufriedengeben, ihr Herz sehnte sich nach seiner Liebe, seiner Zärtlichkeit, nach einer Berührung, und sei sie noch so flüchtig und scheinbar völlig gedankenlos erfolgt.

Doch Matthew unternahm in dieser Hinsicht nicht den Ansatz eines Versuches. Ja, in ihr regte sich sogar der quälende Verdacht, als sei er auf einmal sehr darauf bedacht, ihr bloß nicht zu nahe zu kommen. Mehrmals ließ sie sich einen Vorwand einfallen, um eine günstige Gelegenheit abzupassen und ihn in seiner Kajüte aufzusuchen, wenn sie wußte, daß er allein war. Sie verbrachte dann mehrere Stunden bei ihm, wenn er von seinen Reisen erzählte oder ihr anhand der Seekarten zeigte, welchen Kurs die *Alabama* steuerte und wie viele Seemeilen sie inzwischen schon zurückgelegt hatten. Doch auch bei diesen sehr privaten Gesprächen, die ihre gegenseitige Bindung vertieften, hielt er immer genügend Distanz, so daß es ihr unmöglich war, ihn vielleicht einmal kurz mit der Schulter zu streifen oder wie zufällig nach seiner Hand zu fassen, wenn er ihr Zirkel und Lineal reichte, damit sie den Kurs auf der Karte einzeichnete.

Liebe war in der Tat eine Krankheit, daran zweifelte Valerie nun nicht mehr. Da sie sich so sehr danach verzehrte, zumindest in seiner Nähe zu sein, machte sie es sich zur Gewohnheit, einen Großteil des Tages an Deck zu verbringen – und zwar immer dann, wenn auch Matthew sich an Deck aufhielt, um mit dem Sextanten den Sonnenstand zu messen oder Segelmanöver zu beobachten.

Glücklicherweise spielte das Wetter einigermaßen mit. Zwar gab es zwei Tage, an denen der Himmel grau wie Schiefer war und tief über der See zu hängen schien, doch ein Sturm zog nicht auf, wenn die Wogen auch höher gingen und das Schiff heftig schlingerte. Und gegen die gelegentlichen Regenschauer schützte sie sich, indem sie Ölzeug überzog, das Matthew ihr gegeben hatte. An diesen Tagen dankte sie Gott, daß sie nicht von der Seekrankheit befallen wurde, die Mister Laurent und Mister Fairfield so schwer zu schaffen machte. Auch Fanny litt unter dem ständigen Auf und Ab, lag mit

blassem Gesicht in ihrer Koje und bekam höchstens einen trockenen Zwieback hinunter. Bruche French dagegen ließ nicht eine Mahlzeit aus und wanderte fast so unablässig über das Deck wie sie.
In den Nächten lag Valerie müde und doch hellwach in ihrem Bett und zermarterte sich das Gehirn, wie sie Matthews Verhalten deuten sollte. Er suchte ihre Gegenwart und schien sie genauso zu genießen, wie sie es tat. Aber war das auch schon alles, was er für sie empfand? War sie für ihn nur ein hübscher amüsanter Passagier, der ihm auf den langen Stunden und Tagen einer Überfahrt über den Atlantik zu einer angenehmen Unterhaltung verhalf, oder gingen seine Gefühle tiefer?
Eines Nachts wachte sie schweißüberströmt auf und starrte bestürzt in die Dunkelheit. Sie hatte von ihm geträumt – und seiner Frau! Zum erstenmal kam ihr zu Bewußtsein, daß sie noch nicht einmal wußte, ob er überhaupt frei war. Ein attraktiver Mann wie er konnte doch schon längst verheiratet sein und eine Familie haben. War er wirklich verheiratet, und erwartete ihn seine Frau in Amerika? War das vielleicht der Grund, weshalb er zwar ihre Gesellschaft suchte, sich aber sonst völlig zurückhielt?
Dieser Gedanke, der sie völlig aus dem inneren Gleichgewicht brachte, ließ sie in dieser Nacht nicht wieder einschlafen. Sie wälzte sich von einer Seite auf die andere und näßte das Kopfkissen mit ihren Tränen. Warum mußte Liebe so quälend, so schmerzlich sein?
Ich muß unbedingt herausfinden, ob er verheiratet ist oder nicht! nahm sie sich vor, als der neue Tag grau über der Kimm heraufzog und die Schwärze aus ihrer Kabine verjagte. *Ich muß es wissen. Diese Ungewißheit ertrage ich nicht!*
Doch das war leichter vorgenommen als in die Tat umgesetzt. Matthew direkt zu fragen, ob er verheiratet war, das brächte sie nicht fertig. Bestimmt würde sie sich dabei vor Aufregung verhaspeln und hochrot im Gesicht werden oder sich wer weiß wie ungeschickt verhalten.
»Ich kann ja mal Mister Edwards fragen«, schlug Fanny vor, als sie Valerie die Haare richtete und sie ihr von ihrem beklemmenden Alptraum erzählt hatte. »Ich glaube, der Dritte Offizier ist mir recht geneigt.« Sie lächelte stolz.
»Nein, tu das nicht. Ich möchte nicht, daß unter den Offizieren hinter meinem Rücken geklatscht wird«, sagte Valerie. »Mir wird schon noch was einfallen. Und nun knöpf mir das Mieder zu. Ich möchte nicht zu spät in der Offiziersmesse sein.«

»Ich auch nicht, Miß Valerie«, sagte Fanny fröhlich.
Beim Frühstück, als sich das Gespräch mal wieder um den Konflikt zwischen Nord- und Südstaaten drehte und Bruce French sich als glühender Anhänger der Sklaverei zu erkennen gab, hatte Valerie plötzlich einen Einfall, wie sie zu der gewünschten Information kommen konnte, ohne dabei ihre Gefühle zu verraten.
Lewis Gray, der Erste Offizier, würde ihr die Antwort auf ihre peinigende Frage geben! Voller Ungeduld wartete sie, daß das Frühstück vorbei war und sie eine Gelegenheit fand, mit dem Ersten eine scheinbar zwanglose Unterhaltung anzuknüpfen. Daß Matthew sich an diesem Morgen nicht lange an Deck aufhielt, sondern sich nach einer geringfügigen Korrektur sofort wieder in seine Kabine zurückzog, war ihr ausnahmsweise einmal sehr recht.
Es war ein klarer, sonniger Morgen. Seit sie die Höhe von Gibraltar passiert hatten und nun in südliche Gefilde kamen, hatte sich das Wetter spürbar geändert. Graue Wolken bestimmten nicht länger den Himmel, sondern eine strahlende sonnige Bläue. Und die Temperaturen stiegen stetig, so daß sie schon auf warme Schals und Umhänge verzichten konnte.
Ihre Ungeduld beherrschend, schlenderte Valerie über das Deck und richtete es so ein, daß ihr Spaziergang sie zu Lewis Gray an die Reling führte. Er suchte die Kimm nach anderen Segelschiffen ab.
»Haben Sie etwas entdeckt, Mister Gray?«
»Nichts als blaue See und ein paar Seevögel«, sagte er gut gelaunt und schob das Fernrohr zusammen.
»Vögel so weit draußen auf dem Meer?«
»Die Westküste Nordafrikas ist nicht weit, zumindest nicht für die erstaunlichen Flugleistungen dieser Vögel«, erklärte er. »Außerdem liegt Madeira kaum mehr als eine Tagesreise voraus. Wenn der Wind nicht einschläft, sollten wir mit ein bißchen Glück noch vor Einbruch der Dunkelheit die Insel in Sicht bekommen.«
»Auf Madeira bin ich wirklich sehr gespannt. Captain Melville scheint die Insel und ihre Bevölkerung sehr zu schätzen.«
»Ja, er hat dort einige gute Freunde, und wo man gute Freunde hat, da fühlt man sich wohl. Aber Madeira ist in der Tat eine hübsche Insel. Sie werden bestimmt nicht enttäuscht sein, Miß Fulham.«
Valerie wechselte nun geschickt das Thema, um zu ihrem Anliegen zu kommen. Scheinbar versonnen sagte sie: »Manchmal fällt es mir schwer zu begreifen, wie endlos die See doch ist. Tage und Wochen

sind wir unterwegs, bis dann endlich Amerikas Küste vor uns auftauchen wird.«

Er schmunzelte. »Ja, der Weite der sieben Meere ist mit dem kühlen Verstand schlecht beizukommen.«

»Ich frage mich nur, wie Sie das so aushalten können, manchmal Monate unterwegs zu sein.«

Er lachte. »Man muß die Seefahrt schon sehr lieben, Miß Fulham.«

»Captain Melville erzählte mir von seinen Reisen nach China. Waren Sie da auch schon an Bord der *Alabama*?«

Lewis Gray nickte. »Ja, die China-Fahrten hatten es wahrlich in sich. Da haben wir so manch haarsträubende Abenteuer erlebt, vor allem im Chinesischen Meer, wo sich noch immer allerhand Piratengesindel herumtreibt. Zweimal hatte man uns des Nachts entern wollen, und einmal hat es eine Piraten-Dschunke sogar bei hellichtem Tag versucht, uns zu kapern. Aber jedesmal haben sich die Schlitzaugen blutige Köpfe geholt.«

Valerie sah ihn mit dem bewundernden Schaudern an, das Männer von Frauen offenbar stets erwarten, wenn sie von ihren Heldentaten berichten. »Das muß für Captain Melvilles Frau aber schrecklich sein, das monatelange Warten auf seine Rückkehr und die Sorge, ob ihm in der Ferne nicht etwas zugestoßen ist«, sagte sie.

Lewis Gray runzelte die Stirn. »Captain Melvilles Frau? Er ist doch gar nicht verheiratet. Das kann ich mir bei ihm auch gar nicht vorstellen. Ich glaube, von der Ehe hält er soviel wie von den chinesischen Piraten.«

Valerie wäre ihm vor Dankbarkeit am liebsten um den Hals gefallen. Matthew war nicht verheiratet! Ihre Ängste waren also völlig unbegründet gewesen. Unendliche Erleichterung trat an die Stelle quälender Ungewißheit. Jetzt konnte sie sich dieses wunderbar sonnigen Tages erfreuen.

Es kostete sie jedoch große Mühe, sich ihre überschwengliche Freude nicht anmerken zu lassen, sondern gelassenes Erstaunen zur Schau zu stellen. »So? Ich war irgendwie der festen Überzeugung, Captain Melville sei schon stolzer Familienvater. Nun, ich muß da wohl etwas durcheinandergebracht haben.« Sie zuckte die Achseln, als sei das auch völlig unwichtig, und brachte das Gespräch wieder auf die China-Fahrten zurück, um erst gar keinen Argwohn bei ihm aufkommen zu lassen.

Valerie hörte seinen weiteren Ausführungen jedoch nur mit halbem

Ohr zu, und als der Bootsmann zu ihnen trat und den Ersten zu sprechen wünschte, war sie froh, das Gespräch mit Lewis Gray abbrechen zu können, ohne unhöflich zu sein.
Von dieser Stunde an hatte sie merkwürdigerweise das Gefühl, als zeichne sich in ihrer Krankheit namens Liebe eine spürbare Besserung ab. Sie war jetzt wieder voller Zuversicht und entschlossen, die Wochen der Überfahrt zu nutzen, um seine Liebe zu erringen.
Am Nachmittag hielt Matthew sich wieder an Deck auf, und sie leistete ihm Gesellschaft. »Hätten Sie nicht mal Lust, die *Alabama* zu steuern und ihr Ihren Willen aufzuzwingen?« fragte er plötzlich.
»Trauen Sie mir das denn zu, Matthew?« fragte sie herausfordernd.
Er lächelte sie an und erwiderte hintersinnig: »Ich traue Ihnen mehr zu, als Sie vermutlich für möglich halten. Kommen Sie, übernehmen Sie das Ruder!«
Der Rudergänger trat mit einem breiten Grinsen zur Seite, als der Captain ihm sagte, daß Miß Fulham nun das Schiff steuern werde.
»Greifen Sie fest in die Speichen!« forderte Matthew sie auf und stellte sich neben sie. »Und passen Sie auf! Es wirken beachtliche Kräfte auf das Ruderblatt. Sie müssen schon kräftig zupacken.«
Valerie packte das große Ruder, doch sie griff trotz seiner Warnung nicht kräftig genug zu, denn augenblicklich begann es sich zu drehen. Sofort faßte er nach, und ihre Hände berührten sich.
»Mein Gott, das ist ja gar nicht so einfach, wie es aussieht!« rief sie und war sich seiner Nähe wie nie zuvor bewußt. Noch immer lag seine Hand neben der ihren, und diese Berührung erzeugte einen Schauer in ihr.
»Halten Sie die *Alabama* auf Kurs«, sagte der lachend und deutete auf den Kompaß vor ihr. »Steuern Sie Kurs Südsüdwest, damit wir nicht an Madeira vorbeilaufen.«
Valerie hatte Mühe, sich auf die Kompaßnadel zu konzentrieren. Wußte er denn nicht, in welche Verwirrung er sie stürzte, wenn er so nahe bei ihr stand und ihre Hände sich berührten? Spürte er nicht, wie ihr Herz raste und ihr Gesicht vor Erregung glühte? Es war wunderbar zu spüren, wie der schlanke Clipper auf ihre Ruderbewegungen reagierte und wie der Bug spürbar herumschwang, wenn sie das Steuer zu kräftig einschlug. Wie ein ausgezeichnetes Pferd, das schon auf leichten Schenkeldruck hin wußte, welche Richtung oder Gangart es einzuschlagen hatte. Doch noch viel wunderbarer war es, bei Matthew zu sein und ihn zu spüren.

»Nun, gefällt es Ihnen?« fragte er.
»Mehr, als ich Ihnen sagen kann, Matthew«, sagte sie überschwenglich. »Es ist aufregend, zu spüren, wie das Schiff dem Ruder folgt.«
»Ein gutes Schiff ist wie eine empfindsame Frau, so sagt man unter Seeleuten«, erwiderte er. »Man muß ihre Stärken und ihre Schwächen kennen und sich darauf einzustellen wissen. Nur mit Einfühlungsvermögen und Fingerspitzengefühl kann man es beherrschen. Versucht man es mit Gewalt und läßt man sich zu überhasteten Manövern verleiten, läuft es aus dem Ruder und bockt, und man verliert schneller einen Mast, als man denkt.«
»Haben Sie schon mal einen Mast verloren, Matthew?« fragte sie und war sich der Zweideutigkeit ihrer Frage sehr bewußt.
Er lachte. »O ja, mehrmals, Valerie. Aber das liegt schon viele Jahre zurück.«
»In den ungestümen Jahren der Jugend?« neckte sie ihn.
»Ja, so kann man es ausdrücken. Ich glaube, diese Erfahrung bleibt wohl keinem von uns erspart. Doch es kommt nur darauf an, daß man aus diesen... Mastbrüchen des Lebens die richtigen Lehren zieht.«
»Und das haben Sie?«
Er sah sie an, und wie jedesmal, wenn sich ihre Blicke trafen, hatte sie das betörende Gefühl, sich in seinen brauen Augen verlieren zu können. »Finden Sie nicht, daß ich die *Alabama* mit Einfühlungsvermögen über die See steuere?«
»Mir fehlt die Erfahrung, mir darüber ein Urteil anzumaßen«, erwiderte sie ausweichend und blickte schnell weg. »Aber es gibt doch bestimmt auch Situationen, wo Sie gar nicht umhin kommen, einen... Mastbruch zu riskieren, nicht wahr?«
»Ja, diese Situationen gibt es, wenn auch selten«, räumte er mit einem merkwürdig nachdenklichen Unterton in der Stimme ein. »Doch bevor ich dieses Wagnis eingehe, muß schon viel auf dem Spiel stehen und ich mir eine gesunde Chance ausrechnen können, daß ich nicht mit geborstenen Masten und zerfetzten Segeln hilflos im Sturm treibe. Stehen die Chancen eindeutig gegen mich, drehe ich lieber bei und laufe vor dem Sturm, bis er sich ausgetobt hat.«
»Sie wissen auf alles eine Antwort, Matthew.«
»Ich wünschte, es wäre so, Valerie.«
Sie schwieg einen Augenblick und wagte dann den Satz: »Ich weiß nicht, ob ich dem Sturm nicht trotzen und ins Auge sehen würde.«

Er schaute sie prüfend an, erwiderte jedoch nichts darauf, und sie fragte sich beklommen, ob er verstanden hatte, was sich hinter ihren Worten verbarg.

Wie Lewis Gray vorausgesagt hatte, sichtete der Ausguck im Masttop Madeira noch vor Einbruch der Dunkelheit. Als der Ruf des Matrosen: »Land in Sicht! ... Land voraus!« aus der Höhe über das Schiff schallte, hielt es keinen unter Deck. Alles stürzte aufgeregt nach oben, um das Auftauchen der Insel aus der See mit eigenen Augen zu verfolgen. Auch Valerie drängte sich mit ihrer Zofe an der Reling und blickte angestrengt nach Südwesten. Wie von Geisterhand aus der glitzernden See gehoben, zeichneten sich dann am Horizont die Umrisse der Insel ab. Erst nur ein schmaler, dunkler Streifen, der jedoch schnell größer wurde, Konturen annahm und dann im Licht der sinkenden Sonne zu einem bergigen Eiland wurde.
Matthew ließ so viel Segel setzen, wie er es bei dem Wind gerade noch verantworten konnte. Er wollte unbedingt noch vor der Dunkelheit den Hafen Funchal erreichen, der an der Südküste der Insel lag. Es gelang ihm nicht ganz. Jäh war die Nacht in dieser südlichen Breite hereingebrochen, und so ließ er in Sichtweite der am Fuße eines Berges liegenden Hafenstadt beidrehen und den Anker werfen.
Valerie stand noch an der Reling, als alle anderen Passagiere und die wachfreien Matrosen schon wieder unter Deck gegangen waren, und blickte über die stille Bucht hinüber zur Insel. Deutlich hoben sich die Bergzüge Madeiras vor dem Nachthimmel ab. Die Lichter der Hafenstadt glommen wie ein Schwarm Glühwürmchen in der Dunkelheit. Und der warme Wind trug den intensiven Duft von Blumen zu ihr.
Sie hörte Schritte hinter sich, drehte sich jedoch nicht um. Sie wußte instinktiv, daß es Matthew sein mußte, und sie hatte sich nicht getäuscht.
Er trat neben sie und sog die Luft tief ein. »Riechen Sie es? Das ist die Insel der Blumen. Es gibt Orte, die brauche ich nicht zu sehen. Ich erkenne sie an ihrem Duft. Madeira zum Beispiel und Rio de Janeiro. Auch New Orleans ist so ein Ort.«
»Es ist ein vielversprechender Duft«, sagte sie versonnen. »Werden wir lange bleiben?«
»Ein paar Tage bestimmt. Werden Sie mir die Freude machen, Sie auf Madeira herumführen zu dürfen, Valerie?«

»Nur zu gern, Matthew«, sagte sie mit einem sehnsuchtsvollen Klang in der Stimme, der ihr gar nicht richtig bewußt wurde.
Eine größere, anrollende Welle hob die vor Anker liegende *Alabama* ein wenig stärker an, und Valerie machte unwillkürlich einen Schritt zurück. Doch bevor sie noch das Gleichgewicht verlieren konnte, hatte Matthew schon seinen kraftvollen Arm um sie gelegt und hielt sie fest.
Valerie drehte sich zu ihm und hoffte inständig, daß er seinen Arm nicht so schnell wieder zurückzog. Sie wollte sich für seine Geistesgegenwart bedanken, doch als sie in sein Gesicht sah, waren die belanglosen Worte, die ihr auf der Zunge gelegen hatten, wie weggewischt. Sie blickte zu ihm auf, und Zärtlichkeit lag in ihrem Lächeln.
Ernst schaute er sie an, den Arm noch immer um ihre Schultern gelegt. Er spürte den sanften Druck ihrer Brüste an seiner Brust. Und in diesem Augenblick stummer Zwiesprache begriffen sie beide, was geschehen war. Dann sagte er leise: »Ich sollte es nicht tun, Valerie.«
Sie legte ihre Hand auf seine Hand, die sie an der Schulter umfaßte. »Ich möchte, daß du es tust, Matthew«, flüsterte sie.
Zögernd strich er ihr über die Schläfe, und sie schmiegte sich an ihn, als er sich zu ihr beugte und sie zärtlich küßte. Valerie erwiderte den Druck seiner Lippen mit all ihrer Sehnsucht.
Doch dann löste er sich schnell wieder. »Es ist nicht richtig, was wir tun«, sagte er mit heiserer Stimme. »Schon gar nicht hier.«
»Ja, aber...«, begann sie zu protestieren.
Er legte ihr einen Finger auf die Lippen und ließ es geschehen, daß sie ihn küßte. »Es ist nicht gut für die Moral einer Besatzung, wenn ihr Captain in aller Öffentlichkeit die bezauberndste Frau, die ihm je begegnet ist, küßt und schon wieder seine Beherrschung verliert. Laß uns Zeit, Valerie.«
»Du hast alle Zeit der Welt, Matthew... wenn ich nur weiß, daß du genauso viel für mich empfindest wie ich für dich«, sagte sie.
Er lächelte. »Für einen Mastbruch reicht es ganz bestimmt, Valerie. Und nun muß ich gehen. Mein Erster wartet sicherlich schon, daß wir die Frachtpapiere komplettieren, damit wir morgen mit dem Papierkram nicht zuviel Zeit verlieren. Die Hafenbehörden kennen da keinen Spaß.« Rasch entfernte er sich, als fürchtete er, ein Wort von ihr könnte ihn in seinem Vorsatz schwankend machen.

Valerie wußte vor glückseligem Überschwang gar nicht, was sie tun sollte. Am liebsten hätte sie aller Welt zugerufen, wie berauscht von Glück sie sich fühlte. Als er sie in seinen Armen gehalten und geküßt hatte, hatte sie ganz deutlich gefühlt, welch eine Leidenschaft sich hinter seiner äußeren Zurückhaltung verbarg. Es war viel mehr als Zuneigung, was er für sie empfand. Sie wußte es jetzt. Vergessen waren die Qualen der vergangenen Tage. Sein Kuß hatte alles ausgelöscht, was sie bedrückt hatte, und sie mit einer Zärtlichkeit erfüllt, die sie noch nie in ihrem Leben empfunden hatte.

Sie eilte hinunter in ihre Kabine und traf dort auf Fanny. »Ach, ich bin ja so glücklich, wie du es dir gar nicht vorstellen kannst«, sagte sie in ihrer übersprudelnden Glückseligkeit. »Matthew, Madeira... ach, die ganze Welt ist so wunderschön, daß ich sie umarmen könnte!«

Mit einem verwunderten Lächeln sah Fanny sie an. »Er ist also nicht nur nicht verheiratet, sondern Ihnen auch sehr zugetan, ja?« folgerte sie.

»Wenn du es wüßtest, wie!« seufzte Valerie selig.

»Ich freue mich für Sie, Miß Valerie. Doch geben Sie acht! Man sagt doch immer, daß ein Seemann mit seinem Schiff verheiratet ist!« mahnte sie zur Vorsicht.

»Ach, das ist doch alles nur Geschwätz, Fanny. Und was kann ich dagegen tun, daß ich ihn liebe? Ich will auch gar nichts dagegen tun, ganz im Gegenteil«, sprudelte sie hervor. »Ich will nur mit Matthew zusammensein. Alles andere wird sich von selbst regeln.«

»Nun, es ist sicher nicht meine Aufgabe, Ihnen Vorhaltungen zu machen. Sie sind ja alt genug, um zu wissen, was Sie wollen«, sagte die Zofe und wechselte das Thema. »Sagen Sie, haben Sie in der Wäschekommode umgeräumt?«

»Ich? Nein. Warum fragst du?«

Fanny blickte nachdenklich auf die Schublade, die sie aufgezogen hatte, um frische Nachtwäsche für ihre Mistress herauszuholen. »Es kommt mir so vor, als hätte jemand in Ihren Sachen gewühlt«, sagte sie.

»Jemand soll in meinen Sachen gewühlt haben?« fragte Valerie verständnislos. »Aber es liegt doch alles ordentlich da.«

»Ja, schon... aber irgendwie ein bißchen anders«, meinte Fanny stirnrunzelnd. »Durcheinander ist nichts, aber dennoch... Ich weiß nicht, wie ich es erklären soll. Es ist mehr ein Gefühl.«

Valerie lachte. »Ach, Fanny! Du siehst Gespenster! Wer soll schon Interesse haben, in meinen Sachen herumzustöbern. Das bildest du dir bloß ein. Vermutlich sind die Sachen nur ein bißchen verrutscht. Auf einem Schiff ist das doch auch nicht verwunderlich.«
Fanny seufzte. »Das ist natürlich möglich«, sagte sie und legte ein lindgrünes Nachthemd aus dünnem Stoff auf das aufgeschlagene Bett. Doch als sie kurz darauf in ihre eigene Kabine ging, murmelte sie leise vor sich hin: »Und ich könnte schwören, daß da jemand in der Kabine war und sich an ihren Sachen zu schaffen gemacht hat. Doch wer? Und warum?«

8.

Madeira!
Valerie fühlte sich wie im Paradies auf Erden. Der Frühling hatte schon längst sein buntes Kleid über die Insel gelegt. Die Farbenpracht der vielfältigen Blumen, Sträucher und Gewächse war überwältigend. Auch die Hänge der hoch aufragenden Bergkette, die Funchal nach Norden hin schützte, leuchteten in den bunten Tönen der Wildblumen. Sattes Grün sprang dem Betrachter auf den Hochplateaus und in den verschwiegenen Tälern ins Auge. Und das tiefe Blau der See, die mal mit sanftem Wellenschlag, mal mit donnernder Brandung gegen die Gestade der Insel anrollte, bildete einen herrlichen Kontrast zu den roten Ziegeldächern der Hafenstadt mit ihren verwinkelten Gassen und versteckten Gärten, in denen ein geschäftiges und fröhliches Treiben herrschte.
Nachdem die *Alabama* früh am Morgen in den Hafen eingelaufen war und Matthew die Formalitäten erledigt hatte, war er sofort mit ihr zu einem ersten Erkundungsgang durch Funchal aufgebrochen. Sie war von all den vielen Eindrücken, die auf sie einstürmten, und ihrer Liebe zu Matthew wie berauscht. Vermutlich wäre sie auch von Liverpool bei Nebel und Regen entzückt gewesen, denn es war seine Gegenwart, die alles für sie zu einem wunderbaren Erlebnis machte.
»Du mußt unbedingt meinen Freund Carlos Ferreira kennenlernen«, sagte Matthew, als sie sich in einem einfachen, aber guten Hafenrestaurant gestärkt hatten. »Er hat die *Alabama* bestimmt

schon im Hafen entdeckt und wird ungeduldig darauf warten, daß ich ihn besuchen komme.«

»Wer ist dieser Carlos Ferreira?«

Matthew lachte. »Eine schillernde Persönlichkeit. Er gehört zu den größten Weinhändlern, mit dem ich alle meine Geschäfte auf Madeira tätige. Ein vorzüglicher Unterhalter und Gastgeber und ein noch besserer Geschäftsmann. Mit ihm um gute Konditionen zu feilschen ist ein wahres Vergnügen, vorausgesetzt, man ist nicht in Eile. Er spricht übrigens ausgezeichnet unsere Sprache.«

»Und wo wohnt er?«

Er deutete auf einen Berghang gegenüber des Forts. »Dort oben. Von seiner Terrasse aus kann man ganz Funchal und die Bucht überblicken. Es ist ein feudaler Landsitz. Aber laß dich überraschen!«

Sie fuhren mit dem Einspänner, den Matthew für die Dauer ihres Aufenthaltes auf Madeira gemietet hatte, aus der Stadt und folgten einer gewundenen Straße, die mitunter recht steil war und zu Carlos Ferreiras Anwesen führte.

Es war, wie Matthew gesagt hatte. Carlos Ferreira hatte seine Ankunft schon ungeduldig erwartet und kam aus dem blendendweiß gekalkten Landhaus gestürzt, als sie durch einen Rundbogen in den Hof fuhren. Die gepflegten, weitläufigen Gartenanlagen, die den Gebäudekomplex umgaben, verrieten dem Ankommenden schon, daß Carlos Ferreira ein vermögender Mann sein mußte.

Der Weinhändler kam mit ausgestreckten Armen auf Matthew zu. Sein Alter ließ sich schwer schätzen. Es mochte bei Anfang Vierzig, konnte jedoch auch zehn Jahre darüber liegen, denn er war von ausgesprochen kleiner, massiger Gestalt, so daß der Vergleich mit einem Weinfaß kaum eine Neigung zur Übertreibung bedeutete. Sein fröhliches Gesicht war so rund wie eine Kanonenkugel, und ein schmaler Rand grauer Haare lag wie ein silberner Kranz um seinen Kopf. Grau war auch der Schnurrbart, der seine Oberlippe zierte.

»Captain Melville!« rief er freudestrahlend. »Sie haben mich warten lassen!«

Matthew erwiderte die herzliche Umarmung. »Senhor Ferreira, ich hoffe, Sie werden mir noch einmal verzeihen, aber ich hatte die Pflicht und das Vergnügen, zuerst einmal Miß Fulham ein wenig von der Schönheit Ihrer Heimat zu zeigen«, erklärte er und stellte Valerie als Passagier der *Alabama* vor.

»Senhora!« Der Weinhändler machte eine galante Verbeugung und musterte sie mit einem verzückten Blick. »Willkommen auf Rancho Grande! Ich fühle mich geschmeichelt, daß Sie mir die Ehre Ihres Besuches geben.«
»Die Ehre ist ganz meinerseits, Senhor Ferreira«, erwiderte Valerie lächelnd.
Der Weinhändler wandte sich Matthew zu. »Die Verspätung ist Ihnen verziehen, Captain! Ein so bezauberndes Wesen wie Miß Fulham läßt mich alles verzeihen. Bitte machen Sie mir doch die Freude, für die Dauer Ihres Aufenthaltes meine Gäste zu sein!«
»Ich nehme Ihre Einladung wie immer gern an, doch ich kann nur für mich sprechen und nicht auch für Miß Fulham«, sagte Matthew und blickte Valerie fragend an.
»Ich glaube, das kann ich nicht annehmen«, sagte sie zögernd, obwohl das Angebot nur zu verlockend war. Ein paar Tage fern der *Alabama* und auch fern von den anderen Passagieren mit Matthew verbringen zu können war eigentlich genau das, was sie sich wünschte. Doch sie war sich nicht sicher, ob die Einladung nicht nur aus Höflichkeit ausgesprochen worden war.
Betroffen sah Carlos Ferreira sie an. »Aber warum denn nicht, Senhora? Nach den Tagen in einer engen Schiffskabine haben Sie geradezu den Anspruch, ein wenig Komfort zu genießen. Ich bestehe darauf, daß Sie bleiben! Mein Haus ist so groß, daß sich eine Armee darin verlaufen könnte. Und meine Dienerschaft ist groß genug, um Ihnen alle Wünsche von den Augen abzulesen. Bitte, machen Sie mir das Vergnügen!« bedrängte er sie.
Valerie blickte zu Matthew, und dann sagte sie mit einem verlegenen Lächeln: »Wenn ich Ihnen nicht zu viele Umstände mache...«
»Umstände?« wiederholte Carlos Ferreira belustigt. »Aber davon kann doch überhaupt keine Rede sein! Schon jetzt wage ich nicht daran zu denken, daß der Tag viel zu schnell kommen wird, an dem Sie wieder aufbrechen! Also gönnen Sie mir die kurze Zeitspanne Ihrer entzückenden Gegenwart auf Rancho Grande!«
So kam es, daß Valerie noch am selben Tag ein luxuriöses Zimmer auf Rancho Grande bezog. Es ging zur See hinaus und war sonnendurchflutet. Carlos Ferreira teilte ihr ein Mädchen zu, das immer zu ihrer Verfügung stand, so daß sie Fanny nicht vom Schiff kommen zu lassen brauchte, was ihr ganz recht war – und der Zofe auch, wie sie später erfuhr. Schon wenige Stunden später war ein

Teil ihrer persönlichen Dinge, die sie für die nächsten Tage brauchte, vom Schiff geholt und in ihrem Zimmer eingeräumt worden.
»Gefällt es dir hier?« fragte Matthew, als er sie in ihrem Zimmer besuchte und zu ihr ans Fenster trat.
»Alles ist so wunderbar, daß ich manchmal das Gefühl habe, ich träume nur«, sagte sie leise.
»Möchtest du einen Beweis, daß du nicht träumst?« fragte er.
»Es darf aber kein flüchtiger, sondern es muß ein sehr nachhaltiger Beweis sein«, erwiderte sie.
»Den sollst du bekommen«, sagte er, nahm sie in seine Arme und küßte sie. Erst behutsam, doch dann mit einer glühenden Leidenschaft, die ihr den Atem nahm und ein Verlangen in ihr weckte, das ihr bisher fremd gewesen war. Noch später, als sie mit Carlos Ferreira und seiner nicht minder schwergewichtigen Frau Antonia bei einem mehrgängigen Abendessen auf der Terrasse saßen, glaubte sie, seine Lippen auf ihrem Mund und seine Hände auf ihrem Körper spüren zu können.
Matthew hatte auf Madeira einige geschäftliche Verhandlungen zu führen, nicht allein mit dem Weinhändler. Doch ihm blieb noch viel Zeit, die er mit ihr verbrachte.
Sie unternahmen lange Spaziergänge, fuhren mit dem Einspänner zu herrlichen Buchten und in romantische Täler, wo sie inmitten eines Meeres blühender Wildblumen picknickten, suchten abends Restaurants in Funchal auf, schauten den Tänzen der Einheimischen zu, lauschten den Klängen der Gitarren und Kastagnetten, taten kurzum all das, was Verliebte überall auf der Welt tun.
Wie im Fluge jagten diese unbeschwerten, von liebevollen Zärtlichkeiten und tausend glühenden Küssen erfüllten Tage dahin, und Valerie konnte sich kaum vorstellen, daß sich ein Mensch noch glücklicher fühlen konnte als sie.
Am vierten Tag ihres Aufenthaltes auf Madeira kamen sie schon am frühen Nachmittag von einem Ausflug zurück. »So leid es mir auch tut, aber ich werde dich jetzt für ein paar Stunden dir selbst überlassen müssen«, bedauerte er. »Carlos und ich werden nachher unsere Geschäfte unter Dach und Fach bringen, damit schon morgen mit dem Laden begonnen werden kann.«
»Das heißt also, daß wir schon bald wieder in See stechen«, folgerte Valerie mit einem betrübten Seufzer. »Ich wünschte, wir bräuchten Madeira nie zu verlassen.«

Er fuhr ihr zärtlich über das Haar. »Nicht nur Madeira ist schön, Valerie. Die Schönheit ist immer nur im Auge des Betrachters. Es liegt noch so viel Schönes vor uns.«
»Du hast recht.«
»Übrigens werden wir wohl noch zwei Tage bleiben. Carlos gibt morgen abend uns zu Ehren ein großartiges Fest. Er wäre tödlich beleidigt, wenn wir das ausschlagen würden. Und da seine Feste bekanntlich bis weit in den Morgen dauern, kann ich den Tag auch gleich abschreiben. Uns bleibt also noch etwas Zeit.«
»Ein Fest!« rief Valerie erfreut. »Gut, daß du mir das sagst! Meine hübschesten Kleider sind noch auf dem Schiff!«
»Ich schicke jemanden, der deiner Zofe Bescheid gibt, damit sie alles herschickt, was du brauchst.«
»Nein, ich fahre selber hinunter. Ich habe Fanny schon so lange nicht gesehen, daß ich fast Gewissensbisse habe«, sagte Valerie und freute sich richtig darauf, Fanny wiederzusehen und mit ihr zu reden. Viel zu erzählen gab es ja. Und daß Fanny die Zeit lang geworden war, nahm sie doch nicht an. »Ich nehme den offenen Einspänner.«
»Aber sei bloß vorsichtig! Denk daran, daß die Straße schmal und an manchen Stellen gefährlich steil ist! Mir wäre lieber, du würdest dich von einem von Carlos' Burschen fahren lassen«, sagte er.
Sie lachte. »Ich bin mit Pferden groß geworden, Matthew, und ich weiß mit ihnen umzugehen. Also mach dir keine Sorgen um mich, sondern paß du besser auf, daß Carlos an dir nicht noch reicher wird«, erwiderte sie, den letzten Satz mit gedämpfter Stimme, daß nur er sie hören konnte.
Er blickte ihr nach, wie sie zu den Stallungen hinüberging. Er stand noch da, als der Stallknecht das Pferd vor den Einspänner gespannt hatte. Er formte einen Kuß mit den Lippen, als sie an ihm vorbeifuhr, und sie erwiderte ihn.
Als sie den hohen Torbogen passierte, packte sie die Zügel des Falben ein wenig fester. Wie oft hatte sie den Ausblick auf die weite Bucht schon genossen und war doch jedesmal wieder aufs neue überwältigt. Unter ihr lag Funchal in der warmen Nachmittagssonne. Das Meer glitzerte, und die Masten der Schiffe, die dort vor Anker lagen, wirkten wie dünnes Rohr.
Sie hielt das Pferd in einem gemächlichen Trab, während sie ihren Gedanken nachhing. Mit einem versonnenen Lächeln lenkte sie den

Einspänner die Bergstraße hinunter. Sie überlegte schon, welches Kleid sie morgen tragen sollte. Sie wollte für Matthew besonders schön sein.
Die Gestalt, die etwas oberhalb der Straße hinter einem Dickicht von dornigen Sträuchern kauerte, nahm sie nicht wahr. Auch ein aufmerksamerer Beobachter, als Valerie es in diesem Augenblick war, hätte sie nicht entdeckt.
Als Valerie ein Rascheln hörte und eine Bewegung links von sich bemerkte, war es schon zu spät. Ein Hagel von scharfen Glasscherben traf die linke Flanke des Tieres, das vor Schreck und Schmerz schrill aufwieherte und augenblicklich zu galoppieren begann.
Valerie schrie entsetzt auf, als sie nach hinten geschleudert wurde und ihr für einen Augenblick die Zügel entglitten. Der Einspänner nahm beängstigend schnell Geschwindigkeit auf und raste immer schneller bergab.
Hastig griff Valerie nach den Zügeln, stemmte sich gegen das Stützbrett und versuchte den Falben, der in blinder Panik dahingaloppierte, zum Stehen zu bringen. Sie schrie und zerrte so stark an den Zügeln, wie sie nur konnte – und im nächsten Moment hielt sie schlaffe Lederenden in der Hand.
Die Zügel waren gerissen!
Für eine Schrecksekunde starrte sie fassungslos nach vorn. Die Lederzügel gerissen! Das konnte nicht sein! Wie selten kam es vor, daß Zügel rissen. Soviel Kraft hatte sie doch gar nicht! Es war unmöglich!
Und doch war es geschehen.
Wild schwankend schoß der Einspänner bergab. Es war wie ein gräßlicher Alptraum. Wie sollte sie Pferd und Wagen jetzt noch zum Stehen bringen? Die Bremse! Sie umfaßte den Griff der Eisenstange und zog sie mit aller Kraft an. Doch der Wagen raste mit unverminderter Geschwindigkeit weiter, rollte über eine Bodenwelle und machte einen Satz, der sie fast hinausgeschleudert hätte.
Hatte Valerie bis zu diesem Moment noch geglaubt, die gefährliche Situation meistern zu können, so packte sie jetzt nackte Todesangst, als der Wagen um eine Biegung jagte und den Blick auf die nächste Serpentine freigab.
Die Straße führte mit beachtlichem Gefälle gut zweihundert, dreihundert Yards abwärts, um dann in eine scharfe Linkskurve überzugehen. Rechts gähnte der Abgrund.

Valerie erkannte auf den ersten Blick mit Entsetzen, daß sie mit der bisherigen Geschwindigkeit nie um die Kurve kommen würde. Auch der beste Reiter hätte das mit einem Pferd, das so galoppierte wie der Falbe, dem der Schaum vom Mund flog, nicht schaffen können, geschweige denn sie mit einem Einspänner, der sich nicht mehr kontrollieren ließ.
Dort an der Kurve erwartete sie der Tod. Pferd und Wagen würden über den Rand hinausschießen und in den Abgrund stürzen – und sie mit in den sicheren Tod reißen.
Valerie zögerte nur einen Moment. Dann gewann ihr Wille zu überleben die Oberhand über die Angst, die sie zu lähmen drohte. Das Gesicht verzerrt und Todesangst in den Augen, stieß sie sich ab und sprang nach links aus dem Einspänner, wo der Boden anstieg, gellend Matthews Namen schreiend. Ihr war, als flöge sie eine Ewigkeit durch die Luft. Unten und oben wurden eins. Alles verwischte und drehte sich vor ihren Augen. Instinktiv riß sie ihre Arme vor das Gesicht.
Und dann kam der Aufschlag.
Schmerzhaft landete sie in einem Gebüsch, dessen Äste unter ihr brachen und ihr Kleid zerfetzten. Zweige peitschten schmerzhaft über Arme und Beine, als sie durch das dichte Gesträuch brach. Doch gerade das war wohl ihr Glück, denn die Wucht ihres Aufpralls wurde vom Busch erheblich gedämpft. Dennoch schlug sie so schwer auf, daß sie das Bewußtsein verlor. Doch bevor Dunkelheit sie umfing, glaubte sie, noch einen markerschütternden Schrei zu hören, der nichts Menschliches an sich hatte. Es war der Schrei eines Tieres im Augenblick des Todes.

9.

Sie hörte eine Stimme wie aus weiter Ferne rufen. Es war, als stände der Rufer in einem dichten Nebelmeer, das seine Stimme bis zur Unkenntlichkeit dämpfte und zu einem dumpfen Laut werden ließ. Dumpf waren auch das Pochen in ihrem Schädel und der Schmerz, der durch ihren Körper zog, ohne jedoch von einer besonderen Stelle auszustrahlen. Er war einfach da, doch er war erträglich.

Wo war sie?
Was war geschehen?
Wer rief da nach ihr?
Dann riß der Nebel auf, und die Stimme klang klar und deutlich zu ihr, während sie nun auch die Hände spürte, die sie an der Schulter rüttelten. »Valerie!... Mein Gott, so sag doch etwas! Komm zu dir!... Valerie!«
Valerie erwachte aus der Bewußtlosigkeit und schlug die Augen auf. Sie sah über sich Matthews angsterfülltes Gesicht. »Matthew«, brachte sie matt über die Lippen und versuchte ein Lächeln, das jedoch nicht sehr überzeugend ausfiel. Sie fühlte sich noch sehr benommen.
»Gott sei Dank! Du lebst!« rief er überglücklich, und die Angst wich aus seinem Gesicht. »Oh, Valerie!... Du hast mich in Angst und Schrecken versetzt. Als ich dich so reglos am Hang zwischen den Büschen liegen sah...« Er brach ab und schüttelte den Kopf, als könnte er es nicht über die Lippen bringen, die schreckliche Angst, die er empfunden hatte, in Worte zu fassen.
Sie blickte sich um und sah, daß sie nicht mehr im Gebüsch lag, sondern am Rand der Straße. Matthew mußte sie hier hingetragen und ihr etwas Weiches unter den Kopf gelegt haben. Sie versuchte sich aufzurichten.
»Ganz vorsichtig!« sagte er besorgt und legte stützend seinen Arm um sie, als sie sich aufsetzte.
»Es... es geht schon wieder, Matthew«, sagte sie mit zitternder Stimme, was jedoch nicht ganz der Wahrheit entsprach. Sie stand noch immer unter dem Schock des Erlebten. Ein flaues Gefühl, das an Übelkeit grenzte, stieg in ihr auf. Die Sonne schmerzte in ihren Augen.
»Hast du dir auch nichts gebrochen?«
Behutsam bewegte Valerie erst ihre Arme, dann ihre Beine und tastete schließlich ihre Rippen ab. »Nein, ich habe wohl noch mal Glück gehabt.«
Matthew atmete erleichtert auf. »Was, um Himmels willen, ist bloß passiert?«
»Ich weiß auch nicht«, sagte Valerie verwirrt und versuchte sich zu erinnern. »Der Falbe ist plötzlich durchgegangen. Ich glaube, irgend jemand hat das Pferd mit einer Handvoll Steinen oder Glasscherben beworfen, so genau habe ich das nicht gesehen.«

»Du meinst, absichtlich?« fragte Matthew ungläubig.
»Ja, vielleicht war es ein Kind, das da oben in den Sträuchern an der Straße gehockt und sich nicht viel dabei gedacht hat«, sagte Valerie verwirrt.
»Nicht viel dabei gedacht?« stieß er zornig hervor. »Das war aber mehr als nur ein rauher Scherz! Das hätte dich das Leben kosten können!«
»Auf jeden Fall ist das Pferd durchgegangen«, fuhr Valerie fort. »Ich hätte es bestimmt noch zum Stehen gebracht, wenn die Zügel nicht gerissen wären.«
Er sah sie an, als glaubte er, sich verhört zu haben. »Was ist gerissen?«
»Die Zügel.«
»Aber das ist doch nicht möglich!«
Valerie nickte. »O doch! Ich würde es dir ja wohl nicht sagen, wenn es nicht so wäre. Sie sind gerissen, als wären sie brüchig gewesen. Und die Bremse war bei dem Tempo, das der Wagen schon erreicht hatte, so gut wie nutzlos.« Als sie den Kopf drehte, fiel ihr Blick auf die Kurve. Sie sah die Radspuren des Einspänners: sie endeten am Rand des Abgrunds und wiesen ins Nichts. Ein Frösteln ging durch ihren Körper, und auf ihren Armen bildete sich eine Gänsehaut.
»Mein Gott, ich bedränge dich hier mit tausend Fragen, während du schnellstens in ein Bett mußt«, machte er sich jetzt Selbstvorwürfe. »Du brauchst jetzt dringend Ruhe und Pflege. Komm, ich trage dich. Du kannst jetzt auf keinen Fall zu Fuß zurück. Und bevor einer von Carlos' Leuten mit einem Wagen hier ist, um dich zu holen, bin ich mit dir auf meinen Armen schon dreimal auf RANCHO GRANDE.«
»Aber ich bin doch viel zu schwer!« protestierte Valerie schwach.
Er lachte. »Schwer? Du bist so leicht wie eine Feder, mein Schatz«, sagte er zärtlich und hob sie auf, als wäre sie tatsächlich so leicht. »Leg deine Arme um meinen Hals, wenn du dich festhalten möchtest.«
»Ich möchte mich immer bei dir festhalten«, flüsterte sie, und sie fühlte, wie der Schreck langsam von ihr wich und sie ruhiger wurde. Das machte nur er, davon war sie überzeugt.
»Und ich werde nie etwas dagegen haben, Valerie«, gab er liebevoll zurück.
»Bin ich dir wirklich keine zu schwere Last?«
»Eine so wunderbare Last wie dich trage ich mit Freuden«, sagte er

und küßte sie sanft, während er scheinbar ohne Anstrengung die ansteigende Straße zurück zum Anwesen des Weinhändlers hochschritt. »Und was dein Gewicht betrifft... es gab da einmal eine Zeit in meinem Leben, da schleppte ich das Mehrfache deines Gewichtes zehn, zwölf Stunden am Tag.«

»War das im Wilden Westen?«

Ein spöttisches Lächeln huschte über sein Gesicht. »Ich hätte mir denken können, daß der Klatsch an Bord eines Schiffes kaum hinter dem eines Nähkränzchens ergrauter Jungfern zurücksteht. Von wem hast du denn das bloß gehört, Valerie?«

»Dann stimmt es also?«

»Was?«

»Daß du einige Jahre im Wilden Westen verbracht und dir diese Fransenlederjacke, von der du dich so selten trennst, selbst angefertigt hast.«

Matthews Gesicht nahm einen ernsten, ja beinahe verschlossenen Ausdruck an, als hätte ihre Frage einen wunden Punkt in ihm berührt, und sie erinnerte sich wieder an die Warnung von Lewis Gray, den Captain besser nicht mit Fragen zu diesem Thema zu bedrängen, wollte man nicht seinen Unwillen erregen.

»Tut mir leid, Matthew, ich wollte dich nicht zu einer Antwort drängen«, sagte sie deshalb hastig, bevor er etwas erwidern konnte. »Es geht mich nichts an. Entschuldige.«

»Schon gut«, sagte er ruhig, bot ihr aber keine Erklärung an. Den Rest des Weges legten sie schweigend zurück, ihren Kopf auf seine Schulter gelegt.

Als sie Rancho Grande erreichten und Carlos Ferreira erfuhr, was geschehen war, verlor er seine gesunde Gesichtsfarbe und sank für einen Moment bestürzt auf die nächste Sitzgelegenheit. Doch dann sprang er auch schon wieder auf, klatschte wie wild in die Hände, um die Dienerschaft auf Trab zu bringen, und sprudelte eine Flut von Anweisungen heraus, die ganz Rancho Grande in hektische Betriebsamkeit stürzten. Mehrere Männer eilten davon, um sich auf die Suche desjenigen zu machen, der sich beinahe Senhora Fulhams Tod auf das Gewissen geladen hätte, ein Stallbursche sattelte ein Pferd und ritt nach Funchal hinunter, um einen Arzt zu holen, und die persönliche Zofe der Hausherrin eilte herbei, um sich gemeinsam mit ihrer Tochter Valeries anzunehmen.

In ihrem Zimmer entledigten sie sie ihrer aufgefetzten, verdreckten

Kleider, bereiteten ihr ein Bad mit duftenden Kräutern und anderen Zusätzen, massierten sie und rieben die Prellungen und Kratzer, die sie sich bei dem Sturz zugezogen hatte, mit einer herrlichen Salbe ein, die sie durchwärmte und deren intensiver Duft von betäubender Wirkung war.

Sie lag schon wunderbar entspannt und schläfrig im Bett, als der Arzt erschien, ein freundlicher Mann, der sie an ihren Vater erinnerte. Seine Untersuchung bestätigte, was sie schon gewußt hatte, daß ihr nämlich ein Schutzengel beim Sturz beigestanden haben mußte, denn ernstlich verletzt hatte sie sich nicht.

»Bleiben Sie heute besser im Bett und gönnen Sie sich viel Schlaf«, riet er ihr, als er seine Arzttasche schloß, »dann werden Sie morgen wieder munter wie ein junges Fohlen sein.«

Der Schlaf stellte sich bei Valerie ein, ohne daß sie sich groß anstrengen mußte. Hatte sie der lange Spaziergang mit Matthew schon recht müde gemacht, so hatte ihr das entsetzliche Erlebnis mit dem in Panik dahingaloppierenden Falben die letzte Kraft geraubt. Doch nach dem Schock, dem Tode so nahe gewesen zu sein, brauchte nicht nur ihr Körper Ruhe, sondern auch ihre Seele.

Als sie aufwachte, war die Nacht schon längst über Insel und Meer hereingebrochen und ihr Zimmer in silbriges Mondlicht getaucht. Die Flügel der Fenster standen offen, und ein sanfter Wind, der den Geruch der See und den Duft der Blumen mit sich brachte, bewegte die Gardinen.

Valerie reckte und streckte sich, und verschwunden waren Benommenheit und Übelkeit. Als sie sich umdrehte, erschrak sie im ersten Moment, als sie eine Gestalt an ihrem Bett sitzen sah. Doch dann erkannte sie ihn.

»Matthew!«

»Wie geht es dir? Hast du gut geschlafen?«

»Ich glaube, so tief und fest wie noch nie. Wie spät ist es überhaupt?«

»Es muß jetzt kurz vor Mitternacht sein.«

»So spät schon?« rief sie erstaunt. »Dann habe ich ja neun Stunden geschlafen!«

»Du hast die Ruhe wohl auch nötig gehabt, mein Liebling.«

Sie griff nach seiner Hand. »Hast du schon lange hier an meinem Bett gesessen?«

»Ein paar Stunden.«

»Es tut mir leid, daß...«

»Schsst!« unterbrach er sie, erhob sich aus dem Sessel und setzte sich zu ihr auf den Bettrand. »Dir hat gar nichts leid zu tun, Valerie. Die Stunden sind mir wie ein paar Minuten vorgekommen. Du weißt gar nicht, wie schön du im Schlaf aussiehst.«
»Weißt du auch, daß du mich schon lange nicht mehr geküßt hast?« fragte sie. »Seit neun Stunden kein einziger Kuß mehr. Findest du das nicht eine lange Zeit?«
Er lächelte. »Du irrst. Den letzten Kuß hast du vor nicht mal einer Stunde bekommen.«
»Du hast mich im Schlaf geküßt?«
»Ich gestehe, daß ich nicht widerstehen konnte.«
»Aber das gilt nicht. Ich habe ihn nicht gespürt... nicht richtig zumindest.« Sie setzte sich im Bett auf, und es kümmerte sie nicht, daß die Decke heruntergIitt und sie in ihrem dünnen Nachthemd vor ihm saß. Sie streckte die Arme nach ihm aus.
Matthew sah sie einen Augenblick an, dann zog er sie sanft an sich und verschloß ihren Mund mit seinen Lippen. Zusammen sanken sie in die weichen Kissen, während ihre Lippen und Zungen miteinander spielten.
Valerie erglühte unter seinen immer leidenschaftlicheren Küssen, die sie mit gleicher Heftigkeit erwiderte. Und dann spürte sie seine zögernde Hand an ihrer Taille. Langsam wanderte sie hoch, näherte sich ihrer Brust und umfaßte sie dann mit sanftem Druck. Ihr war, als hätte sie nichts mehr an und als läge seine Hand auf ihrer nackten Brust, die unter seinen Berührungen mit feuriger Empfindlichkeit reagierte. Deutlich merkte sie, wie ihre Brustwarzen unter seinen zärtlichen Fingerkuppen hart und steif wurden, so daß es fast schmerzte, doch es war ein wunderbarer Schmerz der Lust.
Dann war die Hand plötzlich weg, und Matthew hörte auch auf, sie zu küssen. Schwer atmend richtete er sich etwas auf, blickte auf sie herab und schüttelte den Kopf. »Ich glaube, ich sollte jetzt besser gehen, Valerie.«
»Nein, du darfst jetzt nicht gehen!«
»Ich wünschte, ich bräuchte nicht, aber es ist wohl besser für uns beide«, preßte er hervor.
Verletzt sah sie ihn an. »Liegt es an mir, Matthew? Liebst du mich nicht genug, um so zärtlich zu sein, wie ein Mann zu einer Frau nur zärtlich sein kann?« fragte sie eindringlich und mit ängstlichem Unterton in der Stimme.

Er lachte heiser auf. »O mein Gott, Valerie! Ich habe noch keine Frau so sehr geliebt und begehrt wie dich. Aber wenn ich bleibe und dich so spüre, werde ich mich nicht länger zurückhalten können.«
»Ich möchte nicht, daß du dich zurückhältst«, flüsterte Valerie. »Ich möchte, daß du mich liebst, Matthew... ohne jede Einschränkung.«
»Möchtest du das wirklich?«
»Ja, ich sehne mich nach dir und deiner Liebe, wie du es dir nicht vorstellen kannst... Komm zu mir, Liebster!« forderte sie ihn auf und schlug die Bettdecke zurück. Man hatte ihr in körperlichen Dingen Schamhaftigkeit anerzogen, und sie hatte dies auch immer für richtig empfunden. Doch für sie und den Mann, den sie mit jeder Faser ihres Körpers liebte und lieben wollte, hatte das keine Geltung mehr. Ohne jede Scham, daß ihr Gewand wenig von ihrem fraulichen Körper verbarg, kam sie in seine Arme und schmiegte sich an ihn.
Wieder suchten und fanden sich ihre Lippen, und seine Hände begannen wieder ihr wunderbares, erregendes Spiel. Nach einer Weile zog sie die Seidenschleife auf, die ihr Gewand vor der Brust verschloß, streifte das Nachthemd von ihren Schultern, so daß sie sich ihm nun in ihrer ganzen Nacktheit darbot.
»Oh, Valerie!« stöhnte er auf, als er sie so vor sich liegen sah.
»Zieh dich aus«, bat sie leise und voller Ungeduld. »Ich möchte dich richtig spüren... deine Haut... alles.«
Matthew entkleidete sich rasch, und sie schaute nicht weg, als er sich vor ihr auszog. Staunen lag in ihrem Blick, als sie seinen muskulösen Körper betrachtete und seine steife Männlichkeit, die seine Erregung verriet. Es war das erstemal, daß sie einen Mann nackt sah.
Er legte sich zu ihr und begann sie am ganzen Körper zu streicheln. Und während er ihre Brüste zärtlich küßte, liebkosten seine einfühlsamen Hände sie, erforschten ihren Körper mit einer Behutsamkeit, die sie mit grenzenloser Zärtlichkeit und gleichzeitig mit wildem Verlangen nach mehr erfüllten.
Unerfahren, doch wißbegierig begann nun auch sie, seine Liebkosungen zu erwidern und seinen Körper zu erkunden. Und als sie sein Glied streichelte und umfaßte, stöhnte er vor Lust.
Doch er beherrschte sein Verlangen und setzte sein Liebesspiel mit der Erfahrenheit und der Zärtlichkeit eines Mannes fort, der wußte, wie man eine Frau in höchste Erregung versetzte.
Valerie glaubte bald, ihr Körper stünde in Flammen. Hitze durch-

strömte sie, und schließlich ertrug sie es nicht länger. Alles in ihr drängte nach dem Unbekannten, dem Endgültigen, das zur Erfüllung ihrer leidenschaftlichen Erregung hinführte.
»Matthew!« rief sie fast flehentlich.
Er verstand, und er senkte sich über sie, während sie sich ihm öffnete und sich seiner Härte entgegendrängte. Lustvoll zuckte sie zusammen, als sie spürte, wie er in sie drang.
Dann kam der Schmerz.
Er verhielt unwillkürlich, blickte in ihr Gesicht, wollte sich schon zurückziehen. Doch sie hielt ihn fest. »Hör nicht auf! Bitte! Liebe mich! Liebe mich!« rief sie ihm zu, und er drang ganz in sie ein, machte sie zur Frau.
Der scharfe Schmerz wich schnell einer alles verdrängenden Lust, als sie ihn tief in sich spürte und sich seinem Rhythmus anpaßte. Wie eine Sturmflut brach die Leidenschaft über sie herein und riß sie mit sich fort. Ihr war, als ritte sie auf einer Woge der Lust, die immer mehr an Kraft zunahm und sie in schwindelnde Höhen ungeahnter Gefühle trug. Schneller und drängender wurden ihre Bewegungen. Ihr Körper wand sich unter ihm, erwiderten seine Stöße mit einem unersättlichen, verzehrenden Hunger, der ihr den Atem nahm. Laute der Wollust entrangen sich ihrer Kehle, ohne daß sie sich dessen bewußt wurde, während die Glut in ihr zu einem lodernden Feuer wurde, das sie von Kopf bis Fuß erfüllte. Dann ging plötzlich ein Zucken durch ihren Körper, und sie bäumte sich unter ihm auf, als sie den Gipfel der Erregung erreichte und sich all ihre Leidenschaft in einer berauschenden Explosion der Gefühle entlud.
Sie rief seinen Namen und klammerte sich an ihn, während Glückseligkeit sie überschwemmte. Sie hörte zärtliche Worte, die Matthew ihr zuflüsterte, spürte seinen schneller werdenden Atem, seine Lippen auf ihrer Brust und preßte ihn an sich, als er sich stöhnend tief in ihr verströmte.
»Was... was... ist mit mir geschehen?« stieß sie mit zitternder Stimme hervor, als der Rausch langsam verflog und ein himmlisches Gefühl der Entspannung und des Glücks zurückließ. Sie spürte ihn noch immer in sich, und sie nahm die Hitze seiner Männlichkeit nun ganz bewußt wahr.
»Du hast das Wunder der Liebe entdeckt, Valerie«, sagte er und strich zärtlich über ihr Gesicht.
»Wie kann man nur so glücklich sein«, sagte sie voller Staunen über

die wilde, himmelstürmende Lust, die sie in seinen Armen erfahren hatte.
»Wenn man sich so liebt, wie wir es getan haben«, erwiderte er lächelnd.
»Ich glaube, ich muß noch viel lernen«, sagte sie und streichelte über seinen erhitzten Körper. »Wirst du mir alles beibringen, Matthew?«
»Du brauchst niemanden, der dir etwas beibringt«, sagte er bewundernd. »Eine so leidenschaftliche Frau wie du ist zur Liebe geboren. Du lernst die Sprache der Liebe so schnell, wie ein junger Fisch weiß, daß das Wasser sein natürliches Element ist.«
»Dennoch. Auch ein junger Fisch weiß noch nicht alles, was er wissen muß«, neckte sie ihn liebevoll. »Und ich will alles wissen.« Sie zögerte und errötete im Halbdunkel des Zimmers, bevor sie fortfuhr: »Alles, was die Liebe so wunderbar macht und dich beglückt, Matthew.«
»Sprich nur so weiter, und ich werde vergessen, daß du dich eigentlich schonen solltest«, sagte er.
Valerie entging nicht, daß sich seine Männlichkeit in ihr zu regen und sich zu dehnen begann, und es erfüllte sie mit glücklichem Staunen.
»Nichts ist besser für mich, als mit dir zusammenzusein und dich zu lieben, Matthew«, sagte sie. »Ich brauche keine Schonung... schon gar nicht davon.« Ihre Hand glitt an seinem Körper hinunter. »Du hast meinen Hunger geweckt, Liebster, wirst du ihn auch stillen?«
Die Antwort erteilte ihr sein Körper, der ihr Verlangen erneut weckte. Diesmal jedoch liebten sie sich ruhig und ohne die ungestüme Wildheit, die ihre erste Vereinigung beherrscht hatte. Ganz bewußt kostete Valerie jetzt seine Liebeskünste aus, gab sich den Wonneschauern hin, die er in ihr erzeugte, während sie gleichzeitig versuchte, ihm so viel Lust zu bereiten, wie es ihr möglich war.
Endlos schienen sie auf dem Meer der Leidenschaft dahinzutreiben, bis sie dann gemeinsam im Strudel versanken und eine Erfüllung erfuhren, die noch stärker war als das Glück ihrer ersten Vereinigung.
Als Valerie später dann in seinem Arm lag, gewärmt von der Nachglut ihrer Liebe und trunken vor Glück, wünschte sie sich, die Zeit möge zum Stillstand kommen.

10.

Die Insel Madeira schien ihr Antlitz vor Trauer verhüllt zu haben, als die *Alabama* an einem wolkenverhangenen Aprilmorgen, zwei Tage nach Valeries Unfall, in See stach und die Reise nach Westen über den Atlantik antrat.

Valerie stand an der Reling und verfolgte mit Wehmut, wie die Insel immer mehr zusammenschrumpfte und schließlich im Meer zu versinken schien. Die letzten beiden Tage hatten ihr das höchste Glück gebracht und waren viel zu schnell verstrichen. Großartig war das Fest gewesen, daß Carlos Ferreira ihnen zu Ehren auf RANCHO GRANDE veranstaltet hatte. Und wie Matthew gesagt hatte, war das Fest erst am Morgen mit einem üppigen Frühstück zu Ende gegangen. Die Nachforschungen von Carlos Ferreiras Angestellten hinsichtlich der Person, die das Pferd in Panik versetzt hatte, waren leider ergebnislos verlaufen. Wer immer es auch gewesen war, er hatte keine verräterischen Spuren hinterlassen, und es war auch niemand in der Nähe gewesen, der Auskunft hätte geben können, um wen es sich dabei gehandelt hatte. Wagen und Pferd hatte man zerschmettert am Fuße des Abgrunds gefunden. Der tiefe Sturz über die zerklüftete Felswand hatte ein derartiges Werk der Vernichtung zur Folge gehabt, daß auch die Frage, was mit den Zügeln nun wirklich geschehen war, nicht mehr geklärt werden konnte. Es schien, als würde dieser mysteriöse Zwischenfall für ewig ein Rätsel bleiben.

Aber Valerie stand auch nicht der Sinn danach, darüber zu grübeln, war sie doch von ihrer Liebe zu Matthew viel zu sehr in Anspruch genommen. Nichts sollte ihr Glück trüben, hatte sie sich vorgenommen. Und als die *Alabama* nun durch die tiefblaue See schnitt, von einem kräftigen Passat vorangetrieben, dachte sie schon voller Freude und Ungeduld daran, daß die Nacht ihr und Matthew gehören würde. Sie waren übereingekommen, ihre Beziehung vor der Mannschaft und den Passagieren geheimzuhalten, so gut es eben ging. Das bedeutete, daß sie auf gegenseitige Zärtlichkeiten und Berührungen verzichten mußten, wenn sie zusammen an Deck waren oder sich in der Offiziersmesse aufhielten. Doch die Nächte konnte ihnen niemand nehmen.

Ihr süßes Geheimnis vor Fanny zu bewahren, das würde ihr jedoch nicht gelingen. Ihre Zofe kannte sie viel zu gut und stand ihr zu nahe, als daß sie ihr etwas hätte vormachen können. Als sie gestern am späten Abend wieder auf das Schiff zurückgekehrt war, hatte Fanny schon einige versteckte Andeutungen gemacht und versucht, aus ihr herauszulocken, was sich fern ihrer wachsamen Augen auf RANCHO GRANDE ereignet hatte. Valerie hatte das Gespräch darüber jedoch mit einem Hinweis auf ihre Müdigkeit, die noch nicht einmal vorgeschützt war, abwenden können. Aber es war nur ein Aufschub gewesen. Erfahren würde sie es doch.

Valerie wandte sich von der Reling ab und beschloß, diese Angelegenheit gleich hinter sich zu bringen. Ein belustigtes Lächeln trat auf ihr Gesicht, als sie sich Fannys schockierte Miene vorzustellen versuchte, wenn sie erfuhr, wie tief sie sich schon in diese Liebe zu Matthew verstrickt hatte.

Sie fand Fanny in ihrer Kabine, wo sie damit beschäftigt war, die Wäsche wieder in Schränke und Truhen zu räumen, die das Personal auf RANCHO GRANDE vor ihrem Aufbruch noch bis auf das letzte Taschentuch gewaschen und gebügelt hatte. Und kaum hatten sie ein paar Belanglosigkeiten gewechselt, als Fanny schon auf das zusteuerte, was sie schon seit Tagen mit ungeduldiger Neugier erfüllte.

»Erzählen Sie, Miß Valerie«, drängte sie, als ihre Mistress im Polstersessel Platz genommen hatte und mit einer Stickarbeit spielte, an der sie schon seit Beginn der Seereise arbeitete, ohne jedoch große Fortschritte zu machen. »Was haben Sie erlebt?«

Ein verstecktes Lächeln spielte um Valeries Mund. »Auf dem Landsitz des Weinhändlers?«

»Ja, und mit Captain Melville!« konnte sich Fanny nicht verkneifen hinzuzufügen.

»Oh, Senhor Ferreira hat es uns an nichts fehlen lassen. Ich konnte über eine ganze Schar von Dienstboten verfügen. Es waren insgesamt recht amüsante, kurzweilige Tage«, begann Valerie leichthin und mit vorgetäuschter Langeweile. Sie beschrieb ihr eingehend die Einrichtung des Hauses, die grandiose Aussicht von ihrem Zimmer und das aufwendige Fest, das den krönenden Abschluß dieser zauberhaften Tage auf Madeira gebildet hatte. Den Unfall verschwieg sie ihr jedoch. Es gab keinen Grund, sie mit diesem entsetzlichen Vorfall, für den niemand eine vernünftige Erklärung hatte finden können, noch nachträglich zu erschrecken.

Fanny hörte aufmerksam zu, doch schien sie alles andere als zufrieden mit Valeries Bericht zu sein. Schließlich konnte sie ihre Ungeduld nicht länger zügeln und sagte vorwurfsvoll: »Das ist ja alles interessant, Miß Valerie! Aber wie ist es Ihnen mit Captain Melville ergangen? Sie erwähnen ihn ja mit keinem Wort!«

Sie zog in gespielter Verwunderung die Augenbraue hoch. »Wirklich? Sollte ich dir da vielleicht etwas Wichtiges vorenthalten haben?«

Fanny zog eine Schnute wie ein schmollendes Kind. »Sie machen sich über mich lustig. Sie treiben da nämlich ein Spiel mit mir. Es geht mich zwar nichts an, aber bisher haben Sie mich noch immer um meinen Rat gefragt, wenn Sie einen Verehrer hatten ... und Sie hatten viele!« betonte sie, als wollte sie ihre Mistress daran erinnern, wie oft sie mit ihren Sorgen und Aufregungen zu ihr gekommen war.

Valerie lachte. »Das stimmt.«

»Wenn Ihnen an meinem Rat und meiner Meinung nicht mehr gelegen ist, brauchen Sie es mir nur zu sagen«, fuhr Fanny verstimmt fort. »Dann weiß ich, woran ich bin, und werde Sie auch nicht mehr mit Fragen belästigen.«

Valerie hatte Mühe, nicht in ein herzhaftes Gelächter auszubrechen. Fanny wirkte einfach zu komisch, doch sie hütete sich, ihre Belustigung allzu deutlich zu zeigen. Besänftigend legte sie ihr eine Hand auf den Arm. »Entschuldige, Fanny, das war wirklich nicht nett von mir. Natürlich ist mir an deiner Meinung gelegen, und das weißt du auch ganz genau. Aber ich wollte dich einfach ein wenig zappeln lassen... bevor ich dir von mir und Matthew erzähle.«

Der verdrossene Ausdruck war augenblicklich vom Gesicht der Zofe verschwunden. Sie setzte sich Valerie gegenüber auf die Bettkante und sah sie mit erwartungsvollen, glänzenden Augen an. »Hat er Ihnen den Hof gemacht?« Sie dämpfte ihre Stimme unwillkürlich, wie sie es im Haus der Fulhams in Bath gewöhnt war, als fürchtete sie ungebetene Lauscher.

Valerie seufzte selig. »Und wie er mir den Hof gemacht hat, Fanny! Weißt du, daß er der wunderbarste Mann auf der Welt ist? So stark und doch so zärtlich?«

»Miß Valerie!« tadelte die Zofe mit einer steilen Falte auf der Stirn. »Ich hoffe doch, er hat immer den vorgeschriebenen Anstand gewahrt, wie man es von einem wahren Gentleman erwarten kann!«

»Und wie er den Anstand gewahrt hat!« versicherte Valerie mit einem fröhlichen Funkeln in den Augen.

Die Zofe gab einen Seufzer der Erleichterung von sich. »Gott sei's gedankt!« sagte sie, ahnungslos, welche Enthüllungen sie noch erwarteten.

»Ja, viel zu lange hat er den Anstand gewahrt«, fügte Valerie nun hinzu. »Ich fürchtete schon, er würde mich auf ewig wie eine zerbrechliche Porzellanpuppe behandeln, der man sich nicht zu nähern, geschweige denn sie zu berühren traut.«

Fanny zog die Luft heftig ein. »Gütiger Gott, wissen Sie, was Sie da sagen?« raunte sie betroffen. »Er hat Sie nicht nur geküßt, sondern auch ... sich andere Freiheiten herausgenommen?«

Valerie lachte glücklich. »Ja, und ich habe ihn dazu ermuntert, Fanny. Weißt du, daß er mich auf Händen getragen hat? Richtig auf seinen Händen. Es war so wunderbar ... und doch erst der Anfang.«

»Um Gottes willen, sprechen Sie nicht weiter!« stieß Fanny erschrocken hervor, die Augen so groß wie Kastanien, die auf einmal das Schlimmste ahnte. Die Ängste, die sie nun bedrängten, waren für sie von so delikater, intimer Natur, daß sie nicht wußte, wie sie sie in schickliche Worte kleiden sollte, ohne sich unverständlich auszudrücken. »Es ist doch hoffentlich nichts passiert, was nie wieder gutzumachen ist? Ich meine, er hat Sie doch nicht so berührt, wie nur ein Ehemann seine Frau berühren darf.«

»Sei unbesorgt, Matthew hat mich nicht verführt«, sagte Valerie belustigt.

Erleichtert schloß die Zofe kurz die Augen. »Sie haben mich schon das Schlimmste ...«

Valerie ließ sie nicht ausreden. »Doch was er nicht getan hat, habe ich getan«, gestand sie nun.

»Nein!« Es war nur ein Flüstern.

»O doch! Ich habe ihn verführt, weil ich es so wollte, weil ich ihn liebe und er mich«, sprudelte Valerie hervor, und das Glück, das sie empfand, löste ihre Zunge. »Und ich habe es nicht bereut und werde es auch niemals bereuen. Es war der Himmel auf Erden, ach was, es war viel mehr, ist viel mehr! Fanny, ich habe es nie für möglich gehalten, daß ich so etwas empfinden könnte, daß ich so viel Glück fühlen würde. Es war wie eine Offenbarung. Ein Wunder!«

Sprachlos vor Bestürzung sah die Zofe sie an. Dann faßte sie sich. »Das ist Sünde!«

Valerie machte eine unwillige Handbewegung. »Unsinn! Liebe kann niemals Sünde sein!«
»Aber verstehen Sie denn nicht, was Sie damit getan haben?« fragte Fanny eindringlich. »Sie haben sich einem Mann hingegeben, der nicht Ihr Ehemann ist!«
»Nein, dem Mann, den ich liebe«, korrigierte Valerie sie.
Fanny rang die Hände. »Ja, sicher... ich verstehe ja auch, was Sie für Captain Melville empfinden. Aber eine junge Lady wie Sie... mein Gott, wie soll ich sagen... opfert ihre Unschuld doch nur in der Hochzeitsnacht!« Sie hatte Tränen in den Augen.
Valerie wußte, daß Fanny sich nur um sie sorgte und es auf ihre Art gut mit ihr meinte. »Beruhige dich doch. Es ist geschehen, weil es geschehen mußte und weil ich es wollte, daß es geschah. Und ich bin froh darüber, daß ich nicht bis zur Hochzeitsnacht damit gewartet habe. Die Liebe ist wohl zu kostbar, um sie von Formalitäten abhängig zu machen. Und wie hätte ich je einen Mann heiraten können, von dem ich nicht gewußt hätte, ob er auch in diesen Dingen... kundig und zärtlich ist.«
»Nichts liegt mir ferner, als Ihre Liebe und Ihre Gefühle in Frage zu stellen«, erwiderte Fanny gequält. »Aber ich mache mir Sorgen um Ihre Zukunft. Was wird, wenn er Sie nun nicht heiratet?«
»Weißt du, darüber habe ich mir noch überhaupt keine Gedanken gemacht«, antwortete Valerie mit der schrankenlosen Unbekümmertheit der Verliebten. »Wichtig ist nur, daß wir uns so lieben. Von Heirat haben wir überhaupt noch kein einziges Wort gesprochen.«
»Dann wird es aber höchste Zeit!«
»Fanny, mach dir bitte wegen mir keine Sorgen«, versuchte Valerie sie zu beruhigen. »Ich bin alt genug, um mein Schicksal in die eigenen Hände zu nehmen und zu entscheiden, was für mich richtig ist und was nicht. Und Matthew ist das Wunderbarste, was mir je in meinem Leben widerfahren konnte. Glaube mir das!«
Bekümmert und voller Zweifel sah Fanny ihre Mistress an. »Ich wünschte, ich könnte das, Miß Valerie. Aber wenn ich daran denke, was das alles zur Folge haben kann, dann wird mir angst und bange. Sie müssen unbedingt mit Captain Melville über Ihre gemeinsame Zukunft sprechen. Das Beste wäre natürlich, Sie würden gleich in New Orleans das Aufgebot bestellen und dort heiraten, für den Fall, daß... daß Sie schon in anderen Umständen sind. Aber das würden Ihre Eltern Ihnen wohl nie verzeihen. Das einzige Kind, das fern der

Heimat und ohne ihre Billigung einen Mann heiratet, den sie nicht kennen. Und dazu auch noch einen Captain. Nein, nein, die Hochzeit muß in Bath stattfinden. Wenn wir New Orleans erreicht haben, muß Captain Melville unverzüglich die Rückreise antreten, damit alles in Ordnung kommt. Versprechen Sie mir, daß Sie mit ihm darüber reden und darauf bestehen, daß er Sie noch vor dem Sommer heiratet – und zwar in Bath!«

Valerie gab ihr das Versprechen, allein schon, um sie zu beruhigen. In Wirklichkeit dachte sie gar nicht daran, Matthew mit Heiratsplänen zu bedrängen. Ihr Vertrauen zu ihm war grenzenlos. Alles würde seinen natürlichen Weg gehen. Sie würde ihm nicht zuzusetzen brauchen, weil er selbst wußte, was zu tun war.

Wie oft hatte sie ihre Freundinnen und Verwandten schwärmerisch von Liebe sprechen hören, dabei war es ihnen in Wirklichkeit nur darum gegangen, so schnell wie möglich unter die Haube zu kommen und voller Besitzerstolz ihren Ehering vorweisen zu können.

Sie erinnerte sich noch genau, was Elizabeth, eine entfernte Cousine, ihr geantwortet hatte, als sie sich nach ihrer Heirat getroffen und sie ihr die kecke Frage zu stellen gewagt hatte, wie es denn nun sei, mit einem Mann das Bett zu teilen: »Ach, sprechen wir nicht darüber, Valerie. Das gehört nun mal zu den ehelichen Pflichten, die jede Frau auf sich nehmen muß. Das wirst du auch noch früh genug erfahren.« Sie hatte tief geseufzt, um ihr dann im nächsten Moment in den glühendsten Farben zu schildern, wie schön die Ehe *dennoch* sei.

Valerie konnte ihre Cousine jetzt nur bedauern, daß ihr nicht das Glück beschieden war, das sie mit Matthew gefunden hatte. Eheliche Pflichten! Mein Gott, es war das Beglückendste, was sie sich vorstellen konnte. Und wenn das eine Pflicht sein sollte, dann wollte sie die pflichtversessenste Frau der Welt sein!

Ach, wäre es doch schon Nacht, daß sie in die Arme ihres Geliebten eilen könnte!

11.

Besatzung und Passagiere der *Alabama* lagen bis auf die Wache in tiefstem Schlaf. Das Schiff glitt durch die Nacht gen Westen der noch fernen Küste Amerikas entgegen, als Valerie aus ihrer Kabine schlüpfte und auf Zehenspitzen den Gang hinunterschlich. Licht drang aus einem winzigen Spalt unter der Tür hervor. Schnell drückte sie sie auf und schloß sie ebenso schnell wieder hinter sich. Matthew war freudig überrascht, als er sie erblickte. »Valerie! Du bist also doch noch gekommen! Und ich dachte schon, du hättest es nicht gewagt!«

»Für dich würde ich alles wagen. Du hast mir ja so gefehlt, Matthew!« Sie flog ihm in die ausgestreckten Arme, schmiegte sich an ihn und küßte ihn. »Ich glaube, ich bin süchtig nach dir, mein Liebster. Kann man das sein, süchtig nach Liebe?«

»Ich kenne zumindest zwei, die unter dieser Sucht leiden.«

Sie erwiderte sein zärtliches Lächeln. »Und kennst du ein Mittel, das die Schmerzen dieser Sucht lindert, denn an Heilung glaube ich nicht.«

Er nahm ihr Gesicht in beide Hände, küßte sie erst auf den Mund und dann auf die Augen. »Ja, ich kenne da ein Mittel, das uns alles andere vergessen lassen wird«, sagte er und öffnete den Verschluß ihres Umhangs. Darunter trug sie ein hauchdünnes Gewand aus Musselin.

»Du siehst wunderbar aus, Valerie«, sagte er mit fast andächtiger Stimme. »Allein dich so zu sehen raubt mir fast den Verstand.«

»Dein Verstand wird jetzt auch nicht gebraucht«, erwiderte sie mit einem verführerischen Lächeln und schob ihre Hand unter sein Hemd, liebkoste ihn und begann ihn langsam zu entkleiden, was er mit einem verwundert-liebevollen Blick geschehen ließ.

»Du lernst schnell«, flüsterte er, als das letzte Kleidungsstück gefallen war.

»Ja, mit dir als meinem Lehrer«, erwiderte sie und streifte nun auch den Hauch von Musselin von ihren schlanken Schultern.

Er trug sie zum Bett hinüber, legte sie behutsam auf das kühle Laken und bedeckte ihren Körper, der sich ihm ohne Scheu und mit sinnlichem Verlangen darbot, mit Küssen, daß nun Valerie meinte, den Verstand zu verlieren.

Als er endlich in sie drang, erstickte sie ihren Schrei an seiner Brust, und ihre Finger krallten sich in seinen Rücken. Wie hatte sie sich danach gesehnt, ihn so in sich zu spüren und wieder den Rausch der Lust zu erleben, der sie immer wieder in atemloses Staunen versetzte. Nie würde sie genug von seiner Liebe bekommen können, und für einen kurzen Moment flackerte in ihr die Angst auf, sie könnte zu sehr nach seiner Zärtlichkeit verlangen und ihm mehr abfordern, als er vielleicht selbst zu geben gewillt war. Doch seine Leidenschaft löschte diesen Gedanken so schnell aus, wie ein Sturmwind eine winzige Flamme ausbläst.
Ihre wollüstige Begierde drängte sie beide zu einem immer schnelleren Takt. Hart und doch weich zugleich waren seine Stöße, die immer stärkere Wellen des Glücks durch ihren Körper sandten und ihrer Kehle verzückte Schreie entlockten, die seine Lippen dämpften. Und ihre Hüften antworteten ihm mit demselben Drängen und Fordern, das tief aus ihrem Innern kam und nach Erlösung schrie.
»Matthew!« Ihr Blick verschleierte sich, und dann hörte die Welt für eine kurze Ewigkeit auf zu existieren, als sie sich an ihn klammerte und sich ganz dem unbeschreiblichen Gefühl hingab, das sie alles andere vergessen ließ und sie auf einen Gipfel der Glückseligkeit schleuderte, von dem sie dann sanft und langsam wieder herabschwebte. Zurück in seine Arme. Fast beruhigend streichelten seine Hände über ihren Rücken, folgten dem feinen Schwung ihrer Hüften, wanderten mit den Fingerspitzen über ihren flachen Bauch und kamen dann auf ihren Brüsten zum Ruhen.
»Arme Elizabeth«, murmelte Valerie leise und umfaßte mit zärtlicher Hand, was ihr soviel Lust beschert hatte.
»Arme wer?« fragte Matthew verständnislos.
Valerie lachte mit liebestrunkener Stimme. »Elizabeth, eine entfernte Cousine von mir. Sie hält die körperliche Liebe für eine unangenehme eheliche Pflicht, die man duldsam über sich ergehen lassen muß.«
»Wirst du ihr erzählen, wie duldsam du bist?« fragte er scherzhaft.
»Ich werde es als mein Geheimnis bewahren. Niemand soll wissen, was für ein wunderbarer Liebhaber du bist, denn ich will dich niemals mit einer anderen teilen«, entfuhr es ihr. Sie wünschte im nächsten Moment, sie hätte das besser nicht gesagt, lag doch zuviel Forderung und Besitzanspruch in ihren Worten.
Matthew ging belustigt darüber hinweg. »Kein Mann könnte neben

dir noch einer anderen Frau seine Gunst schenken, Valerie. Ich glaube, auch ein noch so guter Liebhaber wäre da überfordert.«

»Ach, Matthew«, seufzte sie, kuschelte sich an ihn und küßte ihn auf die Brust. »Ich wünschte, diese Reise mit dir würde niemals enden.«

Er schwieg eine Weile, daß sie schon unruhig zu werden begann. Dann sagte er versonnen: »Du hast nie mit mir darüber gesprochen, warum du die Reise angetreten hast.« Unverhohlenes Interesse sprach aus seiner Stimme.

Valerie zögerte nur einen kurzen Augenblick mit ihrer Antwort. »Ich reise nach New Orleans, um meinen leiblichen Vater kennenzulernen«, sagte sie ihm dann die Wahrheit, denn vor ihm brauchte sie keine Geheimnisse zu wahren, und sie erzählte ihm das wenige, das sie selber wußte.

»Dann heißt du also in Wirklichkeit Valerie Duvall«, sagte er nachdenklich, als sie geendet hatte.

»Macht das für dich einen Unterschied?« fragte sie mit einem Anflug von Besorgnis.

»Natürlich nicht. Ich liebe dich so, wie du bist. Aber sag mal, ist das alles, was du über deinen wirklichen Vater weißt?«

»Ja«, sagte Valerie und blickte versonnen in das Licht der Lampe, deren Flamme heruntergedreht war. »Irgendwie habe ich das Gefühl, als verberge sich hinter alldem ein großes Geheimnis. Und je länger ich nachdenke, desto mehr bin ich davon überzeugt, daß meine Eltern, also Ruth und Charles, mehr wissen, als sie mir gesagt haben.«

»Vielleicht kann ich dir dabei helfen, das Geheimnis dieser Reise zu lüften«, sagte Matthew.

Überrascht sah sie ihn an. »Kennst du diesen Henry Duvall etwa?«

»Nein, aber ich habe da etwas, das ich dir geben soll«, erwiderte er und löste sich aus ihrer Umarmung. »Ich nehme an, daß es von deinem Vater ist.«

»Was ist es?« fragte sie aufgeregt.

»Ein Brief.« Matthew ging zu seinem Schreibtisch, öffnete eine Lade und entnahm ihr einen Umschlag. Er brachte ihr den Brief ans Bett.

Verwundert und mit einem unguten Gefühl nahm sie den Brief entgegen. Er war mehrmals versiegelt, und der rotbraune Siegellack trug die Initialen H. D. »Warum hast du mir den Brief so lange vorenthalten, Matthew? Hättest du ihn mir nicht gleich am ersten Tag der Reise geben sollen?« wollte sie wissen.

»Ich war versucht, es zu tun«, erwiderte er mit einem verständnisvollen Lächeln für ihren leichten Vorwurf. »Aber ich hatte mein Ehrenwort gegeben, dir den Brief erst auszuhändigen, wenn der letzte Hafen vor New Orleans hinter uns liegt. Ich mußte also warten, bis wir Madeira verlassen hatten.«
»Und wer hat dir dieses Ehrenwort abgenommen?« fragte Valerie.
»Ein Gentleman in New Orleans, der sich Davis nannte, sich aber sonst nicht auswies. Er war es, der diese Passage für dich und deine Zofe gebucht und auf der Stelle bezahlt hat. Er zeigte sich überaus großzügig«, berichtete Matthew, neben ihr auf der Bettkante sitzend, »und gab mir insgesamt drei Briefe mit. Zwei davon sollte ich bei meiner Ankunft in England aufgeben, was ich auch getan habe...«
»Das waren wohl die beiden Briefe, die meine Eltern und ich bekommen haben«, sagte Valerie.
Er nickte. »Ja, ich entsinne mich der Aufschriften und auch daran, daß der Brief an deine Eltern schwerer war als der an dich gerichtete.«
Valerie verzog grimmig das Gesicht. »Er hat dann ganz sicherlich nicht nur Erklärungen zum Verlauf der Reise und der getroffenen Arrangements enthalten, sondern viel mehr.«
Er zuckte die Achseln. »Möglich. Auf jeden Fall hatte ich mich verpflichtet, dir *diesen* Brief erst dann auszuhändigen, wenn es für dich keine Möglichkeit mehr gibt, die Reise abzubrechen.«
Mit einer Mischung aus Furcht und Neugier blickte Valerie auf den Brief in ihren Händen. »Was mag er bloß enthalten, Matthew?« Ihre Stimme klang beklommen.
Er fuhr ihr zärtlich über das Haar. »Mach ihn auf, dann erfährst du es.«
»Ich habe Angst, ohne zu wissen, wovor«, flüsterte sie.
Matthew beugte sich zu ihr und küßte sie. »Du brauchst vor nichts auf der Welt Angst haben, solange du weißt, daß du mich liebst. Wir gehören zusammen – und wir halten zusammen, meine Liebste. Nichts braucht dich zu ängstigen. Und was kann dieser Brief schon groß enthüllen? Vermutlich irgendeinen Fehltritt deines leiblichen Vaters, der seiner gequälten Seele nach all den Jahren des Schweigens Frieden bringen und von dir Absolution erbitten möchte. Aber was es auch sein mag, dein Leben liegt in deiner Hand, und was du daraus machst, ist letztlich nur eine Frage deines eigenen Willens.

Also lies den Brief in aller Ruhe. Ich werde die Zeit nutzen, um Ordnung in meine Frachtunterlagen zu bringen.« Er warf sich seinen seidenen Morgenmantel über, dessen Drachenstickereien seine chinesische Herkunft verrieten, goß sich einen Brandy ein, setzte eine Zigarre in Brand und drehte die Lampe ein wenig höher, damit sie beide genug Licht zum Lesen hatten.
Valerie zögerte noch immer. Bis auf die Geräusche, die ein Schiff unter Segeln immer verursachte, war es still an Bord. Würziger Zigarrenduft kam zu ihr herüber.
Ihre Blicke trafen sich für einen Moment, und er nickte ihr aufmunternd zu, um sich dann wieder den Papieren zu widmen, die vor ihm lagen.
Valerie holte tief Atem. »Also dann«, murmelte sie und brach die Siegel auf. Der Brief bestand aus mehreren beschriebenen Bögen feinstem Papier. Schon auf den ersten Blick sah sie, daß die Handschrift des Briefschreibers große Mängel aufwies. Sie war nicht zu vergleichen mit Matthews schwungvollem klarem Stil, der Kraft und Selbstsicherheit verriet. Henry Duvalls Schrift war fahrig, fast zitterig, und die Zeilen kippten nach rechts unten weg. Valerie erinnerte sich daran, daß er schwer krank sein solle, was seine Handschrift erklären würde, und mit klopfendem Herzen begann sie zu lesen:

Meine liebe Valerie!
Erlaube, daß ich Dich so anspreche, obwohl ich zu wissen glaube, daß Du Dich gegen diese vertraute Anrede wehrst, und aus Deiner Sicht der Dinge hast Du auch das gute Recht, mir zu verweigern, was sonst jedem Vater als selbstverständlich gewährt wird.
Du wirst ungeduldig sein, vielleicht sogar zornig, und nun, da Du ganz unverhofft diesen Brief in den Händen hältst, wohl auch ein wenig verstört. Du wirst tausend Fragen haben und noch mehr Vorwürfe. Wie soll ich bloß anfangen, womit soll ich beginnen, um Dir zu erklären, wie es dazu kam, daß Du nicht hier an meiner Seite aufgewachsen bist, sondern viele tausend Meilen von Deiner wahren Heimat entfernt und bei Menschen, die Dir wohl all ihre Liebe und Fürsorge gegeben haben, aber eben doch nicht von Deinem Blut und Deinem Fleisch sind.

Ich wünschte, ich hätte die Kraft und die Zeit, Dir jetzt schon von Deiner Mutter zu berichten, die Alisha hieß und für mich das war, was die Sonne für die Blumen ist: ohne sie gedeihen sie nicht, sondern verkümmern langsam, wie auch ich all die Jahre seit ihrem gewaltsamen Tod verkümmert bin. Es gibt so viel, was ich Dir von ihr erzählen möchte, doch das muß warten, bis Du in New Orleans bist. Ich habe nicht mehr die Kraft und die Ausdauer, die ein langer schriftlicher Bericht erfordert. Eine heimtückische Krankheit hat ihre Krallen in meinen Körper geschlagen und wird mich auch nicht wieder freigeben. Deshalb eilt auch alles so sehr.

Ich hoffe, du erweist Dich jetzt als echte Duvall und zeigst die Kraft und die innere Stärke, wenn ich das Geheimnis Deiner Herkunft enthülle. Alisha, die Frau, die ich wie nichts auf der Welt liebte, bekam ich zu meinem achtzehnten Lebensjahr von meinem Vater Richard Duvall geschenkt. Ja, Du hast richtig gelesen, Alisha war ein Geschenk wie ein gutes Pferd oder ein Paar Duellpistolen – denn sie war eine Sklavin, wenn ihre äußerst helle Haut und ihre Schönheit sie auch von allen anderen Farbigen auf unserer Plantage COTTON FIELDS unterschied.

Ich weiß, daß Dich meine Ausführungen schockieren und Dich in Deinem natürlichen Schamempfinden verletzen werden, aber ich darf weder mich noch Dich schonen, weil zuviel auf dem Spiel steht. Leider ist die Wahrheit im Leben um vieles häßlicher, als wir uns normalerweise eingestehen. So wird auch in den Herrenhäusern des Südens (und wohl nicht nur da) darüber hinweggesehen, daß die Söhne des Plantagenbesitzers ihre ersten Erfahrungen in der Liebe in der Regel bei willigen weiblichen Sklavinnen suchen. Diese ›Aufgabe‹ hatte mein Vater Alisha zugedacht. Doch womit er nicht gerechnet hatte, war, daß ich mich in sie verliebte, ich warb um sie, ja, so war es, und ich berührte sie erst zwei Jahre später, als ich ihre Liebe errungen hatte. Uns waren jedoch nur anderthalb glückliche Jahre vergönnt gewesen, und unsere Liebe mußte im geheimen blühen, drängte mich mein Vater doch, mich endlich standesgemäß zu verheiraten und einen Sohn und Erben zu zeugen, der eines Tages COTTON FIELDS übernehmen würde, wie er das Erbe seines Vaters, des Gründers der

Plantage hier bei New Orleans, angetreten hatte. Doch ich liebte nur Alisha – und zeugte mit ihr ein Kind, Dich nämlich. Doch keinem von uns beiden war es vergönnt, unser Glück lange zu genießen.
In einer heißen Augustnacht des Jahres 1840, also vor nun fast zwanzig Jahren, gab es einen Sklavenaufstand auf einer der Nachbarplantagen. Einige unserer Feldsklaven schlossen sich diesen Aufständischen an und planten, das Herrenhaus von COTTON FIELDS in Brand zu stecken. Alisha war für sie eine Verräterin und eine Hure, weil sie mich liebte und stolz mein Kind unter dem Herzen trug. Ich kann nicht niederschreiben, was sie ihr angetan haben, Valerie. Doch als sie endlich von ihr abließen, hielten sie sie für tot. Doch Alisha lebte und schleppte sich zum Herrenhaus und warnte uns vor den Aufständischen. Sie brachte Dich in jener schrecklichen Nacht zur Welt. Und bevor sie in meinen Armen starb, nahm sie mir das heilige Versprechen ab, dafür zu sorgen, daß unser Kind in Freiheit aufwuchs – fern von COTTON FIELDS. Und ich löste mein Versprechen ein, obwohl es mir das Herz brach, Dich wegzugeben, das einzige, was mir von meiner Liebe geblieben war. Doch es sollte Dir nicht so ergehen wie ihr – und so gab ich Dich in die Obhut guter Freunde, von denen ich wußte, daß sie sich nichts sehnlicher wünschten als ein Kind, was ihnen die Laune der Natur jedoch verwehrte. Sie nahmen Dich mit nach England, und ich schwor, nie Kontakt mit Dir aufzunehmen. Ein Schwur, den ich jetzt gebrochen habe, doch aus Gründen, die sie verstanden und akzeptiert haben, denn sonst befändest Du Dich jetzt nicht auf dem Schiff und hieltest auch nicht meinen Brief in Deinen Händen.
Nach Alishas Tod gab ich dem Drängen meines Vaters nach und heiratete Catherine, die Tochter eines benachbarten Pflanzers. Ich liebte sie nicht, und ich bezweifle, daß auch Catherine mir jemals so etwas wie Liebe entgegengebracht hat. Doch das war mir damals egal. Dieser unglücklichen Ehe entstammten zwei Kinder, mein Sohn Stephen, der nur ein Jahr jünger ist als Du, und meine Tochter Rhonda. Es ist schmerzlich, sagen zu müssen, daß mir nicht nur meine Frau Catherine, sondern auch meine Kinder Stephen und Rhonda

immer fremd geblieben sind. Wäre es jedoch dabei geblieben, hätte ich mein Versprechen, mich Dir fernzuhalten, nicht gebrochen. Ereignisse der letzten Jahre, die zu schildern an dieser Stelle zu weit führen würden, haben mich jedoch dazu veranlaßt, es zu tun. Ich kann den Gedanken nicht ertragen, daß Stephen eines nicht sehr fernen Tages COTTON FIELDS erben soll, denn ich weiß, daß das das Ende für die Plantage bedeutet, weil es ihm an Charakter fehlt, gelinde ausgedrückt. Catherine, Stephen und Rhonda werden ihren Teil von meinem Vermögen erhalten, der es ihnen erlauben wird, ein sorgloses Leben zu führen, doch Erbin von COTTON FIELDS wirst Du sein, Valerie.

Es gäbe noch so viel, was ich Dir sagen möchte, doch das muß warten, bis Du in New Orleans bist, wo Du bitte im Hotel PRINCE ROYAL absteigen mögest. Dort habe ich schon ein Zimmer für Dich reserviert und bezahlt, so daß Du Dir wegen der Kosten keine Gedanken zu machen brauchst.

Du wirst jetzt sicher noch mehr Fragen haben als vor der Lektüre meines Briefes, doch ich versichere Dir, daß ich Dir keine Antwort schuldig bleiben werde, wenn wir zusammentreffen. Und wenn ich auch nicht so vermessen bin zu glauben, Du könntest mir verzeihen, so hege ich doch die Hoffnung, daß Du zumindest verstehen wirst, daß ich nicht anders handeln konnte, als ich es getan habe. Diese Hoffnung gibt mir die Kraft, gegen die Krankheit anzukämpfen und darauf zu warten, Dich, mein geliebtes Kind, noch einmal zu sehen.

Dein Dich ewig liebender Vater

Henry Duvall

Erschüttert und mit Tränen in den Augen ließ Valerie den Brief sinken. Was sie gelesen hatte, kam ihr so unglaublich vor, daß sich ihr Verstand erst weigerte, die Wahrheit zu akzeptieren. Sie war die Tochter eines Plantagenbesitzers und seiner Geliebten, einer Sklavin! In ihrem Körper floß nicht das Blut südländischer Vorfahren, wie sie angenommen hatte, sondern das einer farbigen Sklavin. Und sie sollte Erbin einer Baumwollplantage namens COTTON FIELDS werden?

Matthew schaute von seinen Papieren auf, als er einen unterdrückten

Schluchzer vernahm. Er sah, wie sie sich Tränen aus den Augen wischte, und kam sofort zu ihr. »Schlimmer, als du befürchtet hattest?« fragte er besorgt.

»Ich... ich... weiß nicht, was ich sagen soll«, erwiderte Valerie verstört. »Lies selbst, bitte!«

Er nahm den Brief und begann zu lesen, und sie sah, wie auch bei ihm Verwirrung und Erstaunen von Seite zu Seite wuchsen. Schließlich legte er den Brief aus der Hand und schaute sie einen Augenblick schweigend an, tiefes Mitgefühl in seinen Augen. »Ja, ich verstehe, wie du dich jetzt fühlen mußt, Liebste. Ich habe mit vielem gerechnet, aber *damit* ganz bestimmt nicht.«

»Ich bin ein Bastard einer Sklavin«, stieß sie mit tränenerstickter Stimme hervor.

»Sag so etwas nicht!« tadelte Matthew sie ernst. »Du bist Valerie Fulham oder Valerie Duvall, und was macht es, daß du eine Mutter hattest, die nicht weiß und eine Sklavin war?«

»Es macht dir gar nichts?« fragte sie voller Angst, die Enthüllung ihrer Herkunft könnte irgend etwas an seiner Liebe zu ihr ändern.

»Natürlich nicht, du Dummerchen!« versicherte er und nahm sie in seine Arme. »Ich liebe dich so, wie du bist. Ich habe nie zu denen gehört, die sich um die Hautfarbe eines Menschen kümmern, Valerie. Eine weiße Hautfarbe macht einen nicht besser oder schlechter als eine dunkle. Und Sklaverei ist nichts von Gott Bestimmtes, sondern das Verbrechen skrupelloser Menschen, die sich auf Kosten anderer bereichern wollen. Es ist wahrlich kein Makel, einen Schuß dunkles Blut in den Adern zu haben. In New Orleans gibt es Tausende von Kreolen, die auf ihre Abstammung stolz sind und es für unter ihrer Würde betrachten, sich mit weißen *Americains* abzugeben. Und in ihren Adern fließt eine Menge vermischtes Blut. Nein, du solltest ganz im Gegenteil stolz auf deine Herkunft sein, denn deine Schönheit zeugt davon, welch wunderbares Ergebnis eine Mischung der Rassen möglich macht. Vergiß das häßliche Wort Bastard, das sich überhebliche, verbohrte Menschen ausgedacht haben, um andere zu verletzen und zu beherrschen. Ich liebe dich, und ich werde dich immer lieben, und ich schere mich einen Dreck um alles andere.«

»Oh, Matthew!« Schmerz und Erleichterung lagen in ihren Tränen, die er ihr nun vom Gesicht küßte.

»Statt zu weinen solltest du dich freuen«, versuchte er sie aufzumuntern. »Immerhin passiert es ja wohl nicht alle Tage, daß man ein so außerordentliches Erbe angeboten bekommt. COTTON FIELDS, ich glaube, den Namen schon mal gehört zu haben, und wenn ich mich nicht sehr irre, handelt es sich dabei um eine sehr stattliche Plantage.«

»Aber was soll ich mit einer Baumwollplantage?« wandte Valerie ein. »Ich verstehe doch überhaupt nichts davon, und meine Heimat ist und bleibt England.«

Er drohte ihr mit dem Finger. »Sag das besser nicht, sonst könnte ich glauben, du wärest meiner schon überdrüssig geworden und versessen darauf, so schnell wie möglich ins graue England zurückzukehren.«

»Entschuldige, so habe ich es nicht gemeint...«

»Außerdem kann ich mir dich sehr gut als stolze Herrin einer Plantage vorstellen. Was die Führung einer solchen angeht, so kann man das lernen, wenn man nur den Willen und einen guten Verwalter hat, der einen in die Materie einführt. Also ich an deiner Stelle würde das nicht so kategorisch von mir weisen. Und wenn man es recht betrachtet, hast du auch einen gewissen Anspruch darauf«, meinte er.

»Aber bin ich denn als... uneheliches Kind und Tochter einer Sklavin überhaupt erbberechtigt vor dem Gesetz?« fragte sie, ganz durcheinander von den Gedanken, die in Folge der Brieflektüre auf sie einstürmten. »Ist denn nicht sein ehelicher Sohn, dieser Stephen, zwangsläufig der Erbe der Plantage?«

»Zwangsläufig wohl nur dann, wenn Henry Duvall keine Verfügung hinterläßt, die seine Erbfolge anders regelt. Ich verstehe zwar nicht viel von diesem juristischen Kram, bin mir jedoch sicher, daß dein leiblicher Vater keine leichtfertigen Versprechungen machen würde. Bestimmt hat er sich vorher genau erkundigt, wie die Rechtslage ist. Und da du ja offiziell die Tochter von Ruth und Charles Fulham bist, wird Henry Duvall wohl kaum Schwierigkeiten haben, seinen Letzten Willen zu deinen Gunsten abzufassen. Wer sollte dir das auch streitig machen wollen? Immerhin schreibt er ja selber, daß er seiner Familie den Pflichtanteil hinterlassen wird, der schon beachtlich genug ist, um ihnen ein Leben in Wohlstand zu sichern.«

Sie seufzte tief. »Ich kann noch nichts davon, was in dem Brief stand, so richtig begreifen. Mir ist ganz wirr im Kopf. Es ist wie eine Mischung aus Märchen und Alptraum.«

Er lächelte. »Der Alptraum wird weichen und das Märchen letztlich Wirklichkeit werden, da bin ich mir ganz sicher. Und jetzt zerbrich dir nicht den Kopf über Dinge, die du im Augenblick nicht beeinflussen kannst. Wenn wir in New Orleans sind, wird Zeit genug sein, sich all den Fragen mit Ruhe zu widmen.«
»Wirst du mir beistehen?«
»Hast du vergessen, daß nur du es vermagst, meine unstillbare Sehnsucht zu lindern, Valerie?« gab er zärtlich zurück. »So, und nun versuch ein bißchen Schlaf zu finden. Ich werde dich wecken, wenn es Zeit wird, in deine Kabine zurückzukehren.«
Sie schmiegte sich in seine Armbeuge, und das Gefühl der Geborgenheit und des Geliebtwerdens verdrängte alles andere, was sie bedrückte. Solange Matthew bei ihr war, konnte ihr nichts geschehen. Mit diesem tröstlichen Gedanken sank sie in einen tiefen Schlaf.

12.

Erbin von COTTON FIELDS! Herrin einer großen Baumwollplantage bei New Orleans. Was für eine absurde Vorstellung, die ihr immer fremd bleiben würde, wie sie anfangs meinte. Doch zu ihrer eigenen Verwunderung begann sie sich im Laufe der folgenden Tage mehr und mehr an diesen Gedanken zu gewöhnen, ja sogar Gefallen daran zu finden, was zu einem großen Teil das Ergebnis der vielen, langen Gespräche mit Matthew war, der ihr deutlich machte, welch eine großartige Chance für sie mit diesem Erbe verbunden war.
»Du verabscheust die Sklaverei genauso wie ich, nicht?« fragte er einmal.
»Aus tiefster Seele – und jetzt mehr denn je!«
»Gut! Und gerade deshalb darfst du das Erbe nicht ausschlagen, ganz egal, was du von Henry Duvall nun halten magst oder nicht. Deine Mutter ist das Opfer dieser unmenschlichen Einrichtung geworden. Wirst du Herrin auf COTTON FIELDS, kannst du gutmachen, was andere den Farbigen angetan haben. Du kannst den Sklaven Menschlichkeit bringen, Selbstachtung, ihre Freiheit. Es wird sicherlich ein dornenvoller Weg sein, aber du wirst es schaffen.«

»Daran habe ich noch gar nicht gedacht.«
»Das solltest du aber«, riet er.
Sie nahm sich seinen Rat zu Herzen und verbrachte viel Zeit an Deck damit, sich Gedanken über das zu machen, was in Henry Duvalls Brief stand und was Matthew gesagt hatte. Doch zu einem schlüssigen Ergebnis vermochte sie nicht zu gelangen. Deutlich wie nie zuvor wurde ihr bewußt, daß alles seine zwei Seiten hatte und eine allein nicht denkbar war. Kein Tag ohne Nacht, kein Licht ohne Schatten. Und so verhielt es sich auch mit COTTON FIELDS. Einerseits reizte es sie, diese fremde Welt einer Baumwollplantage kennen- und auch beherrschen zu lernen, und sie dachte immer häufiger an Mister Fairfields Worte, daß die erfolgreiche Bewirtschaftung einer Plantage nicht von der Sklavenhaltung abhing. Doch andererseits war da auch eine nicht näher zu bestimmende Furcht, von der die Angst vor einem ausbrechenden Bürgerkrieg nur ein kleiner Teil war. Man brauchte auch kein Hellseher zu sein, um vorauszusagen, daß seine Frau Catherine und seine beiden Kinder aus dieser Ehe, Stephen und Rhonda, es nicht tatenlos hinnehmen würden, COTTON FIELDS zu verlieren – und ausgerechnet auch noch an einen Bastard.
Valerie bemühte sich sehr, sich von diesem eigenen Vorurteil zu befreien, daß ihre Herkunft einen schändlichen Makel besaß, den möglichst wenige erfahren durften. Aber die Kraft ihres Verstandes unterlag immer wieder dem Sturm irrationaler Emotionen. Ihre Liebe hatte ihr die Kraft gegeben, sich von vielen starren Konventionen ihrer Zeit freizumachen und ihr Glück mit Matthew ohne Schuldgefühle zu genießen. Doch nicht alles, was bisher wichtiger Bestandteil ihrer Erziehung gewesen war und in der Gesellschaft, in der sie aufgewachsen war, als unumstößlich galt, ließ sich so leicht abschütteln. Es fiel ihr schwer, sich damit abzufinden, daß ihre Mutter eine Sklavin gewesen war, die ein weißer Plantagenbesitzer seinem Sohn zum achtzehnten Geburtstag geschenkt hatte, damit dieser Erfahrungen in der Liebe sammelte. Daß ihr Vater sie offenbar wirklich geliebt hatte, machte da keinen Unterschied. Und zum erstenmal in ihrem Leben empfand sie einen tiefen Schmerz und den Wunsch, es wäre ihr vergönnt gewesen, richtige Eltern zu haben. Doch ihre leibliche Mutter war der blinden Mordlust ihrer eigenen Leidensgefährten zum Opfer gefallen, und ihr Vater hatte ihr zwar ein Leben in Unfreiheit erspart, erlegte ihr jetzt aber Prüfungen auf,

von denen sie nicht wußte, ob sie diese überhaupt durchstehen wollte, geschweige denn konnte. Ihre Welt war durch diesen Brief aus den Fugen geraten.
Außer mit Matthew sprach sie mit keinem darüber, auch nicht mit Fanny. Es war das erste Mal, daß sie ihrer Zofe etwas verschwieg, das sie so beschäftigte. Über ihre Beweggründe machte sie sich selbst nichts vor. Sie war einfach noch nicht so weit, dazu zu stehen, daß sie ein Bastard und zudem auch noch das Kind einer farbigen Sklavin war. Sie wußte auch nicht, ob sie jemals den Mut und die Selbstsicherheit haben würde, vor aller Welt dazu zu stehen.
Und so vergingen die sonnigen Tage einer fast ereignislosen Überquerung des Atlantiks. Der Passatwind wehte mit der Beständigkeit eines genauen Chronometers, blähte die Segel der *Alabama* und führte sie auf ihrem südwestlichen Kurs immer näher an die Ostküste der Vereinigten Staaten heran. Und während das Klima immer sommerlicher wurde und die Sonne von Tag zu Tag mit zunehmender Kraft vom Himmel brannte, wurde das Klima zwischen Mister Fairfield auf der einen und Mister Laurent und Mister French auf der anderen Seite immer eisiger. Vor allem zwischen dem Pflanzer aus Baton Rouge und dem Kaufmann aus Boston entwickelte sich eine ausgesprochene Feindschaft, die bei jeder Mahlzeit neue Nahrung erhielt. Keiner von ihnen dachte daran, die Gesellschaft des anderen zu meiden oder doch wenigstens bei Tisch die strittigen Themen wie Sklaverei, Ausbeutung, Sezession und Abraham Lincoln auszusparen, eher traf das Gegenteil zu. Ihre hitzigen Debatten gerieten so manches Mal an die Grenze der Ehrbeleidigung, und nur Matthews vermittelndem Eingreifen war es zu verdanken, daß es nicht längst schon zu einem Duell zwischen den beiden gekommen war.
»Ich hoffe, ich schaffe es noch, diese beiden Hitzköpfe unter Kontrolle zu halten, bis wir New Orleans erreicht haben«, stöhnte Matthew eines Nachts, als sie sich leidenschaftlich geliebt hatten.
»Wie weit ist es denn noch?« fragte Valerie und zupfte liebevoll an den dunklen Haaren, die seine Brust bedeckten.
»Soll ich es dir auf der Karte zeigen?«
»Nein, erklär es mir – aber ohne Breiten- und Längengrade, damit ich es auch verstehe«, bat sie.
Er lachte leise, noch von der Wärme ihrer Liebe erfüllt. »Wir haben die Floridastraße passiert und befinden uns schon im Golf von Mexiko. In vier Tagen sollten wir New Orleans erreicht haben.«

Valerie seufzte. »Vier Tage nur noch? Kannst du nicht dafür sorgen, daß wir einen kleinen Bogen segeln?«
Er hob die Augenbrauen. »Und wie groß soll der kleine Bogen sein, junge Lady?«
»Wie wäre es mit einmal um die Welt?«
»Dann wären wir schnell ein Passagier weniger auf der *Alabama*«, erwiderte er spöttisch, auf die Feindschaft zwischen Laurent und Fairfield anspielend. »Und du würdest vielleicht dein kostbares Erbe verspielen.«
»Ich brauche keine Baumwollplantage, ich brauche nur dich.«
Er küßte sie aufs Haar. »Vielleicht fällt uns eine Möglichkeit ein, wie wir beides verbinden können.«
»Aber du mußt mir versprechen...« Valerie brach ab, weil jemand an die Tür klopfte und nach dem Captain rief. Es war der Erste Offizier, Lewis Gray.
»Was gibt es, Gray?«
»Ich fürchte, schlechte Nachrichten, Sir!« rief er von jenseits der Tür. »Ein Sturm zieht auf!«
»Sind Sie sicher?«
»Ja, und zwar ein verdammt schwerer, denn das Barometer fällt wie verrückt!«
»Verdammt!« Matthew sprang mit einem Satz aus dem Bett und griff nach seiner Hose. »Ich bin sofort an Deck, Gray! Lassen Sie Sturmsegel setzen!«
Augenblicke später traf die erste Sturmbö die *Alabama*. Der Clipper ächzte unter dem Windschlag und krängte gefährlich nach Steuerbord, während ein Segel mit einem pistolenartigen Knall barst. Doch das war erst die vergleichsweise schwache Vorhut, die der Orkan, der sich im Golf zusammengeballt hatte, dem Schiff entgegenschleuderte – wie ein erfahrener Heerführer, der die Streitmacht des Feindes erst mit einer kleinen Abteilung reizt und deren Kräfte testet, bevor er zum vernichtenden Gefecht ansetzt.

13.

Wie ein Zecher, der sinnlos betrunken ist und sich kaum noch auf den Beinen halten kann, taumelte die *Alabama* durch die aufgepeitschte See. Haushohe Brecher gingen auf das Vorschiff nieder, begruben es unter ihrer tonnenschweren Last und überfluteten das Deck, während sie gnadenlos alles mit sich rissen und über Bord spülten, was nicht fest genug vertäut war, aber auch dann war die rohe Gewalt der tobenden See oftmals noch stärker als das dickste Tau.

Der Clipper erzitterte unter den unaufhörlichen Schlägen der anrollenden Brecher, und das gräßliche Ächzen und Stöhnen, das wie das Schreien eines Menschen auf der Folter durch das Schiff ging, vermischte sich mit dem Brüllen des Orkans zu einem nervenzermürbenden Chor des Grauens. Der Sturm vollbrachte sein Werk der Zerstörung in den Wanten und Pardunen, zerrte an den Resten der zerfetzten Segel, die nur noch in Streifen an den Rahen hingen und wie Gewehrsalven knatterten.

»Immer, wenn der Pfarrer vom Ende der Welt gesprochen hat, habe ich mir etwas mit Feuer vorgestellt, doch jetzt weiß ich es besser«, sagte Fanny tonlos und klammerte sich an den Rand des Bettes, als ein Brecher das Schiff traf. »So wird das Ende sein ... kalt, naß und dunkel.«

Im Dunkel der Kabine tastete Valerie nach der Hand ihrer Zofe, um ihr und auch sich selbst Trost zuzusprechen. »Das ist noch lange nicht das Ende der Welt, Fanny!« versicherte sie, doch die eigene Stimme klang ihr fremd.

»Vielleicht nicht der Welt, aber vermutlich unser Ende«, lautete die Antwort.

»Nein, auch das nicht! Hab keine Angst, der Orkan wird sich legen. Die *Alabama* ist ein gutes Schiff und wird ihn überstehen. Du hast doch gehört, was Matthew gesagt hat. Wir werden durchkommen«, redete Valerie hastig, als könnten ihre Worte dazu beitragen, das drohende Schicksal eines Schiffsuntergangs abzuwenden. »Sie hat dem Sturm bis jetzt getrotzt und wird es auch weiterhin tun.«

»Noch mal eine Ewigkeit?« Aus Fannys Stimme klang fast Teilnahmslosigkeit, als hätte sie sich schon mit dem Schicksal abgefunden.

Valerie wußte darauf keine Antwort. Zwei Tage währte der Orkan schon, und gleich in der ersten Nacht war der Fockmast geknickt worden, als wäre er nicht stärker als ein trockener Zweig. Die Matrosen hatten ihr Leben aufs Spiel setzen müssen, um den gesplitterten Mast und die Takelage mit Äxten loszuschlagen, damit das Schiff sich wieder aufrichten konnte, bevor es voll Wasser lief. Und die Sturmsegel, die Matthew hatte setzen lassen, hatten der Gewalt der tobenden Natur nicht lange widerstanden. Längst schon lief das Schiff vor dem Sturm, trieb durch eine zerstörerische Welt, die nur aus Dunkelheit und Wassermassen bestand.
Valerie zitterte in der klammen Nässe der Kabine. Nicht einen trockenen Fleck gab es mehr auf der *Alabama*. Die Sturzseen waren die Niedergänge hinuntergeschossen wie Springfluten, und das salzige Wasser war in jeden Raum gedrungen.
Valerie kauerte sich in die Kissen und Decken, die sie um sich aufgeschichtet hatte, um sich bei dem wilden Auf und Ab nicht noch mehr Prellungen und blaue Flecken zuzuziehen. Sie versuchte ihre Ohren vor dem Tosen und Brüllen des Orkans zu verschließen.
Sollte das wirklich ihr Ende sein?
Nein! Es durfte nicht sein! Solange noch Hoffnung bestand, würde sie den Glauben nicht verlieren. Sie wollte leben, sie wollte Matthew glücklich in ihren Armen sehen, den Sonnenschein auf ihrem Gesicht spüren und den Duft blühender Blumen riechen. Sie wollte ihren leiblichen Vater sehen, COTTON FIELDS, das Grab ihrer Mutter, und sie wollte das Lachen von Kindern hören, die Matthews Züge trugen. Es gab so vieles, was das Leben ihr noch schuldig war, so unendlich viel Schönes. Es konnte nicht sein, daß die See sie alle in die Tiefe riß und beendete, was gerade erst begonnen hatte.
Angst um Matthew quälte sie. Er stand dort oben an Deck, am Ruder angeseilt, und blickte dem Orkan ins Auge. Lebte er überhaupt noch? Hatte ihn ein Brecher nicht schon mit sich gerissen? Wann hatte dieses Grauen ein Ende?
Stunde um Stunde verstrich.
Die Ohnmacht und die Angst zerrten an Nerven und Kräften. Jede Minute konnte das Ende bringen, und Valerie wollte dem Tod notfalls wachen Auges ins Gesicht sehen. Doch die menschliche Natur vermag auch bei bester Konstitution und größter Willensanstrengung nur eine begrenzte Stundenzahl Schlaflosigkeit zu ertragen. Wird diese Grenze überschritten, nimmt sich der Körper den

nötigen Schlaf ohne Rücksicht auf Ort und Umstände. So geschah es auch mit Valerie. Sie hatte die Nacht und den Tag zuvor kein Auge zugetan. Eine zweite Nacht völlig ohne Schlaf nahm ihr Körper nicht hin. Er forderte sein Recht. Tief sank sie hinab in die Welt sanften Vergessens.
Ihr Erwachen Stunden später geschah abrupt. Sie riß die Augen auf und blickte verstört in die Dunkelheit. Benommen richtete sie sich auf. Irgend etwas war anders. Und dann durchfuhr es sie wie ein freudiger Schock. Der Orkan! Er hatte sich gelegt. Das Heulen des Windes war bedeutend schwächer geworden, und die *Alabama* torkelte nicht mehr haltlos wie ein Blatt im Wind durch die See.
Sie hatten das Schlimmste überstanden! Das Schiff hatte dem Sturm standgehalten. Das Schicksal hatte sie verschont. Sie würden leben!
Valerie hielt es nicht länger in der Kabine. Lange genug war sie unter Deck eingeschlossen gewesen. Sie mußte jetzt hinaus ins Freie, frische Luft atmen, den Wind in den Haaren spüren und das erdrückende Gefühl des Eingeschlossenseins loswerden.
Sie rutschte über die Bettkante, ohne Fanny dabei zu wecken, die den Schlaf der Erschöpften schlief. Hastig fuhr sie in das Ölzeug und trat hinaus in den Gang. Sie mußte sich mit den Händen an den Seitenwänden festhalten, denn noch immer war zu spüren, daß der Sturm der *Alabama* zusetzte, wenn auch nicht mehr mit der zerstörerischen Wucht wie noch vor Stunden.
Als sie den Niedergang hochstieg, hörte sie hinter sich eine Tür schlagen, doch sie drehte sich nicht um. Sie trat an Deck, und der Wind schleuderte ihr Gischt ins Gesicht. Das Salz brannte ihr in den Augen, als sie sich an einem Tau festhielt, das die Mannschaft als Sicherungsleine auf beiden Seiten des Schiffes über das Deck gespannt hatte. Dunkle Wolken jagten über den Nachthimmel. Fassungslos starrte sie auf das Bild der Verwüstung, das sich ihren Augen darbot.
Das Deck war übersät von Takelageresten, Spieren, Blöcken und Teilen niedergerissener Rahen. Hier und da hingen Fetzen von Segeltuch. Zwei Ladeluken waren von den Brechern eingeschlagen worden. Der Fockmast, der in Mannshöhe gesplittert war, ragte mit seinem Stumpf in die stürmische Nacht. Doch nicht nur der Fockmast hatte der Wucht des Orkans nicht widerstanden, auch der Großmast hatte schwere Schäden davongetragen.
Valerie hielt Ausschau nach Matthew. Am Ruder, das zwei Männer

halten mußten, stand er nicht. Dann hörte sie seine Stimme, die das Heulen des Windes übertönte. »Lenzen, Männer! Lenzen!« Er stand mittschiffs bei den Pumpen.
Valerie überlegte noch, ob sie es wagen konnte, zu ihm zu gehen. Die *Alabama* schoß immer wieder in tiefe Wellentäler, schien sich mit dem scharfen Bug in die Tiefe bohren zu wollen, nahm Brecher über und stieg dann wieder am nächsten Wellenberg auf. Sie mußte sich schon mit aller Kraft festhalten, um nicht den Halt zu verlieren.
Nach kurzem Zögern schien es ihr ratsamer, sich wieder unter Deck zu begeben. Sie wandte sich um und sah sich plötzlich Bruce French gegenüber. Klatschnaß klebte ihm das Haar am Kopf, und ein beängstigender Ausdruck lag auf seinem eingefallenen grauen Gesicht.
»Mister French!« stieß sie erschrocken hervor.
Er starrte sie an, als hätten die Tage und Nächte des Orkans seinen Verstand verwirrt. »Wer sich in Gefahr begibt, kommt darin um!« Seine Stimme ging im Heulen des Windes fast unter.
Valerie wollte etwas erwidern, doch da sah sie den Wellenberg, der wie eine schwarze Wand aus der See aufstieg, Schaum auf seiner Krone, und seitlich auf das Heck der *Alabama* zuraste.
Entsetzen packte sie. Jeden Moment würde dieser Brecher das Schiff treffen! »Halten Sie sich fest!« schrie sie und klammerte sich an das längsgespannte Tau.
Bruce French wirbelte herum, statt nach einem sicheren Halt zu suchen. Donnernd ging die Sturzsee auf das Heck des Schiffes nieder, schien es tief hinunterzudrücken und überspülte das Deck mit seinen Wassermassen.
Valerie krallte sich mit der Kraft der Todesangst in das Tau, während sie bis zur Hüfte in den Fluten versank. Eine unvorstellbare Kraft zerrte an ihr, riß ihre Beine weg und preßte sie gegen das Tau, daß sie glaubte, jeden Augenblick müßten ihre Rippen unter dem wahnsinnigen Druck brechen. Sie hörte den entsetzten Schrei von Bruce French, als dieser von der Woge erfaßt und an ihr vorbeigeschleudert wurde. Die schäumenden Wassermassen warfen ihn gegen das Schanzkleid und zerrten ihn über Bord. Sein Schrei nahm kein Ende.
Valerie verlor ihn für einen Moment aus den Augen. Doch als der Druck des durch die Speigatte ablaufenden Wassers nachließ und sie taumelnd auf die Beine kam, sah sie ihn außen an den Wanten

hängen. Er schrie aus Leibeskräften, den Tod vor Augen, denn er hatte nicht die Kraft, sich wieder an Bord zu ziehen. Die nächste Woge würde ihn fortreißen und in die See hinausschleudern.
Valerie stürzte an die Reling, ohne sich um die Gefahr zu kümmern, in die sie sich selber begab. Ein Mensch befand sich in höchster Not, und sie mußte ihm helfen. Sie beugte sich vor und packte ihn an der Jacke, versuchte ihn hochzuziehen, doch dafür war auch sie nicht kräftig genug. Und nun schrie sie mit gellender Stimme nach Hilfe, während sie die Todesangst in seinem Gesicht sah, das ihr so nah war.
Eine Ewigkeit schien zu vergehen, dann stürzten zwei Matrosen zu ihr, faßten Bruce French an den Armen und brachten ihn in Sicherheit. Matthew stand plötzlich neben ihr, zerrte sie weg von der Reling, hinüber zum Niedergang. Fast grob stieß er sie hinunter, während ein weiterer Brecher das Deck überspülte.
»Bist du wahnsinnig geworden?« schrie er sie an, außer sich vor Zorn und Angst. »Du hättest über Bord gespült werden können, Valerie. Himmelherrgott, wie konntest du nur so leichtsinnig sein?«
Zitternd lehnte sich Valerie gegen die Seitenwand. »Mister French...«, begann sie.
»Mister French ist nicht weniger lebensmüde gewesen als du!« fuhr er sie an, atmete dann tief durch und sagte bedeutend ruhiger: »Warum bist du so unvernünftig gewesen, mein Liebling? Mir blieb fast das Herz stehen, als ich dich dort über die Reling gebeugt stehen sah. Tu mir nie wieder so etwas an. Ich könnte es nicht verschmerzen, dich zu verlieren.«
»Ich mußte ihm doch helfen«, sagte sie mit schwacher Stimme.
»Ja, du hast ihm wohl das Leben gerettet, aber du hättest erst gar nicht an Deck sein dürfen«, sagte er vorwurfsvoll. »Der Sturm hat zwar nachgelassen, aber noch ist das Deck längst kein Aufenthaltsort für Passagiere. Geh in deine Kabine und sieh zu, daß du aus den nassen Sachen kommst, sonst holst du dir noch eine schwere Erkältung.«
»Oh, Matthew!« Sie preßte sich an ihn. »Sag, daß alles wieder gut wird. Ich war so voller Angst und mußte dich einfach sehen.«
»Sei beruhigt, wir haben das Gröbste hinter uns«, tröstete er sie und führte sie zu ihrer Kabine. »Die *Alabama* hat zwar einiges abbekommen, ist aber noch seetüchtig genug, um sicher den nächsten Hafen zu erreichen. Ich hoffe, der Himmel klart am Morgen auf, so daß ich

unsere Position feststellen kann. Der Orkan hat uns bestimmt sehr weit von unserem ursprünglichen Kurs abgetrieben. Aber das ist jetzt alles von zweitrangiger Bedeutung. Hauptsache, wir haben den Sturm gut abgewettert. Alles andere wird sich ergeben. Und nun trockne dich gut ab und zieh dir etwas Warmes an.«

Als der neue Tag anbrach, hatte sich die See so weit beruhigt, daß die Mannschaft mit den provisorischen Reparaturarbeiten beginnen konnte. Die Pumpen mußten jedoch noch bis zum Mittag besetzt bleiben. Dann brach auch die Sonne durch die Wolken, und Matthew bestimmte ihre Position. Sie befanden sich zwischen Havanna und Key West, einer der Südspitze Floridas vorgelagerten Insel. Doch da sie weit näher an Havanna waren, gab Matthew den Befehl, Kurs auf die kubanische Hafenstadt zu nehmen.

14.

Übel zugerichtet erreichte die *Alabama* am nächsten Tag noch vor Einbruch der Dunkelheit den Hafen von Havanna. Trotz der späten Stunde lastete eine schwüle Hitze über der Stadt und dem Hafen.

»Ich fürchte, wir werden hier ein paar Wochen vor Anker liegen«, sagte Matthew grimmig, als das Schiff die Hafeneinfahrt passierte, die von einem mächtigen Fort mit zahlreichen Kanonen beherrscht wurde. »Wir brauchen einen neuen Fockmasten und vieles andere mehr. Wird nicht leicht sein, zuverlässige Kräfte zu bekommen. Aber was soll's, Hauptsache, wir sind mit heiler Haut davongekommen.«

»Dann werden wir ja Zeit genug haben, uns die Stadt und vielleicht auch ein wenig vom Hinterland anzusehen«, sagte Valerie und hoffte insgeheim, mit Matthew in Havanna eine ähnlich wunderbare Zeit verbringen zu können wie auf Madeira.

»Mach dir da mal keine allzu großen Hoffnungen«, dämpfte er ihre freudige Erwartung gleich. »Ich werde die ersten Tage nicht viel Zeit für uns haben, sondern damit beschäftigt sein, die Reparaturarbeiten zu organisieren. Wenn die Leute auf Madeira auch nicht viel von Arbeitseifer halten, im Vergleich zu den Kubanern erscheinen sie aber wie Schaffenswütige.«

Valerie zuckte die Achsel. Nichts konnte ihre gute Laune trüben. Sie hatten den schrecklichen Orkan überstanden, und daß sie vielleicht für mehrere Wochen in Havanna festsaßen, kam ihr gar nicht mal so ungelegen, schob das ihre Ankunft in New Orleans doch noch hinaus.
Zwei untersetzte, schwarzhaarige Männer in farbenfrohen Uniformen, die im Auftrag der Hafenbehörde kamen, erklommen wenig später die Gangway. Matthew führte sie in seine Kajüte, um sie zu bewirten, wie sie es von einem amerikanischen Captain erwarteten, und ihnen die Schmiergelder zuzustecken, die allein eine reibungslose behördliche Abwicklung garantierten.
Valerie blieb noch eine Weile an Deck, weil es in ihrer Kabine viel zu drückend war, und traf auf Bruce French. Seine Reaktion auf ihr tapferes Eingreifen war äußerst befremdlich gewesen. Zwar hatte er sich bei ihr bedankt, doch er war sehr schroff und kurz angebunden gewesen und hatte sie dabei so verdrossen angestarrt, als machte er es ihr insgeheim zum Vorwurf, daß sie ihm in dieser lebensgefährlichen Situation beigestanden hatte. Sie hatte dafür erst keine Erklärung gefunden, sich dann aber gesagt, daß es ihn vermutlich in seinem Südstaatler-Stolz kränkte, sein Leben ausgerechnet einer Frau zu verdanken, die von seinen Ansichten bezüglich der Sklavenhaltung und der Sezession sowenig hielt wie Mister Fairfield.
Sein Blick fiel auf sie, und halb spöttisch sagte er, während er wieder auf die Stadt blickte: »Welch eine Fügung des Schicksals.«
Valerie verstand nicht recht, was er damit meinte, und verspürte auch keine große Lust, sich mit ihm zu unterhalten. Doch aus Höflichkeit fragte sie: »Sie kennen Havanna, Mister French?«
Ein Lächeln, das seine verunstaltete Gesichtshälfte noch häßlicher aussehen ließ, zog sein Gesicht in die Breite. »O ja, ich kenne diese Stadt sehr gut... Miß Fulham. Habe hier sogar einige recht gute Freunde, die mir noch so manch einen Gefallen schuldig sind. Hatte nicht geglaubt, daß ich Havanna so schnell wiedersehen würde.«
»Ich freue mich darauf, diese Stadt kennenzulernen«, sagte Valerie versonnen.
»Ich bezweifle, daß Sie an dieser Stadt viel Freude haben werden«, erwiderte er.
Verwundert sah sie ihn an. »Wieso denn nicht?«
Er zögerte einen Augenblick, bevor er mit einem Schulterzucken sagte: »Es ist so ein Gefühl, Miß Fulham, und mein Gefühl hat mich

noch nie getrogen. Nein, Havanna wird Ihnen nicht viel Freude bringen, darauf würde ich wetten.« Er machte den Eindruck, als schien ihn das zu freuen. Doch schon im nächsten Moment nahm sein Gesicht wieder den verschlossenen Ausdruck an, der so typisch für ihn war. Er lüftete seinen Hut und entfernte sich, ohne ihr Gelegenheit zu weiteren Fragen gegeben zu haben.
Valerie tat seine seltsame Art mit einem Schulterzucken ab. Was sollte sie es kümmern, daß Bruce French nicht gut auf sie zu sprechen war und nun auch noch versuchte, ihr die Freude zu verderben. Aber das würde ihm nicht gelingen.
Matthew verließ die *Alabama* schon kurz nach Sonnenaufgang, um erste Kontakte mit Bootszimmerleuten und Schiffsausrüstern aufzunehmen und mit ihnen über Preise und Termine zu verhandeln. Er würde nicht vor Sonnenuntergang zurück sein, wie er Valerie sagte. Die drei männlichen Passagiere gingen wenig später auch von Bord. Sie würden jedoch nicht wieder zurückkehren, sondern beabsichtigten, in einem Hotel in der Stadt abzusteigen und sich um eine Passage auf einem anderen Segler zu bemühen. Matthew hatte Verständnis dafür gehabt, daß sie nicht bereit waren, mehrere Wochen zu warten, bis die Schäden behoben waren und die *Alabama* ihre Fahrt nach New Orleans fortsetzen konnte.
Valerie war ganz froh, daß außer ihr und Fanny keine weiteren Passagiere mehr an Bord waren und die hitzigen Gespräche bei Tisch nun ein Ende hatten. Alles, was Ruhe und Ausgeglichenheit in ihr Leben mit Matthew brachte, sollte ihr willkommen sein.
Sie holte sich aus ihrer Kabine ein Buch von Tennyson und setzte sich in den Schatten des Sonnensegels, das einen Teil des Achterdecks bedeckte. An diesem Tag fühlte sie sich irgendwie nicht ganz wohl. Obwohl die Sonne heiß vom Himmel brannte, überlief sie gelegentlich ein Frösteln, das von innen kam.
Der Vormittag war noch nicht halb um, als ein junger, verwegen aussehender Spanier an Bord der *Alabama* erschien und Valerie zu sprechen wünschte. Der Matrose, der den Mann an der Gangway abgefangen hatte, führte ihn zu ihr.
Er sprach ihre Sprache recht gebrochen, doch verständlich genug. »Miß Fulham?... Ich Tonio Martinez... arbeiten bei Señor Lopez, der maschen Säggel und Masten für Schiffe... Er mich schicken in Auftrag von Capitano Melville.« Er strahlte sie an und zeigte ihr ein schneeweißes Gebiß.

Erfreut blickte sie ihn an. »Oh, Captain Melville hat dich mit einer Nachricht für mich geschickt?«
Er nickte heftig. »Si, si, Señora,... schönen Grüßen von Capitano... möchten Sie zeigen *la hermosa Habana, pronto*... schönes Habana... Sie bitte mit mir kommen, Señora Foolam... auch Ihr Mädchen Fenny sollen kommen... zeigen schöne Stadt.«
Valerie war überrascht, daß Matthew doch Zeit für sie hatte. Das konnte ein gutes, aber auch ein schlechtes Zeichen sein. Denn entweder hatte er alles schneller unter Dach und Fach bekommen, als er angenommen hatte, oder aber die Dinge gestalteten sich so schwierig, daß er zu der Überzeugung gelangt war, sich ruhig ein wenig Zerstreuung gönnen zu können. Daß er dabei auch an ihre Zofe gedacht hatte, die gewiß nicht weniger begierig war, die fremde Stadt kennenzulernen, fand sie sehr einfühlsam von ihm. Fanny würde seine Freundlichkeit bestimmt sehr zu schätzen wissen, und dieser gemeinsame Ausflug würde dazu beitragen, ihre Vorbehalte, die sie noch immer gegen Matthew hegte, abzubauen.
»Das ist aber wirklich reizend von ihm«, sagte Valerie.
»Wir gleich können los... haben Kutsche auf Pier warten... Holen Capitano ab bei Señor Lopez«, radebrechte der junge Spanier und machte eine schwungvolle Geste hin zur Gangway. »Wir gehen, ja?«
»Einen Augenblick. Ich hole nur meinen Parasol und meine Zofe«, sagte sie und eilte unter Deck. Fanny war natürlich Feuer und Flamme. Und wenige Minuten später saßen sie in der Kutsche, die Tonio Martinez nun durch das Gewimmel von Fuhrwerken und Kutschen und das Menschengewühl am Hafen lenkte.
Sie überquerten weitläufige Plätze mit imposanten Denkmälern, fuhren an Palästen vorbei und gelangten dann in einen Teil der Stadt, wo enge Gassen und wenig ansprechende Häuserfronten vorherrschten.
»Ich dachte immer, ein Schiffsausrüster habe sein Geschäft gleich am Hafen«, sagte Fanny.
»Vielleicht erwartet Matthew uns im Privathaus von Mister Lopez«, erwiderte Valerie.
»Ein Geschäftsmann hat sein Haus doch kaum in einer so wenig vertrauenerweckenden Gegend«, bezweifelte Fanny.
»Da hast du recht«, murmelte Valerie, der diese Fahrt allmählich auch ein wenig merkwürdig vorkam. »Aber Matthew wird sich schon etwas dabei gedacht haben.«

»Mir gefällt das nicht, Miß Valerie!«
Valerie überlegte gerade, ob sie den jungen Spanier nicht zum Halten auffordern und eine Erklärung von ihm verlangen sollte, als die Kutsche in einen Hinterhof ratterte und dort zum Stehen kam. Bevor Valerie die Tür aufstoßen konnte, war Tonio Martinez schon vom Kutschbock gesprungen und hielt sie ihnen auf.
»Gütiger Gott, wohin haben Sie uns bloß gebracht?« verlangte Valerie zu wissen, als ihr Blick über die rissigen Fassaden der Häuser glitt, die den Hof von drei Seiten umgaben. Eine zweite Kutsche, die unter einem primitiven Vordach stand, beruhigte sie ein wenig. Damit war wohl Matthew mit diesem Señor Lopez hergekommen.
Der Spanier wies auf einen flachen, langgestreckten Gebäudeteil direkt vor ihnen. »Lager von Señor Lopez. Capitano hier treffen Auswahl. Er schon werden warten.«
Fanny verzog das Gesicht, als sie auf die breite Tür zugingen, die in das Lager führte. »Von Captain Melville hätte ich ein wenig mehr Rücksicht erwartet«, sagte sie mit leisem Vorwurf zu ihrer Mistress. »Uns hierher zu bestellen zeugt nicht gerade von Feingefühl.«
»Ach, Fanny«, sagte Valerie nun.
Der Spanier stieß das Tor auf und forderte sie mit einer Verbeugung auf, einzutreten. Valerie und Fanny gingen an ihm vorbei in das angebliche Materiallager des Schiffsausrüsters. Nach der blendenden Helle, die im Hof herrschte, brauchten ihre Augen einen Moment, um sich an das Dämmerlicht im Innern zu gewöhnen.
»Das ist doch nie und nimmer das Lager eines Schiffsausrüsters!« rief Valerie dann. In dem Raum lagen nur ein paar Dutzend leere Säcke und eine Menge Gerümpel herum.
»Hier stimmt etwas nicht, Miß Valerie!« erkannte auch Fanny.
Die Bohlentür fiel hinter ihnen mit einem lauten Krachen zu. Erschrocken fuhr Valerie herum. Der Spanier lehnte mit dem Rücken an der Tür, und sein bisher freundliches Lächeln war einem spöttischen Grinsen gewichen.
»Es ist alles so, wie es sein soll, *Miß Valerie*!« sagte im selben Augenblick eine ihr bekannte Stimme. Sie gehörte Bruce French, der nun neben der Tür hinter einem Stapel morscher Kisten hervortrat.
Valerie erschrak. Zwar wußte sie nicht, was das alles zu bedeuten hatte, doch sie ahnte, daß sie sich in Gefahr befanden. »Was soll das, Mister French? Ich verlange eine Erklärung von Ihnen!«

Bruce French trat mit einem höhnischen Lächeln auf sie zu. »Du hast nichts zu verlangen, Valerie«, erwiderte er. »Doch die Erklärung, an der dir so sehr liegt, werde ich dir nicht vorenthalten.«

»Das ist ja empörend!« rief Fanny, zwischen Angst und Zorn hin und her gerissen. »Wissen Sie denn nicht, wie Sie sich Miß Valerie gegenüber zu benehmen haben?«

Valerie bekämpfte die Angst, die in ihr aufstieg. »Meine Zofe hat ganz recht! Ich verbitte mir diesen vertraulichen Ton, Mister French.«

Er hob die Augenbrauen. »Oh, Ihnen gefällt mein Ton nicht? Nun, dann werde ich mich von nun an bemühen, Ihnen deutlich zu verstehen zu geben, wie groß mein Respekt vor Ihnen ist, *Miß Valerie*!« Und er schlug zu.

Seine flache Hand traf Valerie hart ins Gesicht, riß ihren Kopf zurück und ließ sie zu Boden stürzen. Sie schrie auf vor Schmerz und Fassungslosigkeit, was da mit ihr geschah. Sie hielt sich die brennende Wange und starrte verstört zu ihm auf.

Fanny hatte sich auf Bruce French stürzen wollen, doch der Spanier wußte das zu vereiteln. Er sprang auf sie zu und packte ihre Handgelenke, daß sie schmerzhaft aufschrie.

»Rühr dich nicht von der Stelle, oder deiner Herrin geht es schlecht!« fauchte Bruce French die Zofe an.

»Sie... Sie müssen verrückt geworden sein!« keuchte Fanny.

»Ganz und gar nicht«, erwiderte er, beugte sich vor, packte Valerie am Arm und zerrte sie hoch.

»Was wollen Sie von uns?« brachte Valerie mit nur mühsam beherrschter Stimme hervor.

»Ein prächtiges Lösegeld«, antwortete Bruce French. »Doch darüber reden wir später. Vorher haben wir noch etwas anderes zu erledigen.«

»Ein Lösegeld?« stieß Valerie ungläubig hervor. »Sie müssen wirklich verrückt sein! Wer...«

Erneut ohrfeigte Bruce French sie. »Du hältst den Mund, hast du mich verstanden?« fuhr er sie an.

Nun trat unverhohlene Angst in Valeries Augen, die sich mit Tränen füllten. »Ich... ich habe Ihnen das Leben gerettet...«, begann sie.

»Schweig jetzt!« zischte er und wandte sich dann der Zofe zu. »Hör mir jetzt gut zu, Fanny. Du wirst jetzt mit Tonio auf die *Alabama* zurückkehren und eure Sachen packen. Und zwar in Windeseile.

Tonio wird nicht von deiner Seite weichen. Schlag dir also gleich den Gedanken, irgend jemandem etwas sagen zu wollen, aus dem Kopf. Wenn jemand fragt, warum das Gepäck vom Schiff gebracht werden soll, sagst du, daß Miß Valerie beschlossen hat, für die Dauer der Liegezeit in einem Hotel zu wohnen. Jeder wird das verstehen... und sich zusammenreimen, daß Matthew ungestört mit seinem Liebchen sein möchte... wie auf Madeira, nicht wahr?« Er warf Valerie einen spöttischen Blick zu. »Ihr habt das zwar sehr geschickt gemacht, aber daß du dich nachts zum Captain in die Kabine geschlichen hast, um mit ihm herumzuhuren, ist längst kein großes Geheimnis mehr an Bord.«
»Den Teufel werd ich tun!« rief Fanny trotzig.
Bruce French schüttelte mitleidig den Kopf. »Mir scheint, du hast noch immer nicht begriffen, wer hier die Trümpfe in der Hand hält und wer die Nieten, Kleines. Deine Misstress befindet sich in meiner Gewalt – und dein Leben bedeutet mir und meinen Freunden nicht viel mehr als das eines räudigen Straßenköters. Tonio, zeig ihr, wie gut du mit dem Messer umzugehen verstehst.«
Der Spanier grinste, und wie hingezaubert lag ein Messer mit langer, beidseitig geschliffener Klinge in seiner Hand.
»Genau ins Balkenkreuz, Tonio!« forderte Bruce French seinen Komplizen auf und wies auf einen Stützbalken, der ein gutes Dutzend Schritte von ihnen entfernt stand.
Tonio schleuderte das Messer aus dem Handgelenk. Es sirrte durch die Luft und bohrte sich mit der Klinge genau an der Stelle in den Balken, an der rechts und links Stützstreben abgingen.
»Beeindruckend, nicht wahr?« sagte Bruce French im Plauderton. »Und er ist noch bedeutend behender, wenn es darum geht, jemandem das Messer aus nächster Nähe in den Leib zu rammen. Es geht blitzschnell, und bevor etwaige Umstehende bemerkt haben, daß sein Opfer nicht von einer plötzlichen Ohnmacht befallen worden ist, sondern schon im Jenseits weilt, ist Tonio längst auf und davon.«
Valerie und Fanny waren leichenblaß geworden.
»Gib dich also keinen Täuschungen hin, Fanny«, fuhr Bruce French fort. »Tonio wird dich töten, sowie du dich nicht an das hältst, was wir dir sagen. Es hätte zudem auch gar keinen Sinn, daß du dein Leben riskierst. Niemand kann Valerie helfen. Solltest du dir den Weg hierher gemerkt haben, was ich stark bezweifle, würde das auch nichts nützen. Denn ich werde Valerie an einen anderen Ort brin-

gen, sowie Tonio mit dir zurück zur *Alabama* aufgebrochen ist. Niemand wird das Versteck finden. Wenn dir also an deinem Leben und an dem von ihr etwas liegt, solltest du haargenau das tun, was ich dir aufgetragen habe. Du holst das Gepäck und sagst, daß ihr Quartier im Hotel bezieht.«

»Sie... Sie... werden es nicht wagen, Miß Valerie etwas anzutun!« stieß Fanny stotternd hervor.

Bruce French lächelte verächtlich. »Du zwingst mich also, es dir zu beweisen, ja?« Er zuckte die Achseln. »Ich dränge mich nicht danach, Kleines, aber du sollst den Beweis, an dem dir wohl so viel liegt, bekommen. Tonio, gib mir die Peitsche!«

»Nein!« Valerie versuchte sich von seinem Griff zu befreien, doch es war sinnlos. Bruce French wirbelte sie mit einer Hand herum, während er ihr mit der anderen das Kleid am Rücken aufriß. Der Riß ging bis zur Taille hinunter. Brutal entblößte er ihren Rücken und schleuderte sie dann in den Dreck.

Tonio reichte ihm die Peitsche, die aus neun mit Knoten versehenen Lederriemen bestand. Noch bevor Valerie sich aufrappeln konnte, pfiffen die Schnüre durch die Luft und wickelten sich mit einem häßlich scharfen Klatschen um ihren halbnackten Leib. Gellend schrie Valerie auf und sank in den Staub zurück. Neun blutrote Streifen zogen sich quer über ihren Rücken.

»Du kannst dich dafür bei deiner Zofe bedanken«, höhnte Bruce French.

»O mein Gott!« schluchzte Fanny entsetzt.

»Sag ihr endlich, daß sie tun soll, was ich gesagt habe!« befahl er und stieß sie mit dem Stiefel in die Seite. »Oder möchtest du die Peitsche noch einmal schmecken?«

Valerie richtete sich auf. Schmerz verzerrte ihr Gesicht, als sie zu Fanny hochblickte. »Tu es, Fanny. Uns bleibt keine andere Wahl. Und bring dich bloß nicht in Gefahr, versprichst du mir das?«

»Ja, Miß Valerie«, schluchzte Fanny.

Bruce wickelte die Lederschnüre um den Griff der Peitsche und klemmte sie sich hinter seinen Gürtel. »Hör auf zu weinen, und vermeide alles, was bei der Mannschaft Mißtrauen erregen könnte. Ich hoffe, du hast jetzt endlich begriffen, daß wir keine leeren Drohungen ausstoßen! Wir meinen es ernst, sogar todernst, wenn es sein muß!« warnte er sie. »Und jetzt macht euch auf den Weg.«

Tonio Martinez nickte und zerrte Fanny zur Tür.

»Und schick jetzt Pedro rein!« rief Bruce French seinem jungen Komplizen zu.
»Si, Señor French!«
Valerie kauerte noch immer am Boden. Sie preßte ihr aufgefetztes Kleid vor ihre Brust, während die blutigen Striemen auf ihrem Rücken pochende Schmerzen aussandten. »Warum tun Sie das?« stieß sie verständnislos hervor. »Warum tun Sie uns das an? Was haben wir Ihnen getan?«
»Alles zu seiner Zeit«, erwiderte Bruce French gelassen und blickte kurz über die Schulter, als die Tür wieder aufging und ein hagerer Mann den Raum betrat. Er war kaum besser als ein Bettler gekleidet. Gelbliche Strähnen durchzogen sein schütteres Haar. Das Gesicht war eingefallen und faltig. Als sein Blick auf Valerie fiel, entblößte ein lüsternes Grinsen völlig verfaulte Zähne. Bruce French sagte etwas auf spanisch zu ihm, worauf der Mann nickte und sich zu Valerie hinunterbeugte.
»Fassen Sie mich nicht an!« schrie sie.
»Pedro wird dir nur Fesseln anlegen! Aber wenn du dich wehrst, werde ich ihm wohl eine Belohnung gewähren müssen, und dann kannst du sehen, ob dein Captain Matthew ein so guter Liebhaber ist«, sagte Bruce French.
Valerie schauderte. »Sie sind ein Dreckskerl! Und ausgerechnet Ihnen habe ich das Leben gerettet!«
Er sah sie kalt an. »Ja, und das ist dein Glück, Valerie. Hättest du es nicht getan, wärst du jetzt schon gar nicht mehr am Leben!«
Seine Worte trafen sie stärker als der Peitschenschlag. Sie merkte kaum, wie Pedro ihr die Arme auf den Rücken drehte und sie fesselte. Ein dunkler, schrecklicher Verdacht stieg in ihr auf, der jedoch so ungeheuerlich war, daß sich ihr Verstand dagegen auflehnte.
»Hübsch bist du, das muß man dir lassen. Der Captain hat bestimmt seinen Spaß mit dir gehabt«, sagte er, den Blick schamlos auf ihre Blöße gerichtet.
Valerie wurde sich erst jetzt ihrer Nacktheit bewußt. Nun, da sie ihr Mieder nicht mehr vor die Brust pressen konnte, waren ihre Brüste den Blicken der beiden Männer schutzlos ausgeliefert. Ekel wallte in ihr auf, als Pedro nun mit knöchriger Hand nach ihr grabschte.
Bruce French herrschte ihn an, und er ließ sofort von ihr ab. »Du gefällst ihm. Ein Wort von mir, und er vergewaltigt dich, Valerie. Vergiß das nicht!«

Pedro zog ein Messer hervor. Sie schrie auf, als sie den kalten Stahl auf ihrer Haut spürte. Doch er verletzte sie nicht, sondern schnitt ihr nur das Oberteil des Kleides ab, so daß sie nun von der Hüfte aufwärts nackt war. Und er lachte, als sie sich gegen den Knebel zu wehren versuchte. Er faßte in ihr langes Haar, riß ihr den Kopf rücksichtslos in den Nacken und stopfte ihr einen Fetzen ihres eigenen Kleides in den Mund. Damit sie den Knebel nicht wieder ausspucken konnte, band er ihr sein verschwitztes, stinkendes Halstuch über den Mund. Nachdem man ihr auch noch die Füße gefesselt hatte, wurden ihr staubige Säcke übergestülpt. Einer über den Kopf und einer über die Beine. Dann trugen die beiden Männer sie aus dem Lagerraum und verfrachteten sie in die Kutsche.
Die Fahrt war eine Qual. Valerie hatte nach dem Orkan geglaubt, zu wissen, was Todesängste waren. Doch nun wurde sie eines anderen belehrt. Sie lag so verrenkt am Boden, daß sie Muskelkrämpfe bekam. Gleichzeitig drohte sie am Knebel zu ersticken. Sie röchelte nach Luft, fürchtete, sich erbrechen zu müssen und dann endgültig zu ersticken – an ihrem eigenen Erbrochenen. Schweiß rann ihr aus allen Poren. Tränen grenzenloser Todesangst näßten ihr Gesicht. Sie war nicht eines klaren Gedankens fähig.
Später wußte sie auch nicht zu sagen, wie lange die Fahrt gedauert hatte, ob nun endlose zehn Minuten oder gar eine Stunde. Zeit war ohne Bedeutung, wenn man meint, jeden Augenblick zu ersticken. Sie spürte irgendwann nur, wie sie aus der Kutsche gezerrt und Treppen hinuntergetragen wurde. Unsanft landete sie auf einem harten, kalten Boden. Man zerrte ihr den Sack vom Kopf. Die Augen quollen ihr fast aus dem Kopf, als sie sich auf den Rücken wälzte, sich vor Verzweiflung wand wie eine Schlange im Todeskampf und dumpfe Laute der Angst ausstieß. Ihr Blick war verschleiert, so daß sie nicht wußte, wer sie endlich vom Knebel befreite. Sie keuchte, würgte und sog die Luft gierig ein, während sie schweißüberströmt am Boden lag. Nur nebenbei registrierte sie, daß man ihr auch Fuß- und Handfesseln abnahm.
Sie spürte, wie kräftige Arme sie hochhoben. »Setz dich und mach es dir gemütlich«, hörte sie Bruce Frenchs Stimme. »Du siehst ein wenig mitgenommen aus.«
Valerie sank auf einen harten Stuhl mit Armlehnen und hoher Rückenlehne. Ihr Blick klärte sich. »Durst!« keuchte sie, während sie feststellte, daß sie sich in einem großen fensterlosen Kellergewöl-

be aus schweren Steinquadern befand, das mehr als zwanzig Schritte lang und etwa halb so breit war. Die Decke war gewölbt, und zwei blakende Fackeln steckten in schmiedeeisernen Halterungen rechts und links von der Tür, deren breite dunkle Bohlen mit Eisenbändern beschlagen waren. In der Decke über den beiden Fackeln befand sich die vergitterte Öffnung eines Luftschachtes.
Der kühle Kellerraum diente offenbar als Weinlager, denn auf der anderen Seite des Gewölbes standen Fässer verschiedener Größe, etwa zwanzig an der Zahl, die in einem so geräumigen Keller jedoch verloren wirkten.
Vor ihr stand ein Holztisch mit gedrechselten Beinen, davor ein zweiter Stuhl von der Art, in dem sie saß. Auf dem Tisch lagen Papier und Schreibzeug.
»Etwas zu trinken, bitte!« flehte sie mit rauher Stimme.
»Tut's Wein auch?« spottete Bruce French. »Es ist nicht der beste, aber man kann ihn trinken.« Er ging zu den Fässern hinüber. Auf einem stand ein Tablett mit Zinnbechern. Er nahm zwei, füllte sie an einem anderen, kleinen und reichte ihr dann einen. Mit verächtlicher Miene beobachtete er, wie sie hastig den Wein trank, während sie mit einem Arm ihre Brust zu bedecken versuchte. »Nimm den Arm runter. Bei Captain Melville hast du dich doch bestimmt nicht so prüde gezeigt, oder? Na los, runter damit! Es irritiert mich!« Er schlug ihr mit dem Peitschengriff auf die Hand. »Brauchst keine Angst zu haben, daß mich dein Körper reizen könnte. Habe für Frauen nichts übrig – schon gar nicht für den Bastard einer Niggerhure!«
Valerie zuckte erschrocken zusammen, so daß sie Wein verschüttete. Er rann ihr über das Kinn und tropfte ihr auf die Brust wie Blutstropfen. »Woher...?« Sie brach ab, und die schreckliche Ahnung wurde immer mehr zur Gewißheit.
Er lachte, wandte sich zu Pedro um und schnippte ihm ein Goldstück zu, während er ihm etwas auftrug, was Valerie nicht verstehen konnte. Der hagere Mann nickte beflissen und ließ sie allein.
Bruce French zog ein langes, schmales Lederetui aus seiner Jackentasche, entnahm ihm eine Zigarre, entzündete sie an einer der Fackeln und setzte sich dann ihr gegenüber in den Stuhl, die Peitsche im Schoß. Genüßlich sog er an der Zigarre. »Du hast wohl gedacht, es wäre ein Geheimnis, daß in dir Niggerblut fließt, was?«
»Ich weiß nicht, wovon Sie sprechen...«

»Spar dir deine Ausflüchte. Ich weiß schon länger als du, daß du der Bastard von Henry Duvall und seinem Niggerliebchen bist«, sagte er. »Eine Schande, daß du damals nicht auch gleich verreckt bist. Aber andererseits hast du mir so zu einem lukrativen Auftrag verholfen.«

Valerie sah ihn bestürzt an. Er wußte von ihrer Herkunft! Hatte es vom Beginn der Reise an gewußt. Ihr Gefühl hatte sie in jener Nacht in Bristol nicht getäuscht: Er hatte dort an Deck gestanden und auf ihr Eintreffen gewartet! Er war allein ihretwegen an Bord der *Alabama* gewesen. Und Fanny hatte sich nichts eingebildet. »Sie haben meine Kabine durchsucht, nicht wahr?«

»Ich habe mich ein wenig umgeschaut, aber leider nicht das gefunden, wonach ich gesucht habe. Aber Tonio wird ja gleich alles bringen. Schätze, ich war nicht so vorsichtig, daß du oder deine Zofe nichts gemerkt hätte. Aber die Zeit war knapp, und letztlich zählt nur das Ergebnis«, sagte er achselzuckend, als wollte er einen Schönheitsfehler bei einem Verbrechen entschuldigen.

Eine entsetzliche Erkenntnis traf sie. »Dann sind Sie es auch gewesen, der mein Pferd auf Madeira in Panik versetzt hat!« stieß sie hervor.

Er machte eine höhnische Verbeugung. »Ja, mit einer Mischung aus Glasscherben und Eisensplittern. Du hast mir das Leben auf Madeira reichlich schwergemacht. Warst ständig mit Captain Melville zusammen. War schwer, eine günstige Gelegenheit zu erwischen, dich zu töten, ohne daß jemand mehr als einen tragischen Unfall vermutete. Ich wünschte, ich hätte auf Madeira mehr Glück gehabt, dann bräuchte ich mich jetzt nicht mit dir zu befassen.«

Ein ekelhaftes Gefühl, eine Mischung aus Entsetzen und Übelkeit, wallte in ihr auf. »Sie wollen überhaupt kein Lösegeld. Es war eine Lüge, um Fanny in Sicherheit zu wiegen. Ihr Auftrag ist, mich zu töten, nicht wahr?«

»So ist es«, bestätigte er ruhig. »Noch ein bißchen Wein? Du siehst so blaß aus, Valerie.«

»Wer hat Ihnen den Auftrag erteilt? War es mein Halbbruder Stephen oder Rhonda? Oder hat Catherine Sie beauftragt, mich aus dem Weg zu räumen?«

Er lächelte. »Du bist ja besser informiert, als ich gedacht habe. Ich weiß nicht, warum ich es dir erzähle, aber irgendwie, finde ich, hast du ein Recht zu erfahren, wem du all das verdankst... sonst kommst du vielleicht noch auf die absurde Idee, ich täte so etwas, weil es mir Spaß macht«, sagte er zynisch. »Catherine ist in der Tat diejenige, die mir den Auftrag erteilt hat – in Übereinstimmung mit ihren Kindern. Du wirst einsehen, daß sie es nicht zulassen können, sich von einem Niggerbastard wie dir das Erbe streitig machen zu lassen.«

»Henry Duvall ist mein Vater, wie er ihr Vater ist!«

Er schüttelte den Kopf. »Das zählt nicht, nicht für uns Südstaatler. Auf jeder Plantage laufen einige hellhäutige Nigger rum, die der Besitzer oder seine Söhne mit ihren schwarzen Liebchen gezeugt haben. Ist ja auch okay so, nichts gegen ein bißchen Spaß mit schwarzer Haut einzuwenden. Aber das ändert nichts daran, daß sie Nigger sind und Nigger bleiben. Und du kannst so hellhäutig sein, wie du willst, du bleibst doch stets ein Niggerbastard!« Er spuckte einen Krümel Tabak aus.

Valerie zitterte vor Zorn, Angst und Kälte. »Mister Fairfield hat wohl doch recht gehabt, wenn er meinte, Ihnen und Ihresgleichen die Arroganz und Menschenverachtung nur mit Pulver und Blei austreiben zu können!«

»Mister Fairfield war ein dummer Schwätzer!« sagte er verächtlich. »Wir im Süden lassen uns nicht reinreden, schon gar nicht, was sie Sklavenhaltung betrifft. Sie ist eine hervorragende Einrichtung, und die verdammten Yankees werden sich blutige Schädel holen, wenn sie glauben, uns ihre verqueren Ansichten aufzwingen zu können!

Haßerfüllt funkelte sie ihn an. »Ich wünschte, ich hätte im Sturm keinen Finger für Sie gerührt! Hätte ich Sie doch nur elendig ersaufen lassen, statt mein Leben für einen so charakterlosen Lump und Verbrecher wie Sie zu riskieren!«

Mit einem Satz war er bei ihr und schlug ihr mit dem Handrücken brutal ins Gesicht, daß ihr Kopf in den Nacken flog. »Kein Nigger redet so mit mir!« schrie er sie an. »Auspeitschen bis aufs Blut würde ich dich, wenn ich nicht in deiner Schuld stünde! Verdammt noch mal, ich hätte dich schon längst abgestochen wie ein Schwein am Schlachttag! Ohne mit der Wimper zu zucken! Du bist nur noch am Leben, weil ich ein Ehrenmann bin! Doch reiz mich nicht, sonst könnte ich vergessen, daß ich dir etwas schuldig bin!« Schwer atmend stand er vor ihr.

Mit blutunterlaufenen Augen starrte sie zu ihm hoch. Sie begriff, daß Bruce French zwar ein skrupelloser Mörder sein mochte, sich aber dennoch für einen echten Gentleman hielt und sich an einen Ehrenkodex gebunden fühlte. »Was... was... werden Sie... mit mir machen?« brachte sie nur stockend hervor.

Seine Haltung entspannte sich, und er setzte sich wieder. »Du hast mir das Leben gerettet, und deshalb werde ich dein Leben auch verschonen.«

»Was werden Sie mit mir machen?« stieß Valerie noch einmal hervor.

Er drehte die Zigarre zwischen den Lippen. »Ich werde dich in die Sklaverei verkaufen, und du wirst unter glühender Sonne irgendwo auf einer Plantage arbeiten, so, wie es ein Niggerbastard wie du verdient hat.«

»Nein! Das können Sie nicht tun!«

Er weidete sich an ihrem Entsetzen. »O ja, und ob ich das kann. Du kommst schon noch nach Louisiana, aber nicht an Bord der *Alabama* und nicht als stolze Engländerin, sondern an Bord eines Schiffes, das ich ausgesucht habe und als zum Verkauf stehende Sklavin.«

Valerie war noch nicht in der Lage, die volle Tragweite seiner Worte zu erfassen. Doch das wenige, das sie begriff, genügte schon, um blankes Entsetzen in ihr zu wecken. »Ich will das Erbe nicht!« stieß sie nun hastig hervor. »Lassen Sie mich frei! Ich gebe es Ihnen schriftlich, daß ich COTTON FIELDS nicht will. Ich will nichts von Henry Duvall! Geben Sie mir nur die Freiheit! Meine Eltern in England haben Geld.

Ich werde Sie bezahlen. Ich zahle Ihnen...«

»Schweig!« fuhr er sie scharf an. »Willst du mich beleidigen? Ich wechsle niemals die Fronten, wenn ich mal einen Auftrag angenommen habe, und wenn das Schicksal mir nicht ins Handwerk gepfuscht hätte, würde deine Leiche jetzt schon auf Madeira verrotten! Und jetzt Schluß damit!« Er zog ein Papier aus der Innentasche seiner Jacke und entfaltete es. »Nimm Feder und Papier und schreib das hier ab!« Er legte das Blatt vor sie hin.

Valerie überflog die Zeilen des Briefes, der an Matthew gerichtet sein sollte. Darin teilte sie ihm angeblich mit, daß sie sich alles anders überlegt und sich entschlossen hätte, auf schnellstem Weg nach England zurückzukehren. Es sei ein Fehler gewesen, daß sie sich von ihm hätte verführen und für eine Zeitlang um den gesunden Menschenverstand bringen lassen. Es wären schöne Wochen

gewesen, doch ein Leben mit einem Captain zur See entspräche wohl kaum ihrem gesellschaftlichen Stand und auch nicht ihren eigenen Vorstellungen. Sie bat ihn eindringlich, sie zu vergessen und davon abzusehen, Kontakt mit ihr aufzunehmen. Ihr Entschluß sei gefaßt, und den habe er zu respektieren.
Heftig schob sie das Blatt von sich. »Niemals! Das werde ich Matthew niemals schreiben! Und er würde es auch nicht glauben. Er weiß, daß ich ihn liebe!« brach es stürmisch aus ihr heraus, und Tränen traten in ihre Augen.
Er lächelte mitleidig. »Du wirst genau das schreiben – und er wird es auch glauben. Wie der Zufall es will, läuft nämlich in ein, zwei Stunden ein Segelschiff aus, das Kurs auf England nimmt. Captain Melville wird annehmen, daß du dich mit deiner Zofe dort eingeschifft hast.«
Valerie hatte das entsetzliche Gefühl, daß der Ring um ihre Brust immer enger und schmerzhafter wurde. Bruce Frenchs Plan war so teuflisch geschickt eingefädelt, daß die Angst sie quälte, Matthew könnte womöglich jedes Wort glauben und annehmen, sie hätte nur mit ihm gespielt und ihn nun verraten. Das durfte nicht passieren! Sie konnte ihm diesen Schmerz nicht zufügen.
»Bringen Sie mich um, aber diesen Brief schreibe ich nicht!« stieß sie mit wilder Entschlossenheit hervor. Doch in ihrem tiefsten Innern wußte sie, daß er ihren Widerstand zu brechen wissen würde. Aber sie wehrte sich dagegen.
Er schnippte Asche von seiner Zigarre. »Valerie, für ein Niggerbalg bist du nicht nur recht hübsch, sondern auch clever. Dein gesunder Menschenverstand muß dir doch sagen, daß ich erreichen werde, was ich mir vorgenommen habe«, sagte er mit einer Ruhe und Selbstsicherheit, die ihr mehr Angst einjagte als seine Schläge. »Sei also vernünftig, greif zur Feder und fang an zu schreiben. Du kannst dir damit einige unerfreuliche Dinge ersparen.«
»Nein! Ich schreibe davon nicht ein Wort!« trotzte sie ihm, doch in ihren Augen flackerte Angst.
Er griff zur Peitsche und seufzte, als müßte er sich einer unangenehmen Pflicht beugen. »Also gut, wenn du darauf bestehst...«
Valerie sprang wie von der Tarantel gestochen auf, daß der Stuhl nach hinten kippte, und rannte in blinder Panik auf die schwere Bohlentür zu.
Er unternahm keinen Versuch, ihr den Weg verstellen oder sie

einholen zu wollen. Er ließ sie rennen, folgte ihr gemächlichen Schrittes und holte mit der Neunschwänzigen aus, als sie die Tür erreicht hatte und feststellen mußte, daß sie verschlossen war. »Der Zweitschlüssel ist hier in meiner Tasche! Wenn du hier raus willst, mußt du schon versuchen, ihn mir abzunehmen!« rief er und schlug zu.

Die Peitsche klatschte auf ihren Rücken und ließ sie gellend aufschreien. Sie wirbelte herum und sah, daß er wieder zum Schlag ausholte. Sie preßte die Arme vor Gesicht und Brust, bevor sich die Lederriemen erneut um ihren Leib schlangen. Sie ging zu Boden.

»Schreibst du jetzt?«

»Nein!« schrie Valerie und rollte sich zu einem Ball zusammen. »Nie!... Nie!... Nie!«

Bruce French schlug mit gnadenloser Härte auf sie ein. Ihre Schreie hallten von den hohen Steinwänden wider und gingen dann in ein Wimmern über. Sie hatte noch nie in ihrem Leben solche Schmerzen ertragen müssen, und sie bat ihn um Gnade. Doch wenn er sie fragte, ob sie nun bereit sei, den Brief an Matthew zu schreiben, beharrte sie auf ihrem »Nie!« Sie liebte Matthew zu sehr, um ihm diesen Schmerz zuzufügen. Wenn sie spurlos verschwand, würde er ganz sicher Nachforschungen anstellen und ein Verbrechen mutmaßen. Und wenn sie auch sterben würde, ihre Liebe würde nicht sterben – und er würde nie das Gefühl haben, von ihr ausgenutzt und verraten worden zu sein.

»Wie schmerzvoll Liebe doch sein kann«, sagte Bruce French höhnisch, als er ihr den Rücken blutig geschlagen hatte. »Doch ich will dir eine Atempause gönnen, sonst bist du nachher so mitgenommen, daß du nicht mehr richtig schreiben kannst, und das wollen wir doch nicht.«

»Nie!... Ich werde das nie schreiben«, stieß Valerie haßerfüllt und mit schluchzender Stimme hervor.

Er zerrte sie zum Stuhl, stellte ihn wieder auf und stieß sie darauf. Mit einem Peitschengriff drückte er ihr Kinn hoch, so daß sie ihm ins entstellte Gesicht blicken mußte. »Ich bin überzeugt, daß du den Brief an deinen geliebten Captain schreibst – und zwar schon bald. Bist du aber stark genug, es doch nicht zu tun, schenke ich dir nicht nur das Leben, sondern auch die Freiheit. Du hast mein Ehrenwort!« versprach er, fügte dann aber höhnisch hinzu: »Nur wirst du eben nicht so stark sein, du Bastard!«

Valerie antwortete ihm nicht. Sie atmete stoßartig und kämpfte gegen die Schmerzen an. Vor allem ihr Rücken brannte, als hätte er sie mit kochendem Öl übergossen.
Augenblicke später wurde die Tür von außen aufgeschlossen. Tonio und Pedro erschienen mit Fanny in ihrer Mitte im Kellergewölbe. Die Zofe sah vor Angst um ihre Mistress regelrecht grau im Gesicht aus. Doch als sie Valerie mit blutüberströmtem Rücken auf dem Stuhl erblickte, stieß sie einen Schrei des Entsetzens aus und wankte, als hätte sie ein unerwarteter Schlag getroffen.
»Sie... Sie... Dreckstück, was haben Sie mit ihr gemacht?« schrie sie Bruce French an.
»Du hältst den Mund, oder ich sorge dafür, daß du ihn gestopft bekommst!« zischte Bruce French und brachte sie mit einem kalten Blick zum Schweigen. Dann wandte er sich Tonio zu. »Na, wie ist es gegangen?«
Tonio begann in seiner Muttersprache loszusprudeln, und Bruce French hörte ihm aufmerksam und mit sichtlichem Vergnügen zu. Valerie biß sich auf die Lippen, als sie sah, wie der junge Spanier ihm den Brief reichte, in dem Henry Duvall ihr die Geschichte ihrer Herkunft beschrieben und seine Absicht, sie zur Alleinerbin von COTTON FIELDS zu machen, niedergelegt hatte. Als Tonio mit seinem Bericht fertig war, tätschelte er ihm fast liebevoll den Arm und steckte ihm ein paar Münzen zu. Pedro verließ das Kellergewölbe wieder, während Tonio die Zofe zum zweiten Stuhl führte und sie zum Sitzen zwang.
»Es wird dich bestimmt interessieren, daß alles reibungslos geklappt hat«, sagte er mit falscher Freundlichkeit. »Es war nur der Zweite Offizier an Bord, und der hat sich ein Grinsen nicht verkneifen können, als er hörte, daß du in ein Hotel ziehen willst. Hat sich offenbar seinen Teil dabei gedacht und dich schon mit Captain Melville im Bett gesehen.«
Valerie schaute zu Fanny hinüber, die ihren Blick voller Schmerz und Resignation erwiderte und damit bestätigte, was Bruce French gesagt hatte, der nun den Brief überflog.
»Wie interessant. Hat er doch wirklich vorgehabt, dich zu seiner Erbin zu machen. Nun, da Captain Melville wohl auch von diesem Brief weiß, wird es wohl nötig sein, daß du in deinem Brief auch darauf kurz eingehst und erklärst, daß du nicht daran denkst, dich mit Duval zu treffen und sein Erbe anzunehmen«, sagte er dann.

»Kein Wort werde ich schreiben, und wenn Sie mich zu Tode peitschen!« erwiderte Valerie.
Bruce French hob in scheinbarer Verwunderung die Brauen. »Aber wer hat denn gesagt, daß ich dich zu Tode peitschen will? Ich stehe doch in deiner Schuld, und Schulden begleiche ich – auch gegenüber einem Bastard. Aber wir haben ja noch deine Zofe!« Er gab Tonio einen knappen Befehl.
Der junge Spanier zückte sein Messer und schlitzte Fanny das Mieder auf, bevor sie begriff, wie ihr geschah. Sie versuchte sich zu wehren, als er ihr auch das Rückenteil aufschnitt, aber gegen seine rohen Kräfte kam sie nicht an.
»Nein!« schrie Valerie auf. »Tun Sie ihr nichts! Fanny hat Ihnen doch nichts getan! Lassen Sie sie in Frieden! Sie dürfen ihr nichts tun, bitte!«
Bruce French ließ die neun Lederriemen der Peitsche durch seine Finger gleiten. »Es liegt ganz bei dir, ob sie die Peitsche zu spüren bekommt«, sagte er ungerührt. »Ich werde erst aufhören, sie zu schlagen, wenn du zur Feder greifst und tust, was ich gesagt habe.«
Fanny zitterte vor Angst und Scham, doch sie wollte Mut zeigen. »Lassen Sie sich nicht von ihnen erpressen, Miß Valerie! Ich weiß nicht, was sie von Ihnen wollen, aber tun Sie es nicht!«
Tränen der Verzweiflung liefen Valerie über das Gesicht. Sie gab sich längst keinen Illusionen mehr hin. Bruce French würde seine Drohung wahrmachen und Fanny so lange vor ihren Augen foltern, bis sie es nicht länger ertragen konnte. Sie mußte sich nun entscheiden, was ihr wichtiger war: Matthews Andenken oder Fannys Leben. Sie wußte, daß sie sich für Fannys Leben entscheiden mußte, sosehr sie Matthews auch liebte und den Gedanken nicht ertragen konnte, daß er nach dem Brief glauben würde, sie hätte ihn nie wirklich geliebt. Aber sie konnte Fanny nicht diesen Qualen aussetzen, die Bruce French ihr, ohne mit der Wimper zu zucken, zufügen würde.
Ihr Widerstand brach. »Tun Sie ihr nichts. Ich werde den Brief schreiben. Doch Sie müssen mir versprechen, daß Sie Fanny die Freiheit geben! Ich habe Ihnen das Leben gerettet, und wenn Sie wirklich noch einen Funken Ehre im Leib haben, dann begleichen Sie Ihre Schuld, indem Sie Fanny freilassen!«
Bruce French zögerte einen Augenblick und schien zu überlegen. Schließlich nickte er und erteilte Tonio den Befehl, die Zofe aus dem Kellergewölbe zu bringen. Fanny schlug um sich und beschwor

Valerie, es nicht zu tun. Doch der Spanier drehte ihr den Arm auf den Rücken, daß sie aufschrie, und stieß sie zur Tür.
Als sie allein waren, sagte Bruce French: »Gut, ich werde sie freilassen, doch erst in ein paar Wochen, wenn du schon längst in Louisiana auf einer Plantage arbeitest. Ich glaube, das kann ich verantworten. Sie ist keine Gefahr. Doch nun fang endlich an zu schreiben. Die ersten Sätze kannst du so abschreiben, wie ich sie dir aufgeschrieben habe. Den anderen Teil diktiere ich dir. Und ich rate dir, dich um eine sorgfältige Handschrift zu bemühen, sonst lasse ich deine Zofe wieder holen und peitsche sie, bis der Brief so ist, wie ich ihn haben will, hast du mich verstanden?«
Valerie nickte. Es hatte keinen Sinn mehr, Widerstand zu leisten. Sie waren diesem unbarmherzigen Verbrecher hilflos ausgeliefert. Niemand konnte ihnen helfen. Niemand.
Ihre Hand zitterte, als sie zum Federhalter griff, und es kostete sie alle Kraft und Überwindung, die sie aufbringen konnte, um Matthew diesen schändlichen Brief zu schreiben. Sie fror entsetzlich, während ihre Wunden brannten, doch sie schrieb diesen Brief.
Schluchzend brach sie zusammen, als er ihr das Blatt abnahm und mit höhnischer Freude noch einmal laut vorlas. »Armer Captain Melville, wie wird es ihn treffen, sich so in dir getäuscht zu haben. Aber an gebrochenem Herzen sterben die wenigsten. Tröste dich damit, daß er mit der Zeit darüber hinwegkommen wird.«
»Verflucht sollen Sie sein!«
Er lachte nur. »Du bist nicht der erste Nigger, von dem ich das höre, und du wirst auch nicht der letzte sein. Und jetzt steh auf. Ich werde dich in dein Quartier bringen, wo du dich ausruhen kannst, bis ich eine Überfahrt für uns organisiert habe.«
Valerie konnte sich kaum noch auf den Beinen halten, als er sie mit festem Griff am Handgelenk packte, aus dem Gewölbe führte und mit ihr den dunklen Gang hinunterging, der nach links führte. Am Ende des Ganges öffnete er eine Tür und stieß sie in ein feuchtes, finsteres Loch. »Tonio wird dir später etwas Stroh bringen, damit du es dir auch schön gemütlich machen kannst«, sagte er zynisch, schlug die Tür zu und schob den Riegel vor.
Valerie sank kraftlos zu Boden und preßte die heiße Stirn gegen die kalten Steine, während ein Weinkrampf ihren zerschundenen Körper schüttelte.
Es gab keine Hoffnung mehr. Dies war das Ende.

15.

Absolute Stille und Finsternis umgaben sie. Kein Laut und kein noch so schwacher Lichtschimmer drangen in ihren Kerker. Ein modrig-feuchter Geruch ging von den Wänden aus, als wucherte der Schimmelpilz auf ihnen.
Valerie tastete sich an den Wänden entlang. Sie zählte sieben Schritte, bevor die Wand endete, dann fünf Schritte und wieder sieben Schritte zurück zur Wand mit der Tür. Fünf mal sieben Schritte maß das schwarze, feuchte Loch, in dem man sie gefangenhielt.
Der noch frische Schmerz der Peitsche und die Verzweiflung über das, was man ihr und Matthew angetan hatte, halfen ihr, die ersten Stunden ihrer Gefangenschaft zu überstehen. Es gab einige Dinge, die sie tun konnte. So mußte sie ihre Wunden verbinden, so gut es ging. Sie zog ihre Unterröcke aus und riß einen in lange Streifen, die sie sich um den Leib wickelte. Den zweiten Unterrock durchtrennte sie nur einmal der Länge nach und benutzte ihn als Umhang.
Dann tastete sie erneut die Wände und die Tür ihres Kerkers ab, diesmal jedoch gründlich, obwohl ihr Verstand ihr sagte, daß es Zeitverschwendung war, in diesem lichtlosen Loch nach einem Fluchtweg suchen zu wollen. Sie tat es dennoch, mit zusammengebissenen Zähnen und in ihrer spärlichen Kleidung zitternd. Am Morgen, als sie an Deck gesessen hatte, hatte sie sich schon nicht wohl gefühlt. Nun aber spürte sie ganz deutlich, daß eine Krankheit sich ankündigte, doch sie wollte nicht daran denken. So tastete sie jede Ritze ab. Aber sie stieß nur auf schwere Steinblöcke, die fugenlos aufeinandergesetzt waren, und an der Tür auf schwere, eisenbeschlagene Bohlen.
Aus diesem Kellerraum gab es kein Entkommen. Mit dieser Erkenntnis sackte sie an der Tür zu Boden. Kalter Schweiß stand ihr auf der Stirn.
Die Stille und die Dunkelheit machten es ihr unmöglich, sich ein Gefühl für die Zeit zu bewahren. Die Welt draußen hatte für sie aufgehört zu existieren. Es schien nur noch sie, ihre Schmerzen und ihre Gedanken zu geben, die sie von Augenblick zu Augenblick einer stärkeren Folter unterzogen, als Bruce French es mit seiner Peitsche je hätte tun können. Sie sah Matthew vor sich, wie er ihren Brief las, und sie hatte bald keine Tränen mehr. Ihre Gedanken jagten sich.

Würde er irgendeinen Verdacht hegen und Nachforschungen anstellen? Würde ihm sein Gefühl nicht sagen, daß nichts, was in dem Brief geschrieben stand, wahr sein konnte? Daß nicht sie diese Zeilen geschrieben haben konnte? Gab es vielleicht jemanden vom Schiff, der gesehen hatte, wohin Tonio mit Fanny und dem Gepäck gefahren war? Durfte sie doch noch hoffen, daß man sie fand und befreite?
Eine Zeitlang klammerte sie sich an diese Hoffnung, bis der Verstand ihr sagte, wie sinnlos es war, auf solch eine irrsinnige Fügung des Schicksals zu hoffen. Und sie dachte an Fanny. Würde Bruce Wort halten und sie freilassen? Wo würde er sie selbst hinbringen?
Ihre Gedanken irrten zwischen grenzenloser Verzweiflung und Hoffnung hin und her, während die Stille und Schwärze um sie herum immer erdrückender wurde und an ihren Nerven zerrte. Irgendwann hielt sie es nicht länger aus, und sie hämmerte gegen die Tür und schrie, doch niemand reagierte, während ihre eigene schrille Stimme in den Ohren schmerzte.
Eine scheinbare Ewigkeit später wurde plötzlich der Riegel zurückgeschoben. Licht fiel in den Kerker. Es war Tonio. Er warf ihr einen halben Ballen Stroh entgegen. Und dann umfing sie wieder die Finsternis.
Valerie verteilte das Stroh in einer Ecke und kauerte sich darauf nieder wie ein Tier. Sie rollte sich zusammen, während die Folter ihrer eigenen Gedanken kein Ende nahm.
Als Bruce French sie aufsuchte, wußte sie schon nicht mehr zu sagen, wieviel Zeit vergangen war. Geblendet blinzelte sie in das Licht der Lampe, die er ihn der Hand hielt.
»Na, zufrieden mit der Unterkunft?« höhnte er.
»Ich habe Durst!... Und ich friere!... Ich bin krank!... Und geben Sie mir Licht! Nur eine Kerze!« flehte sie ihn an und rutschte vor ihm auf Knien.
»Tonio wird dir täglich einmal Brot und eine Kanne Wasser bringen«, sagte er. »Damit mußt du auskommen. Daß ich keinen Arzt kommen lassen kann, wirst du ja wohl einsehen. Ich habe gesagt, daß ich dich nicht töten werde. Doch wenn du krank wirst und stirbst, kann ich daran nichts ändern.«
»Eine Kerze nur am Tag! Bitte, eine Kerze!« flehte sie ihn an. »Ich werde sonst verrückt in der Dunkelheit. Bitte, haben Sie Erbarmen. Eine Kerze und eine Decke. Mir ist so schrecklich kalt!«
Er lachte und stieß sie mit dem Stiefel auf ihr Strohlager zurück.

»Also gut, ich bin ja kein Unmensch. Du sollst deine Kerze und die Decke haben.«

Kurz darauf brachte Tonio ihr Wasser, Brot und eine Kerze. Und diese Kerze war es wohl, die sie davor bewahrte, dem Wahnsinn zu verfallen.

Am zweiten Tag ihrer Gefangenschaft glühte ihr Körper vor Fieber. Und zitternd lag sie im Stroh unter der Decke, und solange die Kerze brannte, starrte sie in das Licht der Flamme, als könnte sie ihr die Kraft geben, die sie brauchte, um am Leben zu bleiben.

Doch die Kerze brannte nur für ein paar Stunden, und dann kam jedesmal die Ewigkeit der Schwärze, aus der der Irrsinn immer wieder nach ihr griff. Sie wehrte sich dagegen, indem sie sich in sich selbst zurückzog, jeden Gedanken an das Grauen verdrängte und sich in die Welt der Erinnerung flüchtete. Während ihr Körper gegen das Fieber und den Tod kämpfte, durchlebte sie immer wieder die Tage mit Matthew auf Madeira. Ihr Verstand weigerte sich, bis zu jenem Tag in der Erinnerung vorzudringen, an dem sie die Insel verlassen hatten.

Gegenwart und Zeit gab es für sie nicht mehr. Wenn Tonio ihr Wasser, Brot und eine Kerze brachte, war er eine schemenhafte Gestalt ohne Gesicht und Bedeutung. Sie reagierte überhaupt nicht. Seine Stimme drang nicht durch diese schützende Mauer, die ihr Verstand errichtet hatte, um nicht in den gähnenden Abgrund des Wahnsinns zu stürzen, aus dem es kein Zurück gab. Sie registrierte auch nicht, daß sie den Brotkanten in sich hineinstopfte und das kalte Wasser trank. Es waren Überlebensfunktionen, die jemand anderer für sie wahrnahm. Sie war in einer anderen Welt. Sie lief mit Matthew über blühende Wiesen und lag in seinen Armen.

Es gab dazwischen verwirrende Träume, die immer wieder in ihre glückliche Welt der Erinnerung drangen. Einmal hörte sie zwei Männerstimmen, die zu ihr sprachen. Sie sagten etwas von einem Schiff, das auf sie wartete. Doch es blieb nichts haften. Und erst viel später sollte sie sich undeutlich daran erinnern, daß man sie bei Nacht auf ein Schiff getragen und in eine Kammer gebracht hatte, die nicht weniger finster war als der Kellerraum.

Valeries geschwächter Körper kämpfte noch immer gegen das Fieber, als das Schiff mit ihr und Bruce French an Bord den Hafen von Havanna verließ und Kurs auf Louisiana nahm.

Es vergingen noch viele Tage, ehe der Tod sich geschlagen gab und

sie aus seinen Klauen entließ. Und dann begann sie ganz langsam in die Wirklichkeit zurückzukehren. Wie ein Taucher, der zögernd aus der Tiefe aufstieg und dem Licht entgegenstrebte.
Aber sie wollte die schützende Welt ihrer Erinnerung nicht verlassen und sträubte sich dagegen, in die Gegenwart zurückzukehren. Sie wollte bei Matthew bleiben. Doch sie kam der Oberfläche immer näher, und dann wußte sie wieder, was mit ihr in Havanna geschehen war. Mit Entsetzen stellte sie fest, daß man ihr das Haar bis auf die Kopfhaut abgeschnitten hatte. Und während sie dahingedämmert war, hatte man ihr auch ein anderes Kleid angezogen, das aus grobem Leinen war und ihr wie ein Sack am Körper hing.
Mühsam richtete sie sich auf und tastete über ihren Körper. Sie war abgemagert, die Rippen stachen unter der Haut hervor, und kraftlos waren ihre Glieder. Die Wunden auf dem Rücken waren jedoch verschorft. Aber dafür ertastete sie mehrere entzündete Stellen in ihrem Gesicht, die schmerzten, als sie sie berührte. Sie brauchte keinen Spiegel, um zu wissen, daß sie abstoßend aussah. Der Gestank von Schweiß, Dreck und ihren eigenen Exkrementen stach ihr in die Nase.
Welche irdische Hölle hatte sie verschluckt?
Still weinte sie in die Dunkelheit und fragte sich in grenzenloser Verzweiflung, warum sie all das ertragen mußte. Warum hatte das Schicksal sie so gestraft? Erst hatte sie mit Matthew das höchste Glück auf Erden erlebt – nun hatte das Schicksal zugelassen, daß Bruce French seinen teuflischen Plan verwirklichen konnte.
Valerie brauchte lange, um den Schock der Erkenntnis zu verdauen, daß Bruce French sie wirklich auf ein Schiff gebracht hatte und daß sie wohl bald schon bald als Sklavin auf einer Plantage leben würde. Sie hatte an Bord der *Alabama* genug über die Sklavenhaltung auf Baumwollplantagen im Süden gehört, um zumindest eine schwache Vorstellung von dem zu haben, was ihr bevorstand. Die Verzweiflung packte sie wieder, und sie wünschte, sie hätte das Fieber nicht überlebt. Dann wäre jetzt alles vorbei.
»Was habe ich getan, Gott?« rief sie mit schwacher Stimme in die sie umgebende Schwärze. »Was habe ich getan? Warum läßt du mich für die Sünden und Verbrechen anderer leiden?« Sie schlug die Hände vors Gesicht, und in ihre ohnmächtige Verzweiflung mischte sich Haß auf Bruce French und auf die Menschen, denen sie nie begegnet war, die jedoch ihren Tod beschlossen hatten und für ihr Leid

verantwortlich waren: Catherine, Stephen und Rhonda. Und sie schwor sich in dieser wohl dunkelsten Stunde ihres Lebens, daß sie ihnen das niemals verzeihen würde. Was immer auch geschehen und wie lange es auch dauern mochte, sie würde nicht ruhen, bis sie sich an ihnen gerächt hatte!

Dieser bittere, haßerfüllte Schwur ließ ihre Tränen versiegen und gab ihr Kraft, sich auf ihre Umgebung zu konzentrieren.

Deutlich vernahm sie die vertrauten Geräusche eines Schiffes, das unter Segel durch die See pflügte. Sie hörte, wie Planken und Spanten um sie herum ächzten. Doch da sie keine Stimmen vernehmen konnte, folgerte sie, daß sie sich tief im Innern des Schiffes befinden mußte. Sie glaubte auch hören zu können, wie die See hoch über ihr am Rumpf vorbeirauschte.

Die Kammer, in der sie untergebracht war, hatte kaum die Breite von drei ausgewachsenen Männern und maß gerade vier Schritte in der Länge. Weder gab es ein Bullauge noch eine Koje. Als Lager dienten ihr einige zerfetzte Jutesäcke.

Sie lehnte sich gegen die Wand und wartete. Ziellos trieben ihre Gedanken dahin. Wie viele Tage waren seit ihrer Entführung vergangen? Was war mit Fanny geschehen? War die amerikanische Küste schon nah? Wie erging es Matthew?

Ihr geschwächter Körper ließ sie in einen unruhigen Schlaf fallen, aus dem sie sofort erwachte, als sie schwere Stiefelschritte jenseits der Tür hörte. Ein Riegel wurde zurückgeschoben, und instinktiv hob sie eine Hand vor die Augen, als heller Lichtschein in ihre stinkende Kammer fiel.

»Es geht wieder aufwärts, ja?« hörte sie die zynische Stimme ihres Peinigers. Nach der langen Dunkelheit schmerzte das Licht in ihren Augen. Sie erinnerte sich plötzlich der Kerzen, die ihr im Kellerraum geholfen hatten, die Dunkelheit zu ertragen, ohne den Verstand zu verlieren. Hier auf dem Schiff hatte er ihr wegen der Feuergefahr natürlich keine Kerze erlaubt. Doch das wurde ihr erst jetzt bewußt. »Erstaunlich, daß du es doch noch überlebt hast.« Es klang fast bedauernd. »Tonio hat mit mir um zwei Goldstücke gewettet, daß du die erste Woche nicht überleben würdest. Ich hab' dich für zäher gehalten und ihm das Geld abgenommen, obwohl ich nichts dagegen gehabt hätte, wenn er die Wette gewonnen hätte. Eine Zeitlang sah es ja auch wirklich so aus, als würde er recht behalten, denn du warst dem Tod schon näher als dem Leben.«

Sie öffnete die Augen einen winzigen Spalt. »Wie lange war ich in dem Kerker?« fragte sie.
»Zwölf Tage.«
Valerie fuhr sich über die Haarstoppeln auf ihrem Kopf. »Warum haben Sie das getan? Haben Sie mich nicht schon genug gedemütigt?«
»Du hast in deinem eigenen Kot gelegen! Dein Haar konnte man nur mit der Zange anfassen. Du hast gestunken, und jetzt riechst du auch nicht viel besser«, sagte er gefühllos. »Du wirst dir den gröbsten Schmutz abwaschen, sonst findet sich für dich kein Käufer. Willst du wissen, wie du aussiehst?«
»Nein!«
Er lachte gemein. »Ausgemergelt wie der Tod und mit eiternden Geschwüren im Gesicht. Es wird schwer genug sein, dich auf dem Sklavenmarkt an den Mann zu bringen. Wirst vermutlich zum Schleuderpreis oder als Zugabe für einen guten Kunden weggehen.«
Valerie unterdrückte ein Schluchzen. »Was haben Sie mit meiner Zofe gemacht?«
»Keine Sorge. Ich habe Wort gehalten. Wir haben sie an dem Tag freigelassen, als wir an Bord dieses Schiffes gingen. Oh, du hoffst jetzt vermutlich, daß sie geradewegs zu deinem geliebten Captain Melville gerannt ist und ihm alles erzählt hat, nicht wahr? Aber da muß ich dich leider enttäuschen. Die *Alabama* ist nämlich schon zwei Tage vor uns ausgelaufen. Ging wirklich erstaunlich flott mit den Reparaturarbeiten. Ich glaube, er hat den Leuten ordentlich Dampf gemacht. Konnte gar nicht schnell genug aus Havanna rauskommen.« Er trieb ein grausames Spiel mit ihr und weidete sich an ihrem Leiden. »Hab' deiner Zofe ein bißchen Geld zugesteckt. Sie wird sich schon irgendwie durchschlagen. Für eine Frau gibt es ja immer Wege, sich Geld zu verdienen, nicht wahr?«
»Ich hasse Sie!« stieß Valerie hervor.
»Ich liebe es, wenn Nigger mich hassen«, erwiderte er gelassen. »Das gibt mir das befriedigende Gefühl, meine Arbeit ordentlich verrichtet zu haben. Es gibt nicht viele wirklich gute Sklavenjäger. Man muß dafür schon den richtigen Biß haben. Aber du fragst ja gar nicht, wie Captain Melville auf deinen netten Brief reagiert hat?«
Valerie biß sich auf die Lippen.
Bruce French lachte kurz auf. »Ich will es nicht so spannend machen. Natürlich bin ich nicht dabeigewesen, als er sich dein Ab-

schiedsschreiben zu Gemüte geführt hat, aber man hat mir erzählt, daß er in derselben Nacht drei Bordelle in Havanna unsicher gemacht hat. Im dritten hat er zu guter Letzt sogar noch eine wüste Schlägerei angefangen, bei der sich einer seiner Gegner einen gebrochenen Arm geholt hat. Von den blauen Augen und ausgeschlagenen Zähnen will ich gar nicht erst reden. Er hat sich von einer äußerst ruppigen Seite gezeigt. Merkwürdig, findest du nicht auch? Tja, Schlägereien hat er an den Tagen darauf zwar nicht mehr angezettelt, aber die Bordelle hat er weiterhin beehrt. Das zum Thema Liebe.«

Valerie war zu keiner Antwort fähig, die ihren Ekel und ihre Verachtung hätte zum Ausdruck bringen können. Sie starrte ihn nur mit tränenden Augen an und spuckte dann aus.

Es amüsierte ihn nur. »Du scheinst dich tatsächlich auf dem Weg der Besserung zu befinden. Prächtig, gerade rechtzeitig. Morgen kommen wir in Baton Rouge an. Bestimmt freust du dich schon, daß du dann wieder an die frische Luft kommst, nicht wahr? Na ja, auf einer Plantage wird es dir daran bestimmt nicht mangeln«, höhnte er. »Gut möglich, daß du dich sogar noch nach diesem Verschlag hier zurücksehnen wirst.«

»Nichts kann unerträglicher sein als Ihre Gegenwart!« erwiderte sie haßerfüllt.

»Jeder Dummkopf kann mit Sympathie fertig werden, doch es erfordert einen ganzen Mann und Charakterstärke, um sich im Haß wohl zu fühlen«, antwortete er ungerührt.

»Sie mögen sich für einen Ehrenmann halten, doch in Wirklichkeit sind Sie verkommener als der niedrigste Abschaum der Gosse. Was immer Sie mir auch noch antun mögen, ich könnte doch niemals so tief sinken, wie Sie schon gesunken sind. Sie wissen es nur noch nicht. Doch ich bin sicher, daß auch Ihre Landsleute hinter Ihrem Rücken für Sie nichts als Verachtung übrig haben. Mein Gott, Sie tun mir leid«, sagte Valerie gänzlich ohne Emotion. Sie war einfach nur müde und bestürzt über die menschlichen Abgründe, die sich bei diesem Mann auftaten.

Er war von ihren Worten so getroffen, daß er einen Augenblick nicht wußte, was er ihr antworten sollte. »Elender Niggerbastard!« rief er schließlich nur und knallte die Tür hinter sich zu.

Zum ersten Mal seit Wochen huschte ein schwaches Lächeln über ihr Gesicht. Dies war ihr erster, winziger Sieg über Bruce French, und er erinnerte sie an ihren Schwur, sich für das Leiden zu rächen. Bruce French würde ihrer Rache nicht entkommen, und mochte er noch so gerissen und skrupellos sein. Wenn die Zeit gekommen war, würde sie Mittel und Wege finden, ihn in die Knie zu zwingen...

Valerie tastete im Dunkel nach dem Kanten Brot und nach der Kanne Wasser. Sie war zu geblendet gewesen, um sehen zu können, doch sie hatte deutlich gehört, wie das Wasser in der Kanne hin und her geschwappt und dumpf auf den Boden gefallen war.

Sie fand beides gleich rechts von der Tür, hockte sich hin und säuberte das Brot, so gut es ging. Gierig schlang sie es hinunter, und obwohl das Wasser einen brackigen Geschmack hatte, schien es ihr das Köstlichste zu sein, was sie seit langem zu sich genommen hatte. Am liebsten hätte sie die Kanne bis auf den Grund geleert. Doch sie zwang sich, nur so viel zu trinken, wie nötig war, um ihren schlimmsten Durst zu stillen. Sie mußte sparsam mit dem Wasser umgehen. Ein Tag war eine lange Zeit, wenn man in einem finsteren Loch eingesperrt war, dürstete und die Wasserkanne leer wußte.

Ihre Gedanken wanderten wieder einmal zu Matthew, Fanny, ihren Eltern in England und zu Henry Duvall, der ihre Ankunft sicherlich voller Ungeduld erwartete. Wieviel Schmerz und unsägliches Leid würde ihr spurloses Verschwinden diesen Menschen bringen? Wie ein vergifteter Pfeil begannen sich Bruce Frenchs Worte über Matthew in ihr Herz zu bohren, und einen Augenblick war sie versucht, sich wieder von ihrem Schmerz überwältigen und davontreiben zu lassen. Doch dann wehrte sie sich gegen die Kräfte, die sie wieder in die Tiefe zu ziehen drohten.

»Ich muß lernen, damit zu leben! Ich darf mich nicht aufgeben und mich von meinem eigenen Leid nicht überwältigen lassen. Ich muß ganz gesund werden und wieder zu Kräften kommen! Nur dann habe ich eine Chance, eines Tages wieder frei zu sein... und Matthew wiederzusehen«, sagte sie sich in der Dunkelheit und merkte, daß es ihr half, mit sich selbst zu reden. »Ich darf mich nicht treiben lassen, wenn ich wirklich will, daß all diejenigen, die für das hier verantwortlich sind, dafür bezahlen sollen. Es muß einen Weg aus der Sklaverei geben! Und es *wird* ihn geben, wenn ich nur fest daran glaube und niemals aufgebe, danach zu suchen. Der Tag der Rache wird kommen, Valerie! Der Tag der Rache wird kommen! Und dann gnade euch Gott, Catherine... Stephen... Rhonda und Bruce French! Denn von mir werdet ihr keine Gnade bekommen!«

16.

Das Schiff passierte New Orleans in der Nacht, segelte auf dem breiten Mississippi noch gut fünfzig Meilen stromaufwärts und lief dann am Nachmittag in den Hafen von Baton Rouge ein. Große Plantagen, auf denen Reis, Zuckerrohr, Indigo, Korn und Baumwolle angebaut wurden, bestimmten das Hinterland der geschäftigen Stadt, die im Wettstreit mit ihrer großen Schwester weiter flußabwärts lag, was das Warenangebot in den Geschäften, die Pracht der öffentlichen Gebäude und Privathäuser, die Eleganz der Frauen und den Handel betraf.

Valerie bekam davon nichts mit. Ihr war noch nicht einmal ein Blick bei Tageslicht auf Stadt und Hafen vergönnt. Baton Rouge war für sie nichts weiter als der Name einer fremden Stadt in einem ihr fremden Land, in das sie nach neunzehn Jahren Abwesenheit wieder zurückkehrte. Doch nicht als freier Mensch, wie Henry Duvall es bestimmt hatte, sondern als Sklavin.

Die Nacht lag schon über dem fruchtbaren Land am Mississippi, als Bruce French sie holen kam. Er brachte einen Eimer Wasser mit. »Es ist soweit, Valerie. Hier hat der Ausflug sein Ende. Aber bevor wir gehen, wirst du dir zumindest Gesicht und Hände waschen. Ich wage ja sonst gar nicht, dich Niggerbalg anzufassen.« Seine Stimme triefte vor Verachtung.

Valerie ersparte sich eine Antwort, wußte sie doch, daß er sie nur provozieren wollte, um sich an ihrer Ohnmacht weiden zu können. Diesmal tat sie ihm den Gefallen nicht. Schweigend beugte sie sich über den Wassereimer, stillte zuerst einmal ihren Durst und wusch sich dann. Sie tauchte den Kopf ganz in den Eimer, anschließend die Arme. Als sie sich auch noch die Beine waschen wollte, verhinderte er das. Mit einem heftigen Fußtritt stieß er den Eimer um.

»Hör auf! Das reicht!« fuhr er sie an, offenbar wütend über ihr Schweigen und die hingebungsvolle Art, mit der sie die wenn auch primitive Prozedur des Waschens genossen hatte. Und bösartig fügte er hinzu: »Du kriegst schon noch Gelegenheit, dich richtig zu waschen. Charles Seal versteht sein Handwerk. Er schickt keinen Nigger auf das Auktionspodest, den er vorher nicht entsprechend hergerichtet hat, um auch den bestmöglichen Preis zu erzielen. Und jetzt hoch mit dir!«

Sie stand auf. Noch immer hatten sich ihre Augen nicht an das scheinbar grelle Licht der Lampe gewöhnt. Jetzt, wo sie auf den Beinen war und ihm hinaus auf den Gang folgte, merkte sie nachdrücklich, wie geschwächt sie doch war.
Vor einer steilen Treppe blieb Bruce French stehen. »Damit du erst gar nicht auf dumme Gedanken kommst: Die Mannschaft dieses Seglers schmuggelt nicht zum erstenmal verbotene Fracht in die Staaten. Irgendwelche Versuche, einem Matrosen etwas zurufen zu wollen, sind völlig sinnlos. Bis auf den Captain und den Bootsmann würde dich sowieso keiner verstehen. Und dein Schicksal interessiert sie einen Dreck.«
»Da können Sie sich ja die Hand reichen!«
Er ging gar nicht darauf ein. »Und noch etwas. Du wirst dir vielleicht Chancen ausgerechnet haben, mit der Geschichte deiner angeblich rechtswidrigen Gefangenschaft Interesse bei dem einen oder anderen zu wecken. Aber diese Hoffnung kannst du gleich vergessen. Du hast zwar sehr helle Haut, aber auch von deiner Niggersorte gibt es bei uns im Süden genug. Jeder Südstaatler sieht dir an, daß du der Bastard von einem Weißen und einer Farbigen bist. Und damit bist du automatisch ein Sklave – es sei denn, du hast Papiere von deinem ehemaligen Master, die beweisen, daß du ein freier Nigger bist. Aber du hast natürlich keine Papiere, nicht wahr?« Er kostete die Worte sichtlich aus.
Es zuckte in ihrem Gesicht. »Nein«, murmelte sie nur und hoffte, daß er ihre Gedanken nicht erriet. Denn sie hatte sich in der Tat Hoffnungen gemacht, die in diese Richtung gingen.
Bruce French grinste. »Du kannst mir nichts vormachen. Ich weiß genau, was hinter deiner Stirn vorgeht. Du denkst, daß du dennoch eine gute Chance hast, jemanden von deiner... Leidensgeschichte zu überzeugen, weil du eine gute Ausbildung in England genossen hast und mehr als nur gut im Schreiben und Lesen bist.«
Valerie wich seinem Blick schnell aus, weil er ihre Gedanken erraten hatte und sie ihre Bestürzung vor ihm verbergen wollte.
Er lachte. »Damit wirst du nichts beweisen! Du kannst dir gar nicht vorstellen, wie viele gebildete Nigger es bei uns im Süden gibt. Es gibt immer Plantagenbesitzer, die es ihren jungen Söhnen und Töchtern gestatten, daß auch ihre Niggerfreunde zugegen sind, wenn der Hauslehrer sie unterrichtet. Du siehst, daß du da keine allzu große Ausnahme bildest. Doch letztlich ist es völlig gleichgül-

tig, ob du Latein oder Algebra so gut beherrschst wie der junge Master, du bist doch ein Nigger und ein Sklave. Also schlag es dir aus dem Kopf, jemandem mit deinem Wissen aus dem Mädchenpensionat beeindrucken zu wollen. Du wirst dir nur Schläge mit der Peitsche einhandeln!«
Er stiefelte den Niedergang hinauf und zerrte sie am Arm hinter sich her. Sie war wie benommen und wäre beinahe gestürzt. Sie mußte das, was er gesagt hatte, erst noch verdauen. Gebildete Farbige, die dennoch Sklaven waren? Die Angst kehrte wieder zurück, doch sie unterdrückte diese Regung und erinnerte sich an das, was sie sich bei ihren Selbstgesprächen vorgenommen hatte: *Nie aufgeben! Warten und hoffen! Nie aufgeben! Nie das Ziel – die Rache! – aus den Augen verlieren, was immer auch kommen mochte!*
Sie gelangten an Deck.
Valerie vergaß für einen Moment alles, was sie mit Angst erfüllte, und gab sich ganz dem wunderbaren Gefühl hin, endlich wieder frei atmen zu können, unter freiem Himmel zu stehen und den Blick unbeengt schweifen lassen zu können. Es war wie ein unschätzbares Geschenk für sie, der undurchdringbaren Schwärze und der Enge ihres Gefängnisses entkommen zu sein. Sie stellte fest, daß es sich bei dem Schiff, das sie von Havanna nach Baton Rouge gebracht hatte, um einen Segler handelte, der sich nicht mit der *Alabama* messen konnte. Es war gerade halb so groß, und obwohl es eine wolkenbezogene Nacht ohne Mondlicht war, konnte sie doch erkennen, daß Captain und Mannschaft wohl nicht viel von Sauberkeit hielten. Das Deck machte einen dreckigen Eindruck.
»Komm weiter!« riß Bruce French sie aus ihren Betrachtungen und führte sie zur Gangway.
Valerie schaute sich um und nahm alle Eindrücke begierig in sich auf. Sie sah die Masten von mindestens einem Dutzend Segelschiffen, dazwischen Lastkähne und kleinere Boote. Doch die Raddampfer waren in der Überzahl. Einige erstrahlten im Glanz so vieler Lichter, daß sie sogar noch die Schiffe neben ihnen in hellen Lichtschein tauchten. Das waren Passagierdampfer und schwimmende Spielkasinos.
Sie hatte nicht viel Zeit, sich das Bild des Hafens und der sich dahinter anschließenden Stadt einzuprägen. Am Fuß der Gangway wartete nämlich eine Kutsche. Bruce French gab Valerie mit einer knappen, herrischen Kopfbewegung zu verstehen, daß sie einsteigen

sollte. Er setzte sich in der Kutsche ihr gegenüber. Der Mann auf dem Kutschbock schien seine Instruktionen schon vorher erhalten zu haben, denn ohne nach dem Ziel zu fragen fuhr er los.
Die Fahrt dauerte keine zehn Minuten. Sie waren keine zehn Häuserblocks gefahren. Valerie nahm an, daß sie sich noch immer im Hafenviertel befanden.
»Raus!« fuhr er sie an, als die Kutsche hielt.
Im Dunkel der Nacht erkannte Valerie einen Gebäudekomplex, der den Grundriß eines U besaß. Die hohen, mit vielen Türen versehenen Gebäude sahen wie bessere Lagerhallen aus. Über einem großen Doppeltor hing ein Schild mit der schwungvollen Aufschrift: CHARLES SEAL, AUKTIONATOR, SKLAVEN-AN- UND -VERKAUF.
Bruce French packte sie wieder fest am Arm, als fürchtete er, sie könnte trotz ihrer schwächlichen Konstitution einen Fluchtversuch wagen, und führte sie auf den schmalen Trakt zu, der die beiden langen Gebäude miteinander verband. Licht brannte hinter den Fenstern im Untergeschoß.
Er öffnete eine nicht verschlossene Tür, ging einen kühlen gefliesten Gang hinunter und klopfte dann an eine Tür, die mit prächtigen Schnitzereien versehen war.
»Nur herein!« rief eine kräftige, dunkle Stimme.
Bruce French hatte die Hand schon auf dem Messingknauf der Tür, als er sich noch einmal Valerie zuwandte. »Ich gebe dir den guten Rat, nur zu sprechen, wenn du gefragt wirst, was jedoch kaum der Fall sein dürfte!« zischte er. »Mister Seal kann vorlaute Nigger auf den Tod nicht ausstehen und ist schnell mit der Peitsche zur Hand!«
Das Zimmer, in das Bruce sie nun führte, war sehr geräumig, besaß holzgetäfelte Wände und eine hohe, stuckverzierte Decke. Eine hüfthohe Balustrade trennte das vordere Drittel des Raumes, in dem nur eine einfache Holzbank an der Wand neben der Tür stand, von dem anderen Teil des Zimmers ab. Jenseits des Trenngitters zeugten kostbare Teppiche, die den Boden bedeckten, ein schwerer Mahagonischreibtisch, eine kleine Ledergarnitur, Porzellanlampen und mehrere Ölgemälde mit Landschaftsmotiven davon, daß Charles Seal ein erfolgreicher Geschäftsmann war.
Der Auktionator war ein schwergewichtiger Mann in den Fünfzigern. Breite Bartkoteletten rahmten sein volles Gesicht ein, das von wäßrigen, aber scharfen Augen beherrscht wurde. Unter einer

etwas gekrümmten Nase lag ein dünnlippiger Mund, der sich nun zu einem Lächeln verzog, als er sich hinter dem Schreibtisch erhob.
»So, da sind Sie also«, sagte er leutselig und kam auf Bruce French zu.
»Das ist sie«, sagte Bruce French und wies auf Valerie.
Der Auktionator musterte sie mit einem kurzen, fachmännischen Blick. »Nicht gerade ein Prachtexemplar, was Sie mir da bringen«, sagte er verdrossen. »Das bin ich von Ihnen gar nicht gewöhnt.«
»Sie hatte sich in den Sümpfen versteckt«, erwiderte Bruce French achselzuckend. »Vielleicht hätte ich sie da verrecken lassen sollen. Aber dann hätte ich noch mehr verloren, als es schon der Fall ist. Hätte mir den Bastard damals erst gar nicht andrehen lassen dürfen. Bringt nur Schwierigkeiten, so einen hellen Nigger im Haus zu haben, der sich für was Besseres hält, weil ein Weißer mit ihrer Mutter herumgehurt und es dann auch noch zugelassen hat, daß der Bastard beim Unterricht dabeisein durfte.«
Charles Seal nickte. »Nichts ist schlimmer als ein Nigger, der sich für gebildet hält«, pflichtete er ihm bei.
»Machen Sie mir einen anständigen Preis, damit ich das unerfreuliche Kapitel vergessen kann.«
»Viel kann ich Ihnen für sie nicht geben – so, wie sie aussieht. Wird gar nicht so leicht sein, für sie einen Käufer zu finden. Aber das können wir ja bei einem Cognac und einer guten Zigarre besprechen«, sagte Charles Seal und öffnete Bruce French die Schwingtür, während er Valerie befahl: »Setz dich da drüben auf die Bank und rühr dich nicht vom Fleck!«
Valerie hatte mit sprachloser Betroffenheit zugehört, wie unbekümmert sich die beiden Männer über ihren Wert unterhalten hatten, als wäre sie Luft. Sie setzte sich auf die Bank und begriff, daß Bruce French nicht übertrieben hatte, als er gesagt hatte, daß niemand ihr glauben würde, wenn sie ihnen die Wahrheit erzählte. Sie war ein Niggerbastard, ein Sklave, der keine Rechte und noch weniger Glaubwürdigkeit besaß.
Mit stumpfem Blick starrte sie auf den Boden, ohne dem Gespräch der beiden Männer zuzuhören, die am Schreibtisch Platz genommen hatten, Cognac tranken und Zigarren rauchten. Sie sah auch nicht, wie einige Geldscheine den Besitzer wechselten. Sie blickte erst wieder auf, als Bruce French sich vom Auktionator verabschiedete, durch die Schwingtür trat und vor ihr stehenblieb.

»Ich hoffe, das war dir eine Lehre, Nigger«, sagte er zu ihr, und in seinen Augen stand blanker Hohn. »Wenn du das nächste Mal davonrennst, wirst du nicht so glimpflich davonkommen!«
Valerie erwiderte seinen Blick mit allem Haß, zu dem sie fähig war. Er lachte geringschätzig. »Viel Glück mit ihr morgen bei der Auktion, Mister Seal!« rief er dem Auktionator zu, bevor er den Raum verließ.
»Das werde ich wohl auch brauchen«, erwiderte Charles Seal und forderte Valerie dann auf, ihm zu folgen. Er führte sie über den Hof zu einem der langen Gebäude, wo er die Sklaven untergebracht hatte, die er am kommenden Tag versteigern wollte. Er schloß eine Gittertür auf und stieß sie dann in einen großen Raum. »Such dir eine freie Bettstelle! Und wenn du das Niggerklo suchst, es ist ganz am Ende hinter der Bretterwand«, sagte er und schloß die Gittertür hinter ihr.
Valerie blieb einen Augenblick hinter dem Gitter stehen. Als sich ihre Augen an die Dunkelheit gewöhnt hatten, konnte sie schemenhafte Umrisse ausmachen. Zu beiden Längsseiten zogen sich Reihen primitiver Pritschen hin, auf jeder Seite etwa zwanzig. Doch nur ein Teil der Betten war belegt. Sie hörte den Atem der Schlafenden. Hier und da richtete sich eine Gestalt auf, blickte zu ihr herüber, um sich dann aber wieder hinzulegen.
Sie legte sich auf das nächste freie Bett, und die Verzweiflung überfiel sie wieder. Sie wollte nicht weinen, doch sie vermochte die Tränen nicht zurückzuhalten.
Plötzlich berührte sie jemand am Arm. Sie fuhr erschrocken zusammen, hob den Kopf und blickte in ein Gesicht, das sich kaum von der sie umgebenden Dunkelheit abhob.
»Wie heißt du?« fragte die Gestalt, und nur die Stimme verriet ihr, daß es ein Mann war, der auf der Pritsche neben ihr gelegen hatte und nun auf der Kante hockte.
»Valerie.«
»Ich bin Jeremy... Jeremy Asher«, sagte der Farbige. »Mein Massa hat mich verkauft, weil ich versucht habe zu fliehen. Vier Tage Freiheit, dann haben die verdammten Bluthunde mein Versteck gefunden. Massa Coldrige hat mich auspeitschen lassen und dann an Massa Seal verkauft. Und warum bist du hier?«
Valerie zögerte einen Augenblick. »Wenn ich es Ihnen sage, glauben Sie mir es ja doch nicht.«

»Du redest verdammt merkwürdig, Valerie. Ich bin kein Massa, ich heiße Jeremy. Also warum redest du mich wie einen Massa an?« Er klang fast ärgerlich.
»Es tut mir leid... ich... ich war noch nie in einer solchen Situation... Ich meine, ich bin eigentlich gar kein Sklave.«
»Du meinst, du bist eine Mulattin. Aber Sklave bist du dennoch, sonst wärst du ja nicht hier«, kam es noch ärgerlicher zurück. »Vergiß, daß ich dich überhaupt angesprochen habe. Habe für Leute wie dich, die die Nase hoch tragen, nur weil sie weißes Blut in sich haben, nichts übrig.«
»Warte!« rief Valerie gedämpft und griff nach seinem Arm, als er sich zurücklegen wollte. »Ich bin nicht hochnäsig! Doch es stimmt, was ich gesagt habe. Ich bin kein Sklave. Bitte hör mir zu, auch wenn es noch so unglaublich klingt, was ich dir erzähle.«
Er zuckte mit den Schultern. »Gegen eine gute Geschichte habe ich nie was einzuwenden. Außerdem krieg ich sowieso kein Auge zu. Also, erzähl mir deine Geschichte.«
Valerie setzte sich auf und begann dann zu berichten, wie alles angefangen hatte. Sie erzählte ihm, wie sie in England aufgewachsen war und wieso sie die Reise über den Atlantik angetreten hatte. Sie ließ nichts aus, wenn sie auch nur kurz auf ihre Liebe zu Captain Melville einging. Jeremy Asher unterbrach sie nicht ein einziges Mal. Reglos und stumm saß er ihr gegenüber auf seiner Pritsche, und die Dunkelheit verbarg seinen Gesichtsausdruck.
Als sie mit ihrem Bericht zu Ende war, sagte er noch immer nichts. Sie spürte nur, daß seine Augen auf sie gerichtet waren, als wollte er durch seinen Blick herausbekommen, ob sie die Wahrheit gesagt hatte.
»Warum sagst du nichts?« fragte Valerie.
»Das ist die haarsträubendste Geschichte, die mir je zu Ohren gekommen ist, und mir sind schon verteufelt gute Geschichtenerzähler begegnet«, antwortete er.
»Du glaubst mir also nicht.«
»Ob ich dir glaube oder nicht, was macht das für einen Unterschied?« sagte er ruhig. »Wenn es stimmt, was du mir da erzählt hast, tust du mir schrecklich leid. Wenn nicht, hast du zumindest das Talent, einen zu unterhalten und auf andere Gedanken zu bringen.«
»Es ist die Wahrheit!« beteuerte Valerie und erhob unwillkürlich ihre Stimme. »Ich will keinen unterhalten! Jedes Wort stimmt!«

»Hört da drüben endlich auf zu quatschen!« zischte eine ärgerliche Stimme aus der Dunkelheit. »Ihr seid hier nicht alleine! Ich versuche zu schlafen!«

»Schon gut, Mann«, gab Jeremy Asher knurrig zurück. »Dreh dich auf die Seite und mach die Augen zu. Dann wirst du schon schlafen, wenn du müde bist!«

Valerie hörte die weinerliche Stimme eines Kindes am Ende des Raumes, und sie dämpfte ihre Stimme, als sie noch einmal versicherte, daß nicht ein Wort ihrer Geschichte gelogen war.

»Aber deine Mutter war eine Farbige, nicht wahr?« fragte er leise.

»Ja«, sagte sie zögernd.

»Dann bist du nun mal keine Weiße für die hier im Süden«, sagte Jeremy lakonisch. »Du bist bestenfalls eine sehr hellhäutige Mulattin, aber ändern wird das nichts.«

»Aber ich könnte beweisen, daß ich Engländerin bin, wenn ich Kontakt mit meinen Eltern aufnehmen könnte!«

Er lachte rauh. »Und wie willst du das anstellen? Willt du ihnen vielleicht eine Flaschenpost schicken? Oder glaubst du, irgendein Weißer würde sich deine Geschichte auch nur zu Ende anhören? Er würde dich schon nach den ersten Sätzen zum Schweigen bringen und dir eine gehörige Tracht Prügel mit der Peitsche verpassen lassen, damit du nicht noch mal anfängst, so ein schwachsinniges Gerede von dir zu geben. Versteh mich nicht falsch, Valerie. Ich weiß nicht, was ich von deiner Geschichte halten soll, und ich bin ein Nigger. Mag sein, daß was dran ist, mag sein, daß du nicht ganz dicht im Kopf bist. Aber ich nehm's, wie du es mir erzählst. Ein Weißer wird es jedoch nicht so nehmen, darauf kannst du deine rechte Hand verwetten. Und ich gebe dir den guten Rat, besonders vor den Aufsehern nicht damit anzufangen. Die Kerle sind zehnmal gefährlicher als jeder noch so gemeine Massa. Ich kann ein Lied davon singen. Tu, was man dir sagt, und du wirst klarkommen. Doch wenn du bei diesen Burschen den Verdacht aufkommen läßt, daß du dich für was Besseres hältst, machst du dir selber das Leben zur Hölle auf Erden!«

»Soll ich mich vielleicht damit abfinden, daß ich das Opfer eines Verbrechens geworden bin?« stieß Valerie zornig hervor.

»Du bist nicht die einzige, die das Opfer eines Verbrechens geworden ist!« erwiderte er hart. »Jeder einzelne Sklave hat dieses bittere Schicksal zu tragen – ob er nun aus Afrika verschleppt oder hier in

Amerika schon in Unfreiheit geboren worden ist. Wir alle sind Opfer, Valerie, und was zählt da dein Schicksal! Es ist ein lächerliches Sandkorn am endlosen Strand!« Verbitterung sprach aus seinen Worten.

»Ich werde mich jedoch nie damit abfinden!« versicherte Valerie. »Ich werde fliehen! Bei der erstbesten Gelegenheit!«

»Sei vorsichtig mit dem, was dir über die Lippen kommt!« warnte Jeremy sie. »Mir scheint, du hast noch eine Menge zu lernen! Rede nie mit einem von Flucht, wenn du nicht mit absoluter Sicherheit weißt, daß du demjenigen vertrauen kannst. Du würdest noch nicht einmal bis zur Grenze der Plantage kommen, wenn du weiterhin so unbedacht bist. Wer sagt dir, daß ich dich nicht verrate?«

»Hast du mir nicht selbst erzählt, daß auch du schon mal zu fliehen versucht hast?«

Ein leises, freudloses Lachen drang aus der Kehle des Farbigen. »Bei Gott, das hört sich wirklich so an, als wäre dir das Leben eines Sklaven fremd! Weißt du nicht, daß es genug Sklaven gibt, die sich ein Leben in Freiheit weder vorstellen können noch erträumen? Sklaven, die es für Gottes Bestimmung halten, daß sie den Weißen untertan sind und sich von ihnen knechten lassen? Viele davon würden dich ohne langes Zögern an den Aufseher verraten, weil sie sich eine Vergünstigung erhoffen. Also zügle deine Zunge, wenn du nicht willst, daß man dir schon in den nächsten Tagen die Seele aus dem Leib peitscht!«

Valerie schwieg einen Augenblick. »Stimmt es, daß morgen Auktion ist?«

»Ja, morgen werden wir versteigert. Bete zu Gott oder zu wem auch immer, daß du Glück hast und von einem Massa gekauft wirst, der seine Farbigen einigermaßen anständig behandelt«, brummte Jeremy. »Und jetzt schlaf. Wir haben schon viel zuviel geredet!« Er streckte sich wieder auf seiner Pritsche aus und drehte ihr demonstrativ den Rücken zu.

Auch Valerie legte sich wieder hin. Doch sie starrte noch lange in die Dunkelheit und lauschte auf das Atmen und Seufzen der Schlafenden, mit denen sie das Schicksal, Sklave zu sein, teilte. Erst gegen Morgen stellte sich auch bei ihr der Schlaf ein.

17.

Charles Seal war in Baton Rouge und über die Stadtgrenzen hinaus dafür bekannt, daß er ein mit allen Wassern gewaschener Sklavenauktionator war. Er wußte, wie man den besten Preis für einen Sklaven erzielte.

Viele schätzten ihn als Ehrenmann und respektierten mit verstecktem Neid seine Geschäftstüchtigkeit; wenigen dagegen war bekannt, wie gerissen und hintertrieben der dickbäuchige Charles Seal mit dem rosigen, wohlgenährten Gesicht wirklich war. Er schreckte nicht davor zurück, seine Kunden bewußt zu täuschen. Ohne Skrupel pries er alte, verbrauchte Männer als kräftige, ausdauernde Feldarbeiter an und verlangte für sie einen Preis, der weit über ihrem tatsächlichen Wert lag. Und es gab immer wieder Käufer, die auf seine Tricks hereinfielen.

Am Tag der Versteigerung kam Charles Seal schon am frühen Morgen in das große Lagerhaus mit den dicken Steinmauern, die während der glühendheißen Sommermonate die ärgste Hitze abhielten. Ihn begleitete ein bulliger Neger namens Billy, sein Faktotum, das die Aufsicht über die zu verkaufenden Sklaven hatte. Die Versteigerung sollte um elf Uhr stattfinden. So war es in den Zeitungen und auf Plakaten in der Stadt angekündigt worden. Bis dahin gab es noch eine Menge zu tun.

»Los, auf die Beine, faules Pack!« schrie Charles Seal und scheuchte die Sklaven mit Stockschlägen von den Pritschen. »Billy, sieh zu, daß diese lausige Bande präsentabel ist, wenn die Auktion beginnt, und mich nicht ruiniert.«

»Jassuh, Massa«, nuschelte der bullige Farbige und öffnete nun mittels einer langen Stange den oberen, abgetrennten Teil mit den vielen Türen, die zum Hof hinausführten. Es waren Blenden zum Hochklappen. Das Sonnenlicht flutete nun in den großen Raum, ohne daß man jedoch in den Hof hinausschauen konnte. Denn die übermannshohen Türen blieben verschlossen.

Valerie war schon von der Pritsche hochgeschreckt, als der Auktionator die Gittertür aufgeschlossen hatte. Verstört stand sie am Kopfende ihrer Lagerstatt und blickte sich um. Sie schätzte, daß es gut zwei Dutzend Sklaven waren, die mit ihr in diesem Raum genächtigt hatten. Frauen, Männer, Kinder und Alte. Ihre Hautfar-

be variierte von einem fast schwarzen Braun über Bronze bis zu einem milchigen Mulattenbraun. Doch niemand war auch nur annähernd so hell wie sie. Es erstaunte sie, daß sie dennoch keine große Aufmerksamkeit erregte. Hie und da streifte sie ein Blick, doch keiner blieb lange auf ihr ruhen, so daß er wahres Interesse verraten hätte. Die Gesichter der Farbigen zeigten alle Stadien der Gemütsverfassung. Bei einem hübschen, hellhäutigen Mädchen bemerkte sie unverhohlene Angst. Andere Gesichter spiegelten Resignation und Hoffnungslosigkeit. Die meisten aber machten den Eindruck, als berührte sie es gar nicht, daß sie in wenigen Stunden schon versteigert wurden und einen neuen Master haben würden. Als wäre das ganz normaler Alltag.
Unwillkürlich erinnerte sie sich an das, was Jeremy Asher ihr in der Nacht über die Selbstverständlichkeit gesagt hatte, mit der viele Sklaven ihr Schicksal einfach als gottgegeben erachteten. Sie wandte nun ihre Aufmerksamkeit dem Mann zu, der mit ihr geredet hatte, als sie vor Verzweiflung weinte.
Charles Seal war gerade an seiner Pritsche vorbeigekommen. Jeremy Asher nahm den Stockhieb des Auktionators auf die Beine hin, ohne zu zucken oder gar einen Laut von sich zu geben. Er schlug die verschlissene Decke zurück und erhob sich. Er war von mittelgroßer, kräftiger Statur und besaß ausdrucksstarke Gesichtszüge, die sie unwillkürlich an den Stich eines stolzen afrikanischen Kriegers erinnerte, den sie irgendwann einmal in einem Buch gesehen hatte. Sein Haar war kurz, kraus und schwarz wie Pech. Seine Haut glänzte jedoch in einem bedeutend helleren, dunkelbraunen Ton. Es war schwer für sie, das Alter eines Farbigen zu schätzen, doch älter als dreißig schien er nicht zu sein. Als er den Blick auf sie richtete, bemerkte sie das Erschrecken in seinen ungewöhnlich klaren Augen.
Sie schluckte. »Sehe ich so schrecklich aus?« fragte sie leise.
Er versuchte zu grinsen. »Na ja, reichlich mitgenommen. Aber deine Haut ist wirklich wunderschön hell«, fügte er hinzu, als wollte er seinen Worten die brutale Härte der Wahrheit nehmen. »Du hast wohl wirklich viel mitgemacht. Hab' dich die Nacht ja nicht sehen können.« Es klang entschuldigend.
»Glaubst du mir jetzt?«
Er sah sie fast traurig an. »Ob ich dir glaube oder nicht, an den Tatsachen ändert das nichts.«
»Es ist aber für mich wichtig!« beharrte Valerie. Daß ihr zumindest

ein Mensch glaubte, wurde in dieser niederschmetternden Umgebung für sie von großer Bedeutung.

Jeremy Asher zögerte kurz und sagte dann: »Ja, ich beginne dir jetzt zu glauben, Valerie.« Es war nicht die Antwort, die sie erhoffte, aber auch nicht die, die sie befürchtet hatte.

Der Blick des bulligen Gehilfen fiel auf sie. Er stutzte, blieb stehen und fragte Charles Seal verdutzt: »Massa, wann ist denn die Vogelscheuche zu uns gekommen?«

Der Auktionator drehte sich zu ihr um. Sein Gesicht nahm einen säuerlichen Ausdruck an, als wollte er andeuten, daß in diesem Fall einmal er übers Ohr gehauen worden war. »Letzte Nacht.«

Billy fixierte sie scharf. »Mit der locken wir aber keinem das große Geld aus der Tasche, Massa«, meinte er abfällig.

»Wem sagst du das«, brummte Charles Seal verdrossen. »War ein Freundschaftsdienst, Billy. Sieh zu, daß du sie einigermaßen hinkriegst, so daß ich zumindest meine dreihundert Dollar wiedersehe.«

»Werd's versuchen, Massa, aber zaubern kann ich auch nicht«, sagte Billy, der offenbar eine Sonderstellung und das Vertrauen des Auktionators genoß, daß er sich solch eine Bemerkung ungestraft erlauben konnte.

Valerie wäre am liebsten im Erdboden versunken.

Zwei weitere Gehilfen von Charles Seal erschienen nun an der Tür. Sie schleppten schwere Kübel mit Wasser an, Behälter mit Öl und anderen Flüssigkeiten sowie einfache, aber saubere Kleidung, Kopftücher und Strohhüte.

Der Auktionator verließ den Raum, und nun übernahm Billy das Kommando. »Runter mit den Klamotten! Fangt an, euch zu waschen!« befahl er.

Jeremy merkte, daß Valerie zögerte, dem Befehl, sich vor all den anderen auszuziehen, augenblicklich nachzukommen. »Tu besser, was er sagt. Es ist nichts mehr dabei, wenn alle nackt sind. Niemand achtet auf den andern. Du mußt es tun, sonst setzt es Hiebe«, raunte er ihr zu, während er sein zerschlissenes Hemd über den Kopf zog und aus der alten Hose stieg.

Valerie sah, daß er gut gebaut war, und drehte sich schnell um, als könnte ihr das etwas helfen. Als sie splitternackt war, eilte sie schnell zum nächsten Waschkübel hinüber und begann sich zu waschen, ohne auch nur einmal den Blick zu heben oder nach links oder rechts zu schauen.

Als sie fertig war, warf ihr ein Gehilfe eines der einfachen Kleider zu. Er schaute sie nur kurz an, blickte dann aber sofort weg. Der hübsche nackte Körper einer anderen jungen Frau, die auf den Namen Celina hörte, erregte seine Aufmerksamkeit viel mehr als ihre ausgemergelte, zerschundene Gestalt.
Billy kam zu ihr und warf ihr zwei Dosen, einen Kamm und einen schon halb erblindeten Spiegel auf das Bett. »In der einen Dose ist Puder, in der anderen Fett. Schmier dir das Fett in die Haare, damit sie wenigstens anliegen und nicht wie ein zerfledderter Besen abstehen. Und überdecke die entzündeten Stellen mit dem Puder, damit sie nicht so deutlich hervortreten!« trug er ihr auf. »Mehr kann man bei dir ja doch nicht machen.«
Valerie wagte erst nicht, in den Spiegel zu schauen. Als sie es dann doch tat, wünschte sie, sie hätte es gelassen. Sie erschrak zutiefst. Eine fremde, hohlwangige Frau mit häßlich entzündeten Stellen im Gesicht und kaum daumenlangen Haarsträhnen starrte sie aus tiefen Augenhöhlen an. Ihre Hand mit dem Spiegel zitterte vor Erschütterung über ihr eigenes Aussehen. Was hatte Bruce French nur aus ihr gemacht? Wenn Matthew sie jetzt sehen würde, er würde sie nicht wiedererkennen.
»Das wird schon wieder«, hörte sie Jeremys tröstende Stimme neben sich. »Du brauchst nur etwas Ruhe und genug zu essen, dann mußt du auch nicht mehr den Blick in den Spiegel fürchten.«
Valerie nickte nur, obwohl sie nicht daran glauben konnte, und griff nach der Dose mit dem Puder, um ihre Entzündungen damit zu bedecken.
Jeremy Asher war noch immer nackt und rieb sich von Kopf bis Fuß mit Maisöl ein, das Billy verteilen ließ. »Reibt euch tüchtig mit Öl ein«, befahl er, »damit eure Muskeln und Sehnen besser hervortreten und kräftiger aussehen. Wer heute nicht verkauft wird, bekommt Peitschenhiebe!«
Voller Abscheu blickte Jeremy Asher an sich hinunter. Seine Haut glänzte, und ein penetranter Geruch stieg ihm in die Nase. Er war froh, als er endlich die billigen Sachen anziehen konnte, die für sie bereitlagen.
Etwa eine Stunde später erschien Charles Seal wieder bei ihnen. Sie mußten nebeneinander im Gang zwischen den Bettstellen Aufstellung nehmen. Dann schritt er die lange Reihe ab und musterte jeden mit kritischem Blick. Als er zu der jungen, hübschen Farbigen kam,

gab er ihr einen Klaps unter das Kinn und sagte zufrieden: »Du wirst ihnen gefallen, Celina. Du bringst mir mindestens tausend Dollar. Vergiß nur nicht, was ich dir gesagt habe, verstanden? Du wirst das tun, was man von dir verlangt, sonst lasse ich dich auspeitschen. Du hast es also selber in der Hand, was mit dir geschieht. Nun, eine Antwort!«
Das Mädchen brachte vor Angst keinen Ton heraus und zitterte am ganzen Leib. Doch Charles Seal machte keine Anstalten, seine Aufmerksamkeit dem nächsten zuzuwenden, sondern fixierte sie scharf. So sagte sie dann schließlich mit flüsternder Stimme: »Ich hab' verstanden, Massa Seal.« In ihren Augen stand tiefste Verzweiflung und Hoffnungslosigkeit.
Charles Seal nickte selbstgefällig, ging weiter und bekam einen fürchterlichen Wutausbruch, als er bei einem der Männer graue Haare entdeckte. Das Blut schoß ihm ins Gesicht, so daß Valerie einen Augenblick meinte, der Schlag würde den Auktionator treffen.
»Wenn ich sage, du sollst ihm die Haare färben, dann erwarte ich, daß hinterher nicht mehr ein einziges graues Haar zu sehen ist! Wo hast du deine Augen gehabt, Billy?« tobte er und hätte seinen Gehilfen beinahe mit dem Gehstock geschlagen. »Alte Männer mit grauen Haaren sind keinen lumpigen Cent wert und bringen nur Verlust, wie oft muß ich dir das noch sagen? Niemand kauft mir einen grauhaarigen Nigger ab!«
Billy murmelte eine Entschuldigung. »Bei der Versteigerung wird er keine grauen Haare mehr haben, Massa!« versicherte er.
»Das hoffe ich auch für dich!« brummte Charles Seal.
Wenig später kam er zu Valerie. Er gab einen tiefen Seufzer von sich und schüttelte den Kopf. »Eine Schande. Deine helle Haut hätte einen guten Preis gebracht, wenn du nur ein bißchen ansprechend aussehen würdest«, sagte er ihr offen ins Gesicht, »aber so kann ich Gott danken, wenn ich meinen Einsatz wieder zurückbekomme. Zu deutlich steht dir die Zeit im Sumpf auf Gesicht und Leib geschrieben. Zu schade, wirklich zu schade.«
Valerie ballte die Hände zu Fäusten und schluckte heftig, um ihren ohnmächtigen Zorn und ihren Ekel zu beherrschen. Sie spürte das Verlangen, den Auktionator, der sie wie seelenloses Vieh taxierte und sich bei jedem schon seinen Profit oder Verlust laut ausrechnete, ins Gesicht zu spucken. Doch sie unterdrückte diesen wilden Drang, wußte sie doch um ihre eigene Wehrlosigkeit.

Charles Seal trat nun vor Jeremy Asher, der starr an ihm vorbeischaute. Das Gesicht des Auktionators nahm einen grimmigen Ausdruck an. »Schau mich an, Nigger!« befahl er.
Widerstrebend blickte Jeremy ihm ins Gesicht.
Charles Seal lächelte dünn. »Schon besser so, Nigger! Du siehst gesund und kräftig aus. Solltest mir eigentlich fünfzehnhundert Dollar bringen, und die will ich auch für dich haben. Doch wenn du vor meinen Kunden so wütend und aufsässig blickst, werden sie wissen, daß du ein Nigger bist, der einem Ärger macht. Und dann fällt der Preis für dich. Wer will schon einen aufsässigen Nigger, der einen Fluchtversuch gemacht hat. Keiner will so einen verdammten Sambo!« Seine Stimme wurde zu einem leisen, eindringlichen Flüstern. »Ich gebe dir den guten Rat, nachher einen stillen und freundlichen Eindruck zu machen. Sinkt dein Preis bei der Auktion auf unter zwölfhundert Dollar, ziehe ich dich von der Versteigerung zurück. Und dann wird sich Billy deiner annehmen. Ich gebe dir mein Wort darauf, daß dir nie wieder der Gedanke an Flucht kommen wird, wenn Billy mit dir fertig ist, weil du dann nämlich ein verdammter Nigger-Krüppel bist! Habe ich mich klar ausgedrückt, Nigger?«
Jeremy Asher hielt sich aufrecht. »Ja, das haben Sie, Massa Seal«, antwortete er mit emotionsloser Stimme.
Charles Seal klopfte ihm mit dem Knauf seines Gehstockes vor die Brust. »Dann verhalte dich auch so. Wäre doch ein Jammer, in deinem Alter schon ein Krüppel zu sein«, sagte er zynisch und ging zum nächsten.
Endlich war die Inspektion beendet, und sie bekamen ein Frühstück, das Valerie mit Heißhunger hinunterschlang. Sie berauschte sich fast an dem Geruch des Kaffees. Das war seit vielen Wochen das erste heiße Getränk, das ihr nun den Magen wärmte.
Jeremy Asher hockte auf seiner Pritsche und schlürfte mit finsterer Miene seinen Kaffee. Stimmen drangen vom Hof zu ihnen. »Gleich geht es los«, sagte er düster. »Die Herren Pflanzer versammeln sich schon. Hörst du ihre fröhlichen Stimmen? Für sie ist so ein Tag fast so amüsant wie ein Pferderennen oder eine Nacht auf diesen Raddampfern, wo man sich beim Spiel und mit Frauen amüsieren kann.«
Ein entsetzlich flaues Gefühl breitete sich in Valerie aus und nahm ihr schlagartig den Appetit, als ihr zu Bewußtsein kam, daß sie schon bald der Besitz irgendeines Pflanzers sein würde. »Ich wünschte, wir könnten zusammenbleiben«, sagte sie unwillkürlich.

Er schaute sie verwundert an. »Wieso?«
»Außer dir hat niemand mit mir gesprochen... Ich fühle mich so schrecklich allein«, gestand sie zögernd.
Er seufzte. »Die Weißen nehmen nicht darauf Rücksicht, was wir wollen. Nicht mal die Ehe unter uns Sklaven ist ihnen heilig. Wenn es sein muß, verkaufen sie Mann und Frau getrennt. Nicht alle sind so, aber es gibt genug, die sich einen Dreck um unsere Gefühle kümmern. Du tust also gut daran, dich damit abzufinden, daß du nicht viel mehr als ein Arbeitstier bist.«
»Was ich diese Nacht zu dir gesagt habe, habe ich ernst gemeint, Jeremy«, erwiderte sie leise. »Ich werde mich nie damit abfinden!«
Er verstand, daß sie auf Flucht anspielte. Ein schwaches Lächeln huschte über sein Gesicht. »Gut, wenn es dir die Kraft gibt, das Leben auf der Plantage zu ertragen. Aber beherrsche deine Ungeduld und deine Zunge«, warnte er sie noch einmal mit leiser Stimme. »Sonst wird dein Traum von Freiheit zu einem blutigen, grausamen Erwachen führen?«
Kurz darauf kam Billy und führte sie über den Hof hinüber in die Auktionshalle. Die hohen Türen standen alle offen, so daß Licht und Luft in die Halle dringen konnten.
Charles Seal hatte vier, fünf Dutzend bequeme Stühle und einige Sessel, deren Bezüge schon etwas verschlissen waren, aufstellen lassen. Die meisten Sitzplätze waren schon besetzt. Die Kunden, ausschließlich Männer, waren mit wenigen Ausnahmen Besitzer von Baumwoll- und Zuckerrohrplantagen oder ihre bevollmächtigten Verwalter. Geschäftsleute aus der Stadt, die ein Hausmädchen oder einen Boy für leichte Arbeiten im Geschäft suchten, waren deutlich in der Minderzahl. Doch elegant gekleidet waren sie alle. Anzüge aus den feinsten Stoffen, und kaum einer, der nicht eine seidene Weste und teure Lederschuhe trug.
Die meisten schienen sich gut zu kennen, denn angeregtes Stimmengewirr erfüllte die Halle. Charles Seal wußte, daß ein Mann, der guter Dinge und vom Alkohol beschwingt war, es gewöhnlich nicht so genau mit dem Dollar nahm, wie er es wohl klaren Kopfes tun würde. Deshalb ließ er kostenlos Getränke und Zigarren reichen, ein Angebot, von dem auch gern und großzügig Gebrauch gemacht wurde.
Die Sklaven nahmen neben einem Podest, auf das drei Stufen hinaufführten, Aufstellung und warteten. Valerie bemerkte trotz

ihrer heftigen inneren Erregung, daß die meisten ihrer Leidensgefährten fast teilnahmslos und apathisch vor sich hin starrten, während die potentiellen Käufer das Angebot von ihren Sitzen aus einer ersten Prüfung unterzogen, ungeniert und laut über die einzelnen Sklaven redeten und dabei an ihren teuren Zigarren sogen und Brandy oder Wein tranken.
Schließlich begab sich Charles Seal hinter das erhöhte Pult, das auf dem Sklavenpodest stand, und eröffnete die Versteigerung. »Gentlemen, ich darf Sie begrüßen und beglückwünschen, daß Sie es sich nicht entgehen lassen, bei dieser Versteigerung zugegen zu sein. Nur beste Ware steht heute zum Verkauf... ja, fast nur beste Ware«, fügte er nach kurzem Zögern hinzu, und Valerie hatte das Gefühl, als wüßten alle, daß ihr Aussehen ihn wohl zu dieser Korrektur veranlaßt hatte. »Aber keine langen Worte, überzeugen Sie sich selbst von meinem heutigen Angebot, das so gut ist wie selten zuvor!« Er befahl einem Hausdiener, auf das Podest zu steigen. Redegewandt pries er die Qualitäten des schwarzen Dieners und trieb den Preis in die Höhe.
Einer nach dem anderen wurde verkauft. Auf Familienbande nahm Charles Seal keine Rücksicht. Ein Ehepaar stand zum Verkauf, doch er bot seinen Kunden an, sie auch einzeln zu verkaufen. Daß Mann und Frau dennoch nicht getrennt wurden, verdankten sie nur einem Pflanzer, der für beide Verwendung hatte und sie auch ersteigerte. Celina brachte Charles Seal einen großen Gewinn. Die junge Frau mußte durch die Reihen der Käufer gehen und sich betasten lassen. Als einer der elegant gekleideten Männer rief, er wolle auch sehen, was sich unter dem Kleid verberge, denn als Feldarbeiterin käme sie ja wohl nicht in Frage, sondern wohl für mehr delikatere Aufgaben, da erhob sich ein wissendes Gelächter unter den anderen im Saal. Charles Seal kam seinem Wunsch sofort nach, und Celina mußte das Kleid ausziehen und splitternackt auf das Podium steigen.
Valerie war entsetzt, als sie den Anpreisungen des Auktionators nun entnahm, daß Celina, die da zitternd auf dem Bretterpodest stand, siebzehn Jahre jung war. Die Gebote stiegen auf tausend, elfhundert, zwölfhundert und dann zwölfhundertfünfzig. Und Valerie fragte sich unwillkürlich, ob der behäbige, eigentlich gütig aussehende Mann, der sie ersteigert hatte, sie wohl auch für seinen Sohn als Geschenk gekauft hatte – wie das Richard Duvall vor über zwanzig Jahren mit Alisha getan hatte.

Dann kam Jeremy Asher an die Reihe. Charles Seal pries seine Ausdauer und Arbeitskraft in den höchsten Tönen. Doch einer der Plantagenarbeiter schöpfte Verdacht und befahl ihm, sein Hemd auszuziehen.
»Sie wollen fünfzehnhundert Dollar für einen aufsässigen Nigger?« rief einer der Plantagenbesitzer, als Jeremy seinen von langen Narben übersäten Rücken entblößt hatte. »Von mir kriegen Sie die nicht! Da müssen sie schon ganz schön mit dem Preis runtergehen, um uns zu locken.«
Zustimmendes Gemurmel erhob sich aus den Reihen der Pflanzer.
»Er ist ein hervorragender Baumwollpflücker, und von aufsässiger Natur kann gar keine Rede sein!« beteuerte Charles Seal mit einem gewinnenden Lächeln. »Der Aufseher war ein wenig schnell mit der Peitsche bei der Hand. Aber ich will mir nicht nachsagen lassen, ich sähe nur auf meinen Profit, Gentlemen! Bieten Sie mir vierzehnhundert Dollar, und der Nigger gehört Ihnen.«
Keiner biß darauf an.
Valerie bangte um Jeremy, als Charles Seal den Preis mehrmals um jeweils fünfzig Dollar senkte, ohne einen Käufer für ihn zu finden. Erst bei zwölfhundert, der untersten Grenze, die sich der Auktionator für ihn gesetzt hatte, hob ein Mann in einem beigen Anzug die Hand und erhielt den Zuschlag.
»Der beste Kauf, den Sie je gemacht haben, Mister Melrose!« beglückwünschte ihn Charles Seal, doch sein Lächeln hatte etwas Gezwungenes.
Nach zwei älteren Feldsklaven, die gerade achthundert Dollar brachten, stieß Billy nun Valerie an. »Los, auf das Podest mit dir! Du bist dran!« zischte er.
Valerie stieg wie benommen auf das Podest. Sie fürchtete, sich nicht auf den Beinen halten zu können, als sie die Blicke der Männer auf sich gerichtet sah. Die Stimmen wurden zu einem fernen Rauschen, und die Gesichter vor ihr verschwammen zu einem undeutlichen Bild verzerrter Grimassen. Nur Wortfetzen drangen an ihr Ohr.
»... Krankheit bestens überstanden... ein bißchen Pflege... ein wahres Juwel... Sonderpreis... Fünfhundert Dollar?... Ist das das letzte Angebot?... Beweisen heute geschäftlichen Weitblick, Mister Melrose...« hörte sie Charles Seal sagen. Doch erst als Billy sie vom Podest gezerrt und sie zu den verkaufen Sklaven auf die

andere Seite geführt hatte, wurde ihr bewußt, daß sie an denselben Mann verkauft worden war wie Jeremy Asher.

»Es ist vorbei«, flüsterte er ihr beruhigend zu, als er ihr blasses Gesicht und ihr Zittern bemerkte. »Vielleicht haben wir Glück gehabt.«

»Glück?« stieß Valerie schwach hervor.

Er zuckte die Achseln und sagte mit einem schiefen Grinsen: »In den Augen dieser Männer da«, er deutete mit dem Kopf kaum merklich auf die Plantagenbesitzer, »gehören wir nicht gerade zur allerersten Wahl. Daß dieser Massa Melrose uns dennoch gekauft hat, kann dafür sprechen, daß er seine Sklaven anständig behandelt.« Er verschwieg ihr, daß es dafür auch noch eine andere Deutungsmöglichkeit gab – nämlich daß Mister Melrose seine Sklaven bewußt billig einkaufte, weil er eine so strenge Zucht auf seiner Plantage führte, daß er auch mit widerspenstigen Sklaven keine Probleme hatte.

Eine halbe Stunde später war die Versteigerung beendet. Jeremy und Valerie folgten ihrem neuen Herrn hinaus in den Hof, auf dem zahlreiche Kutschen, offene Einspänner und mehrere Fuhrwerke standen. Er führte sie zu einem Fuhrwerk, das zur Hälfte mit Säcken beladen war und auf dessen Bock ein weißhaariger Neger saß.

»Moses, das sind die Neuen. Wir fahren sofort zurück«, sagte Mister Melrose zu ihm und forderte Jeremy und Valerie auf, sich hinten auf die Ladefläche zu setzen, während er zu einem offenen Landauer ging.

Als Moses das Fuhrwerk aus dem Hof gelenkt hatte und dem Wagen seines Masters mit etwas Abstand folgte, um nicht zuviel Staub zu schlucken, knüpfte Jeremy sofort ein Gespräch mit ihm an.

»MELROSE PLANTATION liegt vierzehn Meilen östlich von Baton Rouge. Ist eine große Plantage. Viel Baumwolle, auch Zuckerrohr und Mais«, erklärte der grauhaarige Sklave behäbig.

»Und wie ist Massa Melrose?« wollte Jeremy wissen.

Moses zuckte die Achseln. »Kein schlechter Mensch«, antwortete er vorsichtig. »Läßt sich kaum bei uns blicken. Gibt Massa Fulton freie Hand, das ist unser Aufseher. Ist ein harter Bursche, aber man kann mit ihm auskommen, wenn man seine Arbeit macht. Aber das werdet ihr ja alles bald selber sehen.«

Jeremy setzte sich wieder zu Valerie und erzählte ihr kurz, was er von Moses erfahren hatte. Doch beiden war jetzt nicht nach einem

Gespräch zumute, und so fielen sie in ein gedankenschweres Schweigen.
Die Stadt lag nun hinter ihnen, und das Fuhrwerk rumpelte über eine sandige, holprige Landstraße, vorbei an weiten fruchtbaren Ländereien. Streckenweise war die Straße von hohen Eichen mit mächtigen Kronen gesäumt, die hoch über ihnen ein dichtes Blätterdach bildeten, durch das das Sonnenlicht nur noch ganz gedämpft rieselte und einen hellen Fleckenteppich auf die schattige Straße warf. Spanisches Moos umrankte die Bäume und hing in langen Streifen von den Ästen.
Es war schon Nachmittag, als sie MELROSE PLANTATION erreichten. Sie fuhren eine breite Allee hinauf. Der untere Teil der Bäume trug einen weißen Kalkanstrich. Am Ende der langen schattigen Allee lag das Herrenhaus von MELROSE PLANTATION, ein schneeweißer Palast, wie Valerie noch nie einen zuvor gesehen hatte, dessen Dach von neun klassizistischen Säulen getragen wurde. Sowohl im Untergeschoß als auch im Obergeschoß umlief eine breite Veranda das Herrenhaus. Es lag eingebettet in einer parkähnlichen Landschaft aus herrlichen Grünanlagen, Blumenbeeten und sorgfältig gestutzten Hecken aus immergrünem Laubwerk. Valerie entdeckte einen Rosengarten und einen kleinen Pavillon am Ufer eines Teiches. Hinter dem Haus lagen die Stallungen und Nebengebäude. Ein überdachter Weg verband das Küchenhaus, das wegen der Feuergefahr etwas abseits errichtet worden war, mit dem Haupthaus.
Als Mister Melrose den Landauer auf dem Platz vor dem Herrenhaus zum Stehen brachte, lenkte Moses das Fuhrwerk neben den Wagen des Plantagenbesitzers. Er wußte aus Erfahrung, daß Massa Melrose ihm noch einige Anweisungen bezüglich der Neuen geben würde.
»Bring die beiden zur Siedlung rüber, Moses. Wenn noch eine Hütte frei ist, soll der sich darin einrichten«, sagte Mister Melrose und wies auf Jeremy. »Sonst muß er sich eine mit Hector oder Jason teilen.«
»Jassuh, Massa, wird schon noch 'ne Hütte frei sein, wenn ich mich nicht täusche. Und was ist mit dem Mädchen? Sie schaut mir nicht so aus, als könnte sie schon gleich aufs Feld hinaus, Massa.«
Der Plantagenbesitzer blickte Valerie einen Augenblick nachdenklich an. »Nein, wahrlich nicht«, brummte er. »Mabelle soll sich ihrer annehmen und sehen, daß sie sie zu Kräften bringt. Sie kann sich eine Woche schonen. Dann sehen wir weiter.«
»Das ist wirklich sehr großzügig, Massa!« Moses drehte sich zu

Valerie um und blickte sie auffordernd an. »Na, hast du dazu nichts zu sagen?«
»Ja, danke... Massa«, preßte sie nur unter größter Überwindung hervor und senkte schnell den Blick, weil sie sich in diesem Moment schlimmer erniedrigt fühlte als am Vormittag bei der Versteigerung auf dem Sklavenpodest. Hier hatte sie zum erstenmal selbst ihre Unterwerfung, ihren Status als Sklavin bestätigt.
Mister Melrose nickte nur. »Das wär's. Sieh zu, daß die Säcke schnell abgeladen werden.«
»Jassuh, Massa«, versicherte Moses und ruckte an den Zügeln. Er lenkte das Fuhrwerk auf einem von Blumen- und Efeubeeten gesäumten Weg um das Herrenhaus herum. Gut zweihundert Yards davon entfernt, von hoch aufragenden Eichen, Zypressen und Koniferen dem Blick entzogen, lag die Siedlung der Sklaven.
Zwei lange Reihen kleiner Holzhütten erstreckten sich zu beiden Seiten eines etwa zehn Yards breiten Weges. Es waren insgesamt vierundsechzig Behausungen, in denen die rund hundertfünfzig Sklaven wohnten, wie Moses ihnen erklärte. Ausgenommen das bessere Hauspersonal, wie der Butler, der persönliche Diener von Mister Melrose, Zofen der Mistress, Kindermädchen, Köchinnen und ähnlich wichtiges Personal, das eine besondere Stellung im Herrenhaus innehatte. Diese Farbigen bewohnten winzige Kammern unter dem Dach des Herrenhauses oder waren in einem Nebengebäude unterbracht, damit sie der Herrschaft stets zur Verfügung standen.
Valeries Blick glitt über die wenig ansprechenden Hütten, von denen eine nun ihr neues Zuhause werden sollte. Ein Gedanke, der ihr noch immer irgendwie irrwitzig vorkam, wie aus einem Alptraum. Doch sie träumte nicht. Sie war ein Sklave wie Moses und Jeremy, und hier würde sie leben.
Das Holz der Unterkünfte war von der Sonne ausgebleicht und benötigte dringend einen neuen Anstrich. Hinter fast jeder Hütte befand sich ein Garten, der von dem der Nachbarn durch Zäune aus geflochtenen Weiden und Zweigen abgetrennt war. Hier und da liefen auch ein paar Hühner herum. Fast genau in der Mitte der langen Reihe der Sklavenquartiere öffnete sich die staubige Straße zu einem Platz, der vielleicht vierzig Schritte im Quadrat maß. Hier befand sich der Brunnen – und ein merkwürdiges Gerüst, dessen Zweck Valerie nicht sofort erkannte.

Jeremy bemerkte ihr verwundertes Stirnrunzeln und folgte ihrem Blick. »Da werden die Auspeitschungen vorgenommen, Valerie. Die Handgelenke werden dir an der oberen Querstange festgebunden, die Füße an der unteren. Egal, wie stark die Schmerzen sind, du kannst dich nicht einmal krümmen«, sagte er.
Ein Schauder überlief sie, und sie schaute schnell weg. Mehr als ein Dutzend Kinder spielten im Staub der Straße. Sie waren noch zu jung, um auf den Feldern der Plantage zu arbeiten und zu begreifen, daß ihre Welt, in der sie sich frei bewegen durften, nicht größer war als das Land von MELROSE PLANTATION, und auch da gab es Grenzen innerhalb der Grenzen, die sie nicht überschreiten durften. Die Erkenntnis, Sklave und somit Mensch der niedrigsten Klasse zu sein, lag für einige der älteren Kinder jedoch in nicht mehr allzu ferner Zukunft.
Moses brachte das Fuhrwerk kurz vor dem freien Platz zum Stehen. Er wies auf eine der Hütten auf der linken Seite. »Da wirst du von nun an leben, Mädchen«, sagte Moses zu ihr. »Das ist Mabelles Hütte, die sie von nun an mit dir teilen wird. Sie wird froh sein, daß sie jemanden hat, um den sie sich kümmern kann. Rory, ihr Mann, ist nun schon im fünften Jahr tot. Er war dreißig Jahre lang Schmied auf MELROSE PLANTATION, der beste, den wir je hatten. Du wirst bestimmt gut mit ihr auskommen. Manchmal ist sie eine schrullige Alte, aber sie hat ein gutes Herz. Warte hier, ich sag ihr Bescheid. Sie wird wohl hinten in ihrem Garten sein. Sonst schicke ich jemanden zum Küchenhaus, denn dort arbeitet sie.« Er wickelte die Zügel um den Griff der Bremse und schwang sich vom Kutschbock.
»Ich glaub' es immer noch nicht«, sagte Valerie und starrte auf die schäbige Holzhütte.
»Sag ihr nichts von dem, was du mir erzählt hast«, riet Jeremy, als sie von der Ladefläche geklettert waren und darauf warteten, daß Moses mit Mabelle zurückkehrte. »Diese Mabelle scheint eine alte Frau zu sein, die hier den Großteil ihres Lebens verbracht hat. Sie würde dir nicht glauben.«
»So, wie du mir nicht glaubst?« fragte sie bitter.
Jeremy berührte sie kurz am Arm. »Ich werde versuchen, dir zu glauben, doch sie würde es nicht verstehen. Hör zu, wir beide sind so verschieden wie Tag und Nacht, und das wohl nicht nur wegen unserer Haut. Dennoch haben wir etwas gemein.«
Sie hob die Augenbrauen. »So? Was denn?«

»Wir sind anders als Leute wie Moses und Billy, anders als all die Sklaven, die sich mit ihrem Schicksal abgefunden haben. Und das bringt Gefahren mit sich, Valerie. Deshalb mußt du deine wahren Gefühle und Gedanken vor ihnen verbergen, wenn du dir nicht ihr Mißtrauen, ja ihre Feindschaft zuziehen willst. Ich weiß, wovon ich spreche.«

»Aber was soll ich ihr sagen, wenn sie mich fragt, woher ich komme?«

Er überlegte kurz. »Erzähl ihr die Geschichte, die dieser Bruce French dem Auktionator aufgetischt hat. Bleibe ruhig vage in deinen Erklärungen. Hier hat jeder Verständnis dafür, wenn einer nicht viel von seinem letzten Massa erzählen will, besonders wenn man so hellhäutig ist wie du. Und wenn der Aufseher wissen will, was du bisher gearbeitet hast, dann sag ihm, daß du der Köchin von deinem Massa mit einfachen Handreichungen geholfen hast. Vielleicht bekommst du einen Job im Küchenhaus. Da wärst du gut aufgehoben. Aber mach dir keine allzu großen Hoffnungen. Du bist einfach zu hell.«

»Was hat denn das mit der Arbeit im Küchenhaus zu tun?« fragte Valerie verwundert.

»Es könnte der Missus nicht passen, bei ihren Inspektionsgängen in die Küche stets einer so jungen und hellhäutigen Frau zu begegnen und jedesmal daran erinnert zu werden, daß es wohl kaum einen Pflanzer gibt, auf dessen Plantage nicht ein, zwei helle Kinder herumlaufen«, erklärte er. »Und welche Missus will sich schon gern daran erinnern lassen, daß wie weißen Gentlemen sich gern bei einer jungen Farbigen das holen, was ihnen ihre eigenen Frauen an sinnlichen Freuden verwehren. Außerdem ...«

Jeremy brach ab, denn Moses trat hinter der Hütte mit Mabelle hervor. Sie war von kleiner, sehniger Gestalt. Graue Haarsträhnen schauten unter dem farbigen Kopftuch hervor, das sie über der hohen Stirn verknotet hatte. Falten und Runzeln durchzogen ihr Gesicht und zeugten von Jahrzehnten harter Arbeit. Ihr Gang hatte etwas Zögerndes, Müdes an sich, doch ihre kleinen Augen waren voller Leben.

»Schon gut, Moses«, sagte sie zum Kutscher. »Ich kümmere mich um die Kleine.«

Jeremy schenkte Valerie einen aufmunternden Blick, dann folgte er Moses, der mit ihm eine freie Hütte suchen wollte.

»Ich bin Mabelle«, sagte die alte Farbige zu Valerie, während ihre Augen voller Güte auf ihr ruhten. »Und wie soll ich dich ansprechen, mein Kind?«
»Valerie.«
Sie neigte den Kopf, als lauschte sie auf den Klang ihrer Stimme. »Valerie, ein schöner Name. Komm, mein Kind, du siehst sehr müde und erschöpft aus.«
»Ich sehe schrecklich aus«, sagte Valerie niedergeschlagen.
Mabelle faßte sie bei der Hand. »Nichts auf Gottes Erde währt ewig, mein Kind, weder gutes noch schlechtes Aussehen«, sagte sie und fügte mit einem hohen Kichern, das fast etwas Kindliches an sich hatte, hinzu: »Wenn ich dir erzähle, wie bildhübsch ich in meiner Jugend aussah und wie viele Männer mir den Hof gemacht haben, wirst du es nicht für möglich halten. Aber was rede ich da. Meine Geschichten werden dich nicht interessieren. Komm, tritt ein, es ist von nun an auch deine Hütte.«
Mabelle schob das verschlissene, grobe Baumwolltuch zur Seite, das im Sommer die Insekten abhalten sollte, und schob Valerie sanft in die Hütte. Es gab nur einen großen Raum, und die Einrichtung war denkbar einfach. Links an der Rückwand, schräg gegenüber vom Eingang, befand sich eine primitive Kochstelle mit einem Rauchabzug, der nach draußen führte. Davor stand ein solider Tisch mit zwei Stühlen und einem Hocker. Auf der rechten Seite des Raumes befand sich das Bett der alten Frau. Neben dem kleinen Fenster, das ohne Glas war und von innen mit einer in Scharnieren hängenden Holzplatte geschlossen werden konnte, stand eine einfache Kommode, auf der einige geschnitzte Figuren und eine Lampe standen. Blechgeschirr füllte ein kleines selbstgezimmertes Wandregal. Unter der Decke hingen allerlei getrocknete Kräuter und Wurzeln, die einen fremdartigen, aber angenehmen Duft in der Hütte verströmten, sowie mehrere Weidenkörbe, die mit frischem Gemüse und anderen Nahrungsmitteln gefüllt waren.
»Na?« fragte Mabelle mit einem erwartungsvollen Lächeln.
»Eine... schöne, gemütliche Hütte«, zwang Valerie sich zu sagen.
»Das will ich wohl meinen«, sagte die Alte stolz. »Und Platz genug für eine zweite Bettstelle. Hab' Moses schon aufgetragen, daß er Henderson, dem Zimmermann, Bescheid sagt. Setz dich, ich mach dir gleich etwas zu essen, und dann koch ich einen Kräutersud. Mit dem werde ich deine Entzündungen einreiben. In ein paar Tagen

wird kaum noch was davon zu sehen sein. Schon meine Mutter beherrschte die Kräuter-Heilkunst, mein Kind.«

»Ich bin... dir sehr dankbar, Mabelle, doch ich möchte nichts essen. Ich bin nicht hungrig«, sagte Valerie und sank auf einen Stuhl.

»Ach was! Ein junger Mensch muß essen! Massa Melrose hat schon gewußt, warum er dich in meine Obhut gegeben hat. Laß mich nur machen!« Sie rieb sich die Hände und wurde geschäftig. Sie ging zur Feuerstelle, legte mit einem flachen Holzscheit unter der Asche den Rest Glut frei, bedeckte sie mit groben Holzspänen und trockenen Zweigen und wedelte mit einem Schilffächer, bis Flammen aufloderten.

»Du kommst aus den Sümpfen, nicht wahr?« fragte sie dann unvermittelt, während sie einen Kessel unter das Dreibein hängte.

»Ja«, log Valerie, eingedenk des Ratschlags, den Jeremy ihr gegeben hatte.

Mabelle seufzte. »Ja, ja, die Last, die Gott uns manchmal zu tragen auferlegt, ist wahrlich nicht leicht, doch der Weg in die Sümpfe ist der falsche, mein Kind.«

Valerie widersprach nicht. Sie fühlte sich nach der schlaflosen Nacht, der erniedrigenden Prozedur vor und während der Versteigerung und der langen Fahrt auf der harten Ladefläche des Fuhrwerks völlig ausgelaugt. Eigentlich sehnte sie sich nur nach Schlaf. Doch Mabelle bestand darauf, daß sie etwas Anständiges zu essen bekam. Sie kochte süße Kartoffeln, Steckrüben und eine dicke Scheibe Speck. Und bald erfüllte der Geruch des Essens die Hütte und weckte Valeries Appetit.

»Dich kriege ich schon wieder hin«, sagte Mabelle, als sie sah, wie gut es Valerie schmeckte. Ein zufriedenes, warmherziges Lächeln umspielte ihren runzeligen Mund. Sie leistete ihr ein wenig Gesellschaft, während sie schon damit begann, Kräuter zu zerreiben sowie Wurzel- und Rindenstücke in einem massiven Eisenbecher mit dem Stößel zu zermalmen. All das sowie frische Blätter, die sie aus dem Garten holte, kamen in einen kleinen Kessel, den sie zwei Finger breit mit Wasser füllte und über das lodernde Feuer hängte.

»Es wird Stunden dauern, bis der Sud fertig ist, mein Kind. Leg dich nur hin. Ich werde dich wecken.«

»Aber ich kann dir doch nicht das Bett wegnehmen!« wandte Valerie ein, obwohl sie kaum noch die Augen offenhalten konnte.

Die sinkende Sonne zauberte schon ihren farbigen Schein über den Himmel.
»Was redest du da! Leg dich nur hin! Moses wird das andere Bett bald bringen. Außerdem bin ich alt und brauche nur noch wenig Schlaf.«
Valerie war zu müde, um das großmütige Angebot der alten Frau noch länger von sich weisen zu können. Sie wollte nichts als schlafen und wenigstens für ein paar Stunden vergessen, daß sie Sklavin auf MELROSE PLANTATION war.

18.

Sie erwachte lange vor dem ersten Tageslicht. In Schweiß gebadet und die Hände zur Faust geballt, schreckte sie aus einem Alptraum auf. Sowie sie jedoch die Augen öffnete, verschwanden die Dämonen, die sie im Schlaf verfolgt und gequält hatten. Sie zerflossen wie der Traum in der Nacht.
Tiefste Finsternis umhüllte Valerie. Zuerst wußte sie nicht, wo sie sich befand, und die Angst, wieder in einem finsteren Kerkerloch eingesperrt zu sein, sprang sie an wie ein Raubtier aus dem Hinterhalt. Doch dann spürte sie, daß sie nicht allein in diesem Raum war. Und im selben Augenblick kehrte die Erinnerung zurück, und sie wußte, daß sie in Mabelles Bett auf MELROSE PLANTATION lag.
Es roch nach kalter Asche und einem durchdringenden Kräutergebräu. Unwillkürlich tastete sie über ihr Gesicht. Eine feste, leicht klebrige Substanz bedeckte ihre entzündeten Stellen. Mabelle hatte ihr das Kräutergemisch offenbar im Schlaf aufgetragen. Es tröstete sie ein wenig, zu wissen, daß es jemanden gab, dem sie nicht gleichgültig war und der ihr mit Zuneigung begegnete.
Ihre Gedanken entfernten sich von MELROSE PLANTATION. Matthew, wo bist du jetzt? Liegst du auch wach und denkst du an mich? Quälen dich Zweifel? Sagt dir dein Herz nicht immer wieder, daß dein Verstand betrogen, hinterhältig getäuscht worden ist? Daß ich niemals in meinem Leben aufhören könnte, dich zu lieben?
Sie starrte in die Nacht, die alle Antworten barg, jedoch keine freigab, und irgendwann schlief sie wieder ein. Als sie das nächste

Mal erwachte, geschah es von einem lauten, durchdringenden Glokkengeläut, das die friedvolle Stille des Morgens zerriß. Und im gleichen Augenblick schrie eine rauhe Stimme draußen auf dem Weg zwischen den Hütten:

»Aufstehen, Sambos!... Aufstehen!... Macht, daß ihr aus den Hütten kommt, faules Niggerpack!... Die Arbeit tut sich nicht von allein.«

Die Sklavensiedlung fuhr aus dem Schlaf. Ein neuer, gewöhnlicher Arbeitstag hatte auf der Plantage begonnen. Auch Valerie erhob sich.

Mabelle stand schon vor der Kochstelle und rührte in einem Topf. »Gut geschlafen, mein Kind?«

Valerie nickte und lächelte dankbar. »Kann ich diese Kräutersalbe jetzt abwaschen?« fragte sie und deutete auf ihr Gesicht.

»Nur zu. Die Stellen müssen sowieso frisch eingerieben werden. Dreimal am Tag. Magst du Grieß? Nun, du wirst Grieß essen. Das gibt Kraft«, beantwortete Mabelle ihre Frage selbst.

Valerie lachte unwillkürlich. »Ich glaube, alles, was du zubereitest, schmeckt gut, Mabelle.«

Der Alte strahlte. »So gefällst du mir schon besser.«

Noch immer dröhnte die Glocke. Valerie trat vor die Hütte. Mabelle nahm den Kessel vom Feuer und folgte ihr nach draußen. Es war noch immer dunkel. Im Osten kündigte ein schmaler grauer Streifen den Sonnenaufgang an.

Valerie atmete die noch angenehm frische Morgenluft ein und bemerkte auf der anderen Seite des Hofes beim Brunnen den stämmigen, fast kantigen Neger, der eine kleine bronzene Glocke anschlug. Er stand breitbeinig da, hielt in der linken Hand eine Peitsche und war besser gekleidet als all die anderen Sklaven, die aus den Hütten strömten.

»Das ist Big Ned«, sagte Mabelle neben ihr leise. »Vor ihm mußt du dich in acht nehmen. Er ist schlimmer als Massa Fulton. Laß dich nicht davon täuschen, daß er genauso schwarz ist wie wir... nun, wie ich und die anderen«, verbesserte sie sich. »Er ist einer der *Driver*.«

Verständnislos blickte Valerie die alte Frau an. »*Driver?* Was ist das?«

»Du hast wohl noch nie auf einer Plantage gearbeitet, nicht wahr?«

»Nein.«

Mabelle seufzte. »Tja, mein Kind, dann wirst du noch eine Menge lernen müssen.« So etwas wie bitteres Bedauern schwang in ihrer Stimme mit. »Komm wieder mit rein. Uns bleibt nicht mehr viel Zeit für das Frühstück, und du mußt unbedingt regelmäßig essen, wenn du wieder zu Kräften kommen willst.«

Erst als Valerie am Tisch saß und den Grießbrei aß, erklärte Mabelle ihr Big Neds Funktion. »Ein Driver ist ein Sklave, der dem Aufseher hilft, Valerie. Eigentlich ist es der Driver, der die Arbeiten auf den Feldern beaufsichtigt. Der weiße Aufseher läßt sich nur gelegentlich mal blicken. Und Big Ned ist der Liebling von Massa Fulton. Das gibt ihm Macht, und ein Nigger mit Macht ist schlimmer als ein tollwütiger Weißer. Big Ned schlägt schnell und härter mit der Peitsche zu als Massa Fulton. Er ist ein Sklave wie wir, aber mit uns will er nichts zu tun haben. Die Driver bleiben immer unter sich. Aber der schlimmste ist Big Ned. Wegen ihm hat es auf MELROSE PLANTATION schon böses Blut gegeben. Sieh also zu, daß du ihm nie in die Quere kommt oder unangenehm auffällst.«

»Ich verstehe das nicht«, murmelte Valerie.

»Er hat die Peitsche«, sagte Mabelle lakonisch. »Das ist alles, was du verstehen mußt.«

»Was werde ich tun müssen?« fragte Valerie.

»Du kannst dich eine Woche schonen. Also mach dir jetzt noch keine Gedanken über deine Arbeit. Davon gibt es hier mehr als genug. Du legst dich gleich wieder hin. Du wirst so lange schlafen, essen und wieder schlafen, bis du es nicht länger aushalten kannst. Dann sehen wir weiter.«

Valerie fühlte sich nach dem Frühstück in der Tat schon wieder schläfrig. Ihr Schlafbedürfnis schien grenzenlos zu sein. Und während vom Hof die barsche Stimme von Big Ned hereindrang, der die Sklaven in einzelne Arbeitskommandos aufteilte, sank sie wieder auf das Bett. Mabelle wusch ihr das Gesicht mit einem feuchten Lappen und trug eine frische Lage des klebrigen Kräuterextrakts auf. Bevor Valerie die Augen zufielen, dachte sie an Jeremy Asher, der jetzt vermutlich da draußen stand und mit den anderen hinaus auf die Felder mußte.

Die eine Woche Schonung, die der Pflanzer ihr zugestanden hatte, verging schnell. Die ersten Tage trat Valerie kaum vor die Hütte. Sie schlief den halben Tag, machte sich hinten im Gemüsegarten nützlich und verbrachte den Rest damit, sich Mabelles Geschichten anzuhören und sich von ihr verwöhnen zu lassen. Mabelle arbeitete im Küchenhaus und brachte von dort immer wieder Köstlichkeiten mit, die den einfachen Feldsklaven vorenthalten blieben. Valerie merkte schon bald, wie die Kraft wieder in ihren Körper zurückkehrte. Ihr Gesicht verlor allmählich den ausgezehrten, hohlwangigen Ausdruck ihrer Einkerkerung, und Mabelles Kräutergemisch heilte die Entzündungen. Die Wunden schlossen sich, und es würde nicht mehr lange dauern, bis ihre Haut wieder glatt war. Auch ihr Haar wuchs kräftig.

Abends, wenn die Sklaven von den Feldern kamen, gesellte sich oft Jeremy zu ihnen. Er bewohnte eine Hütte, die etwas unterhalb von Mabelles auf der anderen Seite lag, ganz für sich allein. Er bestätigte, was Mabelle ihr über Big Ned gesagt hatte.

Eines Abends, es war der letzte Tag ihrer Schonfrist, herrschte bei der Rückkehr der Feldsklaven eine ungewöhnliche Aufregung in der Siedlung.

»Jeremy!« rief Valerie, die vor der Hütte auf der Bank gesessen hatte. Sie winkte ihm zu.

Müde und verschwitzt kam er über die staubige Straße und setzte sich zu ihr auf die primitive Bank. »Man merkt, daß es Sommer wird«, stöhnte er und fuhr sich über die feuchte Stirn.

»War es sehr hart?« fragte sie mitfühlend.

Er zuckte die Achseln. »Sklavenarbeit eben.«

»Was hat die Aufregung zu bedeuten?« fragte Valerie dann. »Ist irgend etwas passiert?«

»Toby, ein etwas einfältiger Bursche, ist auf und davon.«

»Geflohen?« stieß Valerie aufgeregt hervor.

Er nickte. »Toby war in ein Mädchen verliebt, das im Herrenhaus als Zimmermädchen gearbeitet hat. Claire und Toby hatten vor, zu heiraten. Aber dazu ist es nicht mehr gekommen. Massa Melrose hat Claire gestern an diesen Pflanzer aus New Orleans, der bei ihm die letzten Tage zu Gast war, verkauft. Irgendwie muß Claire es ihm angetan haben.«

Die Geschichte bestürzte Valerie. »Aber wußte Mister Melrose denn nichts davon, daß Toby sie heiraten wollte?«

»Offenbar nicht, denn wie ich gehört habe, trennt Massa Melrose keine Paare. Er wäre ja auch schön dumm«, fügte er grimmig hinzu. »Eine billigere Art, an neue Sklaven zu kommen, gibt es nicht.«

Valerie errötete unwillkürlich.
»Außerdem sind verheiratete Sklaven arbeitsamer und leichter unter Kontrolle zu halten«, fuhr Jeremy fort. »Nein, er wird wohl nichts von Tobys und Claires Absichten gewußt haben.«
»Ob er es wohl schaffen wird?« fragte Valerie versonnen.
Er warf ihr einen spöttischen Blick zu. »Ich gebe ihm keine drei Tage, diesem Narren!«
Stirnrunzelnd sah sie ihn an. »Und das sagst du, der du auch schon mal weggerannt bist?« fragte sie leise. »Ich dachte, du würdest Leute verstehen können, die sich mit ihrem Los nicht abfinden können. Oder hast du jetzt auch schon aufgegeben?«
»Nein!« gab er hart zurück.
»Warum sprichst du dann so verächtlich von Toby?« wollte sie wissen.
»Eben weil er ein hirnloser Ochse ist!« erklärte Jeremy geringschätzig. »Er ist kopflos davongelaufen. Einfach so. Ohne jede Planung und Vorbereitung. Statt nachts zu flüchten und den Vorsprung von sechs, sieben Stunden bis zum Morgengrauen zu nutzen, hat er sich am Tag abgesetzt. Er hat noch nicht einmal einen Vorsprung von vier Stunden!«
»Da hast du natürlich recht«, pflichtete Valerie ihm bei. »Das war dumm von ihm.«
»Nicht nur das!« fuhr Jeremy gedämpft fort. »Er hat nichts weiter dabei als das, was er am Leib trug. Kein Geld, kein Messer, keine Lebensmittel – und barfuß!« Er lachte bitter auf. »Sie werden ihn bald zurückbringen, darauf gehe ich jede Wette ein. Wo soll er sich denn auch verstecken? Es führt nur eine richtige Landstraße von hier aus nach Süden, und die kann er nicht nehmen. Wer sich auf dieser Straße als Schwarzer allein zeigt, erregt im Handumdrehen das Mißtrauen der Weißen, die entlang der Straße ihre Farmen und Plantagen habe, und die Aufmerksamkeit der Sklavenjäger. Aber so überstürzt, wie er geflohen ist, bleibt ihm gar nichts übrig, als es auf dieser Straße zu versuchen, weil alles andere noch viel gefährlicher für ihn wäre. Riesige Bayous umgeben MELROSE PLANTATION von drei Seiten und...«
»Bayous?« fragte Valerie verständnislos.
»Oh, so nennt man hier in Louisiana die Sümpfe. Und die Sümpfe sind die einzige Chance, wenn man die Sklavenjäger und ihre Bluthunde abschütteln will. Aber ohne ein Kanu geht das nicht. Eine

Flucht zu Fuß durch die Bayous endet fast immer tödlich. Entweder schnappen dich die Bluthunde oder aber die Alligatoren oder der Sumpf selbst. Er hat noch nicht einmal Proviant dabei! Verstehst du jetzt, wenn ich sage, daß er ein gottverdammter Narr ist?«

»Ja, so zu fliehen ist sinnlos«, pflichtete sie ihm nachdenklich bei.

»Es gehört mehr zur Flucht als nur Mut«, brummte er, griff nach einem Stock und malte Striche in den Sand zu seinen Füßen. »Viel mehr. Eine Flucht muß lang geplant und vorbereitet werden. Man braucht ein Boot, am besten ein schmales, wendiges Kanu, dann genug Lebensmittel – und Gefährten, die die Flucht mit einem wagen. Am besten drei oder vier, dann sind die Chancen am größten, zumindest habe ich mir das so ausgerechnet.«

»Wieso?«

»Man lockt die Jäger gemeinsam tief in die Sümpfe. Kommt man dann in die Nähe von Land, das nicht völlig aus Sumpf besteht, trennt man sich. Aus einer Spur werden für die Verfolger plötzlich vier, die in ganz verschiedene Richtungen führen. Die Sklavenjäger werden sich dann entscheiden müssen, ob sie sich in vier Gruppen aufteilen oder nur einer Spur, die sie für die Hauptspur halten, folgen. Wie auch immer sie sich entscheiden, die Chance, daß zumindest ein, zwei entkommen, ist bedeutend größer, als wenn man sein Glück allein versucht und von einer großen Meute zu Tode gehetzt wird.«

Valerie legte ihre Hand auf seinen Arm. »Wann immer du bereit bist, Jeremy«, flüsterte sie mit kaum hörbarer Stimme, »ich bin es auch.«

Er erhob sich brüsk. »Ich hab' nur geredet, sonst nichts. Ich muß jetzt gehen, Valerie. Es war ein langer Tag«, sagte er und entfernte sich rasch.

Traurig sah Valerie ihm nach. Er war der einzige, der sie wenigstens einigermaßen verstand und mit dem sie vertrauensvoll reden konnte. Die anderen Sklaven hielten sich fern von ihr, und sie nahm an, daß es ihre helle Hautfarbe war, die sie zum Außenseiter machte. Es war wirklich Ironie des Schicksals, daß selbst die Sklaven untereinander Klassenbarrieren errichteten. Das höchste Ansehen genossen diejenigen, die im Herrenhaus als Personal arbeiteten. Sie identifizierten sich mehr mit ihrer weißen Herrschaft als mit ihren schwarzen Schwestern und Brüdern, für die sie zumeist nur Geringschätzung übrig hatten. Wer als Gärtner, Schmied, Zimmermann oder in den

Stallungen beschäftigt war, stand auf der Leiter des Ansehens ebenfalls sehr weit oben. Die einfachen Feldsklaven, die dafür sorgten, daß die Plantage florierte und Gewinn machte, standen ganz unten. Und dann erst kamen die Mulatten, die Bastarde, die aus einer Beziehung zwischen einer Sklavin und einem Weißen hervorgegangen waren.

Am nächsten Tag begann für Valerie der Alltag auf MELROSE PLANTATION. Big Ned bedachte sie nur mit einem verächtlichen Blick, als sie sich am Morgen zu den anderen auf den Platz gesellte, und teilte sie für die Rodungsarbeiten am Fluß ein.

»Ich werde versuchen, daß du im Küchen- oder Waschhaus arbeiten kannst«, hatte Mabelle ihr beim kurzen Frühstück versprochen.

Als die Gruppen die Siedlung nun verließen und auf die verschiedenen Fehler zogen, trat Jeremy kurz an ihre Seite. »Mach deine Arbeit heute gut, egal, was du zu tun hast. Big Ned wird dich besonders im Auge behalten, weil du neu bist. Also streng dich an. Auch wenn du heute abend total fertig bist. Hauptsache, er ist mit dir zufrieden. Dann kannst du es die nächsten Tage etwas ruhiger angehen lassen. Aber wenn er dich erst mal auf dem Kieker hat, ist es vorbei.«

»Ich werde mein Bestes tun«, versicherte sie.

»Ja, das weiß ich«, sagte er und lächelte sie an. »Du bist zäh, Valerie. Weißt du überhaupt, daß du dich in dieser einen Woche unheimlich verändert hast?«

»Ja?«

Er nickte und sagte ernst: »Du siehst regelrecht hübsch aus.«

Sie errötete.

Seine Arbeitsgruppe bog vom Pfad, der zum Fluß hinunterführte, nach rechts ab, wo die weiten Maisfelder sich erstreckten. Er zwinkerte ihr zu. »Viel Glück!«

Valerie war später felsenfest davon überzeugt, daß sie den Tag wohl kaum so gut überstanden hätte, wenn Jeremy ihr am Morgen nicht mit seinen einfühlsamen Worten Mut gemacht hätte.

Die Arbeit, die auf sie und die gut zwanzig anderen Sklaven wartete, war anstrengend. Sie mußten eine große Fläche Landes nahe am Fluß von Sträuchern und verfilztem Dickicht befreien, weil hier ein neues Feld angelegt werden sollte. Nur die großen Bäume am Ufer blieben stehen, zwischen denen sie die dunklen Fluten schimmern sah. Es war einer der zahlreichen Seitenarme des Mississippi. Von Jeremy wußte sie, daß sich der Fluß ein paar Meilen weiter flußaufwärts selbst in viele kleine Arme aufteilte, die sich alle irgendwo in den Sümpfen verloren.

Valerie nahm sich Jeremys Rat zu Herzen und schonte sich nicht. Von Anfang an rückte sie dem zähen Gestrüpp mit der Hacke zu Leibe, als wollte sie das Land im Handumdrehen allein roden. Die Sonne stieg schnell höher, leckte den letzten Morgentau von Gras und Gebüsch und ließ die Temperaturen rasch in die Höhe klettern. Bald rann ihr der Schweiß über Gesicht und Nacken. Feuchte Flecken bildeten sich im Rücken auf ihrem Kleid und zwischen den Brüsten. Und so manches Mal war sie versucht, sich auf die Hacke zu stützen und sich auszuruhen. Doch sie kämpfte dagegen an, war sie sich doch immer der Gegenwart von Big Ned bewußt.

Als der Driver ihnen eine Mittagspause gewährte und Valerie am Ufer in den Schatten eines der hohen Bäume sank, kam Big Ned zu ihr. Ein Lächeln kräuselte seine Lippen. »Keine schlechte Arbeit, die du da geleistet hast«, sagte er spöttisch und tippte ihr mit der Peitsche sacht auf die Schulter. »Bist aber ganz schön ins Schwitzen gekommen, was?«

»Es ist sehr heiß«, antwortete sie.

Er lachte. »Das nennst du heiß? Du scheinst aus einer anderen Gegend zu kommen. Warte erst mal den Juli und den August ab! Dann erfährst du, was heiß bedeutet. Na, mal sehen, ob du nicht 'ne Eintagsfliege bist«, sagte er, grinste breit und schlenderte zu seinem Platz zurück.

Wenig später ging die Arbeit weiter, und Valerie wußte später nicht zu sagen, wie sie diesen ersten Tag überstanden hatte, ohne vor Erschöpfung auf der Rodung zusammenzubrechen. Es war ihr eiserner Wille, nicht schlappzumachen, der sie dazu befähigte, noch immer die Hacke zu schwingen, als ihr Rücken schon unerträglich schmerzte und die Blasen an ihren Händen aufgeplatzt waren. Sie verfiel in eine Art von Trance.

Sie hätte vor Erlösung fast geweint, als endlich der Befehl über die Rodung schallte, die Arbeit einzustellen und zur Siedlung zurückzukehren. Sie konnte sich kaum noch auf den Beinen halten, so erschöpft war sie. Doch als die Sklavenquartiere in Sicht kamen, mischte sich ihre körperliche Erschöpfung mit einem merkwürdigen Gefühl des Stolzes. Sie hatte es geschafft, war nicht zusammengebrochen und wußte nun, daß sie mehr zu leisten imstande war, als sie sich je zugetraut hätte. Das gab ihr Zuversicht.

Jeremy war schon eher vom Feld zurückgekehrt und schien vor der Hütte auf sie zu warten. Sein angespanntes Gesicht hellte sich auf, als er ihren Blick auffing, der Müdigkeit ausdrückte, aber auch Stolz.
»Du hast durchgehalten, nicht wahr?« stellte er fest.
Sie nickte, zu müde, um zu reden.
Mabelle eilte auf sie zu und rief freudestrahlend: »Du kannst im Küchenhaus arbeiten, Valerie! Die Köchin und auch die Missus sind einverstanden«, berichtete sie.
»Da hast du aber Glück«, meinte Jeremy.
»Es wird aber noch ein paar Wochen, vielleicht auch zwei Monate dauern«, dämpfte die Alte ihre Freude. »Du sollst nämlich Flossies Stellung erhalten. Flossie ist in Umständen, im siebten Monat. Sie ist jetzt schon dick wie eine Tonne, als hätte sie Drillinge unter dem Herzen sitzen. Bald wird sie die Arbeit nicht mehr verrichten können, und dann bekommst du die Stelle.«
Valerie seufzte. »Die zwei Monate werde ich wohl durchstehen.«
Jeremy runzelte plötzlich die Stirn und blickte die Straße hinunter. Unruhe erfaßte auch viele andere Sklaven, die etwas weiter unterhalb von ihnen in kleinen Gruppen beisammenstanden und ihren abendlichen Schwatz hielten.
»Was ist?« fragte Valerie.
Er antwortete mit einer knappen Gegenfrage: »Hörst du das Kläffen der Hunde?« Sein Gesicht war bleich geworden.
Valerie lauschte und vernahm nun auch das Bellen, das immer lauter wurde. »Ja...«
Jeremy spuckte aus. »Das sind die Bluthunde der Prämienjäger, Valerie, der verdammten Weißen, deren Beruf es ist, Jagd auf entlaufene Sklaven zu machen. Sie erhalten dafür eine Fangprämie.«
Big Ned erschien auf dem Platz. »Die Jäger haben Toby wieder eingefangen!« verkündete er die Neuigkeit mit unverhohlener Zufriedenheit in der Stimme. »Ich wußte doch, daß er nicht weit kommen würde. Massa Fulton will, daß ihr alle bei seiner Bestrafung zugegen seid. Na los, setzt euch in Bewegung, oder soll ich euch nachhelfen?« Big Ned verlieh seinen Worten mit einem Peitschenknall Nachdruck.
»Der Herr möge Toby beistehen!« murmelte Mabelle.
»Noch nicht einmal der Herr kann ihn jetzt noch vor Big Neds Peitsche bewahren«, knurrte Jeremy haßerfüllt.
Der Driver ging über den Platz und ließ die Bronzeglocke dröhnen,

damit auch diejenigen aus ihren Hütten kamen, die seine Aufforderung nicht gehört hatten oder meinten, sich dem gräßlichen Schauspiel entziehen zu können.
Schweigend begannen sich die Sklaven auf dem Platz um das Gerüst zu versammeln, hielten dabei jedoch soviel Abstand wie eben möglich.
Dann erschienen auch schon die Prämienjäger in Begleitung von Mister Fulton. Es waren vier Männer in derber, zweckmäßiger Reitkleidung. Sie trugen Revolver und Messer am Gürtel sowie großkalibrige Schrotflinten. Sie hatten Mühe, die wütend kläffenden Bluthunde unter Kontrolle zu halten, die an den Leinen zerrten und den Eindruck machten, als wollten sie sich jeden Augenblick auf die jammervolle Gestalt stürzen, die der Aufseher vor sich herstieß.
Valerie las in den Augen der umstehenden Männer und Frauen Entsetzen und ohnmächtigen Zorn. Doch zu ihrer Bestürzung entdeckte sie auch grimmige, ja fast schadenfrohe Mienen, als wäre es für diese Schwarzen eine Genugtuung, daß Toby wieder eingefangen worden war und nun bestraft wurde.
Als die Männer mit der Hundemeute näher kamen, sah Valerie, daß Toby, ein junger sehniger Bursche, an den Händen gefesselt war und um den Hals einen schweren, sperrigen Eisenring trug. Dann bemerkte sie, daß er am Kopf stark blutete.
»Mein Gott, er ist schwer verletzt!« stieß sie gedämpft hervor. Ein Raunen ging durch die versammelten Sklaven, die nun auch das viele Blut am Kopf von Toby bemerkt hatten.
»Diese Schweine!« zischte Jeremy neben ihr. »Sie haben ihm die Ohren abgeschnitten.«
Ein Schauer durchlief Valerie. »Weil er geflohen ist?«
Jeremy nickte. »Bei der ersten Flucht verliert ein wieder eingefangener Sklave beide Ohren und wird mit dem Lilienzeichen gebrandmarkt. Beim zweiten Fluchtversuch durchtrennt man ihm die Sehnen in den Kniekehlen. Beim drittenmal wird er hingerichtet. Das ist ein altes Sklavengesetz hier im Süden.«
»Aber dir ist doch nichts dergleichen widerfahren«, wandte Valerie schaudernd ein.
»Ich hatte das Glück, der Besitz eines Pflanzers zu sein, der von diesen Methoden nicht viel hält«, erklärte er lakonisch. »Er war nicht etwa menschlicher als Massa Melrose, sondern ihm ging es einfach nur darum, möglichst wenig Geld zu verlieren. Und ein derart

verstümmelter Sklave erzielt auf dem Markt keinen guten Preis mehr. Darum hat er es beim Auspeitschen belassen und mich dann verkauft. Toby wird keinen Käufer mehr finden. Für ihn ist der Traum von Freiheit für ewig ausgeträumt.«

Bevor Valerie noch etwas erwidern konnte, richtete der Aufseher das Wort an die versammelten Sklaven. »Der Wille des Herrn ist für jeden Sklaven oberstes Gesetz!« schallte seine schneidende Stimme über den Platz. »Fügsamkeit, Treue und Fleiß sind die Tugenden, die einen guten Nigger ausmachen. Vor allem bedindungslose Treue zu seinem Herrn, der hier auf MELROSE PLANTATION Mister Melrose ist!« Er machte eine kurze Pause und schaute in die Runde. »Gegen all diese Gesetze hat Toby verstoßen, als er versuchte, in die Sümpfe zu fliehen. Niemand von euch hat das Recht, gegen die Entscheidungen seines Herrn aufzubegehren, wie immer sie auch aussehen mögen! Toby hat es dennoch getan und sogar die lächerliche Hoffnung gehegt, in den Sümpfen seiner gerechten Strafe zu entgehen. Ihr seht, daß er sich geirrt hat. Niemand entkommt von MELROSE PLANTATION, und niemand entkommt seiner Strafe, laßt euch das gesagt sein!« Er winkte Big Ned zu sich heran. »Sorge dafür, daß er nie mehr vergißt, wer sein Herr ist! Peitsche ihm die aufrührerischen Gedanken aus dem Leib!«

Big Neds Augen funkelten freudig. »Wie viele Schläge, Massa Fulton?«

»Fünfzig!« befahl der Aufseher.

Ein unterdrücktes Stöhnen ging durch die Reihen der Schwarzen. Valerie zog sich der Magen vor Entsetzen zusammen. Fünfzig Schläge mit der Peitsche!

Toby war von den Kopfgeldjägern an das Gerüst gebunden worden. Er wimmerte leise vor sich hin, während die Bluthunde, Schaum vor dem Maul, noch immer kläfften und an ihren Leinen zerrten. Die Sklavenjäger mußten sie weiter wegführen, damit sie sich nicht losrissen.

Big Ned ließ die dünnen Lederriemen seiner Peitsche durch die Finger gleiten und blickte den Aufseher fragend an. Man sah ihm an, daß ihn diese Aufgabe ganz und gar keine Überwindung kostete. Im Gegenteil.

»Anfangen!« befahl Mister Fulton. Seine Stimme war kalt und sein Gesicht ausdruckslos.

Big Ned holte mit aller Kraft aus und schlug zu. Klatschend fuhr die

Peitsche über Tobys Rücken und zerriß das verdreckte Hemd. Er zuckte unter dem Schlag zusammen, verbiß sich jedoch einen Schmerzenslaut. Der zweite Schlag fetzte das Hemd ganz auf, weil Big Ned die Peitsche augenblicklich zurückriß. Er verstand sein blutiges Handwerk und wußte, wie man einen Oberkörper mit wenigen Schlägen entblößte.
Beim sechsten Hieb platzte die Haut auf, und Toby stieß einen gellenden Schrei aus, weil er die wahnsinnigen Schmerzen nicht länger unterdrücken konnte. Jedem Peitschenschlag folgte nun ein markerschütternder Schrei.
»Er... er bringt ihn um!« stieß Valerie voller Abscheu hervor. Big Ned schlug erbarmungslos zu. Tobys Rücken war schon nach einem Dutzend Schlägen blutüberströmt.
»Nein, dafür geht er zu gut mit seinem Liebling, der Peitsche, um«, sagte Jeremy leise, ohne den Blick von der grausigen Szene abzuwenden. »Toby muß Schreckliches erleiden, das habe ich am eigenen Leib zu spüren bekommen, aber sterben wird er nicht. So schnell tötet man keinen Sklaven, dafür kostet er zuviel Geld.«
Valerie wollte sich die Ohren zuhalten, denn sie konnte die Schreie nicht ertragen. Diese Quälerei machte sie krank. Ihr wurde übel, und unbändiger Haß auf Big Ned und Menschen seines Schlages tobte in ihr.
Toby sank bald in eine gnädige Bewußtlosigkeit. Big Ned brachte ihn mit zwei Eimern kalten Wassers jedoch schnell wieder zur Besinnung. Zum Schreien hatte er keine Kraft mehr. Und das einzige Geräusch war jetzt bloß noch das entsetzliche Klatschen der Peitsche.
Die Auspeitschung wollte kein Ende nehmen. Stumm und mit versteinerten Gesichtern standen die Sklaven von MELROSE PLANTATION auf dem Platz. Und so manch einer zählte im Geiste die Schläge mit.
Endlich waren es fünfzig.
Toby war wieder bewußtlos geworden. Scheinbar leblos hing er am Gerüst, sein Rücken ein einziges Stück blutiges Fleisch. Der Boden zu seinen Füßen war von seinem Blut getränkt, und Blut tropfte auch von der Peitsche.
Big Ned trat zu ihm und schnitt die Handfesseln durch. Toby stürzte in den Sand.
»Reibt seinen Rücken mit Petroleum ein, damit er keine Blutvergif-

tung bekommt!« befahl der Aufseher, drehte sich auf den Absätzen um und entfernte sich mit den Kopfgeldjägern.
»Toby hat bekommen, was er verdient hat. Laßt euch das eine Lehre sein!« rief Big Ned und wischte sich den Schweiß von der Stirn. »Los, bringt ihn in seine Hütte!«
Die rauhe Stimme des Drivers brach den schrecklichen Bann, und es kam Bewegung in die Menge. Zwei Männer kümmerten sich um Toby.
Mabelle faßte Valerie am Arm. »Komm mit zur Hütte, mein Kind. Wir müssen das Abendessen zubereiten.«
»Essen?« Valerie starrte die alte Frau empört an. »Wie kannst du jetzt an Essen denken? Ich würde nicht einen Bissen hinunterbekommen!«
»O doch, du wirst, weil du mußt!« erwiderte Mabelle. »Ich weiß, wie dir zumute ist. Aber du mußt an dich denken. Wenn du nicht genug ißt, ermüdest du morgen schneller bei der Arbeit. Du wirst langsamer und erregst Big Neds Ärger. Du mußt auf mich hören.«
»Sie hat recht, Valerie«, sagte Jeremy. »Du mußt jetzt zuerst an dich denken.«
»Ich... ich werde es versuchen, Mabelle. Geh schon mal vor. Ich komme gleich«, sagte sie einlenkend zu der Alten und wartete, bis sie außer Hörweite war. Dann wandte sie sich an Jeremy: »Ich muß, so schnell es geht, von hier fort!«
»Etwa so schnell wie Toby?« fragte er sarkastisch.
»Ich weiß, daß du dich mit Fluchtgedanken trägst«, sagte Valerie leise, während sie mit ihm ein Stück die Straße hinaufging. »Und ich möchte, daß du mich in deine Pläne mit einbeziehst.«
»Das Leben eines Sklaven ist hart, aber das eines entlaufenen kann zur Hölle werden«, warnte er.
»Ich muß es versuchen, doch ich weiß, daß ich es allein nie schaffen würde. Bitte, nimm mich mit, wenn es soweit ist!« bat sie ihn.
»Es wird noch lange dauern«, antwortete er ausweichend. »Sehr lange sogar. Darüber wird der Sommer vergehen. Es kann auch Winter werden. Ich kann dir heute noch gar nichts sagen.«
»Sag mir nur, daß du mich mitnimmst! Ich kann warten, wenn ich nur weiß, daß der Tag kommen wird, Jeremy!«
Er sah sie an, und in seinem glühenden Blick lag ein heiliges Versprechen. »Bei Gott, der Tag wird kommen!«

19.

Ein Tag reihte sich an den anderen, und die Tage wurden für Valerie zu Wochen härtester Arbeit. Hatte sie anfangs geglaubt, mit den anderen Feldsklaven auf Dauer nie und nimmer mithalten zu können, stellte sie zu ihrer eigenen Verwunderung bald fest, zu welchen Leistungen ein Mensch in der Lage war, wenn er nur den Willen dazu hatte – und Angst vor Big Neds Peitsche. Ihre Hoffnung auf eine weniger zermürbende Arbeit im Küchenhaus hatte sich nicht erfüllt. Flossie zeigte sich trotz ihrer fortschreitenden Schwangerschaft wohl noch behende genug, daß Köchin und Wirtschafterin keinen Grund sahen, sie durch eine ihnen noch unbekannte Hilfskraft zu ersetzen. Mabelle tröstete sie zwar ständig, daß sie noch immer gute Aussichten habe, eines Tages von der schweren Feldarbeit befreit zu werden und Flossies Stelle zu übernehmen, doch Valerie mochte nicht mehr daran glauben.

Die Wochen wurden zu Monaten, und bald brauchte sich Valerie nicht mehr vor dem Blick in einen Spiegel zu fürchten. Mabelles liebevoll-energische Pflege hatten Wunder gewirkt. Verschwunden waren nun auch die letzten Anzeichen von Entzündungen, die ihr Gesicht so entstellt hatten. Längst lagen ihre Augen nicht mehr in den tiefen Höhlen eines ausgemergelten Gesichtes. Ihre Haut war wieder weich und glatt geworden.

Ihr Körper hatte seine makellose Figur zurückgewonnen. Nun stimmten wieder die Proportionen, der Schwung ihrer Hüften, der straffe flache Bauch, der in den sanften Hügel ihrer Lenden überging, ihre schlanken wohlgeformten Oberschenkel, die vollen Rundungen ihres festen Gesäßes und die üppige Fülle ihrer Brüste. Sie hatte wieder zugenommen, was sie in den Wochen ihrer Krankheit und Einkerkerung verloren hatte. Doch durch die harte Arbeit auf den Feldern wies ihr Leib nicht ein überflüssiges Gramm Fett auf. Unter ihrer geschmeidigen Haut zeichneten sich nun Muskeln ab. Vergessen war auch die Zeit, als ihr Haar kaum fingerlang gewesen war. Wenn sie jetzt das Kopftuch löste, fiel eine wahre Flut schwarzschimmernder Haare bis auf ihre Schultern.

Die Verwandlung, die im Laufe der Wochen mit ihr vorging, blieb auch Jeremy nicht verborgen. Sie hatte es sich zur Gewohnheit gemacht, ihn fast jeden Abend aufzusuchen und ihm beim Anlegen eines großen Gemüsegartens zur Hand zu gehen. Sie hatte erst nicht verstanden, weshalb er vom Tag ihrer Ankunft an so versessen darauf gewesen war, den besten Garten mit den besten Früchten der Siedlung zu haben.

»Ich liebe die Landarbeit, wenn ich keinem Herrn dienen muß«, hatte er ihr eines Tages erklärt, »aber das ist nicht der wahre Grund, warum ich mich auch noch am Abend abschufte.«

»Sondern?«

»Es sind die paar Münzen, die wir für unsere Erzeugnisse von Massa Melrose bekommen, wenn sie gut genug sind, um vor den Augen der Köchin zu bestehen«, hatte er geantwortet. »Er bräuchte uns gar nichts dafür zu geben, aber es ist nun mal auf den meisten Plantagen Sitte, daß sich die Sklaven etwas verdienen können, um von einem fahrenden Händler mal was zu erstehen, was ihnen Freude macht.«

»Aber du sparst das Geld doch sicherlich nicht, um es dann für irgendwelchen Tand auszugeben.«

»Natürlich nicht. Ich brauche das Geld für die Flucht, Valerie. Die Bluthunde abzuhängen und die Sümpfe heil hinter sich zu bringen ist erst der Anfang. Die Freiheit liegt hoch oben im Norden, mehr als tausend Meilen von hier. Mit einer Handvoll Nüsse und etwas Reis kommt man nie dorthin. Gut, es gibt diese geheime Organisation, die sogenannte *underground railroad*, die entlaufenen Sklaven hilft, nach Norden zu kommen. Aber ich weiß nicht, wann und wo ich auf einen dieser Helfer stoße. Nein, ohne Geld ist es so gut wie aussichtslos.«

»Ich werde dir helfen, so gut ich kann«, hatte Valerie an jenem Tag gesagt, und er hatte es mit einem Kopfnicken akzeptiert.

Mehrere Wochen waren seit diesem Gespräch vergangen. Inzwischen hatte die Sommersonne den Süden, ganz besonders aber das sumpfige Land am Mississippi, in ein riesiges Treibhaus verwandelt, in dessen feuchtheißem Klima der Boden nun seine kostbarste Frucht zur Ernte freigab, die Baumwolle, das ›Weiße Gold des Südens‹.

»Morgen beginnt also das Baumwollpflücken«, sagte Valerie am Tag vor dem ersten Erntetag, als sie Jeremy dabei half, die Gemüsebeete zu wässern. Sie war aufgeregt, wie fast jeder auf der Plantage. »Ich habe das doch noch nie gemacht. Meinst du, Big Ned wird es mir durchgehen lassen, wenn ich in den ersten Tagen das Soll nicht erfülle?«

»Du tust besser alles, was in deiner Macht steht, das Soll zu erfüllen«, erwiderte er. »Bei der Baumwollernte wird auch der gutmütigste Aufseher und Driver zu einem Sklaventreiber. Es geht einfach um zuviel Geld für die Pflanzer, um darauf Rücksicht zu nehmen, warum der eine oder andere unter dem Soll geblieben ist. Aber mach dir jetzt keine Sorgen deswegen. Du wirst es schon schaffen, wie du bisher alles andere geschafft hast. Und ich werde sehen, was ich für dich tun kann.«

Sie blickte ihn dankbar an. »Ich weiß nicht, was ich ohne dich und Mabelle gemacht hätte, Jeremy«, sagte sie.

Er verzog das Gesicht. »Du hättest dich schon durchgebissen. Du gehörst nicht zu denen, die aufstecken, wenn es hart wird.«

»Dennoch.«

Er zupfte Unkraut, und sie hatte den Eindruck, als wollte er ihr etwas sagen, denn er schaute sie immer wieder an, als hätte er etwas auf dem Herzen, von dem er aber nicht wußte, wie er es sagen sollte.

»Raus mit der Sprache, Jeremy!« forderte sie ihn schließlich auf. »Was liegt dir auf der Seele?«

Er richtete sich auf und atmete tief durch. »Hast du in letzter Zeit schon mal einen Blick in einen Spiegel geworfen?« fragte er.

»Warum?«

»Weil du dann darin eine Schönheit erblicken würdest«, sagte er schlicht.

Sie war gerührt und verlegen zugleich. »Oh!«

»Ja, eine Schönheit«, bekräftigte er. »Ich selbst hätte es nie für möglich gehalten, wenn ich es nicht mit meinen eigenen Augen verfolgt hätte, Valerie. Als ich dich das erste Mal sah, tatest du mir schrecklich leid, und es gab nichts an dir, was dem Auge eines Mannes auch nur ein wenig Freude bereitet hätte. Doch nun ...« Er zögerte. »Nun gibt es wohl keine Frau auf MELROSE PLANTATION, die sich mit deiner Schönheit messen könnte.«

Das Blut schoß ihr ins Gesicht, und sie wurde unter seinem bewundernden Blick verlegen. Sie versuchte ihre Verwirrung mit einer scherzhaften Bemerkung zu überspielen. »Ich wußte gar nicht, daß du auch die Kunst der Schmeichelei beherrschst, Jeremy. Ich entdecke immer neue Seiten an dir.«

Er blieb ernst. »Ich schmeichle dir nicht, Valerie. Du hast immer gewußt, daß du wunderschön aussiehst und die Blicke der Männer anziehst... bevor das mit diesem Bruce French geschah. Und jetzt wieder. Das macht mir Sorgen.«

Valerie war verblüfft. »Warum, Jeremy?«
»Schon eine ganz gewöhnliche Sklavin, die nur ein wenig ansprechend aussieht, hat es nicht leicht, wenn sie unverheiratet ist. Doch du bist nicht nur wunderschön, sondern auch noch eine Mulattin. Das läßt viele Männer denken, du seist noch leichter zu haben. Hast du denn nicht bemerkt, daß du in letzter Zeit immer mehr begehrliche Blicke auf dich ziehst?«
»Es soll nur einer wagen, mir nachzustellen!«
Jeremy lächelte traurig. »Du bist hier nicht in der Welt der Weißen, wo ein Mann sich einer Lady nicht zu nähern wagt, wenn er nicht ausdrücklich dazu aufgefordert wird, Valerie. Die Männer, die dich begehren, werden nicht lange um dich werben, sondern sich notfalls mit Gewalt nehmen, was du ihnen verwehrst. Deshalb solltest du alles vermeiden, was deine Schönheit herauskehrt. Trage Kleider, die zu weit sind und die Reize deines Körpers verbergen. Schmier dir etwas Dreck ins Gesicht und trage dein Haar nicht so offen wie jetzt. Das wird vielleicht helfen. Ein Strohhut mit breiter Krempe ist besser als ein Kopftuch. Er schützt nicht nur vor der Sonne, sondern entzieht dein hübsches Gesicht den Blicken der anderen.«
»Wenn du meinst...«, sagte Valerie verunsichert.
»Es wäre besser für dich«, versicherte er. »So, und nun gehst du besser zurück in deine Hütte. Es ist schon dunkel. Wir müssen morgen früh raus.«
Als Valerie im Bett lag, dachte sie darüber nach, was er gesagt hatte. Sie lächelte im Dunkel. Jeremy mochte sie sehr, daran gab es längst keinen Zweifel mehr. Er war von Anfang an ihr Beschützer gewesen, und war es da nicht möglich, daß er daraus gewisse Anrechte ableitete, wenn auch unbewußt? Er hatte ihr versprochen, sie auf seiner Flucht mitzunehmen. Dadurch hatte sie ihr Schicksal mit dem seinen verknüpft. Das konnte ihm das Gefühl geben, daß sie zu ihm gehörte, und ihn hoffen lassen, ihr in Zukunft noch näher zu sein. Vielleicht entsprang seine Sorge mehr einem Gefühl der Eifersucht, daß auch andere Männer sich von ihr angezogen fühlten. Nicht, daß sie ihm etwas Schlechtes unterstellen wollte, denn sie mochte ihn wie einen guten Freund, ja fast wie einen großen Bruder, den sie sich immer gewünscht hatte, aber war es nicht zu menschlich, wo er in den besten Mannesjahren war und allein in der Hütte lebte?
»Oh, Matthew«, seufzte Valerie schwermütig in die Dunkelheit, und die Sehnsucht nach ihm, dem Mann ihrer Liebe, überfiel sie

wieder mit aller Macht und erfüllte auch noch ihre Träume, als der Schlaf sie in seine tröstenden Arme nahm.

Die Bronzeglocke riß die Sklavensiedlung am nächsten Morgen in aller Frühe aus dem Schlaf. Valerie wusch sich das Gesicht schnell mit klarem, kaltem Wasser und war noch nicht mit dem Frühstück fertig, als Jeremy schon in der Tür stand.

»Beeil dich mit dem Essen«, drängte er. »Gleich müssen wir zum Schuppen hinüber und unsere Säcke holen, wo die Baumwollflocken hineinkommen. Wenn wir uns verspäten, setzt es Hiebe. Komm, laß uns gehen!«

Valerie würgte das letzte Stück Speck hinunter und hatte auf einmal keinen Appetit mehr, als Big Neds laute Stimme über die Sklavensiedlung hallte.

»Bewegt euch, ihr Faulpelze!« brüllte er.

Valerie griff zu ihrem Kopftuch.

»Nein«, sagte Jeremy. »Nimm den Hut hier! Er müßte dir passen.« Er reichte ihr einen Strohhut, der noch ganz neu war und eine weit vorgezogene Krempe hatte.

»Oh, das ist ja ein mächtig feiner Hut«, lobte Mabelle und zwinkerte ihr zu.

»Wo hast du den her?« fragte Valerie freudig überrascht.

»David ist ganz geschickt in solchen Sachen. Hat früher mal in der Korbbinderei gearbeitet. Er hatte zufällig noch einen in deiner Größe«, brummte Jeremy. »Und jetzt laß uns, um Gottes willen, gehen!«

Valerie setzte den Strohhut auf, der wie angegossen paßte. Das mit dem ›zufällig‹ glaubte sie ihm jedoch nicht. Es war sicherlich kein Zufall, daß er gestern mit ihr über ihr verändertes Aussehen gesprochen und heute diesen brandneuen Strohhut für sie in der Hand hatte. Sie nahm eher an, daß er David schon beauftragt hatte, ihm diesen Hut anzufertigen, bevor er den Mut gehabt hatte, sie auf ihr Aussehen anzusprechen. Aber wie auch immer, sie wußte seine fürsorgliche Geste zu schätzen.

»Vielen Dank, Jeremy, das war wirklich sehr nett von dir, daran zu denken«, bedankte sie sich, als sie den Weg zum großen Materialschuppen einschlugen.

»Einer muß ja auf dich aufpassen«, brummte er und beschleunigte seine Schritte, so daß sie fast laufen mußte.

Vor dem großen Tor der Scheune gaben zwei Schwarze an jeden

Pflücker einen Sack und einen geflochtenen Korb aus. »Den Sack bindest du dir mit den Riemen vor die Brust. Wenn er voll ist, kippst du die Baumwolle in deinen Korb. Es ist ganz einfach. Na, du wirst schon sehen.«

Nachdem alle Sklaven Sack und Korb erhalten hatten, setzte sich die lange Kolonne in Marsch. Big Ned trieb sie zur Eile an, denn an diesem Tag zeigte sich nicht nur Mister Fulton hoch zu Roß, sondern auch Mister Melrose hatte es sich nicht nehmen lassen, am ersten Tag der Baumwollernte dabeizusein. Die beiden Weißen ritten an der Spitze der Kolonne.

Valerie war von dem Anblick, der sich ihr im ersten schwachen Morgenlicht bot, fasziniert. Die Baumwollfelder erstreckten sich über unzählige Morgen Land. Die Stauden waren etwa einen Meter hoch und trugen jeweils mehrere hühnereigroße weiße Flocken, die aus einer braunen Kapsel hervorquollen und wie weiße Seide leuchteten. Es war ein hell leuchtendes Meer, das sich vor ihr ausdehnte. Ein grandioser Anblick – wenn man hoch zu Roß saß und nicht den Rücken krumm zu machen brauchte. Für die erfahrenen Feldsklaven bedeuteten so riesige Baumwollfelder eine schier endlose Schinderei.

Jeremy zeigte ihr, welche Flocken sie pflücken mußte und welche noch ein paar Tage oder Wochen zum Reifen brauchten. »Und wieviel Pfund muß ich davon pro Arbeitstag pflücken?« fragte Valerie.

»Hundertachtzig.«

»O mein Gott«, stöhnte sie.

»Du schaffst es schon, wenn du dich anstrengst. Aber übertreib es nicht. Denn wenn du das Pensum um zuviel überschreitest, setzt der Aufseher dein Soll für den nächsten Tag hinauf.«

»Man kann es ihnen also nie recht machen«, sagte sie bitter.

»Du lernst es schon. Mit der Zeit bekommst du ein Gefühl für das Gewicht. So ist das verfluchte Leben auf einer Baumwollplantage nun mal.«

Big Ned wurde auf sie aufmerksam. Wütend ließ er die Peitsche knallen, als er zu ihnen kam. »He, du da, Sambo!« fuhr er Jeremy an. »Du scheinst vergessen zu haben, daß du nicht zum Quatschen auf 'm Feld bist und schon gar nicht, um Süßholz zu raspeln. Wenn's dir zwischen den Beinen juckt, kratz dich oder schlag dich nach der Arbeit in 'nen Busch, aber bei der Arbeit gibt's so was

nicht bei mir! Zur Strafe lieferst du heute zweihundert Pfund ab. Für jedes Pfund zuwenig gerb ich dir das Fell einmal mit der Peitsche.«
Valerie wurde blaß und wollte etwas sagen, doch Jeremys beschwörender Blick verschloß ihr den Mund.
»Rüber mit dir aufs andere Feld!« befahl Big Ned.
Die Sonne stieg im Osten über dem Feld auf und brannte bald mit sengender Kraft. Mit gebeugtem Rücken gingen die Pflücker durch die endlosen Reihen der Stauden. Es war eine monotone, ermüdende Arbeit. Und Big Ned war mit seiner Peitsche scheinbar allgegenwärtig. Er sorgte dafür, daß sich keiner eine Ruhepause gönnte, und kümmerte sich nicht darum, daß man ihn mit haßerfüllten Blicken bedachte.
Valerie versuchte sich dem Rhythmus der anderen anzupassen, fiel jedoch immer wieder zurück. Doch ihr eiserner Wille, ihr Pensum zu schaffen, trieb sie vorwärts. Als die Sonne ihren höchsten Punkt erreichte und die Pflücker unter der kräftezehrenden Hitze stöhnten, lag sie ein gutes Stück zurück. Sie hatte den Dreh des Pflückens inzwischen raus, doch es fehlte ihr die gedankenlose Schnelligkeit.
Als Big Ned das Zeichen zur Mittagspause gab, sank Valerie einfach zwischen den Stauden zu Boden und verzehrte, was Mabelle ihr in ein sauberes Tuch eingeschlagen hatte.
Plötzlich fiel ein breiter Schatten auf sie, und sie blickte auf. Vor ihr stand ein Schwarzer von etwas gedrungener, aber breitschultriger Gestalt. Er mochte in etwa in ihrem Alter sein, vielleicht ein paar Jahre älter. Im linken Ohr trug er einen verzierten Messingring. Sie kannte ihn. Es war Amos Sullivan. Er wohnte in einer Hütte schräg gegenüber.
Ohne dazu aufgefordert zu sein, hockte er sich zu ihr. Er musterte sie mit unverhohlener Bewunderung. »So 'n Tag auf 'm Baumwollfeld kann einen ganz schön fertigmachen, nich'?« fragte er mit einem breiten Grinsen.
»Ja«, sagte Valerie einsilbig. Ihr gefiel nicht, wie er sie anstarrte.
»Bist 'n verdammt weites Stück zurück, Val.«
Sie zuckte die Achseln. »Werd's schon wieder aufholen.«
»Glaub ich nicht, Val. Wird noch heißer, und nachher beginnt einem der Schädel zu brummen, und das Kreuz macht nich' mehr mit.«
»Ich werd's ja sehen.«
»Hast dich mächtig fein rausgemacht, Val«, sagte er dann scheinbar ohne jeden Zusammenhang. »Aus 'ner häßlichen Raupe ist 'n bunter

Schmetterling geworden, hat sogar der alte Vergil gesagt. Mächtig feiner Schmetterling sogar, wenn du meine Meinung hören willst. Kannst 'n Mann schon auf Gedanken bringen, die ihm schwer zu schaffen machen, weißt du?«

»Tut mir leid, Amos«, bemühte sie sich freundlich und abweisend zugleich zu sein. »Es ist nicht meine Absicht, *irgendeinen* Mann auf *irgendwelche* Gedanken zu bringen. Ich will nur meine Arbeit machen und sonst in Ruhe gelassen werden.«

Er grinste. »Mach' mir aber gerne Gedanken, Val, und ich denke mir, daß es doch nicht dabei bleiben muß. Ich bin einer der besten Pflücker auf MELROSE PLANTATION«, prahlte er. »Das hast du nicht gewußt, nicht wahr?«

»Nein.«

»Stimmt aber. Schaff leicht am Tag zweihundertzwanzig Pfund. Und wenn ich alles gebe, sogar auch zweivierzig. Mein Rekord war mal zweidreiundfünfzig, aber da war ich dann ganz schön fertig«, gab er an und fügte spöttisch hinzu: »So wie ihr schon bei hundertachtzig.«

Valerie nickte nur und wünschte, Jeremy säße neben ihr. Dann hätte Amos sich erst gar nicht getraut, sich so dreist zu ihr zu hocken.

»Weißt du, würde mir nich' 'n bißchen was ausmachen, dir 'n paar Pfund von meiner Baumwolle abzugeben. Kannst zwanzig Pfund von mir haben, Val.«

»Und was willst du dafür? Denkst du, ich schmeiß' mich für zwanzig Pfund Baumwolle in deine Arme?« fragte sie ärgerlich.

Sein Grinsen wurde noch breiter. »Würdest du kein bißchen bereuen«, versicherte er selbstgefällig. »'ne Frau wie du kommt schon auf ihre Kosten bei mir. Bin nicht nur beim Baumwollpflücken gut.«

Jetzt reichte es ihr. Gerade wollte sie ihn mit einer scharfen Erwiderung auffordern, sie nicht weiter zu belästigen, als Big Neds Stimme ertönte und sie dieser unerquicklichen Aufgabe enthob.

»Überleg's dir. Ich helf' dir gern, Val. Wirst gut dabei wegkommen, wenn du 'n bißchen nett zu mir bist«, versprach er, als er sich erhob und in seine Reihe ging.

Valerie ging mit einem wilden Zorn in die zweite Tageshälfte. Sie war entschlossener denn je, ihr Pensum zu schaffen. Verbissen kämpfte sie gegen die gleichförmige Arbeit an, versuchte sich selbst anzutreiben und begann auch wirklich verlorenen Boden wettzumachen. Sie holte die anderen nach und nach ein.

Sie konnte sich kaum noch auf den Beinen halten, als der erste Erntetag endlich vorbei war. Doch wie glücklich war sie, als ihre Baumwolle abgewogen wurde und Big Ned mit mürrischer Stimme feststellte: »Hundertzweiundachtzig. Gut. Der nächste.«
Als sie aus der Reihe trat und sich umdrehte, sah sie Amos' erstaunten Blick auf sich gerichtet – und sie lächelte ihm spöttisch zu.
»Was wollte dieser Gockel Amos von dir?« wollte Jeremy wissen, der sein Soll auch geschafft hatte.
»Er hat mir zwanzig Pfund Baumwolle angeboten.«
»Wofür?«
»Für meinen Körper«, antwortete sie trocken.
»Dem brech' ich die Knochen!« stieß er hervor.
»Das wirst du schön bleibenlassen. Erzähl mir lieber, was deine Vorbereitungen machen«, wechselte sie schnell das Thema, als sie ihn zu seiner Hütte begleitete. Doch an diesem Abend zeigte er sich sehr wortkarg.

Die Baumwollernte zog sich über viele Wochen hin. Valerie hatte bald keine Sorge mehr, das Tagessoll nicht zu erfüllen. Sie wurde schneller und geschickter. Doch es erfüllte sie kein Stolz darüber. Die Vorstellung, ein Leben lang als Pflückerin auf einer Plantage arbeiten zu müssen, erschreckte sie zu Tode.
Auf MELROSE PLANTATION wurde samstags nur bis zum Mittag gearbeitet. Der Sonntag war frei, und dies war der schönste Tag für jeden Sklaven. Männer und Frauen saßen dann vor ihren Hütten, schwatzten, beschäftigten sich mit Schneiderarbeiten, Schnitzereien, machten Musik und gingen vielen anderen Betätigungen nach, die ihnen Freude machten oder für die sie nur an diesen Tagen Zeit fanden.
Valerie benützte die freien Sonntage dazu, ausgiebig im Fluß zu baden. Sie hatte eine geschützte Stelle entdeckt, die eine gute Meile weiter flußaufwärts lag. Sie war sicher, daß sich hier keiner von den Sklaven sehen ließ, die gelegentlich zum Angeln an den Fluß kamen. Und mit der Sauberkeit nahmen es die meisten nicht so genau. Sie dagegen freute sich schon am Beginn einer Woche auf dieses erfrischende, belebende Bad, das dann endlich auch die letzten Baumwollfasern von ihrem Körper und aus ihren Haaren spülte.
Es war ein drückendheißer Sonntag im August, und sie war in Schweiß gebadet, als sie wie gewöhnlich gegen Nachmittag ihre

Stelle am Fluß erreichte. Ruhig floß das Wasser dahin. Die Luft war vom schweren Duft der Blumen und Bäume erfüllt und vom Gezwitscher einiger Vögel, die trotz der Hitze munter von Baum zu Baum flogen. Auf der anderen Seite des gut dreißig, vierzig Yards breiten Flusses summten Bienen über goldgelben Blüten.

Valerie zog sich splitternackt aus und sprang mit einem fröhlichen Jauchzer ins Wasser, tauchte unter, fuhr sich durch das Haar und ließ sich ein wenig treiben. Nachdem sie sich erfrischt hatte, holte sie ihre Sachen, wusch sie im flachen Wasser und hängte sie dann am Ufer über einen Busch zum Trocknen in die Sonne. Dann gab sie sich wieder ganz dem Vergnügen hin, wie schwerelos auf der Oberfläche dahinzutreiben. Die Strömung war so gering, daß sie nicht viel Kraft aufzuwenden brauchte, um stets in der Nähe dieser kleinen Ausbuchtung zu bleiben, von der sie glaubte, daß nur sie sie kannte.

Doch plötzlich hatte sie das unangenehme Gefühl, nicht mehr allein zu sein. Ihr war, als würde sie beobachtet. Schnell drehte sie sich auf den Bauch und blickte zum Ufer. Sie erschrak. Ihr Gefühl hatte sie nicht getäuscht. Zwischen den Büschen, halb im Schatten einer Eiche, stand ein Mann.

Amos Sullivan!

Mit einem lüsternen Ausdruck auf dem Gesicht starrte er sie an. »Mächtig heiß heute, nich'?« rief er ihr zu.

Hastig schwamm sie näher ans Ufer heran, bis sie Grund unter ihren Füßen spürte. Sie bedeckte ihre Brüste mit den Händen. »Was willst du?« fragte sie barsch.

»Kannst ruhig die Hände runternehmen«, sagte er. »Bin schon 'ne ganze Weile hier. Weiß genau, wie du ohne alles aussiehst. Vielleicht ist mir deshalb so heiß, was meinste?«

»Du bist mir gefolgt!«

Er zuckte die Achseln. »Na und? Ich wette, du hast es die ganze Zeit gewußt und nur so getan, als wüßtest du nicht, daß ich dir zuschaue. Hast es bestimmt genossen, mich so heiß zu machen, was?«

»Du bist ja verrückt!« rief Valerie zornig. »Mach, daß du verschwindest! Ich will mit dir nichts zu tun haben, Amos!«

»Spiel jetzt bloß nicht die Prüde. Du bist genauso scharf wie ich, ich kenn' euch Weiber doch. Erst ziert ihr euch, und dann könnt ihr nicht genug kriegen. Aber darauf falle ich nicht mehr rein.« Die Ausbuchtung seiner Hose zeigte nur zu deutlich, wie erregt er war. »Ich wette, du kannst es gar nicht erwarten. Hast du es schon mal im

Wasser getrieben? Is' was ganz Tolles. Ich mach's dir auch gut, Val, hast mein Wort drauf. Hat bisher noch allen mächtig viel Spaß gemacht. Paß auf, ich komm' zu dir.« Er entledigte sich seines Hemdes und begann die Schnur zu lösen, die seine Hose hielt.
»Mach dich nicht lächerlich, Amos! Ich will mit dir nichts zu tun haben!« rief sie und bekam es nun mit der Angst zu tun. Ihr Blick ging zum Busch hinüber, über dem ihr Kleid hing. So schnell sie konnte, strebte sie dem Ufer zu.
Amos erkannte, was sie vorhatte. Er schleuderte seine Hose von sich, rannte nackt zum Busch hinüber, erreichte ihn vor ihr und baute sich vor ihr auf. »Na, gefällt dir nicht, was du siehst?« fragte er mit einem wollüstigen, einfältigen Grinsen.
Sein pralles Glied erregte in ihr nichts als Abscheu. »Laß mich vorbei!«
Er war mit einem Satz bei ihr und packte sie mit eisernem Griff am Arm, zerrte sie ins flache Wasser. »Willst du vielleicht um Hilfe schreien?« höhnte er. »Wer soll dir denn hier zu Hilfe kommen, Val? Also hör auf, dich zu sträuben, dann hast du auch deinen Spaß. Ich mach's dir gut.« Mit der anderen Hand faßte er ihr an die Brust und drückte sie schmerzhaft.
»Laß mich los!« schrie sie und versuchte sich loszureißen.
Er lachte nur, riß sie grob an sich, daß sie seine heiße Männlichkeit auf ihrem Bauch spürte. »Ich mag's gern ein bißchen wild, aber beschwer dich hinterher nicht, wenn du 'n paar blaue Flecke hast«, sagte er und griff ihr zwischen die Beine.
Panik drohte Valerie zu überwältigen, doch sie kämpfte dagegen an, überlegte fieberhaft, wie sie sich befreien und der drohenden Vergewaltigung entkommen konnte. »Also gut, du hast gewonnen, Amos«, stieß sie hervor und gab ihren Widerstand auf. Sie überwand ihren Ekel und zwang sich, ihre Hand zwischen seine Beine zu legen. »Aber du brauchst mich nicht mit Gewalt zu nehmen. Du hast ganz recht, ich will auch meinen Spaß haben... und du fühlst dich an, als verständest du dich auch gut darauf.«
Sein Griff lockerte sich, und in seinen Augen blitzte es triumphierend auf. »Wußte doch, daß du in Wirklichkeit ganz wild auf mich bist. Ich verspreche dir, daß du gar nicht genug von meinem Ding kriegen kannst.«
Sie lächelte ihn an. »Ich glaube, dein... Ding wird ganz schön schmerzen, wenn ich mit dir fertig bin«, sagte sie.

Er grinste. »Ich kann 'ne ganze Menge vertragen.«
»So?« fragte Valerie lächelnd, zog das rechte Knie blitzschnell an und rammte es ihm mit aller Kraft zwischen die Beine.
Sein Schrei ging in ein atemloses Röcheln über, während er zusammenklappte und zu Boden ging.
»Versuch das ja nicht noch mal!« rief Valerie ihm zu, griff nach ihrem Kleid, streifte es über und rannte davon. Sie lief, bis sie die Siedlung erblickte. Ihre Lungen stachen, als bohrten sich tausend Nadeln durch ihre Brust. Doch sie war ihm entkommen. Sie hoffte, daß ihm das eine Lehre war und er nie wieder versuchen würde, sich ihr zu nähern, und sie überlegte, ob sie Jeremy davon erzählen sollte, entschied sich jedoch dagegen. Es war nicht auszuschließen, daß er sich verpflichtet fühlte, Amos herauszufordern, und eine Schlägerei ihretwegen war das letzte, was sie sich wünschte. Deshalb verschwieg sie ihm, was am Fluß geschehen war, als sie Jeremy wenig später sah.
»Wo warst du?« fragte er mit einem merkwürdigen Blick.
»Am Fluß baden.«
»Allein?«
Sie nickte.
»Das solltest du besser nicht tun... jedenfalls nicht allein. Man weiß nie, was passieren kann.«
»Was soll schon passieren?«, sagte sie ausweichend und war froh, als Mabelle zur ihr gelaufen kam und ihr Gespräch mit der freudigen Nachricht unterbrach, daß Flossie nun nicht länger in der Küche arbeiten könne.
»Morgen fängst du im Küchenhaus an, mein Kind. Ich hab' schon alles geregelt. Jetzt muß ich aber schnell wieder zurück. Gibt eine Menge Arbeit heute im Küchenhaus, wo Massa Mabelle doch so ein prächtiges Fest für seine Gäste gibt«, sprudelte sie hervor.
Valerie freute sich, daß die Arbeit auf dem Feld ein Ende hatte, und vergaß darüber die Sache mit Amos, der ihr an diesem Tag auch nicht mehr unter die Augen trat. Sie nahm das als Zeichen dafür, daß er begriffen hatte, daß sie nicht zu denjenigen Mädchen und Frauen gehörte, die sich ihm willig hingaben oder vor Gewalt kapitulierten. Doch wie sehr sie sich in ihm getäuscht hatte, merkte sie schon wenige Stunden später, als die Sklavensiedlung in nächtlichen Schlaf gefallen war.
Valerie war gerade eingeschlafen, als sich etwas Kaltes, Hartes auf ihre Kehle legte, ihr den Atem nahm und sie jäh aus dem Schlaf riß.

»Wage es ja nicht, einen Laut von dir zu geben, wenn du nicht willst, daß ich dir deine hübsche Kehle aufschlitze!« hörte die die leise, haßerfüllte Stimme von Amos Sullivan, der über ihr kniete und sie mit seinem ganzen Körpergewicht auf das Bett preßte.
Valerie erstarrte in der Bewegung. »Das wirst du nicht wagen!« keuchte sie.
Er lachte geringschätzig. »Warum nicht? Hast du vergessen, daß wir allein in der Hütte sind? Die alte Mabelle wird erst spät in der Nacht zurückkommen, und dann bist du schon kalt, wenn du nicht tust, was ich will.«
Das hatte sie in der Tat vergessen.
»Du hast wohl geglaubt, mich zum Narren halten zu können, was?« zischte er. »Aber noch mal lass' ich mich nich' von dir übertölpeln, du Schlampe! Jetzt wirst du für deinen gemeinen Tritt bezahlen!«
Valerie schluckte. »Hör zu, Amos, wenn du mich anrührst, wird dir Jeremy die Knochen einzeln brechen!« stieß sie hervor und hoffte, daß ihre Angst nicht herauszuhören war.
Er lachte abfällig. »Hab' vor dem keine Angst nich', Val. Weiß schon, daß er dir schöne Augen macht. Aber jetzt komm erst mal ich zum Zuge. Mit Jeremy werd' ich auch noch fertig. Und jetzt lieg still, du Bastard! Wenn du schreist, bring' ich dich um. Liegt ganz bei dir. Ich schwör's dir, du erstickst an deinem eigenen Blut, bevor du den Schrei auch nur raushast! Los, antworte!« Er verstärkte den Druck des Messers, das er ihr auf die Kehle preßte.
»Ja«, krächzte Valerie erstickt.
Er grunzte zufrieden, nestelte an seiner Hose herum und zerrte sie über die Hüften. Dann nahm er das Messer von ihrer Kehle und schlitzte ihr Kleid von oben bis unten auf, daß es auseinanderklaffte und ihren nackten Leib entblößte.
»Mach die Beine breit, oder soll ich mit dem Messer nachhelfen?« drohte er erregt.
Am ganzen Leib zitternd, spreizte sie zögernd die Beine. Ekel stieg in einer Welle übermächtiger Übelkeit in ihr auf, als er sich auf sie legte. Instinktiv zog sie ihren Schoß zurück, als sie ihn zwischen ihren Beinen spürte.
»Du Miststück! Bleib liegen, oder ich...«
Weiter kam Amos Sullivan nicht, denn in dem Moment wuchs eine schemenhafte Gestalt neben dem Bett aus der Dunkelheit. Valerie schrie auf, als sie sah, wie ein Knüppel auf Amos' Schädel niedersau-

ste und er ohnmächtig auf ihr zusammenbrach. Sie stieß ihn von sich, und er stürzte über die Bettkante zu Boden.
»Valerie! Hat er dir etwas getan!«
»Jeremy!« Schock und Erlösung riefen einen Weinkrampf in ihr hervor.
Er nahm sie in seine Arme, drückte sie an sich und redete beruhigend auf sie ein, bis die Tränen verebbten und sie sich bewußt wurde, daß sie nackt war.
Jeremy gab sie frei. »Ich bin gleich wieder zurück, Valerie. Schaffe nur Amos aus der Hütte«, flüsterte er und zerrte den Bewußtlosen ins Freie. Valerie hörte, wie ein Eimer Wasser ausgegossen wurde, ein Stöhnen, das wohl aus Amos' Kehle kam, und dann einen erregten, wütenden Wortwechsel. Es dauerte eine ganze Weile, bis Jeremy zu ihr zurückkehrte.
»Ich weiß nicht, wie ich dir danken soll«, sagte sie und hielt sich das aufgeschlitzte Kleid vor der Brust zu. »Er hätte mich vergewaltigt, wenn du nicht gekommen wärst. Aber woher hast du überhaupt gewußt, daß er das versuchen würde?«
»Ich hab' ihn nicht einen Augenblick aus den Augen gelassen, seit du ihn da unten am Fluß zu Boden geschickt hast.«
Sie erschrak. »Du weißt davon?«
»Ja, ich habe es verfolgt. Du hast Nerven gezeigt.«
Im ersten Moment glaubte sie, sich verhört zu haben. »Wovon... wovon redest du?«
»Von der Szene am Fluß heute nachmittag.«
»Du warst auch da?« stieß sie fassungslos hervor.
»Ja, aber gefolgt bin ich dir nicht. Ich war schon viel eher da, wenn auch ein gutes Stück weiter flußaufwärts und auf dem anderen Ufer.«
»Dann hat du... alles gesehen.« Sie erinnerte sich daran, wie unbekümmert sie in ihrer Nacktheit das Bad genossen hatte. Auf dem Rücken liegend hatte sie sich treiben lassen. Und dann die Szene, als sie und Amos sich nackt gegenübergestanden und er sie abgetastet hatte. Die Schamröte schoß ihr ins Gesicht. Sicherlich hatte er auch gesehen, was sie getan hatte, *bevor* sie Amos zwischen die Beine getreten hatte.
Er lachte leise. »Ja, alles. Amos ist ein Dreckschwein, aber in einem Punkt muß ich ihm uneingeschränkt zustimmen: Du bist eine erregende Frau, die Männer dazu bringen kann, sich zu vergessen.«

Sie rückte unwillkürlich von ihm ab, mehr aus Zorn als aus Angst, er könnte nun Amos' Beispiel folgen. »Du hast die ganze Zeit zugeschaut, und du hast nicht einen Finger für mich gerührt, als du gesehen hast, daß er mich vergewaltigen wollte?« warf sie ihm heftig vor.

»Ich habe lange überlegt, was ich tun sollte«, antwortete er, und es klang nicht so, als suche er einen Grund, irgend etwas zu rechtfertigen. »Dann habe ich mich entschlossen, nichts zu tun. Und ich war mir sicher, daß du mir zustimmen würdest, wenn du davon gewußt hättest.«

»Einer Vergewaltigung zugestimmt!?« fuhr Valerie zornig auf. »Für wen hältst du mich, Jeremy? Habe ich mich so in dir getäuscht?«

Er zuckte die Achseln. »Ich hab' beides gegeneinander abgewogen und kam zu dem Ergebnis, daß eine Vergewaltigung etwas Schreckliches für dich sein müsse, jedoch nicht so schrecklich wie das Ende der Hoffnung auf baldige Freiheit.«

Verständnislos sah sie ihn im Dunkel an, versuchte in seinem Gesicht zu lesen, das sie jedoch nur in Umrissen ausmachen konnte. »Freiheit?« flüsterte sie. »Was hat die Freiheit mit der Sache am Fluß zu tun?«

»Mehr, als du denkst«, erwiderte er ebenso leise. »Seit Wochen arbeiten Leon, Patrick und ich schon an unserem Kanu – und zwar gar nicht weit von der Stelle, wo du gebadet hast.«

Valerie starrte ihn überrascht an. »Ein Kanu? Himmel, Jeremy, warum hast du mir nie davon erzählt? Und wer sind Leon und Patrick?«

»Du hättest es schon früh genug erfahren, nämlich in der Nacht unserer Flucht«, antwortete Jeremy mit einem leisen Lachen in der Stimme. »Ich wollte dich nicht beunruhigen, und wenn das mit dem Kanu vorher irgendwie aufgeflogen wäre, hätte dich keiner mit uns in Verbindung bringen können. Es war nur zu deinem Schutz. Verstehst du jetzt, daß ich mich nicht auf der anderen Uferseite zeigen und einschreiten konnte, ohne Amos' Mißtrauen zu erwekken? Er hätte sich dann mit Sicherheit da drüben umgesehen, denn auf den Kopf gefallen ist er nicht.«

»Ja, natürlich...«, gab Valerie zu, noch immer ganz durcheinander. »Aber was ist mit den beiden anderen?
Kannst du ihnen vertrauen?«

»Leon und Patrick? Ich vertraue ihnen blind. Sie wollen die Freiheit so wie du und ich. Leon arbeitet in der Zimmerei. Ohne seine Hilfe hätte ich das Kanu niemals bauen können. Schon gar nicht in diesen wenigen Wochen. Und Patrick kennt sich in den Sümpfen aus. Er hat viele freie Tage damit verbracht, sich kundig zu machen, so weit es natürlich möglich ist. Zusammen können wir es schaffen.«

Sie griff nach seiner Hand. »Es tut mir leid, daß ich dich so angefahren habe. Es war richtig, was du getan hast. Die Freiheit wäre mir allemal wichtiger gewesen... Ich danke dir, Jeremy.«

»Schon gut.«

»Wissen Leon und Patrick von mir?«

»Nein, ich habe ihnen nur gesagt, daß ich jemanden mitbringen werde, doch nicht, wen. Aber nun werden sie es wissen, ohne daß ich es ihnen zu sagen brauche.«

»Wieso?«

»Weil wir heiraten werden.«

»Heiraten?« echote sie ungläubig.

»Ja, das ist für dich die einzige Möglichkeit, die nächsten Wochen... unbeschadet zu überstehen«, erklärte er. »Amos ist nicht der einzige, der es auf dich abgesehen hat. Du hast mir nicht glauben wollen, aber du bist Freiwild für Burschen wie ihn. Heute hast du Glück gehabt – und zwar gleich zweimal. Aber das wird nicht so bleiben. Irgendwann lauert dir einer auf und zerrt dich irgendwo in die Büsche. Doch wenn du meine Frau bist, wird man dich in Ruhe lassen. Massa Fulton und Massa Melrose geben nichts für die Unschuld eines unverheirateten Sklavenmädchens, doch wenn sie einen Mann hat, sieht das anders aus.«

Sie schwieg einen Augenblick betroffen. Sie hegte für Jeremy große Sympathien, doch es wäre ihr nie in den Sinn gekommen, ihn als Ehemann in Betracht zu ziehen, und das hatte nichts mit seiner Hautfarbe zu tun. Ihre Liebe gehörte einzig und allein Matthew. »Aber heiraten...«, sagte sie nun verstört und wußte nicht, wie sie weiterfahren sollte, ohne ihn zu verletzen.

»Eine Nigger-Heirat«, sagte er fast grob. »Sie hat eigentlich überhaupt keine Gültigkeit. Die Frau springt über einen Besenstiel, und damit ist sie verheiratet. Will sie sich von dem Mann wieder trennen, springt sie noch einmal über den Besenstiel, diesmal nur rückwärts. Doch unter Sklaven wird diese Heirat genauso akzeptiert wie die der Weißen mit Geistlichem und all dem anderen Drum und Dran.« Er machte eine Pause und sagte dann: »Du kannst beruhigt sein, ich

werde nicht darauf bestehen, daß du das Bett mit mir teilst. Es ist nur für die anderen und zu deiner Sicherheit. Ich verspreche dir, daß ich dich nicht anrühren werde.«
»Das würdest du für mich tun?« fragte sie bewegt.
»Es gibt wohl nichts, was Männer für schöne Frauen nicht tun würden«, versuchte er die Sache ins Spaßige zu ziehen.
»Das werde ich dir nie vergessen«, sagte sie leise.
»Gut, dann sind wir uns also einig. Morgen abend werden wir unseren Entschluß verkünden und den Sprung über den Besenstiel machen, und du wirst zu mir in die Hütte ziehen«, sagte er und huschte aus der Hütte, bevor sie noch etwas sagen konnte.
Valerie lag noch wach, als Mabelle endlich von der Arbeit im Küchenhaus zurückkam. »Mabelle?«
»Hab' ich dich geweckt, mein Kind?« fragte die Alte.
»Nein, ich konnte nicht schlafen.«
»Das solltest du aber. Glaub ja nicht, daß die Arbeit in der Küche ein Zuckerlecken ist«, seufzte sie und sank erschöpft auf ihr Bett.
»Ich möchte dir etwas sagen.«
»Was hast du denn auf dem Herzen?«
Valerie zögerte. »Ich werde Jeremy heiraten«, sagte sie dann mit fester, entschlossener Stimme. »Morgen schon.«
»Ist das dein Ernst?« fragte die Alte freudig überrascht.
»Ja, es ist beschlossene Sache.«
Mabelle kam zu ihr und umarmte sie. »Das ist wunderbar, mein Kind! Jeremy wird dir bestimmt ein guter Mann sein. Habe mich schon gefragt, ob er niemals den Mut findet, dich zu bitten, seine Frau zu sein. Dabei kann doch jeder sehen, der Augen im Kopf hat, daß er ganz verrückt nach dir ist. Aber da ist er ja wohl nicht der einzige Mann, der das ist. Es ist gut für dich. Ihr werdet glücklich miteinander werden... vielleicht so glücklich, wie ich es mit meinem Mann war.«
»Ja, das hoffe ich auch«, sagte Valerie und bemühte sich, freudig zu klingen. Doch sie fühlte sich leer und niedergeschlagen, und sie hatte ein wenig Angst, ob Jeremy sein Versprechen auch einhalten würde. Immerhin würde sie morgen seine Frau sein und unter einem Dach mit ihm schlafen...

20.

Mabelle war nicht die einzige, die auf einem großartigen Fest bestand, als sich am nächsten Tag in Windeseile die Nachricht verbreitete, daß Jeremy Valerie zu seiner Frau nehmen würde. Aller Widerstand war zwecklos. Gefeiert werden mußte dieses Ereignis, doch selbstverständlich nicht an einem Wochentag, sondern am Ende der Woche, wo jeder dem Maisbier und Zuckerrohrschnaps ausgiebig zusprechen konnte und sich nicht darum zu sorgen brauchte, ob er am nächsten Tag auch in der Lage war, auf dem Baumwollfeld sein Tagessoll zu erfüllen.

Die schlichte Hochzeitszeremonie mit dem Besenstiel vollzogen sie jedoch schon am Montag. Valerie wäre es nicht ungelegen gekommen, wenn sie noch eine Woche Zeit gehabt hätte, sich innerlich darauf einzustellen. Doch Jeremy ließ sich nicht beirren.

»Nigger-Heirat! Ich bin die Braut bei einer Nigger-Heirat!« Dieser Gedanke ließ sie den ganzen Tag über nicht los. Sie war innerlich so aufgewühlt und verunsichert, daß sie die Stelle im Küchenhaus beinahe schon gleich am ersten Tag wieder verloren hätte. Wenn man sie rief, hörte sie nicht. Und trug man ihr etwas auf, nickte sie, um schon im nächsten Moment nicht mehr zu wissen, was sie denn nun tun sollte. Daß sie nicht wieder aufs Feld geschickt wurde, verdankte sie allein Mabelles Fürsprache.

»Das Kind ist mächtig aufgeregt, wo es doch heute abend über den Besen springt. Morgen wird sie wie verwandelt sein und nicht mehr wie ein verstörtes Huhn hin und her laufen«, versicherte die Alte immer wieder. »Heute ist sie noch ein verwirrtes, aufgeregtes Mädchen, morgen eine verheiratete Frau. Das ist ein großer Sprung – mehr als nur über einen Besenstiel hinweg.«

Valerie schoß das Blut heiß ins Gesicht, als die anderen Küchengehilfen und sogar Clarice, die matronenhafte Köchin, kicherten und sich bedeutungsvolle Blicke zuwarfen, als teilten sie ein Geheimnis, das sich der Neuen unter ihnen erst noch mitteilen würde, wenn sie in der Hütte eines Mannes lebte.

Die Frauen trieben ihren anzüglichen Spott mit ihr und wurden dabei von Mabelle kräftig unterstützt. Die alte Frau wußte sich sonst keinen anderen Rat, ihren Schützling vor harscher Zurechtweisung und Ablehnung zu bewahren. Denn Valerie war an diesem Tag zu

kaum einer vernünftigen Arbeit fähig. Es war nur gut, daß sie nicht wie Jeremy auf dem Feld war und Baumwolle pflücken mußte.
»Das darf nicht wieder passieren, Valerie!« redete Mabelle beschwörend auf sie ein, als es schließlich Abend war und sie zur Siedlung zurückkehrten. »Clarice hat heute noch mal beide Augen zugedrückt. Aber wenn du morgen nicht flitzt, wenn sie dir etwas aufträgt, bist du gleich wieder auf dem Feld! Ich hab' dich bei ihr in den höchsten Tönen gepriesen. Streng dich also an, damit du bleiben kannst und ich nicht als Aufschneiderin dastehe.«
»Tut mir leid, daß ich dir Kummer gemacht habe«, bedauerte Valerie.
»Ach, ist heut ja nicht so wild. Versteh' ja, daß du mit den Gedanken woanders bist. Ich war auch mal so verliebt wie du und konnte es anfangs auch nie erwarten, zu meinem geliebten Mann zu kommen. Ich bin zwar eine alte Frau, aber vergessen habe ich nicht, welches Feuer die Leidenschaft in einem wecken kann, mein Kind«, sagte sie mit einem wissenden Lächeln, in das sich eine Spur Trauer mischte. »Kinder sind uns leider nicht vergönnt gewesen, dennoch hat die Liebe uns viel Glück geschenkt, und so soll es zwischen dir und Jeremy auch sein.«
Valerie hatte Mühe, ein Lächeln zustande zu bringen. Wenn Mabelle bloß wüßte, daß nicht Leidenschaft sie zusammengeführt hatte, sondern ihr unstillbarer Hunger nach Freiheit.
Auf dem Weg in die Siedlung begegnete ihr Amos. Er warf ihr einen wilden, zornigen Blick zu, wandte sich jedoch ab und mied die direkte Begegnung mit ihr. Jeremys Warnung hatte offenbar seine Wirkung bei ihm nicht verfehlt. Eine Gänsehaut überlief sie, als sie daran dachte, was geschehen wäre, wenn Jeremy ihr nicht zu Hilfe geeilt wäre. Sie wünschte, diese Heirat nicht eingehen zu müssen, doch sie hatte eingesehen, daß sie vor Männern wie Amos nicht länger sicher war, seit sie sich so gut von den Folgen ihrer Gefangenschaft erholt hatte.
Jeremy wartete schon auf sie. »Wir machen es heute ganz kurz und schmerzlos«, raunte er ihr zu.
Und doch schlug ihr Herz wie wild, als sie unter großem Gejohle und Geklatsche der versammelten Sklaven die Hochzeitszeremonie vollzogen und dann in seine Hütte verschwanden.
»Mach bitte kein Licht!« bat sie mit leiser, zitternder Stimme. Draußen auf der Straße wurde noch gesungen, und es waren Lieder,

die von eindeutig zweideutigem Inhalt waren, voll sexueller Anspielungen und schlüpfriger Aufforderungen. Einige ließen es sich nicht nehmen, im Rhythmus der Lieder laut zu stöhnen und die Lustschreie Liebender zu imitieren.
»Welch frisch verheiratetes Paar macht denn Licht in seiner Hütte?« fragte er mit gutmütigem Spott zurück.
Valerie war schon oft in seiner Hütte gewesen, die viel kleiner und weniger komfortabel eingerichtet war als die von Mabelle. Doch jetzt erst kam ihr zu Bewußtsein, daß es nur ein einziges Bettlager gab.
»Ich... ich sollte mein Bett holen lassen«, sagte sie unbedacht.
»Eine glückliche Braut, die schon in ihrer Hochzeitsnacht ihr eigenes Bett anschleppen läßt und getrennt von ihrem Mann schläft? Willst du, daß sie sich da draußen das Maul zerreißen und sich über uns lustig machen?« fragte er. »Das sollten wir doch besser nicht tun, Valerie. Außerdem ist in dieser winzigen Hütte für ein zweites Bett überhaupt kein Platz.«
Valerie schluckte und überlegte krampfhaft, was sie darauf antworten sollte.
Er trat nun zu ihr und legte ihr sanft eine Hand auf die Schulter. »Hast du vergessen, was ich dir versprochen habe?« fragte er eindringlich. »Oder hast du zu meinem Wort kein Vertrauen?«
»Doch«, sagte Valerie leise.
»Dann laß uns schlafen gehen.«
Jeremy rutschte im Bett bis an die Bretterwand heran, damit Valerie genügend Platz hatte und ihn nicht bei jeder Bewegung berührte. Auf dem Rücken liegend, blickten sie beide schweigend in die Dunkelheit, während draußen noch immer gesungen wurde.
»Du wirst nirgendwo sicherer sein als an meiner Seite, Valerie«, brach Jeremy schließlich das Schweigen. »Schlaf gut.«
»Ich hoffe, ich werde eines Tages die Gelegenheit haben, all das, was du für mich getan hast, gutzumachen«, sagte sie.
»Der Vogel, der auf dem Ast sitzt und singt, freut sich des Augenblicks und denkt nicht an morgen«, erwiderte er nur.
Valerie hatte geglaubt, lange nicht einschlafen zu können. Doch schnell fielen ihr die Augen zu, und sie sank hinab in die Welt, in der es ihr vergönnt war, Matthew zu begegnen und ihn zu lieben.
Sie träumte, daß sie in seinen Armen lag, und mit einem wohligen Seufzer schmiegte sie sich an ihn. Doch dann drang das Kläffen eines Hundes an ihr Ohr und ließ sie gänzlich aufwachen.

Im ersten Moment war sie noch so schläfrig, daß ihr gar nicht recht bewußt wurde, wie sie da an Jeremys Brust lag. Ihr rechter Arm ruhte auf seiner linken Schulter, und sie hatte ihren rechten Oberschenkel über seine Beine gelegt, wie sie es nachts im Schlaf oft bei Matthew getan hatte. Und das Kleid war ihr bis über die Hüften hochgerutscht, so daß sie vom Nabel abwärts völlig entblößt an ihn gepreßt lag.

Der Schreck machte sie augenblicklich hellwach. Zum Glück schlief Jeremy und hatte wohl noch gar nicht bemerkt, wie aufreizend sie sich an ihn geschmiegt hatte. Vorsichtig, um ihn nicht aufzuwecken, zog sie ihren Arm und ihr Bein zurück, hob den Kopf von seiner Brust, löste den Arm, den er um ihre Schulter gelegt hatte. Dann erhob sie sich rasch und tastete im Dunkel nach dem Eimer Wasser, um sich das Gesicht zu waschen. Als sie ihr hochgerutschtes Kleid hinunterzog und dem Bett den Rücken kehrte, öffnete Jeremy die Augen, und in ihnen war keine Spur von Schläfrigkeit, sondern quälendes Verlangen.

Die Tage vergingen, und bald schon hatte Valerie ihre geheimen Befürchtungen, die sie mit dieser Heirat verbunden hatte, verloren. Sie schämte sich jetzt sogar, Jeremy in Gedanken unterstellt zu haben, daß er ihre Situation zu seinen Gunsten ausnutzen und versuchen würde, sich ihr zu nähern. Doch er tat nichts dergleichen, obwohl es immer wieder geschah, daß sie in seinen Armen erwachte, als suchte sie im Schlaf instinktiv seinen Schutz und seine Nähe.

Anfangs glaubte sie noch, er würde stets zu fest schlafen, um dies zu bemerken. Doch diese Selbsttäuschung ließ sich nicht lange aufrechterhalten. Und eines Morgens, als sie sich wieder vorsichtig von ihm zu lösen versuchte, blickte sie in seine wachen Augen.

Sie zuckte zusammen. »Jeremy!« stieß sie betroffen hervor. »Ich... ich... weiß nicht, wie das geschehen konnte. Ich muß im Schlaf... Ich meine...« Sie brach ihr Gestammel ab.

Er lächelte. »Ich weiß, was du meinst, Valerie, und du brauchst dafür keine Entschuldigung zu suchen. Es ist schön, aufzuwachen und einen Menschen, den man gern hat, nahe bei sich zu spüren.«

»Es ist nicht richtig«, murmelte sie verstört. »Ich habe es nicht mit Absicht getan.«

»Und wenn? Was ist daran so schlimm?« fragte er ruhig. »Ich möchte dir gern ein wenig von der Geborgenheit geben, nach der du dich so sehr sehnst. Du brauchst nicht dagegen anzukämpfen,

Valerie, und zu befürchten, daß ich mich nicht zu beherrschen weiß, wenn du so bei mir erwachst.«

»Du hast morgens nie fest geschlafen, sondern nur so getan, nicht wahr?« flüsterte sie.

»Ja, weil ich dieses wunderbare Gefühl, dich bei mir zu spüren, nicht missen wollte«, gestand er unumwunden. »Und es gibt keinen Grund, warum du dich deshalb schlecht fühlen oder versuchen solltest, nicht mehr zu mir zu kommen. Wir beide wissen, daß uns das Schicksal für eine kurze Zeit zusammengeführt hat und daß sich unsere Wege, so Gott will, bald trennen werden, wenn wir erst einmal auf der Flucht sind. Machen wir doch das Beste daraus und schenken wir uns etwas Wärme, ohne daß mehr daraus zu werden braucht.«

»Weißt du, daß du ein wunderbarer, außergewöhnlicher Mann bist?« fragte Valerie gerührt und berührte ihn kurz an der Wange.

Er lachte kurz auf. »Ich bin ein Nigger, ein Sambo, Valerie, der versucht, ein wenig von seiner Würde zu bewahren, mehr nicht.«

»Das ist mehr, als die meisten sogenannten weißen Gentlemen für sich in Anspruch nehmen können.«

»Ich habe mir Weiße nie zum Vorbild genommen, Valerie, wie könnte ich das auch.«

Valerie lag noch immer in seiner Armbeuge, irgendwie gelöst. »Wann ist es soweit?« fragte sie dann.

»In zwei, drei Wochen, vielleicht schon etwas früher«, antwortete er. »Das Kanu ist schon so gut wie fertig, doch wir brauchen noch Paddel. Jetzt wird es Zeit, daß wir uns Vorräte anlegen. Am besten Nüsse und Reis. Beides ist nahrhaft, und man braucht nur kleine Mengen, um den Hunger zu stillen. Ganz besonders Reis ist wichtig. Kannst du davon was organisieren?«

»Ich werde es versuchen.«

Valerie hatte sich nach den ersten Anfangsschwierigkeiten gut in ihre neue Stelle eingearbeitet und verrichtete nun ihre Tätigkeit im Küchenhaus zur vollsten Zufriedenheit der Köchin. Sie hatte auch Zugang zu den Vorratskammern, und es war nicht allzu schwierig, täglich eine Handvoll Reiskörner und dann und wann einmal Nüsse aus dem Küchenhaus zu schmuggeln.

Der August ging schließlich in den September über, ohne daß die Sonne an Kraft verlor. Noch immer hielt die Bauamwollernte MELROSE PLANTATION in hektischer Betriebsamkeit. Nicht nur auf den

Feldern wurde von Sonnenaufgang bis Sonnenuntergang gearbeitet, sondern auch in der großen Halle, wo die Entkörnungsmaschine stand. Die Sklaven, die dort tagein, tagaus unter drückender Hitze arbeiten mußten, umgeben von Baumwollfasern, die in alle Öffnungen drangen und sich in Mund und Nase absetzten, waren kaum schlimmer dran als diejenigen, die sich mit schmerzendem Rücken und erlahmenden Armen die endlosen Reihen der Baumwollstauden entlangquälen mußten. Da hatten es die Schwarzen schon besser getroffen, die die Ballen auf Fuhrwerke luden und nach Baton Rouge brachten, wo sie auf die Schiffe verladen wurden.

Zwei Wochen verstrichen. Und je näher der Zeitpunkt ihrer Flucht rückte, desto unruhiger wurde Valerie. Der Weg in die Freiheit war bisher für sie etwas Vages gewesen, und die Gefahren, die damit verbunden waren, hatte sie verdrängt. Doch nun wurde ihr von Tag zu Tag stärker bewußt, was eine solche Flucht durch die Sümpfe bedeutete. Alpträume begannen sie zu quälen, und die Erinnerungen an die kläffenden, geifernden Bluthunde der Kopfgeldjäger und Tobys Auspeitschung drangen mit der Schärfe eines Messers in ihre Träume. Sie sah sich schon gehetzt, von einer Meute Hunde zu Boden gerissen und mit abgeschnittenen Ohren am Gerüst zur Auspeitschung hängen. Und wenn Jeremy ihr in diesen dunklen Stunden der Nacht nicht immer wieder Mut zugesprochen hätte, wäre sie bald von ihrer eigenen Furcht zerfressen worden.

Und dann kam die Nacht vom Samstag auf den Sonntag, als Jeremy sagte: »Diese Nacht geht es los.«

Valerie lag wie betäubt neben ihm, und ihr Herz begann plötzlich zu rasen. Ihr Kopf dröhnte, und sie hatte ein Singen in den Ohren, das den wilden Rhythmus ihres hämmernden Herzens hatte.

»Wann?« stieß sie hervor.

»Nicht vor Mitternacht. Wir müssen warten, bis alle tief schlafen.«

Es war heiß in der Hütte, doch ein Frösteln schüttelte ihren Körper.

»Ich habe Angst, Jeremy, schreckliche Angst«, gestand sie.

»Ich auch«, sagte er. »Mein Gott, was habe ich Angst. Und ich bin sicher, Leon und Patrick ergeht es nicht anders. Jeder, der bei so einem Vorhaben keine Angst hat, ist ein hirnloser Trottel.«

Valerie schluckte heftig. »Ich habe Angst, daß ich nicht durchhalte.«

»Die Befürchtung habe ich nicht.«

»Was, wenn wir die Bluthunde nicht abhängen?«

»Möchtest du darauf eine Antwort?« fragte er rauh.

»Nein, nein.«
»Die Freiheit hat ihren Preis, Valerie, und für einen Sklaven, der wegläuft, ist es die Angst. Wir wissen, was uns erwartet, wenn wir wieder eingefangen werden. Du würdest es überleben und vielleicht noch einmal eine Chance haben. Doch für mich gibt es diese Chance nicht. Lebend werden sie mich nicht bekommen, das habe ich mir geschworen«, flüsterte er mit belegter Stimme. »Die Peitschenhiebe würde ich hinnehmen, doch ich werde nicht mit durchgeschnittenen Sehnen als Krüppel über die Straße kriechen. Für mich gibt es nur die Freiheit oder den Tod.«
»O mein Gott, sag so etwas nicht!« beschwor Valerie ihn, und die Angst legte sich wie eine Klammer um ihre Brust und schien ihr den Atem nehmen zu wollen. »Sprich nicht vom Tod! Ich kann es nicht ertragen. O Gott, ich wünschte, ich könnte mich so in mein Schicksal fügen wie all die anderen, dann hätte ich jetzt nicht diese entsetzliche Angst vor den Sümpfen, den Bluthunden ... und davor, daß dir etwas zustößt. Jeremy, was geschieht nur mit uns? ... Warum mit uns?« Tränen stiegen ihr in die Augen, und ein Schluchzen erstickte ihre Stimme.
Er legte seinen Arm um sie, zog sie sanft an sich und fuhr ihr beruhigend über das Haar. »Wir werden es schaffen, Valerie. Wir werden es schaffen. Wir kommen durch. Ganz bestimmt kommen wir durch«, sagte er immer wieder wie eine Beschwörungsformel.
Valerie wußte nicht, was mit ihr geschah. Die Angst weckte in ihr plötzlich ein wildes Verlangen nach Zärtlichkeit, nach rauschhaftem Vergessen, nach dem Gefühl, mit einem anderen Menschen zu verschmelzen, bevor das Verderben sie alle in die gähnende Tiefe riß und verschlang.
»Jeremy ... liebe mich!« stieß sie wie in Trance hervor. »Nimm mich in deine Arme... bitte... ich brauche dich jetzt... liebe mich.« Ihre Hände fuhren über seine Brust, und sie beugte sich über ihn, suchte seine Lippen und küßte ihn mit der Atemlosigkeit der Verzweiflung.
Ihre Berührungen waren wie ein Windstoß, der nur schwach bedeckte Glut in ein jäh aufloderndes, alles verzehrendes Feuer verwandelt.
»Valerie!« keuchte er.
Mit einer ungeduldigen Bewegung streifte sie ihr Kleid ab und half ihm, sich zu entkleiden. Verlangend und doch zaghaft glitten seine Hände über ihren nackten Körper, ertasteten jede Rundung, jede

Erhebung und jede Vertiefung, während ihm das Blut heiß in die Lenden drängte.
Valerie kniete vor ihm, liebkoste seinen harten dunklen Körper, der fast mit der Schwärze der Nacht verschmolz, bedeckte ihn mit einer Flut wilder Küsse, als wüßte sie, daß es kein Morgen mehr für sie gab, und als wollte sie noch ein letztes Mal den ganzen Rausch der Leidenschaft auskosten, bis auf den letzten Tropfen. Ihr langes Haar fiel über seinen Körper, streichelte ihn wie der Hauch von tausend zärtlichen Lippen, und ihre Fingerkuppen glitten über Muskelstränge, die unter ihrer Berührung zuckten und sich ihren zärtlichen Händen entgegendrängten.
»Ja, ja«, raunte sie und gab sich ganz der Wollust hin, die die Angst aus ihrem Hirn spülte, als er sie auf sich zog und ihre Brüste streichelte und küßte und an ihren harten Brustwarzen saugte, während seine Hände über ihr Gesäß fuhren und sie erregten.
»Nimm mich jetzt!... Warte nicht länger!« stieß sie hervor, als das Feuer in ihr unerträglich wurde, und sie ließ sich auf ihm nieder, nahm ihn tief in sich auf und umschloß ihn mit ihrer Hitze.
Die Wollust riß sie beide mit sich fort. Sie wälzten sich in zügelloser Begierde hin und her, jagten einander auf den Gipfel der Leidenschaft, gönnten sich kurze Atempausen, um erneut dem Fieber ihrer schier unersättlichen Körper zu verfallen. Und ihr Hunger nach alles vergessender Lust war erst gestillt, als Jeremy sich zum drittenmal in ihr verströmte, die Arme fest um sie geschlungen und den Mund auf ihre Lippen gepreßt, als wollte er sie nie wieder freigeben.
Schweißüberströmt, zitternd vor sexueller Erschöpfung und mit fliegendem Atem lag sie unter ihm. »Geh nicht! Bleib noch bei mir!« bat sie mit schwacher Stimme, als er sich von ihr lösen wollte.
»Oh, Valerie«, flüsterte er.
»Sag nichts, laß mich dich nur spüren. Du bist noch so weit in mir«, raunte sie und schloß die Augen. Verschwunden war die Angst, die alptraumhaften Bilder. Es gab nichts, was sie in diesem Moment hätte ängstigen können. Die Leidenschaft, die sie mit Jeremy ausgekostet hatte, hatte ihr keine glückselige Erfüllung gebracht, wie das in Matthews Armen der Fall gewesen war, dafür aber tiefen Frieden und ein beruhigendes Gefühl, das Leben in seiner rauschhaften Schönheit noch einmal genossen zu haben, egal, was immer sie dort in den Sümpfen erwarten mochte...

21.

»Valerie! Wach auf!« Jeremy rüttelte sie sanft an den Schultern, beugte sich zu ihr hinunter und flüsterte ihr eindringlich ins Ohr: »Es wird Zeit für uns! Du mußt dich anziehen!«
Ohne ein Gefühl von Benommenheit erwachte Valerie aus einem tiefen, traumlosen Schlaf. Sie war augenblicklich wach und richtete sich auf, nackt, wie sie war. »Ich bin doch tatsächlich eingeschlafen«, murmelte sie verwundert.
»Du hast mehrere Stunden fest geschlafen«, sagte Jeremy. »Das war auch gut so. Es wird eine lange Nacht.«
»Hast du auch geschlafen?«
»Nein. Mir ging zuviel durch den Kopf. Doch nun zieh dich an und komm. Leon und Patrick werden sich jetzt auch schon auf den Weg gemacht haben.«
Valerie holte tief Luft. Sie war aufgeregt, doch die beklemmende Angst war von ihr gewichen. Als sie nun aufstand und in ihr ältestes Kleid fuhr, dachte sie mit einem Gefühl der Dankbarkeit und Wärme daran, wie unersättlich sie vor Stunden in ihrer Lust gewesen waren. Auch jetzt im nachhinein empfand sie nicht eine Spur von Reue oder gar Gewissensbisse, daß sie sich diesem Rausch hingegeben hatte. In dieser Stunde der Angst hatten sie zueinandergefunden und sich durch diesen Ausbruch ungezügelter Leidenschaft nicht nur gegenseitig getröstet, sondern sich auch die innere Kraft und Ausgeglichenheit gegeben, die sie für das Wagnis der Flucht brauchten.
»Hast du alles?« fragte er mit gedämpfter Stimme.
Valerie klemmte sich ihr Kleiderbündel unter den Arm und nahm den kleinen Sack, in dem sich Reis, Nüsse, Trockenfrüchte und sonnengetrocknetes Fleisch befanden, abgefüllt in kleine Leinenbeutel. Jeder von ihnen würde seine eigene Ration erhalten und zusehen müssen, daß er damit auskam. Wasserschläuche würden Leon und Patrick mitbringen. »Von mir aus können wir«, sagte sie.
Er nickte und löste die Bretter der Rückwand, die er Stunden zuvor schon gelockert hatte. Als die Öffnung groß genug war, forderte er Valerie auf, sich schon mal hindurchzuzwängen und draußen im Garten im Schatten der Wand auf ihn zu warten.
»Ich muß hier noch etwas erledigen, komme aber sofort. Du schaust besser nicht hin«, sagte er.

»Was hast du vor?« fragte Valerie.
Er zog einen Jutesack unter dem Tisch hervor, griff hinein und zog ein Huhn heraus. Valerie hatte es überhaupt nicht bemerkt, was aber nicht verwunderlich war, denn es war nicht in der Lage, einen Laut von sich zu geben noch sich durch Scharren oder Flügelschlagen bemerkbar zu machen. Es war an Schnabel, Flügeln und Beinen gebunden, doch es lebte. »Es muß dran glauben. Geh besser! Frag nicht lange!«
Valerie zwängte sich durch die Bretteröffnung ins Freie, drehte sich jedoch noch einmal um. Sie sah, wie Jeremy den Kopf des Huhnes mit seinem primitiven, aber scharfen Messer vom Hals trennte. Ihr war, als könnte sie deutlich sehen, wie der Tierkörper in seinen Händen zuckte und das Blut stoßartig aus dem Halsstumpf schoß.
Jeremy preßte den Körper des Tieres und schwenkte das Huhn dabei über Bett, Tisch, Stühle und Boden, während das warme Blut hervorsprudelte, gegen die Wände spritzte. Als er den Kadaver aufschlitzte und vierteilte, wandte sich Valerie schnell ab und würgte.
Augenblicke später erschien er in der Öffnung. Vorsichtig schob er sich hindurch, ging neben ihr in die Hocke und grub seine blutverschmierten Hände in die lockere Erde, um sie zu säubern. Dabei blickte er zum Himmel hoch und nickte zufrieden. Er war wolkenklar, und die Sichel des zunehmenden Halbmondes stand wie ein silbrig funkelndes Sensenblatt zwischen den Diamantsplittern der Sterne.
Sie lauschten einen Augenblick in die Nacht. Doch es war ruhig. Dann stieß Jeremy sie an, nahm ihr den Sack mit den Vorräten ab und lief geduckt am Gartenzaun entlang. Valerie folgte ihm auf den Fersen. Lautlos schlichen sie zu Sträuchern, die hinter den Garten wuchsen.
Valerie glaubte, ihr laut schlagendes Herz müßte auf ganz MELROSE PLANTATION zu hören sein, und sie rechnete damit, jeden Augenblick eine erstaunte Stimme zu hören, die sie anrief und ihre Flucht schon so nahe bei der Sklavensiedlung vereitelte.
Doch die Nacht blieb still. Als sie den Schutz der Sträucher erreicht hatten, atmete Jeremy hörbar auf. Sie liefen nun ein Stück parallel zur Straße, die durch die Siedlung führte, und wandten sich dann nach Nordosten, zum Fluß.
Als sie das gefährliche offene Gelände, die Felder und Wiesen

passiert hatten und die schwarzen Schatten des Waldes sie schützend umhüllten, wagte Valerie das Schweigen zu brechen.
»Warum?« fragte sie leise.
»Das mit dem Huhn?«
»Ja.«
»Wegen der verdammten Bluthunde. Wenn man unsere Flucht morgen entdeckt hat, hoffentlich sehr spät, und die Kopfgeldjäger auf Melrose Plantation eingetroffen sind, wird man die Hunde in unsere Hütte führen, damit sie die Witterung aufnehmen und später wissen, welcher Spur sie folgen müssen«, erklärte er, während sie fast im Laufschritt dem Fluß zueilten. »Die Bluthunde haben verdammt empfindliche Geruchsorgane. Man braucht ihnen nur ein Kopftuch von dir zu geben, das reicht ihnen, um dich auch im Gelände zu riechen und aufzustöbern. Deshalb habe ich ja auch darauf bestanden, daß du nicht einen einzigen Lumpen von dir zurückläßt. Die Hunde werden jetzt zwar immer noch unseren Geruch aufnehmen, doch es ist der Geruch, der mit einer Menge Hühnerblut vermischt ist, und das kann uns später vielleicht das Leben retten.«
»Wieso das?« fragte Valerie, während vor ihnen schon der Fluß wie ein Band aus flüssigem Silber durch die Bäume schimmerte.
»Weil wir ein paar Hühner mit auf die Flucht nehmen und erst später freilassen, sofern bei Leon und Patrick alles geklappt hat.«
Eine halbe Meile weiter flußaufwärts stießen sie auf die beiden anderen Sklaven, die wohl auch erst kurz vor ihnen angekommen waren. Sie waren außer Atem, hatte ein jeder von ihnen neben seinem Kleiderbündel doch noch zwei Wasserschläuche sowie einen Holzkäfig mit mehreren Hühnern getragen, deren Schnäbel zugebunden waren.
»Danke, daß ihr mich mitnehmt«, sagte Valerie, als sie in die angespannten Gesichter der beiden Männer blickte. Sie kannte Leon und Patrick vom Sehen, hatte aber noch nie mit ihnen gesprochen, weil sie weder auf den Feldern noch im Herrenhaus arbeiteten, sondern in den Werkstätten der Plantage. Beide waren etwa in Jeremys Alter, kräftig, muskulös, aber von bedeutend dunklerer Haut.
Leon nickte nur, während Patrick sagte: »Jeremy hätte dich nicht mitgebracht, wenn auf dich nicht Verlaß wäre.«
»Machen wir, daß wir davonkommen!« drängte Jeremy. »Jede Minute ist kostbar.«

»Ich hol das Boot«, sagte Leon und schwamm über den Fluß.
»Habt ihr das selbst gebaut?« fragte Valerie verwundert, als sie das große Kanu sah, das Leon aus dem Gestrüpp am anderen Ufer zerrte, ins Wasser schob und dann mit kräftigen Schlägen eines selbstgezimmerten Paddels über den Fluß trieb.
»Nein, Leon hat es unten bei der alten Anlegestelle gefunden. Es war von Dornengestrüpp überwuchert und in der Mitte völlig durchgerottet. Wir mußten den Boden erneuern.«
Holz knirschte über Uferkies, als sich der Bug des schlanken Bootes aus dem flachen Wasser hob und an Land schob. Sie luden schnell ihre Kleiderbündel, Vorräte und Hühnerkäfige ein, schoben das Kanu in tieferes Wasser und stiegen ein. Valerie setzte sich gleich hinter Jeremy auf das zweite der vier einfachen Sitzbretter und nahm das Paddel, das er ihr reichte.
»Ich wünsche uns alles Glück der Welt!« sagte Leon mit leiser, beschwörender Entschlossenheit.
»Das ist auch das mindeste, was wir brauchen werden«, antwortete Patrick trocken, der ganz hinten saß und damit Steuermann des Kanus war. Er tauchte das Paddel ins Wasser. »Und jetzt nichts wie los!«
Vier Paddel stachen in das flüssige Silber, brachten Unruhe in die spiegelglatte Oberfläche und trieben das Kanu kraftvoll voran.
»Zieh das Paddel ruhig und gleichmäßig durch«, sagte Jeremy leise zu ihr. »Überanstreng dich bloß nicht, sonst bist du in ein paar Stunden schon erledigt.«
Valerie gab sich Mühe, sich nicht zu verkrampfen – und auch nicht daran zu denken, daß der Wettlauf mit dem Tod begonnen hatte. Gleichmäßig zog sie das Paddel durch.
Etwa ein, zwei Stunden folgten sie dem Fluß stromaufwärts. Dann begannen die Ufer näher zu rücken, und das Land wurde wilder, von keiner menschlichen Hand gezähmt.
Patrick steuerte sie mitten in die Bayous hinein. Als sich der Fluß in einer weiten, flachen Lagune in ein halbes Dutzend schmaler Arme aufteilte, folgten sie einem verschlungenen Wasserlauf, der nach Südosten führte.
»Vermutlich werden sie erst die Arme absuchen, die nach Osten und nach Norden führen. Aber den Gefallen, gleich nach Norden zu gehen, werden wir ihnen nicht tun«, meinte Patrick, der in den Sümpfen ihr Führer war. »Wir werden sie verunsichern. Und wir

werden so lange auf dem Wasser bleiben, wie es nur irgendwie möglich ist. Eine bessere Chance, unsere Spur zu verwischen, gibt es nicht.«
»Wie lange können wir denn im Boot bleiben?« fragte Valerie.
»Diese Nacht und morgen mindestens den halben Tag«, sagte Patrick. »Wie es dann aussieht, weiß ich nicht. Bin noch nie so weit gewesen.«
Sie sanken wieder in Schweigen, und stundenlang war nur das Gurgeln des Wassers beim Durchziehen der Paddel zu hören sowie ihr Atem. Valerie horchte auf ihren eigenen Rhythmus und war beruhigt, daß ihr Atem ruhig und gleichmäßig ging. Die harten Monate auf den Feldern der Plantage hatten ihren Körper gestählt und ihr die Ausdauer verliehen, die jetzt Voraussetzung für ein Gelingen ihrer Flucht war. Doch sie wußte, daß diese Stunden nächtlichen Paddelns nichts im Vergleich zu dem waren, was ihnen noch bevorstand. Wenn erst die Sonne aufging und auf die Sümpfe niederbrannte, würde es wohl mit dem leichten und gleichmäßigen Atmen vorbei sein.
Valerie war es ein Rätsel, daß Patrick in diesem scheinbar endlosen Labyrinth von Tausenden von Flußläufen und Kanälen die Orientierung nicht verlor. Oder gab er nur vor zu wissen, wo sie sich befanden?
Mach dich nicht selbst verrückt! Denk nur ans Paddeln! sagte sie sich selbst, während sie immer tiefer in diese Wildnis aus Wasser, Morast und einigen wenigen baumbestandenen Stellen eindrangen. Ein unangenehmer, irgendwie süßlicher Geruch von Moder und Fäulnis umgab sie, und sie fühlte sich an den Geruch alter Gruften und ausgehobener Gräber erinnert. Vom Nachthimmel war kaum noch etwas zu sehen, denn die Kronen der Bäume, die aus dem Sumpf aufragten, waren so dicht ineinander verflochten und von schweren Flechten Spanischen Mooses überzogen, so daß sie den Eindruck hatten, unter einem undurchdringlichen Laubdach dahinzugleiten.
Als sich die Schwärze im Osten in ein verwaschenes Grau verwandelte, legten sie eine kurze Pause ein. Sie ließen das Kanu treiben, und die Beutel mit dem Proviant sowie die Wasserschläuche wurden verteilt. »Geht bloß sparsam mit dem Wasser um!« warnte Patrick sie. »Die Höllenhitze kommt erst noch, und dieses Sumpfwasser kann man nur im äußersten Notfall trinken. Es kann einem

genauso den Tod bringen wie Big Neds Peitsche, nur dauert es ein bißchen länger.«
Valerie zerkaute eine Handvoll Nüsse, aß drei Trockenfrüchte und ein wenig vom Reis. Dann erst gönnte sie sich einen Schluck Wasser.
»Weiter!« drängte Jeremy. »Es dämmert. Sehen wir zu, daß wir weiterkommen. Die verfluchte Hitze wird uns schon bald zu schaffen machen.«
Sie griffen wieder zu den Paddeln. Die Sonne stieg, brauchte jedoch einige Zeit, um die Nacht aus den Bayous zu vertreiben. Der Morgentau glitzerte auf dem Spanischen Moos, das von den Zypressen hing, und auf den vielen Arten von Sumpfblumen und Gewächsen. Sie passierten Stellen der Sümpfe, die auch am hellsten Sommertag nie von Sonne durchflutet sind, wo ewig Dämmerlicht herrscht.
»Wann werden sie unsere Flucht wohl entdecken?« fragte Valerie, als das Sonnenlicht durch das Laubdach fiel und goldene Flecken auf das dunkelbraune, morastige Wasser der Kanäle zauberte.
»Das hängt ganz davon ab, wer zuerst mißtrauisch wird und einen Blick in unsere Hütten wirft«, erwiderte Jeremy und zog das Paddel kraftvoll durch. »Mabelle wird sofort wissen, daß wir auf der Flucht sind, ihr Wissen aber für sich behalten. Erfährt jedoch Amos davon oder einer der anderen Speichellecker, wird er sofort zu Big Ned oder Fulton rennen und Alarm schlagen. Aber bis dann die Kopfgeldjäger mit ihren Hunden zur Stellung sind, dauert es noch länger. Wenn wir also Glück haben, kann unser Vorsprung zehn, zwölf Stunden betragen.«
»Sie werden garantiert einen Suchtrupp zu Pferd um die Sümpfe herumschicken, um uns in die Zange zu nehmen«, mischte sich Leon ein. »Sie werden die Straße nach Saint Francisville im Norden und New Orleans im Süden absuchen.«
»Wir werden ihnen nicht den Gefallen tun, so dumm wie Toby zu sein und über die Landstraße zu marschieren«, sagte Patrick. »Ich werde nur bei Nacht unterwegs sein und mich tagsüber verstecken. Und ich rate euch, dasselbe zu tun. Nur so haben wir eine Chance.«
»Sieh mal erst zu, daß du uns durch diese verfluchten Sümpfe führst«, brummte Leon und erschlug ein Moskito, das sich auf seinen Hals gesetzt hatte. »Manchmal hab' ich den gräßlichen Eindruck, wir bewegen uns im Kreis.«
»Paddel du nur. Wir sind schon richtig«, beruhigte Patrick ihn.

Die Sonne stieg höher, und die Qual begann. Es war, als befänden sie sich in einem Treibhaus. Die feuchte Hitze hätte ihnen den Schweiß schon aus den Poren getrieben, wenn sie nur still im Boot gesessen hätten. So aber rann er ihnen in Strömen über Gesicht und Arme, über Rücken und Brust. Vorbei die Stunden, wo auf ein ruhiges Ausatmen gut drei Paddelschläge gekommen waren. Ein nach Luft ringendes Keuchen schlich sich in ihre Atemzüge, während ihnen der salzige Schweiß in den Augen brannte und die Moskitos zu einer noch schlimmeren Plage wurden. Der Schweiß lockte die Blutsauger an, und manchmal stürzten sie sich in wahren Schwärmen auf sie, so daß sie die Paddel aus der Hand legen mußten, um zumindest einen Teil der Stechmücken abzuwehren. Doch es gab so viele, die ihren Schlägen entkamen, ihre Haut durchbohrten und ihr Blut tranken.
»Schmiert euch mit Schlamm ein!« rief Patrick. »Das hält die verdammten Biester etwas ab.«
Sie schmierten sich Gesicht, Hals und Arme mit stinkendem Uferschlamm ein. Es half zwar wirklich, hielt jedoch längst nicht alle Moskitos ab. Es gab immer noch genügend, die sich nicht beirren ließen, das Blut rochen und einfach durch die Kleidung hindurchstachen.
Valerie hätte sich am liebsten ununterbrochen gekratzt, so sehr juckte es sie in ihren verschwitzten Sachen. Doch sie biß die Zähne zusammen und versuchte den Juckreiz und die allmählich schmerzenden Muskeln zu ignorieren.
Das Wasser wurde immer flacher und ging dann in einen zähen Morast über, in dem sie mit dem Kanu steckenblieben. »Was jetzt?« fragte Leon.
»Aussteigen. Wir waten weiter und ziehen das Kanu hinter uns her«, entschied Patrick.
Jeremy drehte sich zu Valerie um und sagte mit einem gequälten Grinsen: »Jetzt beginnt offenbar der lustige Teil des Ausflugs.«
»Ja, und mir kommen vor Belustigung fast die Tränen«, erwiderte Valerie, überwand ihren Widerwillen gegen den stinkenden Morast, der sie umgab, und glitt über den Rand des Kanaus. Sie sank bis fast zu den Hüften ein und erschauderte, als sie sich vorstellte, von diesem Sumpf verschlungen zu werden.
Es war ungeheuer anstrengend, in diesem tiefen Schlamm vorwärtszukommen und dabei auch noch das Kanu hinter sich herzuziehen. Es gab häßlich schmatzende, saugende Geräusche, wenn sie sich

vorbeugten, um ein Bein aus dem Sumpf herauszuziehen. Sie ruderten mit den Armen durch den Schlamm, suchten Halt bei Wurzeln und kamen dann darauf, daß sie sich mit Hilfe eines Paddels besser vorwärtsarbeiten konnten.
Valerie versank so manches Mal bis zum Hals. Dann klammerte sie sich an das Kanu und versuchte zu schwimmen, was bei dieser dickflüssigen Morastbrühe jedoch nicht möglich war. Es blieb bei einem hilflosen Zappeln, bis sie endlich wieder festen Grund unter sich spürte. Das kostete viel Kraft.
Nach ein, zwei Stunden hatten sie dieses Sumpfstück überwunden, und endlich lag wieder eine Wasserfläche vor ihnen, die tief genug war, um weiterpaddeln zu können. Keuchend zogen sie sich ins Boot.
»Eine Atempause, nichts weiter«, hörte Valerie Jeremy murmeln, war jedoch zu erschöpft, um ihn zu fragen, wie er das meinte.
Die Antwort erhielt sie keine Stunde später, als das Wasser wieder von einem Sumpf geschluckt wurde und sie erneut zu Fuß weiter mußten. Und dies wiederholte sich immer wieder. Manchmal waren die morastigen Stellen keine hundert Yards breit, mal waren sie so ausgedehnt, daß sie sich ein, zwei Stunden quälen mußten, um wieder zu flachen Seen oder Wasserläufen zu kommen, die mit dem Kanu befahrbar waren.
Dazu die drückende Hitze, der betäubende Modergestank und die angriffslustigen Moskitos, die über sie herfielen, als wollten sie ihnen einen Vorgeschmack von dem geben, was sie erwartete, sollten die Bluthunde sie zu fassen kriegen. Und es war dieser Gedanke an ihre Verfolger, der ihnen die Kraft gab, weiterzupaddeln oder sich durch den nächsten Sumpf zu quälen. Sie drangen immer weiter nach Südwesten vor.
»Jetzt sind sie uns auf der Spur«, sagte Leon irgendwann am Nachmittag. »Ich spüre es. Fast glaube ich, das Kläffen der verdammten Hunde zu hören.«
Unwillkürlich hielten sie alle die Paddel für einen Augenblick ruhig und lauschten mit rasselndem Atem in den Sumpf, als fürchteten sie, die Jäger könnten schon so nah sein, daß das Bellen ihrer Hunde zu hören war.
»Was ist mit den Hühnern?« fragte Jeremy.
»Noch zu früh«, antwortete Patrick knapp. »Später.«
Valerie hätte weinen mögen, so sehr schmerzten ihre Oberarme und

die Blasen an ihren Händen, die sie sich vom Paddeln zugezogen hatte.
Es begann in den Bayous schon zu dämmern, als sie in die Nähe von festem Land kamen. Patrick steuerte das Kanu ans Ufer. »Hier lassen wir die ersten beiden los«, sagte er.
Dankbar für die Atempause, legte Valerie das Paddel aus der Hand und stützte sich mit dem Kopf gegen Jeremys Rücken. Dann aber war die Neugier stärker als ihre Müdigkeit, und sie hob den Kopf und schaute zu, was Patrick tat.
Er holte ein Huhn aus dem Käfig. »Jeremy, reiß dein altes Hemd in Streifen und gib mir zwei lange, schmale Fetzen davon!« forderte er ihn auf.
Jeremy holte ein altes Hemd aus seinem Kleiderbündel, griff zum Messer und hatte schnell zwei lange Streifen abgetrennt, die er Patrick reichte.
Dieser knotete je einen Streifen um jedes Bein des Tieres, das wild mit den Flügeln schlug und sich zu befreien versuchte. Patrick ging nicht sehr sanft mit dem armen Tier um, aber hier ging es um ihr Leben, und da war kein Platz für Sentimentalitäten. Schnell rupfte er dem Huhn auf der Brust die Federn aus, bis die kahle Stelle gut handtellergroß war. Dann fügte er dem Huhn dort einen daumenlangen, aber nicht zu tiefen Schnitt mit dem Messer zu. Blut quoll aus der Wunde, jedoch nicht so viel, daß das Tier innerhalb kurzer Zeit verbluten würde.
Patrick schleuderte das Huhn an Land, wo es in panischer Angst davonrannte. »Renn nur, so weit du kannst!« rief er beschwörend. Dann blickte er Valerie an. »Und jetzt brauch ich von deinen Sachen zwei Stoffstreifen. Leon, bring uns ein Stück weiter hinauf.«
Valerie holte das Kleid hervor, das Amos ihr vor einigen Wochen nachts mit dem Messer aufgeschlitzt hatte. Jeremy half ihr, zwei lange schmale Streifen davon abzuschneiden. »Und du meinst, das bringt die Hunde von unserer Fährte ab?« fragte sie, als sie zusah, wie Patrick wiederholte, was er schon mit dem ersten Huhn gemacht hatte.
Patrick zuckte die Achseln, während er dem zappelnden Huhn die Federn ausriß. »Schwer zu sagen, ob sie sie ganz von unserer Fährte abbringen, aber sicherlich werden die Hühner sie ein gutes Stück in die Irre führen. Die Hunde werden nicht nur unseren Geruch in der Nase haben, sondern auch noch den des Hühnerblutes. Darauf

werden sie anspringen, denn solange wir auf dem Wasser sind, werden sie keine andere Spur finden als diese falsche. Leon und ich haben acht Hühner gestohlen. Jeder von uns legt also zweimal eine falsche Fährte. Das sollte reichen, um die verdammten Köter eine Weile zu beschäftigen – und die Kopfgeldjäger auch.«

Leon nickte. »Sie können ja immer nur einer Spur folgen, wenn sie sich nicht schon zu Beginn aufsplittern wollen.«

»Wir können nur hoffen, daß die blöden Hühner weit genug von hier weglaufen«, meinte Jeremy, »sonst bringt uns dieser Aufwand nichts weiter als ein paar Minuten.«

Patrick zuckte die Achseln. »Zumindest haben wir alles getan, was wir konnten. Und nun weiter!« Er warf das Huhn zwischen die Büsche.

Im Abstand von jeweils einer Stunde wiederholten sie diese Prozedur, bis alle acht Hühner ausgesetzt waren – und zwar an verschiedenen Orten und mit den Kleiderfetzen der Entflohenen an den Füßen. Längst war die Dunkelheit hereingebrochen. Doch das Glück stand auf ihrer Seite, denn kaum eine Wolke trübte den Himmel, und das Mondlicht sickerte hell genug zwischen den Zypressen hindurch, daß sie die Orientierung behalten und ihre Flucht fortsetzen konnten.

Valerie fielen beim Paddeln immer wieder die Augen zu, sie schreckte nach wenigen Sekunden jedoch wieder auf. Sie hatte die Nacht zuvor zwar ein paar Stunden geschlafen, doch die Strapazen der vergangenen vierundzwanzig Stunden waren nicht spurlos an ihr vorübergegangen.

»Wir machen eine Pause«, schlug Patrick schließlich vor.

Sie steuerten das Kanu an Land, banden es an einem Zypressenstamm fest und streckten sich im hohen Gras aus. Valerie stopfte sich ein paar Nüsse und Trockenfrüchte in den Mund und kämpfte gegen den Schlaf, der sie zu überwältigen drohte.

»Ich bin dafür, daß wir uns jetzt trennen«, hörte sie Patrick sagen. »Wir sind nun weit genug von MELROSE PLANTATION und nahe genug der Straße, daß wir es wagen können. Wir haben den schlimmsten Teil der Sümpfe hinter uns. Von hier aus kann jeder alleine seinen Weg finden, ohne groß Gefahr zu laufen, irgendwo steckenzubleiben.«

»Richtig«, stimmte Jeremy ihm bei. »Wenn wir noch länger zusammenbleiben, verringern wir unsere Fluchtchancen nur. Wir werden

Spuren hinterlassen, aber es werden Spuren sein, die in vier verschiedene Richtungen führen und unsere Verfolger zwingen, sich entweder aufzuteilen oder nur einer Spur zu folgen. Ich bin also auch dafür, daß wir uns trennen – und zwar am besten gleich hier und jetzt.«

Patrick wandte sich seinem Freund zu. »Und was meinst du, Leon?«

»Bin ganz eurer Meinung. Wagen wir es.«

»Valerie?«

»Einverstanden.«

»Gut, dann müssen wir uns nur noch einigen, wer welche Richtung einschlägt«, meinte Leon.

»Ich gehe nach Süden, nach New Orleans!« rief Valerie wie aus der Pistole geschossen.

»Leon?«

»Ich gehe geradewegs nach Norden. Nachts marschieren, tagsüber verstecken, wie du vorgeschlagen hast, Patrick.«

»Jeremy?«

»Ich schlage mich nach Gonzales durch und versuche dann, über den Mississippi zu kommen. Werde mein Glück auf westlicher Route nach Norden versuchen.«

Patrick nickte. »Gut, ich will nach Osten, rüber nach Alabama. Es wird also keiner dem anderen in die Quere kommen. Und jetzt wollen wir losen, wer das Kanu bekommt.« Er schnitt von einem langen Halm drei gleichlange und ein kürzeres Stück ab. Jeder mußte ein Halmstück ziehen.

Leon begann. Er hielt eines der drei gleichlangen in der Hand und zuckte nur die Achseln,.

Valerie hatte auch kein Glück.

Es war Jeremy, der den kurzen Halm zog.

Patrick nickte nur und hielt sich nicht lange mit Reden auf. Er hängte sich den Wasserschlauch über die Schulter, verstaute den kleinen Beutel mit den Vorräten in seinem Kleiderbündel und sprang auf. »Ich breche sofort auf. Jede Stunde ist kostbar. Macht es gut, Freunde! Möge Gott mit euch sein und uns Schwarzen endlich einmal eine faire Chance gegen diese verdammte Brut der Weißen geben!« Ohne eine Antwort abzuwarten, ging er davon.

»Ich glaube, ich mach' mich dann besser auch auf den Weg«, sagte Leon und räumte seine Sachen zusammen. »Viel Glück!«

»Dir auch!« sagte Jeremy.

Schnell hatte die Dunkelheit Leon verschluckt.
Valerie hatte Mühe, die Augen offenzuhalten. »Dann wird es für uns wohl auch Zeit, daß wir uns trennen, nicht wahr? Ich hole nur meine Sachen aus dem Kanu.«
Jeremy schüttelte den Kopf. »Das brauchst du nicht. Wir bleiben noch ein paar Stunden zusammen. Du bist doch viel zu müde, um jetzt noch zu Fuß weitermarschieren zu können. Außerdem würdest du dich in der Dunkelheit nur verlaufen.«
»Aber es war doch ausgemacht, daß wir uns alle trennen«, wandte sie ein.
»Das tun wir auch, aber erst bei Tagesanbruch.« Er stand auf, ging zum Kanu hinüber und riß die beiden vorderen Sitzbretter heraus. »Komm, mach es dir im Boot bequem. Du brauchst jetzt dringend ein paar Stunden Schlaf.«
»Und du?«
»Ich bin nicht gerade putzmunter, aber doch fit genug, um noch ein bißchen zu paddeln«, sagte er. »Und nun komm. Verschwinden wir von hier.«
Valerie war zu müde, um sich seinem großzügigen Angebot zu widersetzen. Sie stieg zu ihm ins Boot und streckte sich der Länge nach aus, schob sich ihr Kleiderbündel unter den Kopf. Er stieß das Kanu vom Ufer weg und begann zu paddeln. Sie hörte noch einen Augenblick das Plätschern des Wassers, dann schlief sie ein.
Ein Ruck, der durch das Boot ging, weckte sie Stunden später. Benommen hob sie den Kopf. Es war noch immer dunkel. »Jeremy?« flüsterte sie. »Was ist? Wo sind wir?«
»Irgendwo zwischen Baton Rouge und Gonzales. Die Landstraße kann nicht mehr weit sein«, gab er leise zurück. »Hier werden sich unsere Wege trennen. In ein paar Stunden geht die Sonne auf. Weißt du, wie du dich am Sonnenstand orientieren kannst?«
»Ja.«
»Gut. Am besten bleibst du im Kanu liegen, bis es hell geworden ist. Diese Stelle zwischen den Büschen ist genauso sicher wie jedes andere Versteck auch, vielleicht bist du auf dem Wasser sogar noch sicherer als an Land.«
Sie richtete sich auf und ergriff seine Hand. »Solange ich bei dir war, hatte ich keine Angst. Doch jetzt ist sie wieder da. Ich wünschte, ich könnte mit dir gehen.«
»Das geht leider nicht, Valerie. Du willst nach New Orleans, ich

nach Westen. Wir müssen uns trennen. Aber du wirst es auch allein schaffen, da bin ich mir ganz sicher. Sei nur vorsichtig, meide die Menschen und halte dich tagsüber fern der Straße. In zwei Tagen kannst du in New Orleans sein. Dort wirst du nicht auffallen, und man wird nicht nach irgendwelchen Papieren fragen.«

»Meinst du, sie haben unsere Spur verloren?« fragte sie.

»Das wissen wir erst, wenn wir in Sicherheit sind«, sagte er nüchtern und drückte ihr einen kleinen Lederbeutel in die Hand.

Sie hörte das leise Klirren von Münzen und fuhr zusammen. »Nein! Das ist dein Geld. Ich kann es nicht nehmen. Ich weiß noch ganz genau, was du damals gesagt hast, als sie Toby zurückgebracht haben. Ohne Geld hast du keine Chance, nach Norden zu kommen!«

»Nimm es! Ich habe noch welches für mich. Außerdem brauchst du es nötiger als ich!« versicherte er. »Ich schlage mich schon durch. Also steck es ein, ich gehe sonst nicht.«

Zögernd steckte sie den Beutel mit den Münzen ein. »Wenn du nicht gewesen wärst, hätte ich nie eine Chance gehabt, Jeremy. Was immer auch geschehen mag, ich werde dir immer dankbar sein und dich nie vergessen.«

»Ich werde dich auch nie vergessen«, sagte er mit zärtlicher, wehmütiger Stimme und streckte die Hand nach ihrer Wange aus. »Nie, Valerie.«

Sie sah ihn an, und es zog ihr das Herz zusammen, als sie daran dachte, was Jeremy sich geschworen hatte, falls die Kopfgeldjäger ihn stellen sollten. »Du bist ein außergewöhnlicher Mann, Jeremy«, sagte sie. »Und wenn mein Herz nicht schon einem anderen Mann gehören würde, ich glaube, ich würde dich lieben.«

Er schwieg einen langen Moment. »Du hast mir mehr gegeben, als ich mir je erhofft hatte, Valerie. Du wirst immer in meinen Gedanken und in meinem Herzen sein. Und ich wünsche dir, daß du dein Glück findest – in Freiheit.«

»Versprichst du, daß du mir eine Nachricht zukommen läßt, wenn du in Sicherheit bist?«

»Ja, aber wohin?«

Valerie überlegte kurz. »An das HOTEL ROYAL in New Orleans. Wenn ich durchkomme, werde ich dafür sorgen, daß mir Post von dort nachgeschickt wird, egal, wo ich auch hingehe«, versprach sie.

Er nickte kurz, beugte sich dann schnell vor, küßte sie auf den Mund und sprang im nächsten Moment schon an Land. Er hob nur die

Hand zu einem letzten Abschiedsgruß, dann schlugen die Sträucher hinter ihm zusammen, als hätte er nie dort am Ufer gestanden. Mit Tränen in den Augen starrte Valerie auf das Gestrüpp, hinter dem Jeremy verschwunden war, und lauschte in die Nacht, die sich dem Tag zuneigte. Sie hörte das Springen eines Fisches, der seinem Verfolger durch einen Sprung aus dem Wasser zu entkommen versuchte.
War ihre Flucht gelungen? Würde sie es allein nach New Orleans schaffen? Und was dann? Würde sie Matthew wiedersehen und ihm alles erklären können.
Oh, Matthew!
Sie kauerte sich in das Kanu und kämpfte gegen das Gefühl der Verlorenheit und Angst, das ihr die Zuversicht zu rauben drohte und sie wachhielt. Doch das Bedürfnis ihres ausgelaugten Körpers nach Schlaf drängte die Angst immer mehr in den Hintergrund und gewann schließlich die Oberhand. Ihr Kopf sank gegen die Bordwand. Daß die sanfte Strömung das Kanu immer mehr vom Ufer zerrte, es schließlich freibekam und mit sich durch die Nacht trug, bemerkte sie nicht; zu fest hielt der Schlaf sie in einer Welt schrecklicher Alpträume gefangen.

22.

Die blutrünstige Meute hetzte sie über das Feld, das sich bis zum Horizont erstreckte. Die Hunde jagten mit weiten Sprüngen hinter ihr her. Ihr Vorsprung schmolz rapide dahin. Ein Entkommen war nicht mehr möglich. Nirgendwo konnte sie sich verstecken, und kein Baum weit und breit, auf den sie sich vielleicht hätte retten können.
Sie stolperte und stürzte zu Boden. Sie kroch weiter, verzweifelt und ohne Hoffnung, aber noch immer nicht bereit, aufzugeben. Das wilde Bellen der heranjagenden Bluthunde wurde lauter und schallte weit über das Feld.
Sie warf sich auf den Rücken und sah die Meute der Hunde, die Schaum vor dem Maul hatten und in deren Augen blanke Mordlust stand. Ganz in der Ferne sah sie eine Gestalt, und obwohl sie so

weit weg war, erkannte sie doch deutlich das höhnische Gesicht von Bruce French.
Voller Entsetzen blickte sie den Bluthunden entgegen, die nun sprangen, um sich auf sie zu stürzen und sie zu zerfleischen.
Todesangst ließ sie gellend aufschreien. Sie riß die Arme schützend vor das Gesicht. Doch der Aufprall blieb aus. Kein Gebiß schlug sich in ihren Arm oder ihre Kehle.
Valerie fuhr im Kanu auf, kalten Schweiß auf dem Gesicht. Sie riß die Augen auf, das Grauen noch immer in ihrem Kopf, und blinzelte in das helle Tageslicht.
Der Alptraum löste sich auf.
Doch nicht das wütende Kläffen!
Das scharfe Bellen hatte sie nicht geträumt!
Sie fuhr vor Entsetzen so heftig im Kanu herum, daß sie es fast zum Kentern gebracht hätte. Mit weit aufgerissenen Augen starrte sie auf den hageren, hochbeinigen Hund, der keine vier Schritte von ihr entfernt am steil aufsteigenden Ufer stand, die Vorderpfoten gegen einen aus dem Boden ragenden Felsbrocken gestemmt, und sie wütend ankläffte. Er war zwar kein reinrassiger Bluthund, sondern irgendeine wilde Mischung aus Dogge und Straßenhund. Doch sein mächtiges Gebiß machte den Mangel an Zuchtqualität mehr als wett.
Etwas oberhalb des Hundes hatte sich ein Mann aufgebaut, der eine doppelläufige Schrotflinte in den Händen hielt. Sie blickte direkt in die dunkle Mündung der Waffe.
Ihr war, als spürte sie einen eisigen Hauch, und die Gedanken jagten sich in jäher wirrer Folge hinter ihrer Stirn: *Es ist aus! Sie haben mich gefunden. Das hier ist nicht das Ufer, wo Jeremy mich verlassen hat. Das Kanu muß abgetrieben worden sein. Sie werden mich auspeitschen, mir die Ohren abschneiden und mich wieder auf die Felder schicken. Ich werde für ewig entstellt sein und nie nach New Orleans kommen!*
»Ruhig, Hector!... Ruhig!« rief der Mann mit scharfer Stimme. Das Bellen verstummte, wurde zu einem drohenden Knurren.
Valerie starrte den Mann mit der Flinte an und stellte fest, daß er so gar nicht den Eindruck eines Kopfgeldjägers machte. Er war mittelgroß, genauso hager wie sein Hund und etwa Ende Vierzig. Schütteres Haar, das einen irgendwie stumpfen gelblichen Farbton hatte, fiel ihm in wirren Strähnen bis weit über die Ohren. Er trug rissige Stiefel, eine grau-schwarz gestreifte Hose und darüber ein Jackett,

das so abgewetzt wie der Rest seiner Kleidung war und so bunt wie ein Flickenteppich aus unzähligen verschiedenfarbigen Stoffresten. Und jetzt fielen ihr auch die Roststellen au dem Lauf der Flinte auf. Nein, ein Kopfgeldjäger konnte dieser Mann nicht sein. Der würde seine Waffe besser pflegen.

»Wer... wer sind Sie?« stieß sie hervor.

»Donald Calhoun«, antwortete er und senkte die Flinte, so daß der Lauf nun zu Boden gerichtet war. »Und wer bist du, wenn ich fragen darf?«

»Valerie... Valerie Fulham. Ich bin im Kanu eingeschlafen, und da hat mich die Strömung wohl flußabwärts getrieben«, sagte sie, als würde das etwas erklären.

»Wie interessant. Wo kommst du denn her?«

»Sie würden es mir nicht glauben, wenn ich Ihnen die Wahrheit erzähle«, sagte Valerie.

Ein spöttisches Lächeln trat auf sein schmales Gesicht, das von einer gebogenen Nase beherrscht wurde. »Das kann ich mir vorstellen. Nun, du wirst mir schon erzählen, was ich wissen will. Komm mit zum Wagen!« forderte er sie auf.

»Wagen?«

»Nimm deine Sachen und komm!«

Valerie griff zu ihrem Bündel und trat zögernd an Land, den Blick auf den Hund gerichtet.

»Hector tut dir nichts, solange ich ihm nicht den Befehl dazu gebe«, sagte Donald Calhoun und stieg den Hang hinauf.

Valerie folgte ihm, während der Hund nicht von ihren Fersen wich, als erwartete er jeden Augenblick den Befehl, zuzubeißen. Oben angekommen, sah sie den Wagen. Es war ein großes Fuhrwerk mit einem hohen Kastenaufbau, dessen Dach abgerundet war. Der Wagen war bunt bemalt und trug die Aufschrift: DOCTOR DONALD CALHOUN – ARZNEIEN, LEBENSELIXIERE & WEISSAGUNGEN.

Ihre Angst legte sich ein wenig. Sie war an einen fahrenden Wunderheiler geraten, einen der zahlreichen Quacksalber, die von Dorf zu Dorf zogen und den Menschen mit ihren selbstgebrauten Wundermitteln das Blaue vom Himmel versprachen.

»Setz dich!« sagte er im Befehlston und wies mit der Flinte auf das Feuer, das etwas abseits des Wagens loderte, und einen Topf, der an einem dreibeinigen Gestell hing und worin Kaffee kochte. »Der Kaffee ist fertig.«

Valerie sank auf der rauchabgewandten Seite ins Gras, auf dem noch der Morgentau lag, und musterte ihn verstohlen mit einer Mischung aus Angst und Hoffnung. Würde er sie den Sklavenjägern ausliefern oder ihr helfen?
Donald Calhoun ging zum Wagen, der auf einer kleinen geschützten Waldlichtung stand, klappte ein Außenfach auf und kam mit zwei abgestoßenen Emaillebechern zurück. Er füllte sie und reichte ihr einen Becher.
»Du bist geflohen, nicht wahr?« sagte er dann unvermittelt, während er sie über den Rand seines Bechers hinweg anblickte. Hector hatte sich zu seinen Füßen eingerollt, den Blick jedoch noch immer auf Valerie gerichtet.
»Ich bin keine Sklavin.«
»Es gibt auch Sklaven mit heller Haut«, gab er ungerührt zurück. »Oder willst du mir erzählen, du hättest einen Picknickausflug gemacht und dich dann verirrt?«
»Ich bin Engländerin!«
»Und ich bin der Präsident der Union, der inkognito durch die Lande zieht, um sich ein Bild von der Stimmung hier unten im Süden zu machen!«
»Ich sagte Ihnen ja, daß Sie mir die Wahrheit nicht abnehmen würden.«
Er seufzte. »So kommen wir nicht weiter. Ich rieche doch zehn Meilen gegen den Wind, daß mit dir was nicht stimmt. Und ich würde meinen Wagen verwetten, daß du frisch aus den Bayous kommst. Dir klebt ja noch der Schlamm am Leib!«
Valerie überlegte hastig, was sie sagen sollte. Er machte keinen feindseligen Eindruck, obwohl er fest davon überzeugt war, daß er es mit einer entlaufenen Sklavin zu tun hatte. Das gab Anlaß zur Hoffnung, daß er sie nicht verraten würde, wenn er daraus nur seinen Vorteil ziehen konnte.
»Hören Sie, Mister Calhoun«, sagte sie eindringlich und beugte sich vor. »Es stimmt zwar, daß ich aus den Bayous komme, aber es stimmt auch, daß ich die englische Staatsbürgerschaft habe. Es würde zu weit führen, wenn ich Ihnen erzählte, wie ich hierhergekommen bin und warum ich in diesem Aufzug vor Ihnen sitze. Doch es ist die Wahrheit, daß ich keine Sklavin bin! Ich kann es Ihnen beweisen!«
Spöttisch hob er die Augenbrauen. »So? Wie denn?«

»Wenn Sie mich nach New Orleans bringen, werden ehrbare Bürger bestätigen, daß ich Miß Valerie Fulham aus Bath in England bin.«
»Ich soll dich nach New Orleans bringen?«
»Es wird Ihr Schaden nicht sein«, versicherte sie hastig. »Ich werde Sie großzügig belohnen, wenn Sie das tun. Meine Eltern sind vermögend, und mein Verlobter ist Besitzer und Captain eines großen Schiffes, der *Alabama!*«
»Aber die Belohnung kriege ich erst in New Orleans, ja? Wenn du in Sicherheit bist, nicht wahr?« In seiner Stimme klang trotz des Spotts auch ein Anflug von Interesse mit.
Valerie zögerte nicht lange und zog den kleinen Beutel mit den Geldmünzen hervor, den Jeremy ihr zugesteckt hatte. Sie mußte jetzt alles riskieren. Gelang es ihr nicht, diesen Wunderheiler für sich zu gewinnen, war das Geld sowieso verloren. »Ich kann Ihnen jetzt schon etwas Geld geben. Es ist nicht viel, doch Sie sollen sehen, daß ich es ehrlich meine.«
»Wirf es rüber!« forderte er sie auf, ein gieriges Leuchten in den Augen.
Valerie warf ihm den Beutel zu. »Es ist nichts zu dem, was ich Ihnen in New Orleans zahlen kann. Sagen Sie mir Ihren Preis. Ich zahle Ihnen hundert Dollar, nein, fünfhundert!«
Donald Calhoun grunzte, zerrte den Beutel auf und leerte den Inhalt in seine Hand. Schnell addierte er den Wert der Münzen. »Mhm, ein Dollar und fünf Cents«, brummte er, und es klang recht zufrieden. »Und du willst mir fünfhundert in New Orleans zahlen, ja?«
Valerie nickte. »Ja, und es wird mir keine Schwierigkeiten bereiten, das Geld aufzubringen.«
Er verzog das Gesicht. »Ich weiß, ich weiß, die Eltern in Bath sind vermögend, und der Verlobte ist stolzer Besitzer eines Schiffes namens *Alabama*. Klingt fast zu schön, um wahr zu sein. Dabei könnte ich einen neuen Wagen gut gebrauchen. Fragt sich nur, ob ich nicht besser den Spatz in der Hand nehmen soll, als mich darauf zu verlassen, daß in New Orleans wirklich ein Goldesel steht, der mir fünfhundert Dollar vor die Füße scheißt«, sagte er grübelnd und fügte mit einem Seitenblick auf sie hinzu: »Die Sklavenjäger werden sich bestimmt auch nicht lumpen lassen, wenn ich dich ihnen übergebe.«
»Man wird Sie mit ein paar Dollar abspeisen. Ich aber biete Ihnen *fünfhundert!*« beschwor Valerie ihn, wohl wissend, daß dies für einen

fahrenden Mann wie ihn eine gewaltige Summe war, von der er jahrelang leben oder sich irgendwo ein Geschäft kaufen konnte, wenn ihm der Sinn danach stand, seßhaft zu werden. Sie vertraute auf die angeborene Geldgier dieser Quacksalber. »Und Sie tun wirklich kein Unrecht. Mir ist Unrecht angetan worden. Aber beweisen kann ich das erst, wenn ich in New Orleans bin!«
Nachdenklich schlürfte er seinen Kaffee. Er ließ sich Zeit mit seiner Entscheidung und spielte mit den Münzen in seiner Hand. Dabei legte er den Kopf auf die Seite, als lauschte er dem Klang des Geldes, das ihm etwas erzählte, was nur er verstehen konnte.
Schließlich brach er das Schweigen. »Spricht eine Menge dagegen, daß ich die fünfhundert Dollar zu sehen bekomme. Würde immer noch meinen Wagen verwetten, daß du geradewegs von einer der umliegenden Plantagen kommst und durch die Bayous geflohen bist!« Er hob die Hand, als sie ihm ins Wort fallen wollte. »Andererseits spricht auch eine Menge dagegen, daß du eine Sklavin bist. Sprichst nicht wie ein Nigger und hast auch nichts Unterwürfiges an dir. Und ich kann mir keinen Nigger vorstellen, der einem Weißen fünfhundert Dollar anbieten würde, egal für was. Die Sambos können sich mehr als fünf Dollar überhaupt nicht vorstellen, so wie ich sie kenne. Nein, fünfhundert, das wäre so, als würde ein Schwarzer einem frech ins Gesicht sagen, er sehe aus wie eine weiße Lilie. Es muß also irgendwie was an deiner Geschichte dran sein, wie mir mein Gefühl sagt. Außerdem hat mich ein interessantes Spiel schon immer gereizt.«
Valerie sah ihn mit freudigen Augen an. »Bedeutet das, daß Sie mich nach New Orleans bringen?« stieß sie aufgeregt hervor.
Er nickte. »Ja, für fünfhundert Dollar, und mir ist es egal, wer mir das Geld zahlt, ob dein Verlobter, deine Eltern – oder du selbst!« sagte er mit einem unverhohlen drohenden Ton. »Ich kenne Mittel und Wege, die fünfhundert Dollar zu bekommen, die du mir versprochen hast.«
»Sie werden Sie bekommen! Das schwöre ich auf die Heilige Schrift und das Leben meiner Eltern!« beteuerte Valerie.
»Hab' nie viel auf die Heilige Schrift gegeben und noch weniger auf das Leben meiner Eltern«, erwiderte er knurrig, »aber wenn dir das was bedeutet, soll es mir recht sein. Bekommen werde ich so oder so, was du mir versprochen hast.«
»Sie werden es nicht bereuen, ganz bestimmt nicht.«

»Das werde ich erst wissen, wenn wir in New Orleans sind«, antwortete er und kippte den Rest Kaffee aus seiner Tasse ins Feuer. »Wir brechen sofort auf. Weißt du, ob die Prämienjäger schon hinter dir her sind?«
Sie zögerte und schüttelte dann den Kopf.
»Wann bist du weggelaufen?«
»Samstag nacht.«
»Dann werden sie die Gegend hier unsicher machen. Wir verschwinden besser und sehen zu, daß wir so schnell wie möglich nach New Orleans kommen«, sagte er, nahm den Topf vom Haken, stieß das Dreibein um und erstickte die Flammen, indem er mit den Stiefeln Sand über die Glut scharrte. »Aber freu dich nicht zu früh. Es sind gut zwei Tage bis nach New Orleans, und in zwei Tagen kann eine Menge passieren. Wenn man mich mit dir erwischen sollte, werde ich mich ganz dumm stellen.«
»Wenn Sie nur an die fünfhundert Dollar denken!« erinnerte sie ihn an die versprochene Belohnung.
Er lachte grimmig auf. »Wird wohl keine Minute vergehen, in der ich nicht daran denken werde.«
Sie ging mit ihm zum Wagen, vor den ein struppiges, schmutzigbraunes Pferd gespannt war, das träge das Gras zu seinen Hufen ausriß. Es gab zwei Eingänge in diesen buntbemalten Wohnwagen: einmal durch die Tür hinten, die jetzt jedoch durch die kleine hochgeklappte Treppe blockiert war, und dann durch den offenen, aus der Wand gesägten Rundbogen hinter dem Kutschbock. Eine bunte indianische Decke, die schon längst einmal hätte gewaschen werden müssen, diente als Vorhang vor dem Durchstieg.
»Komm hoch!« forderte er sie auf.
Valerie stieg zu ihm auf den Kutschbock. Hector folgte ihr mit einem gewandten Satz und drängte sich zwischen ihre Beine. Sein Blick war noch immer voller Mißtrauen, doch zumindest hatte er sein Knurren eingestellt.
Donald Calhoun schob die Decke zurück. »Wird wohl besser sein, wenn du nicht hier vorn bei mir auf dem Kutschbock sitzt, sondern drinnen im Wagen bliebst. Da sieht dich keiner.«
»Mir soll es recht sein.«
»Dann sieh zu, daß du es dir bequem machst. Und stör dich nicht an der Unordnung«, brummte er, »ich tu's auch nicht.«
Valerie zog den Kopf ein und begab sich ins Wageninnere, in dem ein

wahrlich chaotisches Durcheinander herrschte. Das schmale Bett auf der linken Seite, das auch als Sitzbank benutzt werden konnte, war übersät mit Kleidungsstücken, Kochgeschirr, alten Tageszeitungen aus den verschiedensten Städten und vielen anderen, höchst unterschiedlichen Dingen. An der rechten Längswand zogen sich Regale entlang, die mit Hunderten von Flaschen vollgestellt waren. Zwei fingerbreite Holzleisten verhinderten, daß die Flaschen beim Fahren herausrutschen konnten. Wie gut Donald Calhoun als Quacksalber war, vermochte Valerie nicht zu beurteilen, doch daß er einen ausgeprägten Sinn für höchst ungewöhnliche farbige Tinkturen hatte, sah sie auf den ersten Blick. Es gab kleine Flaschen, die mit einer rosafarbenen, gelben, blauen und violetten Flüssigkeit gefüllt waren, andere leuchteten giftig grün und glitzerten wie flüssiges Gold.

Im hinteren Teil des Wagens gab es einen primitiven Klapptisch. Ihr Blick fiel noch auf eine schwere, eisenbeschlagene Truhe, ein Banjo und ein Regal mit Lebensmitteln. Alles andere blieb im Halbdunkel verborgen, denn der Wunderheiler hatte den Vorhang wieder zufallen lassen.

»Kannst das Zeug ruhig vom Bett schmeißen!« rief er ihr zu. »Wirf es auf den Boden. Nichts dabei, was kaputt oder noch dreckiger werden könnte, als es schon ist. Samson, beweg deine müden Knochen!«

Valerie schob ein paar Kleidungsstücke zur Seite und setzte sich auf die Kante. Im nächsten Augenblick ruckte der Wagen an. »Ist es weit bis zur Landstraße?«

»Keine zehn Wagenlängen.«

Der Wagen rumpelte über die unebene Wiese, schwankte wenig später einmal von rechts nach links und wieder zurück und lief dann bedeutend ruhiger. Sand und Kies knirschten nun unter den Rädern. Sie befanden sich auf der Landstraße nach New Orleans.

Donald Calhoun gehörte nicht zu den geschwätzigen fahrenden Händlern, die auch dann noch reden mußten, wenn sie gar nichts verkauften. Er stellte ihr keine weiteren Fragen mehr und kümmerte sich auch sonst nicht um sie.

Valerie hätte sich nichts Besseres wünschen können, denn nach Reden war ihr jetzt am allerwenigsten zumute. Die letzten beiden Tage hatten nicht nur sehr an ihren Kräften gezehrt, sondern auch an ihrer seelischen Verfassung. Die Trennung von Jeremy ging ihr bedeutend näher, als sie es jemals für möglich gehalten hätte. Es war nicht direkt Liebe, was sie für ihn empfand, denn die gehörte einzig und allein Matthew, aber es war auch mehr als bloße Dankbarkeit und Zuneigung. Sie sorgte sich um ihn, ob er es in die Freiheit geschafft hatte.

Freiheit. Die Freiheit war für sie selbst zum Greifen nahe. Doch nach den vielen Monaten der Versklavung weigerte sich etwas in ihr, jetzt schon daran zu glauben. In zwei Tagen würde sie in New Orleans sein und Matthew vielleicht wiedersehen. Aber zwei Tage waren eine lange Zeit, wie Donald Calhoun richtig gesagt hatte, in der viel passieren konnte. Und wer sagte ihr, daß sie ihm auch wirklich vertrauen konnte? Wußte sie, was in seinem Kopf vor sich ging? Er rechnete sich einen großen Profit aus, das war ihre Chance, jedoch noch längst keine Garantie dafür, daß er Wort halten würde. Er würde sich seine Gedanken machen und während der nächsten Stunden, ja Tage immer wieder abwägen, welche Entscheidung ihm den größten Vorteil brachte. Vorhin war sie zu ihren Gunsten ausgefallen, doch sie war nicht so dumm zu glauben, daß Donald Calhoun es sich nicht noch einmal anders überlegen könnte. Erst wenn sie im Hotel Royal, besser noch bei Matthew war, konnte sie behaupten, endgültig in Sicherheit zu sein.

Das Halbdunkel des Wohnwagens war wie geschaffen dazu, ihren Gedanken freien Lauf zu lassen und ihr das trügerische Gefühl von Sicherheit und Geborgenheit zu geben. Das Rumpeln und leise Klirren der Flaschen wurde zu einer gleichmäßigen Geräuschkulisse. Sie setzte sich schließlich mit angezogenen Beinen auf das Bett, lehnte sich gegen die Wand und benützte ihr Kleiderbündel als Kopfkissen, das die Stöße dämpfte, die gelegentlich durch den Wagen gingen. Sie döste vor sich hin und fiel dann irgendwann in einen unruhigen Schlaf.

Ein scharfer Ruf vom Kutschbock ließ sie auffahren. Als sie die Augen aufschlug, blickte sie in blendend grelles Sonnenlicht. Donald Calhoun hatte die Decke zur Seite geschoben. Sie mußte mehrere Stunden geschlafen haben, denn die Sonne stand schon hoch am Himmel, und es war heiß im Wagen geworden. Hector knurrte.

»Was ist?« fragte sie verwirrt.

»Hunde!« stieß der Wunderheiler hervor und trieb Samson zu einer schnelleren Gangart an. »Zwei Reiter mit Hunden sind hinter uns. Schätze, daß sie hinter dir her sind.«

Jetzt, wo er es sagte, hörte sie das Bellen der Hunde in der Ferne auch, und der Schreck fuhr ihr in die Glieder. Sofort war die Angst wieder da. »Die Kopfgeldjäger werden Sie mit fünf Dollar abspeisen!« stieß sie hervor. »Von mir erhalten Sie das Hundertfache!«
»Noch leide ich nicht unter Gedächtnisschwund«, gab er brummig zurück und wickelte die Zügel hastig um die Halterung, in der die Peitsche steckte. Er ließ Samson auf der schnurgeraden Straße weitertrotten, während er zu ihr in den Wagen stieg. »Du mußt dich verstecken.«
»Aber wo?«
»Hab' hier im Wagen ein Versteck, das auch der gerissenste Zollinspektor nicht so leicht finden würde«, sagte er und fegte mit einer schnellen Armbewegung alles vom Bett, klappte die dünne, durchgelegene Matratze gegen die Wand und hob die Holzplatte darunter hoch. Ein langer Kasten, in dem Decken lagen, kam zum Vorschein. Schnell räumte er ihn aus.
»Aber da finden sie mich bestimmt, wenn sie den Wagen durchsuchen!« wandte Valerie ein.
»Du wirst dich ja auch nicht in diesem Kasten verstecken, sondern in dem, der *darunter* liegt!« erwiderte er mit einem breiten Grinsen, betätigte einen Hebel und klappte das Bodenbrett hoch. Darunter befand sich noch ein langer, schmaler Hohlraum. »Beeil dich! Sie werden uns gleich erreicht haben, und ich muß auf den Kutschbock zurück.«
Hastig stieg Valerie hinein, legte sich der Länge nach hin und preßte die Arme an den Körper. Dann fiel das Bodenbrett über ihr zu. Sie hörte, wie er die Decken schnell wieder in den Kasten über ihr stopfte. Die Matratze knallte zurück.
Valerie wagte kaum zu atmen. Das Kläffen der Hunde und der Hufschlag der Pferde wurden schnell lauter. Und dann begann Hector vorn auf dem Kutschbock in das Gebell einzustimmen. Es klang nicht weniger gefährlich als das Gebell der Bluthunde.
»He, Sie da! Halten Sie an, Mister!« rief dann eine herrische Stimme.
»Bleiben Sie bloß mit Ihren Hunden zurück, sonst fließt gleich Blut!« rief Donald Calhoun zurück. »Hector haßt seine Artgenossen wie die Pest. Hat schon ganz andere Biester als Ihre Hunde zerfleischt, nicht wahr, mein Guter?«
»Scott, kümmere dich um die Hunde! Halt sie zurück. Ich erledige

das hier«, sagte die erste Stimme zu dem Partner, der sich nun mit den Hunden vom Wagen zurückzog.
»Worum geht's denn, Gentlemen?« fragte der Wunderheiler.
»Wir suchen vier entlaufene Nigger, darunter auch eine Mulattin mit ungewöhnlich heller Haut!« lautete die Antwort des Sklavenjägers. »Sie sind Samstag nacht von MELROSE PLANTATION geflohen und müssen hier irgendwo in der Gegend sein. Ist Ihnen vielleicht ein Nigger oder diese Mulattin über den Weg gelaufen?«
»Nicht, daß ich wüßte. Hab' für Nigger sowieso nichts übrig. Klauen einem alles, wenn man nicht höllisch aufpaßt«, erwiderte Donald Calhoun.
»Aber die Hunde sind wie verrückt, und das sind sie meist nur dann, wenn sie einen Nigger riechen«, wandte der Sklavenjäger mißtrauisch ein.
»Sie werden Hector genausowenig mögen wie er sie«, antwortete der Wunderheiler spöttisch.
»Schon möglich, Mister, aber dennoch würde ich gern einen Blick in Ihren Wagen werfen.«
»Wollen Sie mich beschuldigen, ich würde einen Nigger verstekken?« schnarrte Calhoun ungehalten.
»Davon hab' ich kein Wort gesagt, aber wenn Sie nichts zu verbergen haben, dürfte es Ihnen doch nichts ausmachen, mich in Ihren Wagen zu lassen.«
»Wenn Sie so wild drauf sind, sollen sie Ihren Willen haben«, brummte Calhoun. »Aber ich sage Ihnen, Sie verschwenden nur Ihre Zeit.«
»Das ist nun mal unser Job, Mister.«
»Dann kommen Sie in Gottes Namen herauf!« seufzte Calhoun.
Valerie lag wie gelähmt in ihrem Versteck. Mit jagendem Herzen lauschte sie auf die Geräusche. Sie hörte, wie einer der Reiter auf den Wagen stieg, wie der Vorhang zurückgeschoben wurde und wie Calhoun mit einem Anflug von gespielter Verlegenheit sagte: »Wüßte gar nicht, wo ich einen Sambo hinstecken sollte. Hier ist gerade Platz genug für meinen Kram, wie Sie ja selber sehen.«
»Heben Sie mal das Bett hoch!«
»Sie haben vielleicht eine Phantasie, aber bitte, schauen Sie sich nur um.« Der Boden des Bettes wurde hochgehoben. »Sind nichts als Decken drin. Gute indianische Arbeit. Vielleicht können Sie eine gebrauchen? Mache Ihnen einen Vorzugspreis.«

»Schon gut. Wollte nur sichergehen, Mister. War nicht persönlich gemeint. Es treibt sich einfach zuviel Gesindel auf den Straßen rum, das sich einen Dreck um Gesetz und Ordnung kümmert. Wollte Sie wirklich nicht als Niggerfreund beleidigen«, entschuldigte sich der Sklavenjäger. Es klang hörbar enttäuscht.
»Wenn ich alles persönlich nehmen würde, was man mir auf meinen Reisen an den Kopf wirft, würde mir sogar meine phantastische Haarwassertinktur nicht gegen eine Vollglatze helfen«, sagte der Wunderheiler, ließ das Bett hinunterknallen und zog den Vorhang wieder hinter sich zu. »Viel Glück noch, Gentlemen!«
Der Wagen setzte sich wieder in Bewegung, und das Kläffen der Bluthunde fiel langsam hinter ihnen zurück. Valerie atmete erlöst auf. Die Prämienjäger hatten sie nicht entdeckt, und Donald Calhoun hatte sie nicht verraten. Jetzt glaubte sie zum erstenmal wirklich daran, daß ihre Flucht gelungen war und sie sicher nach New Orleans kommen würde.

23.

Als die Dunkelheit hereinbrach, fuhr der Wunderheiler von der Straße ab und suchte in der Nähe eines klaren Baches eine geschützte Stelle, wo sie die Nacht verbringen würden. Während er ein Feuer entfachte und ein warmes Essen zubereitete, bei dem er sich nicht von ihr helfen lassen wollte, ging sie zum Bach hinunter und wusch sich gründlichst. Nach den Tagen in den Bayous hatte sie diese Wäsche auch nötig. Der Morast klebte ihr noch immer in den Haaren. Sie kauerte sich hinter ein Gestrüpp, wo sie vor seinen Blicken sicher war, zog ihr verdrecktes Kleid aus, das sie auf ihrer Flucht durch die Sümpfe getragen hatte, und wusch sich von Kopf bis Fuß. Sie hatte kein Tuch, um sich abzutrocknen, deshalb streifte sie das mit einem Blumenmuster bedruckte Baumwollkleid, das Mabelle ihr zu ihrer ›Nigger-Hochzeit‹ mit Jeremy geschenkt hatte, einfach über ihren nassen Körper. Sie hoffte, daß es nicht zu aufreizend auf ihn wirkte, und hielt sich ein wenig nach vorn gebeugt, damit sich ihre feuchten Brüste nicht zu deutlich unter dem Stoff abzeichneten.

Donald Calhoun bedachte sie mit einem langen, abschätzenden Blick, als sie vom Bach zum Wagen zurückkam und sich zu ihm ans Feuer setzte. Doch in seinen Augen vermochte sie nichts Lüsternes zu entdecken.
»Du wirst Hunger haben«, sagte er.
»Und wie!«
»Dann iß!« sagte er kurz angebunden und reichte ihr einen vollgehäuften Blechteller.
»Sie haben die Sklavenjäger gekonnt an der Nase herumgeführt«, sagte sie. »Man könnte fast meinen, daß Sie das nicht zum erstenmal getan haben.«
»Du bezahlst mich nicht, damit ich dir meine Lebensgeschichte erzähle, oder?« brummte er.
»Nein.«
»Dann frag auch so was nicht.«
Sie sprachen nicht viel beim Essen. Donald Calhoun zeigte wenig Interesse an einem Gespräch und schien sehr in Gedanken versunken zu sein. Valerie hatte gegen einen wortkargen Helfer nichts einzuwenden, solange er sie nur sicher nach New Orleans brachte.
»Du kannst das Bett nehmen«, sagte er, als sie das Feuer gelöscht hatten und es Zeit war, sich schlafen zu legen. »Ich mach' mir ein Lager auf dem Boden. Decken genug hab' ich ja. Brauchst keine Gewissensbisse zu haben. Ich werd's genauso bequem haben wie du.«
Valerie nahm das Angebot gern an und machte es sich bequem.
»Für ein bißchen Vergnügen bist du wohl nicht zu haben, oder?« fragte er dann. »Ist schon lang her, seit ich mit einer Frau zusammengewesen bin.«
Alles spannte sich in Valerie an. »Ich bin Ihnen sehr dankbar, daß Sie mich vor den Männern versteckt haben und nach New Orleans bringen, aber ich möchte meine Schuld doch lieber mit Geld bezahlen«, sagte sie so freundlich wie möglich.
»Ist schon in Ordnung«, sagte er. »Werde in New Orleans Gelegenheit genug haben, nachzuholen, was mir in den letzten Wochen entgangen ist. Da gibt's die schönsten Mulatinnen schon für zwei Dollar und weniger die Nacht. Keine Sorge, ich werde schon nicht über dich herfallen. Du kannst also beruhigt schlafen. Vergiß, daß ich überhaupt davon gesprochen hab'. Das kommt nur davon, daß ich es nicht gewöhnt bin, Gesellschaft in meinem Wagen zu haben –

schon gar nicht von schönen Frauen. Tu so, als hätte ich nie davon gesprochen. Gute Nacht!«

»Gute Nacht, Mister Calhoun.« Sie schlief jedoch erst viel später ein, als er schon längst laut schnarchte.

Glühende Hitze bestimmte den nächsten Tag, und die Hitze staute sich im Wohnwagen, daß ihr das Kleid schon am Morgen verschwitzt am Leib klebte. Was hätte sie dafür gegeben, vorn bei ihm auf dem Kutschbock sitzen zu können. Doch das verbot die Vorsicht. Je näher sie New Orleans nämlich kamen, desto reger wurde der Verkehr auf der Straße. Das Risiko, das Interesse eines Reiters oder Kutschers auf sich zu lenken, der vielleicht den Sklavenjägern begegnet war, war einfach zu groß. Deshalb blieb ihr gar nichts anderes übrig, als im stickigen Wagen zu bleiben, die Hitze zu ertragen und sich damit zu trösten, daß die große Stadt am Mississippi und damit ihre Freiheit immer näher kam.

Es wurde ein schrecklich langer Tag für sie. Mit jeder Meile wuchs ihre Ungeduld und ihre Angst, so kurz vor dem Ziel doch noch in die Hände ihrer Verfolger zu fallen.

Am späten Vormittag lenkte Donald Calhoun das Gespann von der Straße, sehr zu ihrer Verwunderung. »Warum fahren wir nicht weiter? Ich denke, bis nach New Orleans sind es nur noch zwei Meilen?«

»Samson braucht eine Rast und ich auch«, gab er zur Antwort. »Außerdem habe ich Hunger, und es ist besser, wir kommen bei Dunkelheit in die Stadt.«

Es gefiel ihr nicht, doch sie mußte sich seinem Willen fügen. Er briet Speck und Kartoffelscheiben in einer Pfanne und braute Kaffee, der ihr außergewöhnlich stark schien. Er goß ihr mehrmals nach, und sie hatte auch großen Durst, weil er das Essen versalzen hatte.

Daß mit dem Kaffee irgend etwas nicht stimmte, merkte sie erst, als ihr schwindlig wurde. Sie fühlte sich plötzlich benommen, wie berauscht von Alkohol, und in ihrem Mund breitete sich ein trockenes pelziges Gefühl aus. Sie wollte sich erheben, doch sie hatte kaum die Kraft dazu. Die Beine versagten ihr den Dienst.

»Versuch besser nicht, allein auf die Beine zu kommen«, riet er ihr mit Spott in der Stimme. »Das haben schon andere als du vergeblich versucht. Du wirst dir schon von mir helfen lassen müssen. Aber das tue ich natürlich gern, bist du doch die kostbarste Fracht, die ich je in meinem Wagen hatte, und die werde ich hegen und pflegen.«

»Was... was haben Sie mit mir gemacht?« stieß sie hervor und merkte, daß sie Schwierigkeiten mit dem Sprechen hatte. Ihre Zunge schien ihrem Willen genausowenig folgen zu wollen wie ihre Gliedmaßen. Und sie hatte von Augenblick zu Augenblick mehr Schwierigkeiten, einen Gedanken zu Ende zu denken und sich zu konzentrieren. Sie wußte nur, daß er ihr Vertrauen ausgenutzt und sie nun hintergangen hatte. Sie schwebte in Gefahr. Doch seltsamerweise empfand sie dabei keine Angst, sondern eine verwirrende Gleichgültigkeit.

Sein Lachen schien aus weiter Ferne zu kommen. »Ich hab' nur eines meiner Mittelchen angewendet, mein Kind. Ein indisches Gewächs, das dir schöne Träume verschaffen wird und dich ein wenig außer Gefecht setzt.«

»Warum?... Warum?« hörte sie ihre eigene Stimme wie die einer Fremden und fragte sich, warum sie das überhaupt interessierte.

»Fünfhundert Dollar sind zuviel Geld, um nicht ein bißchen auf Nummer Sicher zu gehen. Wenn es stimmt, was du gesagt hast, brauchst du nichts zu befürchten.«

Sie registrierte im Unterbewußtsein, daß sie hochgehoben wurde. Dann versank sie in einem Wattemeer, und merkwürdige Träume suchten sie heim. Ab und zu drang ein Geräusch in die Welt ihrer halluzinösen Träume. Sie hörte Hufschlag auf Kopfsteinpflaster, laute Männerstimmen, die lachten und grölten, Gelächter von Frauen, das Rattern von Kutschen und Fuhrwerken und Musik.

»New Orleans!« Dieser Gedanke flammte wie ein schwaches Licht in ihr auf und verlosch auch gleich wieder.

Irgendwann spürte sie kräftige Arme, die sie aus dem Wagen trugen. Sie öffnete die Augen, die so schwer wie Blei waren, und sah die Rückfront eines herrschaftlichen Hauses, das hell erleuchtet und von einem üppigen Garten umgeben war. Fröhliches Stimmengewirr und Musik drangen zu ihnen in die Nacht hinaus. Farben und Stimmen verwoben sich zu exotischen Eindrücken, die sie nicht verstand, aber mit Staunen in sich aufnahm.

Man trug sie in das Haus, eine Hintertreppe hinauf und in ein Zimmer, das ihr wie ein wunderbares Traumbild erschien. Doch trotz ihrer Benommenheit wußte sie, daß dies keine Halluzination war. Die Schleier vor ihren Augen begannen sich etwas zu lichten. Das Zimmer war groß, besaß eine hohe stuckverzierte Decke und strahlte die sinnliche Atmosphäre eines Schlafzimmers aus, das in

erster Linie nicht dazu eingerichtet worden war, um seinen Benützern Nächte erholsamen Schlafes zu gewährleisten, sondern um den stimulierenden Rahmen für Stunden fleischlicher Lust abzugeben. Sie sah ein übergroßes Himmelbett mit Baldachin, zwei satinbezogene Sessel um einen Tisch mit Einlegearbeiten, eine herrliche Kommode neben einem hohen Fenster mit schweren Vorhängen aus Samt. Mehrere große Spiegel, die von kunstvoll geschnitzten goldfarbenen Holzrahmen eingefaßt waren. Ein Frisiertisch und ein Paravent vor der Tür, die offenstand und einen Blick in ein kleines, aber elegant eingerichtetes Waschkabinett zuließ. Und alles in diesem Zimmer, von den Seidentapeten über die Vorhänge und Teppiche bis hin zu der Überdecke des Bettes und den spitzenbesetzten Satinkissen, war in verschiedenen Rot- und Rosafarben gehalten, ohne daß die Wirkung kitschig oder gar erdrückend gewesen wäre. Es war ein wahrer Künstler am Werk gewesen, daß noch nicht einmal die Rosenranken auf den Wandbezügen aufdringlich wirkten.
All das nahm sie mit einer merkwürdigen Überdeutlichkeit auf, als hätte diese Droge, die man ihr verabreicht hatte, sie zwar körperlich träge gemacht, ihren optischen Sinn jedoch extrem geschärft. Doch diese Klarheit des Auges hielt nicht lange an. Die Bilder vor ihren Augen verloren schnell wieder an Schärfe, wurden verschwommen und schoben sich zusammen, als vermöchten ihre Augen nur noch einen Teil des normalen Blickfeldes einigermaßen zu kontrollieren.
Man legte sie auf das Bett.
Donald Calhouns Gesicht kam in ihr Blickfeld. »Hier wirst du vorerst mal bleiben, Valerie«, sagte er.
»Wohin... haben... Sie... mich... gebracht?« fragte sie mühsam und mit stockender Stimme. Sie hatte einen ganz trockenen Mund, und sie hatte Durst.
»Zu einer guten... äh... Bekannten von mir.«
Dunkles, weibliches Gelächter kam aus dem Hintergrund.
»Warum?«
»Ich hab' was riskiert, und jetzt will ich auch zu meinem Geld kommen.«
»Sie... werden... es... bekommen!«
Der Wunderheiler lachte kurz auf. »O ja, das werde ich bestimmt bekommen – auf die eine oder andere Art, darauf kannst du dich verlassen.«
Angst wallte in Valerie auf und vertrieb für einen Augenblick die

rauschhafte Benommenheit. »Sie dürfen mich nicht an die Sklavenjäger verraten! ... Ich habe die Wahrheit gesagt. Sie bekommen von mir das Geld.«

»Keine Sorge, ich kümmere mich schon darum, daß ich zu meinem Geld komme. So, und jetzt trink das hier!« forderte er sie auf und hielt ihr ein Glas hin.

Valerie hatte zwar quälenden Durst, doch sie war nicht mehr berauscht genug, um vergessen zu haben, wem sie diesen Zustand der Gleichgültigkeit und Hilflosigkeit verdankte. Sie schüttelte schwach den Kopf. »Nein, ich will nichts mehr davon! Nur Wasser!« bettelte sie. »Ich verspreche, daß... ich... nicht weglaufe...«

»Du wirst es trinken!« befahl er.

»Nein«, keuchte Valerie.

Sein Gesicht kam ganz nahe. »Jetzt hör mir mal gut zu, Valerie. Du wirst das Glas jetzt auf der Stelle austrinken, oder du erhältst später Besuch von den Sklavenjägern. Du hast die Wahl. Entweder tust du genau das, was man dir hier befiehlt, oder du bist morgen schon wieder auf MELROSE PLANTATION! Entscheide dich!«

Entsetzen schoß wie ein Brechreiz in ihr hoch, verstärkt von der Droge. Ihre Augen weiteten sich, während ihre Pupillen so klein wie Stecknadeln waren. »Nicht, nicht! Verraten Sie mich nicht an die Sklavenjäger! Ich bin kein Sklave! Tun Sie es nicht!« stieß sie hervor.

»Dann trink!«

Valerie umfaßte das Glas mit beiden Händen und würgte das bittere Getränk hinunter. Kraftlos sank sie dann auf die Satinkopfkissen zurück und wußte, daß der Rausch sie bald wieder umfangen würde.

»So ist es schon besser.«

Sie hatte Mühe, die Augen offenzuhalten. »Sie haben mir noch... immer nicht... gesagt, wohin... Sie mich... gebracht haben«, sagte sie mit schwerer Zunge.

»In gute Hände«, antwortete Donald Calhoun.

»Die ihren Preis haben«, fügte eine dunkle Frauenstimme hinzu.

Valerie versuchte ihre Augen auf die Gestalt zu fixieren, die nun zu Donald Calhoun trat, doch es gelang ihr jeweils nur für ein, zwei Sekunden. Es war eine rothaarige Frau von vollschlanker Figur. Ihr Kleid war aus rubinrotem Taft und außergewöhnlich gewagt im Ausschnitt, der den Blicken des Betrachters einen üppigen gepuderten Busen darbot. Das gleichfalls volle Gesicht war stark geschminkt, ohne dabei jedoch abstoßend zu wirken.

»Du wirst schon auf deine Kosten kommen, Rosé«, hörte sie Donald Calhoun zu ihr sagen, und ihr war, als würde sich das Zimmer plötzlich in die Länge ziehen und in einen endlos langen Korridor verwandeln. Gleichzeitig schienen die Frau und der Wunderheiler sich rasend schnell von ihr zu entfernen, zusammenzuschrumpfen und in der Ferne zu verblassen. Die Wirkung des rauschhaften Getränkes hatte eingesetzt und zerrte sie fort von der Wirklichkeit.
»Worauf du dich verlassen kannst, Donald.«
»Ich sag' dir, dieses hübsche Ding wird eine Menge Geld einbringen, Rosé!« erwiderte der Wunderheiler und lachte.
Das verzerrte Lachen, das wie Hohn in ihren Ohren schallte, war das letzte, was Valerie in dieser Nacht noch bewußt wahrnahm.
Als sie erwachte und die Augen aufschlug, blickte sie auf eine kleine Armee von nackten Armorsboten mit Pfeil und Bogen sowie auf nackte Nymphen. Sie brauchte eine Weile, um zu begreifen, daß der seidige Baldachin des Bettes, in dem sie lag, mit diesen amourösen Motiven bedruckt war.
Sie hörte das Klappern von Geschirr, wandte den Kopf nach links und sah eine junge Frau, fast noch ein Mädchen, denn älter als achtzehn mochte sie kaum sein, die nur spärlich bekleidet war. Sie trug ein pastellgrünes Nachtgewand aus einem dünnen Stoff und darunter ein nicht minder hauchzartes Mieder, das mehr von ihren vollen Brüsten zeigte als verhüllte. Sie hatte gerade ein Silbertablett auf einem zierlichen Tisch neben dem Fenster abgestellt. Auf dem Tablett standen eine kleine Silberkanne, eine zierliche Porzellantasse und mehrere Teller mit Broten, Kuchen, Konfitüren und frischen Früchten. Die Frau wandte sich ihr jetzt zu, und ein hübsches Gesicht mit einem Schmollmund blickte sie freundlich an.
»Na, hast du gut geschlafen?«
Valerie wollte sich im Bett aufsetzen, doch sie fühlte sich so kraftlos, daß es ihr nicht gelang. »Wo bin ich?« fragte sie verstört.
Die Frau lachte belustigt. »Madame Rosé hat mir schon gesagt, daß du ein bißchen wirr im Kopf bist, aber ich hab' gedacht, sie übertreibt mal wieder. Aber du scheinst wirklich ganz schön durcheinander zu sein. Na, das wird sich schon wieder geben. Ein bißchen Ruhe und Pflege, und du bist schnell wieder auf den Beinen.«
»Madame Rosé?« wiederholte Valerie verständnislos. »Wer ist das?«
Sie lachte fröhlich. »Du scheinst tatsächlich fast alles vergessen zu haben. Madame Rosé gehört das Haus hier, das PALAIS ROSÉ. Mein

Name ist übrigens April. Natürlich heiße ich mit richtigem Namen anders, und zwar Emily Scarborough, ein schrecklicher Name, nicht wahr? Wer will schon Emily gerufen werden, wenn man nicht gerade eine alte Jungfer ist. Na ja, Madame Rosé hat sowieso darauf bestanden, daß wir uns einen Künstlernamen zulegen. Sie will nicht, daß die Kunden unsere richtigen Namen wissen, und da sie nie mehr als zwölf Mädchen im Haus hat, ist sie darauf verfallen, uns nach den Monaten des Jahres zu benennen. Tolle Idee, findest du nicht auch? Mal was ganz anderes, und die Kunden sind ganz wild darauf. Manche Männer machen sich einen Spott daraus, alle zwölf Monate der Reihe nach kennenzulernen«, plapperte April munter drauflos. »Zu mir hat Madame gesagt, daß ich so frisch und blühend wie der Frühling aussehe und April für mich genau der richtige Name ist. August hat auch den passenden Namen, sie ist nämlich eine heißblütige Kreolin mit einem Busen, hinter dem sich sogar Madame Rosé verstecken kann. Und September hat irgendwie was Melancholisches an sich, ist immer verträumt und blickt einen mit ganz verschleierten Augen an. Madame Rosé hat sich wirklich die passenden Mädchen zu den Monaten ins Haus geholt. Aber was rede ich da. Ich soll dir doch dein Frühstück bringen. Gleich werden Prissy und Lucie mit der Badewanne kommen und dich verwöhnen. Sie verstehen sich darauaf, einem alle Muskeln zu lockern.«
Mit wachsendem Entsetzen hatte Valerie dem Wortstrom der Halbnackten zugehört. »Das PALAIS ROSÉ... ist das ein Bordell?« stieß sie nun hervor.
April strahlte sie an, während sie den Tisch zu ihr ans Bett stellte. »Natürlich, was hast du denn gedacht? Es ist eines der besseren Häuser. Es wird dir bei uns bestimmt gut gefallen. Wir haben eine Menge großzügiger Kunden, nicht dieses üble Gesindel aus dem Hafen, das zu geizig ist, einem noch was extra zu geben, wenn man es ihnen besonders schön macht.«
Valerie sah sie erschrocken an. »Ich... ich bin kein solches Mädchen!«
»Madame Rosé hat mich schon gewarnt und mir gesagt, daß du mir wunder was erzählen wirst und mich vermutlich bestechen willst, daß ich dir helfe oder so... obwohl ich nicht weiß, wobei ich dir helfen sollte«, sprudelte sie unbekümmert hervor und goß ihr Kaffee ein. »Aber das macht mir nichts. Ich habe es hier gut und tue

sowieso nur, was Madame mir aufträgt. Sie weiß, daß sie sich auf mich verlassen kann. Möchtest du Milch und Zucker in den Kaffee?«
»Ich möchte gar nichts«, murmelte Valerie und schob sich nun an der Rückwand des Bettes hoch. Sie merkte erst jetzt, daß sie völlig nackt war, und zog schnell die Decke vor die Brust. »Ich weiß nicht, was dir Madame Rosé erzählt hat, aber ich bin nicht freiwillig hier, April. Hör mir zu. Ich habe Geld, und wenn du...«
Das Freudenmädchen ließ sie erst gar nicht ausreden. »Ich habe alles, was ich brauche, und wenn du vernünftig bist, wirst du Madame Rosé keine Schwierigkeiten machen. Sie ist eine großzügige Frau, aber es gibt Dinge, da versteht sie keinen Spaß. Ich jedenfalls denke nicht daran, mich mit ihr anzulegen«, sagte sie resolut. »Und nun iß dein Frühstück, damit du gleich baden kannst. Ich bringe dir dann auch hübsche Sachen. Madame kauft für uns nur die allerbesten Gewänder und Kleider. Ich bin gleich wieder zurück. Neben dem rechten Bettpfosten ist ein Klingelzug, falls du sonst noch irgend etwas möchtes. Das PALAIS ROSÉ ist wie ein kleines, aber exklusives Hotel... nur daß es viel mehr bietet als Hotels.« Sie zwinkerte ihr zu.
»Warte!« rief Valerie verzweifelt.
April hörte nicht auf sie, sondern eilte aus dem Zimmer und schloß hinter sich ab.
Gefangen! Ich bin wieder gefangen! Der verdammte Quacksalber hat mich unter Drogen gesetzt und in ein Bordell gebracht, schoß es ihr schaudernd durch den Kopf. *Er muß mich an diese Madame Rosé verkauft haben!*
Sie kämpfte mit den Tränen. Sie hatte zwar New Orleans erreicht, aber frei war sie noch immer nicht. Sie war im Gegenteil schlimmer dran als auf MELROSE PLANTATION. Da hatte sie arbeiten müssen, aber etwas anderes hatte man nicht von ihr verlangt.
»Ich muß hier weg!« murmelte sie und blickte zum Fenster. Die Gardinen waren noch immer vorgezogen, doch daß es nicht vergittert war, konnte sie erkennen. Kurz entschlossen schlug sie die Bettdecke zurück und schwang sich aus dem Bett. Sie fühlte sich so schwach und zittrig wie nach einer langen, schweren Krankheit. Mühsam zog sie sich an einem der Bettpfosten hoch, legte eine kurze Atempause ein und ließ dann den sicheren Halt los.
Bis zum Fenster waren es nur drei, vier Schritte. Doch ihr war, als würde sie es nie erreichen. Sie schwankte wie betrunken und wäre fast gestürzt, wenn sie nicht noch die Kante der Kommode zu fassen

bekommen hätte, die links vom Fenster stand. Sie stützte sich ab und zog dann den Vorhang zurück. Ihr Blick ging hinaus auf einen weitläufigen Garten. Doch eine Flucht aus dem Fenster war unmöglich, dafür lag das Zimmer viel zu hoch.

»Ein schöner Ausblick, nicht wahr?« sagte eine Stimme, an die sie sich sofort erinnerte, in ihrem Rücken. »Doch ich bezweifle, ob einer der Männer, die in diesem Zimmer die vielfältigsten sinnlichen Freuden genießen, jemals einen Blick auf den Garten wirft und das genießt, was sich seinen Augen dort draußen darbietet – und zwar kostenlos.«

Valerie fuhr herum und hätte fast das Gleichgewicht verloren. Sie hatte nicht gehört, daß jemand die Tür aufgeschlossen hatte und ins Zimmer getreten war.

»Madame Rosé!« stieß sie hervor. Sie hatte die Frau, die an diesem Morgen ein blaßblaues Seidenkleid trug, sofort wiedererkannt. Sie hielt in der rechten Hand ein Kristallglas, das mit einer gelben Flüssigkeit gefüllt war. Sie drückte die Tür nun hinter sich ins Schloß und begegnete Valeries erschrockenem Blick mit einem ruhigen Lächeln.

»Du bist von schneller Auffassungsgabe, scheinst aber deine Kräfte zu überschätzen. Du solltest im Bett bleiben«, sagte sie freundlich und musterte ihren splitternackten Körper. »Du bist bildhübsch, meine Kleine. Alles an der rechten Stelle und mit der rechten Fülle. Stichst so manch eines meiner Mädchen aus.« Sie ging um das Bett herum, stellte das Glas auf das Tablett und kam zu ihr.

»Rühren Sie mich nicht an!« stieß Valerie hervor.

»Aber, aber!« tadelte Madame Rosé, ohne ihr Lächeln zu verlieren. »Du wirst doch nicht gleich durchdrehen! Zurück ins Bett mit dir.« Mit festem Griff faßte sie Valerie am Arm und führte sie zum Bett zurück, wo Valerie erschöpft auf die Decke sank.

»Donald Calhoun hat mich verschleppt«, sagte Valerie mit halb zorniger, halb angsterfüllter Stimme. »Ich bin kein Freudenmädchen und...«

Madame Rosé schnitt ihr das Wort ab. »Was du bist und was du nicht bist, wird sich bald herausstellen, Kleines. Vielleicht war es ein Fehler, daß ich mich von Donald habe überreden lassen, dich bei mir aufzunehmen. Hab' zwar nie viel für Sklavenjäger übrig gehabt, mich jedoch auch nie mit ihnen angelegt. Kann solchen Ärger auch so gut gebrauchen wie Mädchen mit der Krätze. Aber jetzt bist du nun mal in meinem Haus, und unter meinem Dach wird getan, was ich bestimme. Im Palais Rosé herrscht Ordnung. So, und jetzt trinkst du zuerst einmal den Orangensaft.«

»Sie haben wieder was in den Saft hineingetan!« beschuldigte Valerie sie.

Madame Rosé lächelte. »Das ist richtig, aber es ist nur eine relativ harmlose Droge, mein Kind. Sie sorgt nur dafür, daß du dich entspannst, ein wenig kraftlos bist und nicht auf dumme Gedanken kommst, bis wir entschieden haben, was mit dir werden soll. Für ein Mädchen mit deinem Aussehen habe ich immer Verwendung. Könnte mir vorstellen, daß du Juli blendend ersetzen würdest. Die Kleine ist in letzter Zeit für meinen Geschmack ein bißchen zu aufmüpfig geworden und glaubt doch tatsächlich, daß ihr Stammkunde sie ernstlich als seine Frau in Betracht zieht. Dabei sollte sie längst gelernt haben, daß ein vermögender Kunde, der sein Lieblingsmädchen heiratet, so selten ist wie ein taubeneigroßer Diamant.«

»Ich werde nie für Sie arbeiten!« stieß Valerie hervor.

»Darüber sollten wir erst sprechen, wenn Donald mit negativen Nachrichten zurück ist und sich diese Frage stellt«, erwiderte die Bordellbesitzerin gelassen. »Denn irgendwie wirst du die fünfhundert Dollar ja abarbeiten müssen, nicht wahr? Donald hat da seine Prinzipien, mein Kind. Er ist ein guter, gradliniger Mann. Doch wenn ihm jemand etwas verspricht, dann sorgt er auch dafür, daß beide Parteien Wort halten. Und ich glaube nicht, daß es dir lieber wäre, auf eine Plantage zurückzukehren, als hier bei mir zu arbeiten, auch wenn du dich im Moment noch dagegen sträubst. Bei mir muß kein Mädchen mit einem Mann, der ihr nicht gefällt, ins Bett gehen.«

»Ich habe ihm die Wahrheit gesagt! Ich bin keine entlaufene Sklavin. Er wird das Geld erhalten!« beteuerte Valerie.

»Dann ist ja alles in Ordnung, und es besteht kein Grund, warum du das Glas nicht austrinken solltest«, sagte Madame Rosé zuckersüß. »Versuch gar nicht erst, dich widersetzen zu wollen. Wenn du mir Ärger bereitest, werde ich kurzen Prozeß machen und dich mit einer Kutsche nach Melrose Plantation schicken. Das wäre bei deinem wunderbaren Körper natürlich eine Schande, wenn ich daran denke, was man dort mit dir machen wird.«

»Mein Gott, wie kann man nur so bösartig sein«, flüsterte Valerie voller Abscheu.

»Du wirst sehen, daß ich nicht halb so schlimm bin, wie du meinst. Doch ich habe Prinzipien, mein Kind, und dazu gehört, daß ich nichts so sehr hasse wie einen Verlust. Und jetzt trink das endlich. Du wirst davon nicht sterben!« sagte sie energisch. »Es hält dich nur ein bißchen benebelt, damit du schön brav bist.«
Valerie sah ein, daß sie gar keine andere Wahl hatte, und sie zwang sich, den Orangensaft mit dem berauschenden Zusatz zu trinken.
Als kurz darauf zwei dunkelhäutige Mädchen mit einem Badezuber im Zimmer erschienen, ihn mit heißem Wasser füllten, hatte Valerie schon keinen eigenen Willen mehr. Sie ließ es geschehen, daß sie ihr in den Zuber halfen, sie einseiften, massierten und hinterher, als sie sie abgetrocknet hatten, mit einer duftenden Creme einrieben. Sie zogen ihr ein reizvolles Nachthemd an, wie April eines getragen hatte, und betteten sie wieder zwischen die spitzenbesetzten Satinkissen.
Sie dämmerte im Halbschlaf dahin. Am Nachmittg verspürte sie starken Hunger, und als April erschien, bat sie sie, ihr etwas zu essen zu bringen. Gierig schlang sie dann das Omelett und das frische Brot in sich hinein, ohne sich zu fragen, ob dem Essen auch etwas von der Droge beigemischt war.
Nach dem Essen überfiel sie wieder die Müdigkeit. Als sie erwachte, war es hinter den Vorhängen schon dunkel. Eine kleine Lampe mit einem rosa Porzellanschirm brannte mit schwacher Flamme auf der Kommode. Das Licht reichte kaum bis zum Bett.
Sie lauschte. Aus den unteren Räumen des Hauses drang gedämpft Musik zu ihr ins Zimmer. Dann und wann hörte sie Gelächter. Das PALAIS ROSÉ hatte wohl schon längst wieder seine Pforten geöffnet.
Valerie versuchte den Nebel, der sie immer noch gefangenhielt, zu durchdringen, doch es gelang ihr einfach nicht. Sie hatte Mühe, einen klaren Gedanken zu fassen. Ihr war, als würden sie sich in nichts auflösen, kaum daß sie begonnen hatte, sie in ihrem Kopf zu formen. Wirklichkeit und Halluzinationen vermischten sich. Namen und Bilder wirbelten ihr durch den Kopf, daß ihr ganz schwindlig wurde.
Sie hörte ein metallisches Geräusch und hob träge die Augenlider. Eine Gestalt schwebte durch die Tür ins Zimmer. Ein Mann, jung, elegant gekleidet, schwarzes Haar, ein fast schönes Gesicht. Er hatte eine lange Zigarre im Mund.
»Na also, hab' ich dich endlich gefunden, Süße!« sagte der Mann,

schloß die Tür hinter sich und kam zu ihr ans Bett. Er wankte etwas, als hätte er dem Alkohol zu intensiv zugesprochen.
Valerie sagte, daß er weggehen solle, doch ihre Stimme war nur ein unverständliches Murmeln.
Der Mann legte die Zigarre in den Aschenbecher auf dem Beistelltisch. »Du bist also die Neue, ja? Gefällst mir prächtig. Hast du schon einen Namen? Na komm, sag ihn mir. Oder fängt Madame Rosé jetzt mit den Sternen an. Dann schlage ich vor, dir den Namen Venus zu geben. Wie findest du das?«
»Gehen Sie...«
Er lachte und begann sich auszuziehen. Er schleuderte sein Hemd hinter sich. »Bin doch gerade erst gekommen, Süße. Bin gespannt, ob du auch hältst, was du versprichst.«
Valerie schüttelte den Kopf, als könnte sie die Benommenheit abschütteln. Panik stieg in ihr auf, als er vor ihren Augen aus der Hose stieg und das Bettlaken zurückschlug.
»Hübsche Verpackung«, sagte er und musterte sie lüstern. »Aber der Inhalt gefällt mir noch besser. Komm, zieh den Fummel aus. Ich mag es lieber ohne.« Er zerrte ungeschickt an ihrem Nachthemd.
»Nein!... Lassen Sie mich!... Ich bin keine Hure!« keuchte sie.
»Käme auch nie auf den Gedanken, Madame Rosés Mädchen Huren zu schimpfen, meine Schöne«, gab er lachend zurück und riß ihr das Gewand vom Leib. »Ihr seid Engel der Lust, und du willst Madame doch keinen Ärger machen, nicht wahr? Ich gehöre zu ihren besten Kunden und zahle gut genug, um bei dir der erste zu sein.«
Valerie warf sich herum, als sie seine Hände auf ihrem Körper spürte. Doch ihr Widerstand schien ihn nur noch anzustacheln. »Du liebst es wohl auf die wilde Tour, was? Soll mir recht sein. Mal was ganz anderes, du Wildkatze. Ich werde dich schon zähmen.« Er legte ihr eine Hand auf die Brust und drückte sie in die Kissen. »Schöne Brüste hast du, Kleines.«
Valerie schlug um sich, doch ihre Schläge waren ohne Kraft und blieben daher wirkungslos, brachten ihn nur zum Lachen. Grenzenlose Angst bemächtigte sich ihrer. Er würde sie mit Gewalt nehmen!
»Tun Sie es nicht!... Bitte nicht!« wimmerte sie, als er sich mit seinem ganzen Gewicht auf sie legte.
»Jetzt hast du aber genug Theater gespielt!« knurrte er ungehalten, als sie die Beine fest zusammenpreßte.
Die Angst vertrieb den Nebel aus ihrem Hirn. Ihr Blick fiel auf die

rauchende Zigarre neben dem Bett. Ohne lange nachzudenken griff sie danach und drückte ihm die Glut der Zigarre in die Seite.
Er stieß einen gellenden Schrei aus und fuhr wie von der Tarantel gestochen auf. Sofort stieß Valerie noch einmal mit der Glutspitze zu und erwischte ihn diesmal in der Leistengegend. Sein Schrei kletterte in schrille Höhen, und er stürzte neben dem Bett zu Boden. Türen schlugen auf dem Flur. Besorgte Stimmen wurden auf dem Gang laut, dann wurde die Tür aufgestoßen, und Madame Rosé stürzte ins Zimmer, gefolgt von einem baumlangen Schwarzen, der eine Livree trug.
»Gütiger Gott!« stieß Madame Rosé hervor. »Wer hat den Kerl bloß ins Zimmer gelassen! Zane, schaff ihn raus! Raus mit ihm. Bring ihn ins Nebenzimmer! Das ist frei. Und sorg dafür, daß er aufhört zu schreien, bevor das ganze Haus hier zusammenläuft!«
»Aber das ist doch Massa...«, setzte er zu einem erstaunten Einwand an.
»Mir ist egal, wer das ist!« fuhr die Bordellbesitzerin ihm schroff ins Wort. »Und wenn es der Kaiser von China wäre, hier hat er nichts zu suchen! Raus mit ihm!«
»Yes, Ma'am!« beeilte sich der Neger zu sagen und packte den betrunkenen, nackten Bordellbesucher, der noch immer wie am Spieß brüllte. Grob zerrte er ihn hinaus.
Madame Rosé trat zu Valerie ans Bett, setzte sich auf die Kante und sah sie betroffen an. »Das tut mir leid, mein Kind. Das hätte nicht passieren dürfen. Hat er dir etwas getan? Ich meine, hat er dich... genommen?«
Valerie schüttelte den Kopf, am ganzen Körper zitternd und Angst in den Augen.
Die Bordellbesitzerin atmete erleichtert auf und tätschelte ihre Hand. »Dann haben wir ja noch einmal Glück gehabt. Es war nichts weiter als ein dummer Zufall. So etwas wird nicht wieder vorkommen. Ich werde dir April aufs Zimmer schicken, damit sie dir etwas Gesellschaft leistet. Du wirst über den Schreck bestimmt schnell hinwegkommen. Donald muß auch bald zurück sein. Dann unterhalten wir uns. Aber jetzt muß ich wieder hinunter. Man wird bestimmt wissen wollen, was dieses Geschrei auf sich hatte. So was ist nie gut fürs Geschäft«, sagte sie, lächelte ihr aufmunternd zu und verschwand. Diesmal verriegelte sie nicht nur die Tür, sondern zog auch den Schlüssel ab.

Valerie starrte auf die Tür. Wenn ihre Glieder auch noch schwach waren, so hatte der Schock sie doch zumindest im Kopf klar gemacht. Sie mußte aus diesem Bordell fliehen, und zwar noch diese Nacht! Wer weiß, was Donald und Madame Rosé ausgeheckt hatten. Vielleicht hatte sie gelogen und es war überhaupt kein Zufall gewesen, sondern ein Test, wie sie reagieren würde. Wenn sie ihr noch mehr von der Droge gaben, würde sie beim nächstenmal vielleicht so apathisch und willenlos sein, daß sie sich nicht mehr wehren konnte. So weit durfte sie es nicht kommen lassen. Sie mußte es schaffen, hier herauszukommen, solange ihr Kopf klar und ihre Willenskraft ungebrochen war.

Zehn Minuten später kam April zu ihr, wie Madame Rosé versprochen hatte. Über dem linken Arm trug sie ein neues Nachthemd, in der rechten balancierte sie ein kleines Holztablett, auf dem ein Glas und eine Karaffe standen. Sie warf das Nachthemd über den Sessel und schloß die Tür hinter sich ab. Valerie sah, daß sie den Schlüssel auf das Polster des Sessels neben der Tür legte.

»So eine Blamage!« sagte April bedauernd und eilte zu ihr ans Bett. »Heute morgen hab' ich erst davon geschwärmt, wie gut das PALAIS ROSÉ ist, und dann passiert so etwas. Aber daß ein Kunde mal zuviel getrunken hat und aus der Rolle fällt, kommt auch in den besten und teuersten Häusern vor. Hier, ich soll dir auf den Schreck einen Cognac geben.«

»Ich will nicht!«

April lächelte verstehend. »Da ist nichts drin als bester französischer Cognac. Ich trinke zuerst einen, wenn es dich beruhigt.« Sie füllte das Glas großzügig, und was sie mit einem Schluck hinunterkippte, war mindestens ein dreifacher Drink. »Möchtest du jetzt einen?«

Valerie nickte. »Ja, aber nur wenig.«

Während April ihr einen wirklich nur knapp bemessenen Cognac eingoß, setzte sich Valerie nackt, wie sie war, auf die Kante. Ihr Herz schlug wie verrückt vor Aufregung. Sie hatte Angst, April könnte zu früh ahnen, daß sie etwas im Schilde führte, und sie legte die Arme vor die Brust, rieb sich die Arme, als würde sie frieren.

»Mir ist kalt«, sagte sie, als das Freudenmädchen die Karaffe abstellte und ihr das Glas reichte. Schnell kippte sie den Cognac hinunter. Wie Feuer brannte er in ihrer Kehle und wärmte ihren Magen. »Kannst du mir das Nachthemd bringen? Ich glaube, ich bin zu schwach, um aufzustehen.«

»Sicher«, sagte April und ging zum Sessel hinüber.
»Ich gaube, auf den Schreck brauche ich noch einen Schluck«, sagte sie und griff nach der Karaffe, als April zurückkehrte.
»Wenn du Madame Rosé nichts sagst, würde ich gern auch noch einen«, sagte April, zwinkerte ihr verschwörerisch zu und beugte sich vor, um ihr das Gewand um die Schultern zu legen.
Valerie zögerte. *Tu es! Es ist deine einzige Chance! Warte nicht länger, oder die Chance ist vorbei!* schrie eine Stimme in ihr.
Sie preßte die Lippen zusammen und schlug mit der Kristallkaraffe zu. Sie traf das ahnungslose Freudenmädchen genau am Hinterkopf. Mit einem erstickten Laut sackte sie mit dem Gesicht aufs Bett.
Schnell beugte sich Valerie über sie. Doch die Angst, sie möglicherweise getötet zu haben, wich unendlicher Erleichterung, als sie feststellte, daß April atmete. »Es tut mir leid, ich wollte dir nichts tun, aber ihr habt mich dazu gezwungen«, murmelte sie und stieß sich vom Bett ab. Sie war noch immer sehr unsicher auf den Beinen.
Als sie den Schlüssel vom Sesselpolster nahm und ins Schloß steckte, kam ihr plötzlich zu Bewußtsein, daß sie unmöglich in ihrem Aufzug aus dem Haus fliehen konnte. Sie trug nur dieses hauchzarte Gewand, und so spärlich bekleidet würde sie nicht weit kommen. Schon an der nächsten Straßenecke würde man sie aufgreifen. Sie brauchte ein Kleid oder irgendwelche anderen unauffälligen Kleidungsstücke.
Hatte Madame Rosé ihre Kleider weggeworfen, oder hatte sie dafür gesorgt, daß sie aufgehoben wurden?
Ihr Blick fiel auf die Kommode. Hoffnung, dort fündig zu werden, keimte in ihr auf. »Bitte, laß sie dort sein!« murmelte sie beschwörend, während sie sich an der Wand entlangtastete. »Hilf mir, aus diesem Haus zu kommen!« Ein Gefühl der Übelkeit überkam sie, als sie die oberste Schublade aufzog und sie leer fand. Auch in der mittleren befand sich nichts. Ihr Magen krampfte sich regelrecht zusammen, als sie die unterste Schublade aufzog – und unwillkürlich stieß sie einen Schrei der Erlösung aus, als sie ihr geblümtes Kleid sah.
Mit zitternden Händen warf sie das Nachtgewand ab und zog ihr Kleid über. Jetzt hatte sie eine Chance. Wenn sie nur noch unbemerkt aus dem Haus kam, war sie in Freiheit!
Sie schloß auf und öffnete die Tür einen Spalt, spähte vorsichtig hinaus in den Gang. Bis auf die Musik und die ausgelassenen

Stimmen, die von unten kamen, war es still im Korridor, der mit dicken Teppichen ausgelegt war. An den Wänden hingen erotische Gemälde und Wandlampen mit schweren Messingschirmen, die den Gang in ein gedämpftes Licht tauchten.

Auf Zehenspitzen schlich Valerie aus dem Zimmer. Links endete der Gang vor einer Zimmertür. Also hielt sie sich rechts, bewegte sich immer an der Wand entlang, weil sie der Kraft ihrer Beine noch immer nicht vertraute. War sie erst draußen, konnte sie sich in irgendeiner dunklen Ecke hinsetzen und warten, bis sie sich besser fühlte.

Das Herz schien ihr im Hals zu schlagen, und die Angst, jeden Augenblick Madame Rosé oder einem ihrer Mädchen in die Arme zu laufen, lag wie eine würgende Hand um ihre Kehle. Sie merkte gar nicht, wie hastig und flach sie atmete und wie ihr der Angstschweiß auf die Stirn trat.

Der Gang machte einen Knick, und fünf Schritte weiter führte eine breite geschwungene Treppe hinunter. Jetzt konnte sie die Stimmen von unten klar und deutlich vernehmen. Zwei Männer, die unten am Geländer standen, unterhielten sich lautstark über irgendein Pferderennen, und eine Frau lachte glockenhell über eine Bemerkung. Flotte Klaviermusik mischte sich in dieses Stimmengewirr. Das PALAIS ROSÉ mußte einen guten Ruf besitzen, denn soviel sie von oben sehen konnte, waren die Männer ohne Ausnahme elegant und teuer gekleidet.

Sie wandte den Blick von dem ausgelassenen Geschehen unten in der Halle und den angrenzenden Salons ab. Über diese breite Treppe konnte sie nicht fliehen. Unter den leichtgeschürzten Freudenmädchen und den vornehmen Männern würde sie in ihrem Sklaven-Kleid auffallen wie eine Distel unter Rosen.

Doch es mußte hier irgendwo einen Dienstbotenaufgang geben. Jedes größere Haus verfügte über einen solchen, und sie erinnerte sich daran, auch über eine recht steile Treppe gekommen zu sein.

Valerie atmete auf, als sie auf der anderen Seite des Ganges noch eine Treppe bemerkte, die abwärts führte. Das mußte der Dienstbotenaufgang sein! Diese Treppe mußte zum Hinterausgang führen!

Sie machte sich ganz klein und huschte am breiten Treppenaufgang vorbei. Wie in Panik lief sie jetzt weiter, stolperte die Hintertreppe hinunter und fand sich dann in einem dunklen Flur wieder.

Verwirrt schaute sie sich um. Dann sah sie die Hintertür, die im

oberen Drittel einen Glaseinsatz hatte. Sie lief darauf zu, umfaßte den Türknauf und drehte ihn. Die Tür war nicht verschlossen, und sie riß sie auf. Warme Nachtluft, erfüllt vom Blumenduft des Gartens, schlug ihr entgegen.
Sie hatte es geschafft!
Sie war frei!
Sie trat aus der Tür ins Freie – und bemerkte in dem Moment die Kutsche, die rechts von der Hintertür auf dem Hof stand, und hörte das Schnauben des Pferdes.
Wie gelähmt stand sie da, als der Kutschenschlag aufflog und ein Mann heraussprang.
Valerie schrie auf, schlug die Hand vor den Mund und taumelte zurück.
»Matthew!« schrie sie. »Matthew!«
»Valerie!«
Der Schock des plötzlichen Wiedersehens war zu stark. Das letzte Quentchen Kraft wich aus ihrem Körper, und sie sank in Ohnmacht. Daß Matthew sie auffing, spürte sie nicht mehr.

24.

»Ist es nur ein schöner Traum, oder bist du es wirklich, Matthew?« flüsterte Valerie und blickte ihn mit großen, tränenfeuchten Augen an. Sie saß im Bett des rosafarbenen Zimmers, aus dem sie geflohen war, an den Seiten und im Rücken gestützt von einem Dutzend Kissen.
Matthew saß auf der Bettkante und sah sie ernst an. »Dieselbe Frage wollte ich dir auch stellen, Valerie.«
»Oh, Matthew, ich... ich kann es einfach nicht glauben!« stieß sie hervor.
»Ich verstehe das alles nicht, Valerie«, sagte Matthew kopfschüttelnd. »Dieser merkwürdige Quacksalber, der mir deinen Aufenthaltsort nur gegen Zahlung von fünfhundert Dollar verraten wollte. Mein Gott, ich hätte ihm fast eine Kugel durch den Kopf geschossen, als er mir von einer entlaufenen Sklavin Valerie Fulham erzählte, die behauptete, Engländerin und mit mir verlobt zu sein, und ihm

fünfhundert Dollar versprochen hätte.« Er schaute völlig verstört drein, lachte dann, fuhr sich über die Augen und hob in einer hilflosen Geste die Arme, um sie wieder auf die Decke sinken zu lassen. »Der Teufel soll mich holen, wenn ich auch nur etwas von dem verstehe, was seit Havanna passiert ist. Was hat das alles zu bedeuten, Valerie? Und wie kommst du, um Gottes willen, in ein Bordell?«

»Laß mir Zeit, dir alles zu erklären«, bat Valerie. »Aber bevor ich anfange, sag mir, daß du mich liebst... und nie aufgehört hast, mich zu lieben!«

Ein schmerzlicher Ausdruck, der die Qual der letzten Monate widerspiegelte, zeigte sich auf seinem Gesicht. »Mein Gott, Valerie!« stieß er hervor und umschloß ihre Hände so stürmisch, daß er ihr fast weh tat. »Wenn du wüßtest, wie sehr ich unter dieser Liebe gelitten habe. Eine Liebe, die ich nach deinem Brief bekämpfte wie der Teufel die fromme Seele. Ich wollte dich vergessen und versuchte alles, um die Zeit mit dir aus meiner Erinnerung zu streichen. Doch weder der Alkohol noch andere Zügellosigkeiten vermochten dieser Liebe, die ich täglich tausendmal verfluchte, nach der ich mich aber gleichzeitig wie nach nichts sonst auf der Welt verzehrte, etwas anzuhaben. Ich habe dich aus tiefster Seele für das gehaßt, was du mir angetan hast, doch immer war die Sehnsucht stärker als alles andere.«

Valerie kämpfte mit den Tränen. »Matthew, nichts in dem Brief stimmte! Nicht ein einziges Wort! Der Brief sollte dich so tief verletzen, um dich davon abzuhalten, Erkundigungen nach mir einzuziehen. Es war alles Lüge, die Ausgeburt eines verbrecherischen Hirns! Lieber wäre ich gestorben, als dir das zu schreiben. Doch es ging damals nicht allein um mich und dich, sondern auch um Fannys Leben. Ich mußte das schreiben, was er mir diktierte, er hätte Fanny sonst zu Tode gepeitscht, Bruce French meine ich. Er hat uns beide entführt, und wenn ich dir diesen Brief nicht geschrieben hätte, hätte er Fanny vor meinen Augen zu Tode gepeitscht. Und das konnte ich nicht zulassen. Ich mußte es tun, verstehst du? Ich konnte sie doch nicht zum Tode verurteilen, nur weil ich dich über alles liebte!« Die Tränen rannen ihr über das Gesicht.

Matthew Melville schüttelte benommen den Kopf. »Bruce French hat dich und deine Zofe entführt?« wiederholte er fassungslos, und das Blut wich aus seinem Gesicht.

Sie nickte. »Ja, er sollte mich töten, damit ich das Erbe meines Vaters nicht antreten könnte. Doch weil ich ihm damals im Sturm das Leben gerettet habe, wollte er mich leben lassen... und so hat er mich in die Sklaverei verkauft.« Ein heftiger Weinkrampf überfiel sie.

»O mein Gott!« flüsterte Matthew entsetzt und nahm sie in seine Arme, streichelte sie und flüsterte ihr zärtliche, beruhigende Worte ins Ohr. Er ahnte allmählich, wie alles zusammenhing.

Valerie brauchte eine Weile, bis sie sich wieder so weit unter Kontrolle hatte, daß sie ihren langen und entsetzlichen Bericht über ihren Leidensweg berichten konnte, und zwar von Anfang an. Mit tonloser Stimme schilderte sie ihm ihr Martyrium im dunklen Kerker und in der winzigen Kammer an Bord des Schiffes, das sie nach Baton Rouge gebracht hatte, ihre Versteigerung auf der Auktion von Charles Seal, die Monate auf MELROSE PLANTATION, dann die Flucht durch die Bayous und die Begegnung mit Donald Calhoun, schließlich ihre Flucht aus dem PALAIS ROSÉ.

Es war eine fast emotionslose Aufzählung von Stationen und Episoden, ein karger Bericht, der nur ganz nüchtern wiedergab, was sie in den letzten Monaten erlebt hatte, eine grobe Skizze ohne Details und Einzelheiten – und gerade deshalb wirkte ihr Bericht so erschütternd auf Matthew. Er hatte genug Phantasie, um sich auszumalen, was es bedeutete, wochenlang todkrank in einem finsteren feuchten Loch zu liegen oder auf einer Plantage während der Baumwollernte als Sklave auf dem Feld zu arbeiten. Und er sah noch jetzt das Grauen in ihren Augen, als sie davon erzählte.

Matthew wußte nicht, was er dazu sagen sollte. Für das, was sie durchgestanden hatte, gab es auch kein Wort des Trostes. Der Schrecken hatte sich tief in sie eingebrannt, war für immer Teil ihrer Seele, deren Wunden mit der Zeit sicherlich verheilen, nie aber die Narben verlieren würden.

Schweigend wiegte er sie in seinen Armen und ließ sie weinen. Es waren Tränen, die Angst und Verzweiflung aus ihr spülten, und Tränen unfaßlichen Glücks, daß der entsetzliche Alptraum, das Leiden endlich vorbei war und daß sie wieder zueinandergefunden hatten.

Er küßte ihr die Tränen vom Gesicht. »Es ist vorbei, mein Schatz. Ich liebe dich«, flüsterte er.

Valerie schlang die Arme um seinen Hals, schaute ihn mit feuchten

Augen an und bedeckte dann sein Gesicht mit wilden Küssen. Sie mußte ihn spüren, seine Liebe, seine Zärtlichkeit und Leidenschaft. Ihre Hand zerrte ungeduldig an seinem Hemd.

»Ich brauche dich jetzt, Matthew!« stieß sie hervor. »Liebe mich, damit ich es glaube, daß dies Wirklichkeit ist. Mir ist noch immer, als sei alles nur ein schöner Traum.«

Er lächelte und entkleidete sich vor ihr, ohne seinen Blick von ihr zu wenden. »Bist du nicht zu schwach, mein Liebling?« fragte er.

»Ich bin zwar schwach, doch deine Liebe wird mir die Kraft geben«, gab sie zurück, entledigte sich ihres Kleides und streckte die Arme nach ihm aus.

Er kam zu ihr, und Seite an Seite lagen sie unter dem erotischen Baldachin, schauten einander mit einem merkwürdigen Lächeln an, in dem das Wunder ihres Wiederzusammenfindens lag, streichelten und liebkosten sich fast zögernd, als fürchteten sie, der Körper des anderen könnte sich plötzlich auflösen.

Valerie umfaßte ihn schließlich mit beiden Händen und sah ihm tief in die Augen, als sie sein heißes pulsierendes Leben fühlte. Sie war bereit und konnte nicht länger warten, mit ihm zu verschmelzen, und sie sagte es ihm mit ihren Augen.

Matthew kam zu ihr, und sie bäumte sich unter ihm auf, als er sie glutheiß teilte und tief in sie drang. Er hatte ihr Gesicht in seine Hände genommen, und als er sie küßte, spürte er das Salz ihrer Tränen.

Sie liebten sich auf eine wilde, atemlose Art, die zu diesem Ort paßte. Wie einen Rausch erlebten sie beide ihre erste Vereinigung nach fast einem halben Jahr qualvoller Trennung. Und als sie zum Höhepunkt kamen, lag in ihrem lustvollen Stöhnen auch der Schmerz, den sie die ganze Zeit in sich getragen hatten und der nun von ihnen wich, verdrängt von ihrer Glückseligkeit.

»Du mußt mich noch einmal lieben«, raunte Valerie ihm wonnetrunken zu, als sie an seiner Brust lag und den Nachgeschmack ihrer Liebe auskostete.

Er lachte zärtlich. »Was meinst du, was ich vorhabe? Fünfhundert Dollar sind ein verdammt stolzer Preis, und ich habe die feste Absicht, mir dafür etwas bieten zu lassen«, scherzte er.

Sie blickte ihn schuldbewußt an. »Hast du Donald Calhoun das Geld gegeben?«

»Hundert habe ich ihm angezahlt, den Rest habe ich ihm bei

Lieferung der Ware versprochen«, berichtete Matthew. »Damit hat er sich zufriedengegeben. Ein verdammt zäher Bursche. War nicht einzuschüchtern. Hab' ihm den Revolver zwischen die Augen gesetzt. Und weißt du, was er daraufhin zu mir gesagt hat?«

»Nein. Was denn?«

Matthew lachte. »Ich will's dir sagen. ›Sie wissen gar nicht, wie sehr Sie mich damit beruhigen, Sir. Hab' mir den ganzen Tag und die halbe Nacht um die Ohren geschlagen, um Sie zu finden. Jetzt weiß ich, daß es sich gelohnt hat und daß Ihnen die Kleine wirklich verrückte fünfhundert Dollar wert ist.‹ Das hat er wortwörtlich zu mir gesagt, ohne auch nur einmal mit der Wimper zu zucken.«

»Dann habe ich ihm und Madame Rosé unrecht getan«, sagte Valerie und bereute, April niedergeschlagen zu haben.

»Du hast dir nichts vorzuwerfen. Madame Rosé und dieser Quacksalber sind auf ihre Art zwar in Ordnung, aber dich unter Drogen zu setzen war nicht gerade die feine Art. Und wegen dieses Mädchens April brauchst du dir keine Sorgen zu machen. Die kam uns schon schreiend und zeternd entgegengelaufen, als ich dich ins Haus trug. Die hat nur mächtig Kopfschmerzen und eine Stinkwut auf Madame, aber das soll uns nicht kümmern.«

»Was mag nur aus Fanny geworden sein?« murmelte Valerie, und Wehmut überkam sie.

»Ich werde Nachforschungen anstellen lassen. Wenn Fanny noch lebt, werden wir sie finden!« versprach er. »Und mit diesem Verbrecherpack – Bruce French und seinen Auftraggebern – werden wir auch abrechnen. Weißt du, was wir gleich morgen tun werden?«

»Wir fahren nach COTTON FIELDS!«

»Genau das werden wir tun! Und du wirst endlich dein Erbe in Augenschein nehmen und sichern!«

»COTTON FIELDS! Es kommt mir noch wie ein Traum vor.«

»Valerie Fulham-Duvall, die Erbin von COTTON FIELDS«, deklamierte er und verbesserte sich dann: »Die erregendste und sinnlichste Frau des amerikanischen Südens!«

Valerie seufzte selig und schmiegte sich an ihn. Es gab später sicher viel zu bereden und zu bedenken, doch jetzt wollte sie nur seine Nähe spüren und sich immer wieder seiner Liebe versichern, was Matthew auch nicht müde wurde zu tun.

Und morgen wartete COTTON FIELDS auf sie...